Molly Morris
This Is Not The End

MOLLY MORRIS

Aus dem Englischen von
Jessika Komina und Sandra Knuffinke

Hanser

Die Originalausgabe erschien 2022 unter dem Titel *This Is Not The End*
bei Chicken House, Somerset, UK.

Auf den Seiten 248 f. wird zitiert aus:
I CAN'T HELP MYSELF (SUGAR PIE HONEY BUNCH)
Music & lyrics: LAMONT DOZIER, BRIAN HOLLAND,
EDWARD JR. HOLLAND
© STONE AGATE MUSIC
Mit freundlicher Genehmigung der
EMI SONGS MUSIKVERLAG GMBH

Das Hörbuch erscheint bei der Diwan Hörbuchverlag,
gelesen von Martin Bringmann.

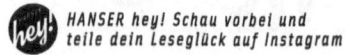

HANSER hey! Schau vorbei und
teile dein Leseglück auf Instagram

1. Auflage 2024

ISBN 978-3-446-27919-3
Text © Molly Morris 2022
Published by Arrangement with CHICKEN HOUSE PUBLISHING LTD.,
FROME, SOMERSET, UK.
Dieses Werk wurde vermittelt durch die Literarische Agentur
Thomas Schlück GmbH, 30161 Hannover.
Alle Rechte der deutschen Ausgabe:
© 2024 Carl Hanser Verlag GmbH & Co. KG, München
Umschlag: formlabor, Hamburg
Motive: Shutterstock / © Macrovector;
© JoyCrew; © samui
Satz im Verlag
Druck und Bindung: GGP Media GmbH, Pößneck
Printed in Germany

MIX
Papier | Fördert
gute Waldnutzung
FSC® C014496

Für Diane Tettamble, die mich selbst dann noch
zum Schreiben ermutigt hat,
nachdem ich sie in jeder meiner Geschichten
abgemurkst habe.

PROLOG

Im Grunde hätte ich schon stutzig werden müssen, als die Wohnungstür meiner Tante nicht abgeschlossen war. Ich hatte schließlich genug Horrorfilme gesehen, in denen irgendein argloser Trottel durch eine Tür marschierte, nur um – Überraschung! – eine Axt ins Gesicht zu kriegen. Aber wir waren hier immerhin in New York City. Das Apartmentgebäude, in dem meine Tante wohnte, hatte einen Portier. Da sollte man doch meinen, man dürfte ruhig auch mal das Abschließen vergessen, oder?

Mit müdigkeitsvernebeltem Blick ließ ich mich auf die Couch plumpsen und überlegte, während mir schon die Augen zufielen, wann ich eigentlich zum letzten Mal richtig geschlafen hatte. Auf jeden Fall vor diesem bescheuerten Wochenende, an dem ich so ziemlich jede zwischenmenschliche Beziehung ruiniert hatte, die mir je wichtig gewesen war. Wahrscheinlich würden meine Erinnerungen mich nie wieder zur Ruhe kommen lassen: daran, wie ich versucht hatte, mir beim Tanzen nicht anmerken zu lassen, dass ich komplett zugedröhnt war, oder daran, wie ich mir fast *gewünscht* hatte, Olivia würde mich auslachen und mir einen ihrer sarkastischen Sprüche reinwürgen, weil mir das zumindest die Gewissheit gegeben hätte, dass ich ihr nicht egal war.

Beim Gedanken an Olivia verkrampfte sich mein Magen, und die Bilder vom Wochenende geisterten mir erneut durch den Kopf.

Wie Olivia sich von mir verabschiedete.

Wie Olivia durch das Tor des zwielichtigen Brooklyner Konzertschuppens verschwand. Allein.

Wie ich ihr hinterherstolperte, wie immer zu spät.

Clark in seiner dämlichen Lederweste.

Wie Olivia mich ansah, als –

Ein Geräusch ließ mich aufhorchen. Es klang, wie ein feuchtes Handtuch, das auf die Badezimmerfliesen klatschte.

Ich drückte mir eins der schicken Samtkissen, mit denen die Couch vollgepackt war, aufs Gesicht, als könnte mich das vor dem Schwall von Fürsorge bewahren, der ganz sicher gleich über mich hereinbrechen würde.

»Ich hab die beschissenste Nacht meines Lebens hinter mir, und wenn du jetzt anfängst, mich darüber auszuquetschen, kotze ich dir auf die Couch«, warnte ich Tante Karen schon mal vor.

Als sie jedoch nicht im nächsten Moment auf Socken den Flur runtergeschlittert kam, nahm ich das Kissen wieder vom Gesicht und runzelte die Stirn.

»Karen?«

Erst jetzt fiel mir auf, wie still es ansonsten in der Wohnung war. Es war eine harte, kalte Stille, die Art von Stille, kurz bevor die Handgranate detoniert, während das Ding noch durch die Luft segelt und man nur hilflos dastehen und auf die Explosion warten kann. Auf den ohrenbetäubenden Knall. Auf die Dunkelheit.

Adrenalin schoss mir ins Blut, und ich schwang die Füße vom Sofa. Irgendwie war mir klar, dass mich im Badezimmer weder meine Tante noch ein Axtmörder erwartete. Mir war klar, dass das da drin nur eine Person sein konnte. Dass diese Nacht nur auf eine einzige Art enden konnte.

Mein Sprint den Flur runter dauerte nicht länger als eine halbe Sekunde, aber als ich mit der Schulter die Badezimmertür aufstieß, war ich trotzdem außer Atem. Was ich sah, ließ mein Hirn

stotternd zum Stillstand kommen. Die zusammengekauerte Gestalt unter dem Waschbecken, das weißblonde Haar, ihr Markenzeichen, grünlich im Schummerlicht.

»Olivia?« Mehr als ein Flüstern brachte ich nicht raus.

Sie regte sich nicht. Aber ich wusste auch so, was Sache war, ganz ohne ihren Puls zu fühlen oder ihr in die glasigen, verdrehten Augen zu sehen.

Ich wusste es. Olivia Moon war tot.

ENDE

Vier Tage zuvor

**DER HERR DER RINGE: DIE RÜCKKEHR DES KÖNIGS**
**Gepostet unter FILME von <u>Hugh</u>.jpg**
**am 10. November um 21:13 Uhr**

Nach stundenlangen Schlachten um Leben und Tod und –
nicht zu vergessen – Ruhm und Ehre, Geisterbegegnungen,
einem ausgedehnten Gewaltmarsch und literweise vergos-
senem Orkblut ... endet der letzte Film der *Herr der Ringe*-
Trilogie mit einer Kissenschlacht, einer Fast-schon-Stumm-
film-Szene in einer Bar und einer Hochzeit, zu der keiner
eingeladen ist? Da denkt sich selbst der gute Frodo: »Nein,
danke, ich bin raus.«

So routiniert, wie sie an der Kante des Vordachs balancierte, konnte Olivia Moon nicht zum ersten Mal auf ein Haus geklettert sein.

»Was soll das denn werden?«, murmelte ich vor mich hin und
beugte mich über die Mittelkonsole des Eiswagens, um sie besser
durchs Beifahrerfenster sehen zu können. Und dann, noch leiser:
»Und was hat sie da eigentlich an?«

Als ich Olivia Moon zum letzten Mal gesehen hatte – was irgendwann um unsere Highschool-Abschlussfeier rum gewesen

sein musste –, hatte ihr Outfit aus einem Basketballtrikot und einer glänzend schwarzen Lederhose bestanden. Jetzt trug sie ein beiges Hawaiihemd der Größe XXL und khakigrüne Zip-off-Shorts. Ihre Handgelenke zierten wie immer die breiten Lederarmbänder, über die ein Typ von unserer Schule mal gesagt hatte, sie sähe damit aus wie frisch einem Mittelalterporno entsprungen. Wofür sie ihn spontan um einen Schneidezahn erleichtert hatte.

Das Haus hatte zwei Fenster im ersten Stock; die abblätternde weiße Farbe der Rahmen war selbst von der anderen Straßenseite aus zu erkennen. Olivia blieb kurz stehen und stemmte die Hände in die Hüften, dann kniete sie sich hin und versuchte, eins davon zu öffnen. Erfolglos.

Ich sah zu, wie sie am zweiten Fenster ruckelte, das sich jedoch als ebenso verschlossen entpuppte. Sie ballte frustriert die Fäuste. Obwohl sie offensichtlich anderes im Kopf hatte, machte ich mich ganz klein auf dem Fahrersitz, nur für den Fall, dass sie sich umdrehte, während ich sie gar nicht mal so unauffällig aus dem Eiswagen meiner Schwester beobachtete.

»Sollte ich was unternehmen?«, wandte ich mich fragend an die Luft um mich.

Jemanden anrufen?

Jemandem schreiben?

Ich nahm mein Handy, das zwischen meinen Beinen klemmte, und starrte darauf. Doch bevor ich irgendwas tippen konnte, klopfte es plötzlich ans Fenster, und ich fuhr zusammen. Draußen standen ein paar Jungs, vielleicht so zwölf Jahre alt, die ihre Fahrräder auf dem Gehweg abgelegt hatten.

»Ist hier offen?«, fragte der Junge ganz vorne.

Ich fuchtelte unwirsch mit den Händen. »Haut ab.«

Nicht mal hiervon schien Olivia was mitzukriegen. Sie presste

gerade die Nase gegen eins der Fenster und schirmte ihre Augen mit den Händen ab.

»Äh, hallo?« Ein anderer Junge schlug mit der flachen Hand an die Autoscheibe. »Wir wollen Eis!«

»Hab ich gehört«, zischte ich noch immer fuchtelnd. »Und jetzt verzieht euch.«

Der Anführer verdrehte die Augen und zeigte mir den Mittelfinger, bevor er und seine Kumpels sich endlich wieder auf ihre Räder schwangen und von dannen strampelten. Als ich mich das nächste Mal zurück zum Haus wandte, wurde mir der Mund plötzlich ganz trocken. Olivia stand wieder an der Dachkante, nur diesmal andersrum. Mit dem Gesicht zu mir.

»Kann ich was für dich tun?«, schrie sie mir über die Straße zu.

*Spätestens jetzt sollte ich wohl wirklich was unternehmen*, dachte ich.

Definitiv.

Ich steckte mein Handy in die Tasche, stieg aus und ging langsam um den Eiswagen herum, die Hand auf der Motorhaube.

»Hey«, sagte ich und zog das Wort gut und gerne zehn Sekunden in die Länge.

Olivia hatte sich wieder dem Haus zugewandt und sah zu dem winzigen Bullauge im zweiten Stock hoch, das höchstwahrscheinlich zum Dachboden gehörte. Sie trug einen von diesen Anglerhüten, den sie sich jetzt aus der Stirn schob. Ihr weißblondes Haar rutschte darunter hervor und fiel ihr über die Schultern.

»Spionierst du öfter mal als Eisverkäufer getarnt Mädchen hinterher, oder ist das der offizielle Beginn deiner Stalkerkarriere?«, rief sie, ohne sich umzudrehen.

Ich wusste nicht, was ich antworten sollte. Ganz unberechtigt war die Frage nicht.

»Hast du deinen Schlüssel vergessen?«, erkundigte ich mich.

»Ich wohne nicht hier«, antwortete sie schlicht.

In meinem Kopf stieg eine Erinnerung an Olivia in ihrem Garten auf. Die Party zu ihrem elften Geburtstag. Ein Kuchen in Form eines Rollerblades, Miley Cyrus aus den Lautsprechern.

»Du wohnst in Columbia Heights«, stellte ich fest. Genau wie ich.

»Stalkst du mich da etwa auch?«

Ich wurde knallrot. »Ich war in der Grundschule mal auf deinem Geburtstag. Da hatte dein Dad so eine Bühne aufgebaut, und wir haben One Direction nachgemacht.« Verlegen fuhr ich mir durch die Haare und scharrte mit dem Fuß. »Keine Ahnung, wie ich das so lange vergessen konnte. So was müsste einem doch ein Trauma fürs Leben verpassen.«

Ein weißes, mit wildem Wein bewachsenes Plastikregenrohr führte senkrecht am Haus hoch. Olivia hielt sich daran fest und lehnte sich zurück, wie um zu testen, ob es ihr Gewicht halten würde.

»Versteh ich auch nicht«, entgegnete sie, während das Rohr bedenklich wackelte. »Du hast bestimmt einen phänomenalen Harry Styles abgegeben.«

»Bitte sag jetzt nicht, du willst dadran hochklettern«, flehte ich. »So sind schon 'ne Menge Leute umgekommen.«

»Kann sein.« Olivia trat einen Schritt zurück. »Aber Clark hat mir was geklaut, und das will ich wiederhaben.«

»Scheiße, Clark Thomas wohnt hier?«

Gehetzt sah ich mich um, als könnte Clark jeden Moment mit einer Machete aus dem Gebüsch stürmen. Clark hatte mal eine Mitarbeiterin unserer Schulcafeteria in den Schwitzkasten genommen, weil sie ihn mit »junger Mann« angesprochen hatte. Offenbar war er es einfach nicht gewohnt, wie ein Mensch behandelt zu werden.

Und Olivia war mit ihm zusammen.

»Ist keiner zu Hause«, erklärte sie, als machte es das irgendwie besser.

»Mhm, das hatte ich schon aus der Tatsache geschlossen, dass du durchs Fenster reinwillst.«

Olivia rieb sich den Kopf und legte ihn dann in den Nacken, um zu irgendwas hochzugucken, vielleicht wieder zu dem Bullauge im zweiten Stock.

»Mir liegt halt viel an dem, was Clark mir weggenommen hat«, beharrte sie.

Wieder trat sie einen Schritt zurück, aber da sie schon direkt an der Dachkante stand, traf ihre resolut zurückgesetzte Ferse nur noch auf Luft.

Stocksteif stand ich da. »Pass auf –«, fing ich an, doch bevor ich meine Warnung ganz loswerden konnte, kippte Olivia bereits nach hinten, den Rücken gekrümmt, die rudernden Arme ins Leere greifend.

Ein Schrei hallte über die Straße, und ich hätte nicht sagen können, ob er von Olivia kam oder von mir. Sie fiel, ein Bein nach oben gereckt, das Gesicht von ihren wallenden Haaren umrahmt, als befände sie sich unter Wasser. Zuerst prallten ihre Schultern und ihr Rücken auf den betonierten Gartenpfad vor der Veranda, dann ihr Kopf, wie ein mit Wucht geworfener Gummiball. Ihre ausgebreiteten Arme formten ein schlaffes T.

Reglos lag sie da, und mein Hirn brüllte mich an, mich gefälligst in Bewegung zu setzen, ihr zu helfen, doch der Rest meines Körpers hinkte irgendwie hinterher. Ein paar Sekunden vergingen, und dann, als hätte es plötzlich Klick gemacht, rannte ich los. Das Herz schlug mir bis zum Hals. Als ich bei ihr anlangte, rührte Olivia sich noch immer nicht. Ihr Hut war ihr in die Stirn gerutscht und verdeckte ihr Gesicht.

Von Nahem wirkte ihre Haut blass und wächsern, obwohl ich sie nur vom Mund abwärts sah. Ich ließ mich auf die Knie fallen und schob vorsichtig ihren Hut hoch. Schon jetzt breitete sich auf dem Betonboden unter ihrem Kopf eine Blutlache aus, so schnell, dass ich zurückwich.

»Olivia?«, fragte ich leise, aus Angst, sie zu erschrecken, wenn ich zu laut redete.

Ich erkannte meine eigene Stimme kaum wieder, so unsicher und zittrig, wie von weit her. Alles schien in der Schwebe zu hängen; die Bäume im Vorgarten wiegten sich wie in Zeitlupe in der Brise, die Luft war warm und stickig. Sogar auf der Straße herrschte Stille. Die Autos, die in Richtung Washingtoner Innenstadt unterwegs waren, klangen, als wären sie Lichtjahre entfernt anstatt nur ein paar Straßen weiter.

Mir wurde übel, als ich Olivia sah. Ihren Hinterkopf, ganz offensichtlich vom Betonboden eingedrückt, und das dünne Blutrinnsal, das ihr aus dem Mundwinkel floss. Wenn im Film irgendwer aus dem Mund oder Ohr blutete, dann war das eine ziemlich sichere Todesgarantie. Und ich hatte tatenlos zugeguckt, wie Olivia starb.

Ich wandte mich ab und kramte in meiner Tasche nach meinem Handy. Doch irgendwie hatte ich so ein komisches Gefühl. Ganz langsam drehte ich mich wieder um und riss im nächsten Moment cartoonmäßig die Augen auf.

Einer von Olivias Fingern zuckte.

Ich blinzelte. Blinzelte noch mal.

»Wie ...«, flüsterte ich, schaffte es jedoch nicht, den Satz zu beenden.

Dann, als wäre dieser eine Finger bloß die Vorhut, die das mit dem Bewegen erst mal ausprobierte, bevor sie dem Rest des Körpers ihr Okay gab, fingen nun auch Olivias ganze Hände an, sich

zu strecken und wieder zu lockern, gefolgt von ihrem rechten Arm, dann dem linken.

»Du kannst nicht am Leben sein«, stieß ich atemlos hervor. »Das geht nicht. Dir quillt das Hirn aus dem Kopf.«

Wie um mir das Gegenteil zu beweisen, fing nun auch Olivia an zu blinzeln. In ihre Augen, die gerade noch stumpf vor sich hin gestarrt hatten, kehrte das Leben zurück, und ihr Blick huschte über den Himmel, als nähme sie eine stille Bestandsaufnahme vor. Sie drückte den Rücken durch, drehte die Fußknöchel gerade und schob, begleitet von einem lauten Knacksen, den Unterkiefer hin und her.

»Steh ja nicht auf, sonst –«, warnte ich, die Hände erhoben, doch Olivia hatte sich schon mit einem Ruck aufgesetzt und riss sich den Hut runter.

Ihr Hinterkopf war eine dunkelrot verschmierte Fläche, in deren Mitte weiche rosa Hirnmasse, durchsetzt von weißlichen Knochensplittern, pulsierte.

»Macaulay Culkin!«, würgte ich hervor. »Ich glaub, ich muss kotzen.«

Olivia saß ganz still, die Hände auf den Boden gestützt, und atmete ruhig, geduldig. Und da sah ich es: Ihr zerschmetterter Schädel fügte sich wieder zusammen, Stück für Stück, wie ein Puzzle. Mit offenem Mund beobachtete ich, wie ihre Kopfhaut über dem frisch verheilten Schädel zusammenwuchs und Haare daraus sprossen, bis sie dieselbe Länge erreicht hatten wie der Rest.

»Was. Zum. Teufel. Ist. Hier. Los«, stieß ich fassungslos hervor.

Sobald ihr Kopf wieder intakt war, stemmte Olivia sich stöhnend hoch auf die Knie. Sie drehte probeweise das Kinn zu beiden Seiten und ließ die Schultern kreisen, während sie sich unter leisem Gemurmel das Blut vom Mund wischte.

Ich musste irgendein Geräusch von mir gegeben haben, denn jetzt wandte sie sich mir zu, die Lippen geschürzt. Als sie mich auf dem Gartenpfad kauern sah, wirkte sie sogar noch verwirrter als ich.

Olivia runzelte die Stirn. »Was?«

Eine ganze Flutwelle von Wörtern und Gedanken schwappte mir durch den Kopf, aber nichts davon ergab genug Sinn, um einen Satz daraus zu bilden. Ich konnte Olivia einfach nur weiter anstarren, was sie ziemlich zu nerven schien.

»Wie hast du – was ist – ich hab doch gesehen – du *lebst* noch«, stammelte ich schließlich.

Olivia dehnte erneut ihren Hals, sodass sich ein popcornartiges Ploppen vernehmen ließ. »Blitzmerker.«

»Aber ich hab dich doch gerade sterben sehen«, wandte ich ein. »Dein Schädel war zertrümmert. Das sah aus wie ... dieses silberne Zeugs, das man für Backkartoffeln braucht.«

»Das Wort, nach dem du suchst, ist *Alufolie*«, belehrte sie mich.

Die Szene hatte sich mir regelrecht ins Hirn gebrannt und lief dort in zermürbender Endlosschleife. »Dein Hinterkopf war Brei. Alles voller Blut«, sagte ich und sah es natürlich direkt wieder vor mir. Nachdem ich einmal angefangen hatte zu reden, konnte ich gar nicht mehr aufhören. »Wie hast du das gemacht?«

Wir guckten beide runter auf die noch immer frische Blutlache vor ihren Knien, wie um uns zu vergewissern, dass das alles gerade wirklich passiert war.

Olivia stieß einen Seufzer aus. »Ist, äh, kompliziert ...« Vorsichtig betastete sie ihren Hinterkopf und verzog das Gesicht. »Hank, oder?«

Ich schluckte. »Hugh.«

»Auch gut. Jedenfalls bin ich im Moment nicht so richtig in der Verfassung, da ins Detail zu gehen. Ich hab tierisch Kopfschmerzen.«

Ich lehnte mich zur Seite, um einen Blick auf ihren Hinterkopf zu erhaschen, doch sie drehte sich mit, sodass ich nichts sehen konnte.

»Was war das eben?« Ich deutete auf sie. »Dein Schädel hat sich von allein wieder zusammengeflickt!«

Abrupt setzte Olivia ihren Hut wieder auf. »Was machst du überhaupt hier?«, wollte sie wissen, ohne auf meine Frage einzugehen. »Wohnst du nicht auch in Columbia Heights?«

Ich deutete auf den Eiswagen auf der anderen Straßenseite. »Eis verkaufen.«

»Ah ja.«

Die Leiter, mit deren Hilfe sie aufs Vordach geklettert war, lehnte noch immer am Haus. Olivia stand auf, wischte sich die Hände an der Hose ab und fing an, die Leiter zusammenzuklappen.

»Moment, 'tschuldige, können wir noch mal kurz zurückspulen? Ich will jetzt echt wissen, was hier abgeht«, beharrte ich.

Hinter einem hohen, buschigen Strauch führte eine versteckte Treppe runter zu einer Kellertür. Dort lehnte Olivia die Leiter gegen ein vergittertes Fensterchen. Dann hüpfte sie zurück auf die Veranda und rückte einen Plastiktisch und die zugehörigen Stühle beiseite, offenbar auf der Suche nach einem Schlüssel.

Wieder blinzelte ich, weil ich einfach nicht fassen konnte, was hier gerade passierte. »Wir sollten lieber schnell ins Krankenhaus fahren, damit die wenigstens 'nen Hirnscan machen können oder so.«

»'nen Hirnscan?« Olivia lachte, schrill und heiser. »Erscheint dir etwa irgendwas hieran nicht in Ordnung?«

Sie riss sich den Hut wieder vom Kopf und drehte sich um, sodass ich sie von hinten sehen konnte. Wo gerade noch alles blutverklebt gewesen war, schien jetzt alles in bester Ordnung. Die nachgewachsenen Haare wirkten sogar wie frisch gekämmt. Doch

als Olivia sich mir wieder zuwandte und meinen Gesichtsausdruck sah, milderte sich ihr eigener von stinksauer zu einfach nur ungeduldig.

»Mir geht's gut, ehrlich. Du kannst mich also gerne in Ruhe lassen.« Olivia rüttelte ein letztes Mal unter vollem Körpereinsatz an der Haustür und gab dann seufzend auf. »Die schließen sonst nie ab, aber ausgerechnet heute natürlich schon«, grummelte sie und stürmte gleich darauf die Verandatreppe wieder runter.

»Vielleicht ja, weil Clark weiß, dass da was drin ist, was du haben willst«, merkte ich an.

Olivia blieb stehen und musterte mich finster. »Messerscharfe Schlussfolgerung«, höhnte sie.

Und bevor ich noch irgendwas hinzufügen konnte, marschierte sie los und verschwand die Straße runter.

»Wie, und jetzt haust du einfach ab?«, rief ich.

Mein ganzer Körper kribbelte. Meine Finger, meine Füße, mein Hals. Olivia schlenderte so lässig und unbefangen dahin, als wollte sie bloß kurz zum Supermarkt anstatt weg von einer Marvel-Film-würdigen Gruselszene. Das wollte sie doch wohl nicht ernsthaft so stehen lassen? Es gab zu viele Fragen, auf die ich Antworten brauchte.

»Kann ich dich irgendwohin mitnehmen?«, brüllte ich ihr wenig einfallsreich hinterher.

Doch Olivia drehte sich nicht mal mehr um.

Nach ein paar Sekunden rappelte ich mich hoch, immer noch verstört und wackelig auf den Beinen, und die Ereignisse der letzten Minuten rasten jetzt so schnell vor meinem inneren Auge vorbei, dass die Reihenfolge völlig durcheinandergeriet. Olivias eingedrückter Schädel. Die Fahrradjungs. Der Schrei. Weil ich nicht wusste, was ich sonst machen sollte, machte ich mich auf den Weg zurück zum Eiswagen und schlug dabei einen großzügigen

Bogen um Olivias Blutlache. Die begann bereits, zu einem schmierig schwarzen Fleck zu trocknen. Ich hatte das Gefühl, trotzdem einen Krankenwagen rufen oder sonst was unternehmen zu müssen, aber ich wusste ja nicht mal, wohin Olivia wollte. Sie war schon am Ende der Straße um die Ecke gebogen und genauso schnell verschwunden, wie alles angefangen hatte.

Eine Sache aber ging mir nicht aus dem Kopf, während ich den Motor anließ und ihn unter mir brummen fühlte. Nicht Olivias tödlicher Sturz vom Dach oder das Bild ihres zerschmetterten Hinterkopfs und auch nicht die Frage, was wahrscheinlicher war: dass ich mir das Ganze bloß zusammenhalluziniert hatte oder dass Olivia Moon echte Superkräfte hatte. Nein, es war etwas so Profanes und Egozentrisches, dass ich mich einfach nur schämte.

Was am meisten an mir nagte, war die Tatsache, dass sie meinen Namen vergessen hatte.

**DAVID BOWIE**
Gepostet unter MENSCHEN von <u>Hugh</u>.jpg
am 1. Juli um 07:13 Uhr

Ich respektiere ja David Bowies Recht auf Privatsphäre und
dass er nicht gleich der ganzen Welt von seinem bevorstehenden Tod erzählen wollte, trotzdem hätte ich wirklich ein
bisschen mehr Zeit gebrauchen können, um mich auf das
vorzubereiten, was man ja wohl mit Fug und Recht als das
Ende der Musik bezeichnen kann.

»Wahr oder falsch: In einem Gesangsduell würde Lin-Manuel
Miranda Marvin Gaye den Arschtritt seines Lebens verpassen.«

Razz biss in seinen Kirschblütendonut und verteilte dabei hell-
rosa Glasurflöckchen auf seiner Jeans. Wir hatten alle Fenster
runtergefahren, aus dem Kassettenplayer des uralten Eiswagens
dröhnte Marvin Gayes »Baby Don't You Do It« und übertönte den
Lärm der Touristen und Geschäftsleute, die ringsum für Tacos
und Pulled-Pork-Sandwiches anstanden.

Ich hatte Razz gegen Mittag zu Hause abgeholt, und wir waren
in die Innenstadt gefahren. Die ganze Zeit gab ich mir größte
Mühe, nicht wie ein Mensch zu wirken, der gerade rausgefunden
hatte, dass das komische Mädchen aus seiner Highschool in
Wahrheit der Terminator war. Aber seit wir das mächtige rote Tor

am Eingang zu Chinatown passiert und uns neben den anderen Foodtrucks auf dem Farragut Square postiert hatten, wanderten meine Gedanken immer wieder zurück zu Olivias eingedrücktem Schädel, zu der Blutlache, die ein bisschen die Form von George Washingtons Profil auf der Eindollarnote gehabt hatte. Zu ihrem ausdruckslosen Blick, als hätten wir uns noch nie gesehen und als wäre ich der Freak von uns beiden.

»Hugh?« Razz machte eine Scheibenwischergeste vor meinem Gesicht. »Alter, das wäre jetzt der Moment, in dem du aufs Heftigste drauflosdiskutierst.«

Ich blinzelte. »Wovon laberst du?«

»Ich hab gesagt, wahr oder falsch: In einem Gesangsduell würde Lin-Manuel Miranda Marvin Gaye den Arschtritt seines Lebens verpassen.«

Ich lockerte die Schultern, als könnte ich meine Nervosität einfach abschütteln. »Falsch«, antwortete ich. »Falsch hoch tausend. Marvin Gaye ist der unangefochtene Motown-King. Und Lin-Manuel Miranda ist nicht viel mehr als 'ne Disneyfigur.«

Razz machte untertassengroße Augen. Er schien seinen Ohren nicht zu trauen. »LMM zu beleidigen ist die reinste Blasphemie«, verkündete er, während er das schwarze Beanie auf seinem Hinterkopf zurechtrückte. »In New York City steht darauf die Todesstrafe. Der Mann ist ein Genie.«

Ich knabberte die dünne Zuckerkruste vom Rand meines Braune-Butter-Donuts. »Ich bestreite ja gar nicht, dass er für Disney und den Broadway Gold wert ist. Aber gesangstechnisch hat er nun mal gegen Marvin keine Schnitte. Marvin Gaye war der personifizierte Soul. Ganz ehrlich? Wahrscheinlich würde Lin-Manuel Miranda mir da sogar selbst zustimmen. Der wäre zum Hyper-Fanboy mutiert, wenn er Marvin Gaye je begegnet wäre.«

»Tja, gibt nur einen Weg, um das rauszufinden.« Razz legte sei

nen Donut hin und griff stattdessen nach seinem Handy. Das Display erstrahlte in Twitterblau, als er seinen Tweet absetzte. »Wenn Lin-Manuel Miranda darauf antwortet, kommst du Thanksgiving zu mir nach Kalifornien.«

»Wenn Lin-Manuel Miranda darauf antwortet, ziehe ich gleich mit nach Kalifornien, fertig.«

»Abgemacht.«

Wenn ich versuchte, mich einfach nur auf die Leute zu konzentrieren, die uns Eis abkaufen wollten, bestand möglicherweise die hauchfeine Chance, dass ich den Nachmittag ohne Nervenzusammenbruch überstand. Normalerweise hatte ich nie Geheimnisse vor Razz. Aber wenn ich ihm jetzt erzählte, dass ich Zeuge einer umgekehrten Kopfexplosion bei Olivia Moon geworden war, würde er mich wahrscheinlich diskret in Richtung der nächsten psychiatrischen Anstalt komplimentieren. Außerdem war ich mir ja selbst nicht sicher, was ich da eigentlich genau gesehen hatte. Eine Marvel-Heldin? Oder doch eher den Anfang eines Films, in dem ein paar Mutanten ein Kraftwerk verklagten, weil es Giftmüll in die Trinkwasserversorgung geleitet hatte?

Da das letzte richtige Sommerwochenende vor der Tür stand, war in D. C. zum Glück die Hölle los. Noch immer verstopften Touristen, die zur National Mall wollten, die Gehwege und stürmten die Museen, bevor der Herbst seine kühle Decke über die Stadt breitete.

»Habt ihr Cherry Garcia?«

Ganz vorne in der Eisschlange, kaum zu sehen über der Metallkante unserer Theke, stand ein kleines Mädchen mit flamingorosa Sonnenbrille.

Razz seufzte. »Wenn du Ben & Jerry's oder irgendwas Spongebobförmiges willst, musst du's woanders versuchen«, erklärte er. »Am Dupont Circle ist ein Minimarkt.«

»Weißt du was?«, sagte das kleine Mädchen und deutete mit einem glitzerlackierten Fingernagel auf ihn. »Du bist ein ganz schlechter Geschäftsmann.«

Jetzt war ich an der Reihe mit Seufzen. »Unser Weiße-Schokolade-Wuornos ist mit Erdbeeren, und dazu gibt's Marshmallows und bunte Streusel.« Das war einer der Sätze, die ich diesen Sommer so oft gesagt hatte, dass sie mir quasi auf die Innenseite der Augenlider tätowiert waren.

»Und was ist mit Banana-Bundy? Ist das nach diesem Mörder benannt?«

Ich zog so weit die Augenbrauen hoch, dass sie wahrscheinlich unter dem dicken schwarzen Haarwust verschwanden, den meine Schwester Ellen nur »den Dschungel« nannte. »Du weißt, wer Ted Bundy ist?«

Das Mädchen verschränkte die Arme und erwiderte: »Ich gucke halt Dokus.«

»Na dann.« Ich deutete auf die Eiskarte an einer der aufgeklappten Türen des Wagens. »Also, jede unserer Eiskreationen ist nach einem Serienkiller benannt. Oder einer Killerin. Weiße-Schokolade-Wuornos zum Beispiel nach Aileen Wuornos.«

Normalerweise machten die Fahndungsfotos von Charles Manson und Dennis »BTK« Rader auf den Flanken des Eiswagens deutlich genug, worum es bei »Killer Ice Cream – zum Sterben lecker« ging, nur Kinder oder sehr naive Erwachsene wussten manchmal nicht, wer Leute wie Richard Ramírez oder John Wayne Gacy waren. Ellen meinte immer, wir sollten Fragen so ehrlich wie möglich beantworten, solange wir nicht unbedingt Albträume provozierten. Was bisweilen zu ziemlich schrägen Gesprächen führte.

»Und was ist Green River?«

»Das ist mit Minze und Schokostreuseln. Und benannt nach

Gary Ridgway, dem Green-River-Killer«, erklärte ich. »Den mag meine Schwester am liebsten.«

Die Kleine riss so weit die Augen auf, dass man es sogar unter ihrer Sonnenbrille sah, und kriegte den Mund nicht mehr zu. Verstohlen spähte sie zur Schlange vor dem Pulled-Pork-Wagen rüber, in der vermutlich ihre Eltern standen.

Ich hüstelte. »Ich meinte, *das. Das Eis* mag meine Schwester am liebsten.«

»Das nehm ich«, beschloss das Mädchen und schluckte. »Mit doppelt Streuseln, bitte.«

Und zwar im Becher, spezifizierte sie noch, während Razz bereits die Gefriertruhe mit den Eisbehältern aufschob. Die Sonne knallte zum Fenster rein, und es war unerträglich heiß. Die Luft stand und hatte ungefähr zehntausend Prozent Feuchtigkeit. Ich wischte mir über die Stirn, bevor ich das Eis gegen einen Fünfdollarschein eintauschte und dem Mädchen sein Wechselgeld reichte.

Razz und ich bedienten weiter wie auf Autopilot, bis die Kundenschlange allmählich kürzer wurde. Es ging auf zwei Uhr zu, was bedeutete, dass der mittägliche Andrang bald vorbei war und uns wieder die langen, krampfigen Pausen bevorstanden, die ich normalerweise mit cleveren Kommentaren über Will Smith oder *Buffy – Im Bann der Dämonen* füllte.

Heute sagte ich bloß leise: »Ich hab vorhin Olivia Moon von einem Dach fallen sehen.«

Der Satz war raus, bevor ich mich stoppen konnte.

Razz drehte sich wie in Zeitlupe zu mir um. »Äh, was hast du gerade gesagt? Sollte das ein Witz sein?«

»Nein.«

»Und damit rückst du erst jetzt raus?«

»Ihr geht's gut«, wiegelte ich ab. Was ja auch stimmte – nach-

dem sich ihr Schädel selbst repariert hatte. »Sie wollte bei Clark Thomas einbrechen.«

»Na klar«, schnaubte Razz. »Und hast du zufällig nachgefragt, was genau es bei Mini-Manson zu holen gab?«

»Angeblich hat er ihr irgendwas geklaut.«

»Warum überrascht mich das von allen Elementen dieser Geschichte am allerwenigsten?« Razz schob beide Verkaufsfenster zu. »Lass uns abhauen, Alter«, drängte er und kletterte auf den Beifahrersitz. »Wenn ich noch mehr ›I Heart D. C.‹-Shirts sehen muss, fangen meine Augen an zu tränen. Und wer auch immer behauptet hat, diese Gürteltaschen wären wieder in, hat ernsthaft einen an der Klatsche.«

Es war ein ganz normaler Donnerstag, trotzdem waren die Straßen voll. Behutsam steuerte ich den Wagen durch das Labyrinth aus Bürohochhäusern bis auf die Constitution Avenue, die breiter und von alten Bäumen beschattet war. Wir bogen nach rechts in die 15th Street ab und umrundeten die Rasenfläche, in deren Mitte sich das Washington Monument erhob. Von dem cremeweißen Marmor war derzeit nicht viel zu sehen, weil er auf allen Seiten hinter Baugerüsten verschwunden war. Auf der Wiese ringsum tummelten sich Menschen, die picknickten oder Frisbee spielten. Segway-Touren und Kindertrupps, angeführt von Erwachsenen mit Schildern in der Hand, bevölkerten die Wege. Zur Linken lag die National Mall, deren braungrüne Grasfläche von gesichtslosen Museen und dem Capitol ganz am Ende gesäumt wurden. Wie eine Riesenkokosmakrone reckte sich die weiße Kuppel in den weiten blauen Himmel.

Die vertrauten, geschichtsträchtigen Straßen erfüllten mich mit einer Wärme und Leichtigkeit, die ich nicht mehr verspürt hatte, seit Olivias Kopf vor meinen Augen auf dem Gartenpfad zermatscht worden war. Ich mochte D. C. Der Distrikt war so win-

zig, dass man mit der Metro alles zwischen Virginia und Maryland locker erreichte. Nachts im Bett hörte ich zwar manchmal Schüsse aus den Vierteln Shaw und Petworth, aber das gehörte halt einfach dazu, quasi als Soundtrack zur Stadt. Ich kannte alle meine Nachbarn, weil die meisten von ihnen mehr oder weniger dauerhaft auf der Veranda kampierten, um die Straße und jeden, der dort nichts zu suchen hatte, im Blick zu behalten. Sie wohnten schon ihr ganzes Leben lang in diesen Häusern, genau wie ihre Eltern vor ihnen. Gut möglich, dass ich eines Tages auch so enden würde, und noch war ich mir nicht ganz sicher, was ich davon halten sollte. Washington war nun mal das einzige Zuhause, das ich kannte. Der einzige Ort, an dem ich mich wirklich wohlfühlte.

Wir schlichen mit dem Verkehr dahin, der wegen einer roten Ampel immer wieder ins Stocken geriet. Rechts, ganz in der Ferne, war das Lincoln Memorial zu sehen, der gute alte Abe, nur ein winziges Pünktchen in seiner Betonschuhschachtel. Vor ihm erstreckte sich das lange, rechteckige Wasserbecken mit seiner reflektierenden blaubraunen Oberfläche.

Als wir an einer Familie in rosa T-Shirts mit dem Aufdruck »DIE CONNORS AUF REISEN« vorbeifuhren, rümpfte Razz die Nase. »Mein Gott, was ist eigentlich los mit den Leuten?«, schimpfte er. »Warum macht man freiwillig Urlaub in einem Sumpf? Wir haben heute mindestens vierzig Millionen Grad.«

»Wenn du nicht rumlaufen würdest wie 'ne Goth-Zwiebel, wäre dir vielleicht auch nicht so heiß.«

Razz musterte mich finster durch eine Lücke in seinem langen lila-schwarzen Haarvorhang, dabei war das einfach die Wahrheit: Er verließ selten in weniger als drei Lagen gekleidet das Haus, für gewöhnlich bestehend aus einem T-Shirt – meist schwarz, meist mit irgendeinem Bandnamen in Horrorfilmbuchstaben drauf –, einem Longsleeve – natürlich schwarz – darunter und einem Fla-

nellhemd darüber, meist ebenfalls schwarz, lila oder ab und an dunkelrot. Dazu kamen schwarze Jeans, klobige schwarze Lederstiefel und ein schwarzes Beanie, das er gekonnt auf dem Hinterkopf balancierte, wodurch seine Mangafrisur ihm wie ein Wasserfall in die Stirn fiel.

Als wir schließlich das Ende der 15th Street erreichten, kam links das Holocaustmuseum in Sicht. Ich setzte den Blinker, um wieder nach Norden vorbei am Weißen Haus und weiter Richtung Columbia Heights zu fahren, aber Razz tippte mir auf die Schulter und schüttelte den Kopf.

»Fahr nach links«, sagte er und deutete rüber zur Mall.

»Musst du nicht noch fertig packen?«

»Ich hab noch genug Zeit, um meine Plattensammlung durchzugucken«, antwortete er. »Lenk mich lieber ein bisschen ab und erzähl mir von Olivias aktueller Modephase.«

Ich grinste schief. »Heute hatte sie ein riesiges Hawaiihemd an, dazu Cargoshorts und so einen Anglerhut.«

»Heißt also, im Moment sieht sie aus wie 'ne Couch.«

Ich schnaubte. »Kommt hin.«

»Klingt ja eher nach 'nem Rückschritt, verglichen mit ihrer Basketballgroupie-Zeit.«

»Immer noch besser als die Preppy-Idiotin von davor.«

»Hey, du warst doch selber mal so ein Preppy-Idiot.« Razz sah mich an und seine Haare fielen ihm über die Nase. »Du warst quasi der Ober-Preppy-Idiot.«

Ich erschauderte bei der Erinnerung. »Sagt der Richtige. Du hast doch auch dazugehört.«

Er klimperte mit den Wimpern. »Seither sind viele, viele Monde ins Land gezogen«, deklamierte er pathetisch, eine Hand aufs Herz gepresst. Dann lächelte er und zeigte mir seine perfekten, strahlend weißen Zähne. »Weißt du noch, in der Neunten, als

Olivia ihre fromme Phase hatte? Die nur ein paar Tage angehalten hat, weil sie dann mit diesem Typen aus der Zwölften mit dem Mohawk zusammengekommen ist?«

Ich runzelte die Stirn. »War das, als sie ständig im Rollkragenpulli rumgelaufen ist?«

»Nee, da hat sie einen auf Kunstkennerin gemacht, darum auch die Baskenmütze.«

»Ach, na klar«, erinnerte ich mich. »Auf jeden Fall hatte sie heute wieder ihre Lederarmbänder an, weißt schon, die aussehen wie Handschellen aus *Game of Thrones*.«

»Tja, ist doch schön, dass sie sich in der Hinsicht treu bleibt.«

In den zwölf Jahren, die wir mit Olivia Moon zur Schule gegangen waren – in unserem Abschlussjahrbuch hieß das »lebenslänglich«, was bedeutete, dass wir allesamt die örtliche Grundschule, Junior Highschool und Highschool besucht hatten –, hatte sie mindestens fünfzehn solcher Phasen durchlaufen, die meisten davon in der Highschool. Einige hatten nur wenige Tage angedauert, andere Jahre. Da gab es die schon erwähnte Kunstkennerinnenphase, die Emophase, die Softballmädchenphase und die alternative Phase, die wahrscheinlich am längsten angehalten hatte. Dann waren da noch die Schauspielphase und sogar eine kurze, aber interessante Hockeyphase, in der sie ständig in Vintage-Trikots der Washington Capitals rumgelaufen war.

Keine Ahnung, was die treffendste Bezeichnung für ihren neuesten Kleidungsstil war. Florida-Dad? Trailer-Trash? Auf jeden Fall war das Ganze äußerst seltsam, selbst für Olivias Verhältnisse.

»Musst du vor heute Abend noch mal nach Hause?«, erkundigte ich mich. »Ich leihe dir nämlich keine Boxershorts mehr.«

Donnerstag war unser *Survivor*-Abend, was bedeutete, dass Razz bei mir übernachtete, zumindest wenn Ferien waren. Beim Gedanken an diese lieb gewonnene Tradition normalisierte sich

mein Herzschlag ein wenig, denn anders als bei Olivias magischer Schädelreparatur wusste ich dabei, was mich erwartete.

»Alter, ich hab dir doch schon tausendmal gesagt, dass heute Abend unser letztes offizielles Familienabendessen vor Thanksgiving ist«, erklärte Razz. »Morgen fahre ich dann bis Samstagnachmittag nach Richmond zu meiner Grandma, und wenn ich wiederkomme, pennst du bei mir, und wir gucken noch mal alle *Hobbit*-Filme und fressen uns ins Koma, bevor ich mich auf die Socken nach Kalifornien mache. Ich hab uns schon sämtliche Sorten Oreos besorgt, die sie bei Giant hatten.«

Ich stieß einen frustrierten Seufzer aus und sah rüber zur goldbraunen Kuppel des Naturkundemuseums, die sich über dem vertrockneten Rasen der National Mall erhob. Dann hielt ich an einer roten Ampel.

»Ich verdränge halt immer noch, dass du mich ab Sonntag für diese Kommunistenhippies sitzen lässt«, erwiderte ich.

Das war gelogen. Vor der Sache mit Olivia hatte ich kaum an was anderes denken können als an Razz' Umzug nach Berkeley. Aber ich hoffte wohl einfach, dass es, je mehr Witze ich darüber riss, dass Razz sich ohne mich aufs College verzwitscherte, zumindest nach außen hin den Anschein machte, als würde ich das Ganze als unvermeidlichen Teil des Lebens akzeptieren, obwohl ich davon in Wahrheit Herzflattern bekam.

»Ich frag mich immer noch, ob ich nicht einen Krankenwagen hätte rufen sollen«, sagte ich leise. Oder eigentlich rutschte es mir eher heraus. »Für Olivia, meine ich.«

»Damit die Polizei mitkriegt, dass du einfach zugeguckt hast, wie sie in ein fremdes Haus einbrechen wollte? So was nennt sich Beihilfe zu einer Straftat.«

Ich verdrehte die Augen. »Wohl kaum.«

Die Ampel wurde grün, und wir fuhren weiter. So schnell sie in

Sicht gekommen war, so schnell war die National Mall auch wieder weg, und wir landeten im verworrenen Straßennetz des Capitol Hill. An der nächsten roten Ampel sah Razz schweigend aus dem Fenster, während ich mich verzweifelt bemühte, nicht an Olivia Moon zu denken, was natürlich unvermeidlich dazu führte, dass ich an nichts anderes dachte als an Olivia Moon. Denn auch wenn sie mich ganz offensichtlich nicht für erinnerungswürdig hielt, hatte sie mir mit ziemlicher Sicherheit vor zwei Jahren das Leben gerettet.

**THE DARK KNIGHT RISES**
Gepostet unter FILME von <u>Hugh</u>.jpg
am 25. Februar um 21:19 Uhr

Christian Bale, du bist tot. Tut mir leid, aber lässt sich nicht ändern. Du bist mit einem bombenbeladenen Helikopter aufs offene Meer rausgeflogen, so was überlebt niemand. Wie kommt's also, dass du jetzt in 'nem Café sitzt und bräsig Michael Caine zunickst? Wie kann das sein, Christian? Wie?

Ich starrte auf das leere Textfeld vor mir und versuchte, in Worte zu fassen, warum genau ich das Ende von *Interstellar* so hasste. Denn eigentlich war das doch ein Wahnsinnsfilm, zum größten Teil zumindest. Ein echtes Meisterwerk, das einem das Gefühl gab, live dabei zu sein, während Geschichte geschrieben wurde oder Wissenschaft oder was auch immer.

Aber dieses Ende? Unbefriedigend war gar kein Ausdruck. Von un*logisch* mal ganz zu schweigen.

Einsam und allein reiste Matthew McConaughey in seinem Marshmallowanzug durch ein Schwarzes Loch, das ihn korrekterweise tief ins Weltall saugen und wie eine Rosine hätte zusammenschrumpeln lassen müssen, aber stattdessen gabelte ihn natürlich im allerletzten Moment ein vorbeituckerndes

Raumschiff auf. Große Wiedersehensfreude, der Kreis schloss sich, bablabla.

Jetzt mal im Ernst, wie unwahrscheinlich war das denn bitte? Klar war das nur ein Science-Fiction-Film, aber diese Rettung war ja wohl alles andere als glaubwürdig. Alles viel zu glatt, viel zu reibungslos. Matthew McConaughey – beziehungsweise seine Filmfigur – war eine der wenigen Personen auf der Welt, denen ich jemals aus puren Logikgründen den Tod gewünscht hatte.

Ich fing an, meine Gedanken niederzutippen, löschte und formulierte um, während mir immer weitere Ideen durch den Kopf schossen. Meistens versuchte ich, meine Posts auf Spoiler Alert kurz zu halten, eher knappe Zusammenfassungen als ausgedehnte Abhandlungen. Auf die Weise lieferte ich den Lesern Diskussionsanstöße, was ihnen Gelegenheit gab, sich ihre eigene Meinung zu bilden.

In den zwei Jahren, seit ich mit dem Bloggen angefangen hatte, waren fast tausendzweihundert Posts über schlechte Enden zusammengekommen. Damit beschäftigte ich mich an den meisten Nachmittagen nach meinen Schichten im Eiswagen, aber auch morgens und nachts, wenn der Rest von Washington schlief. Nach meinen letzten Schätzungen hatte Spoiler Alert eine aktive Community von etwa siebenhundert Usern. Ich war immer offen für Anregungen, und manchmal ließ ich die treuesten Follower sogar Gastposts verfassen. Hin und wieder half auch Razz aus, besonders wenn es um Bücher von toten britischen Autorinnen und Autoren ging oder jeden *Evil Dead*-Film, der je gedreht worden war.

Die Website war in fünf Kategorien unterteilt: Bücher, Filme, Fernsehen, Menschen und Vermischtes. Unter Letzteres konnten zum Beispiel Bands fallen, aber auch Kriege, und jede Kategorie enthielt Posts zu verschiedenen Dingen, die ein schlechtes Ende

nehmen konnten. Happy Ends und die Fake-Ordnung, die sie suggerierten, waren nichts für mich. Die fühlten sich immer an wie ein Schlag in die Magengrube.

Unter jedem der Posts entspannen sich Diskussionen, mal länger, mal kürzer. Der letzte, zu *The Dark Knight Rises*, hatte ganze dreihundert Kommentare eingefahren, während sich für Oasis niemand so wirklich zu interessieren schien. Niemand musste sich mit dem Oberthema auskennen, den Film gesehen, den Song gehört oder das Buch gelesen haben, um seinen Senf dazuzugeben. Das sahen ein paar Leute aus der Community zwar anders, aber in dem Punkt hatte ich nun mal meine feste Meinung. Ein schlechtes Ende war ein schlechtes Ende, egal, ob man miterlebt hatte, wie es dazu gekommen war, oder nicht.

Aber was genau machte ein Ende denn nun schlecht? Noch so was, worüber sich die Spoiler-Alert-Userschaft alles andere als einig war. Für mich gab es da allerdings ziemlich eindeutige Kriterien. Was gar nicht ging:

- Enden, die zu lang waren (*Der Herr der Ringe: Die Rückkehr des Königs*)
- Enden, die mit dem Rest der Handlung gar nichts zu tun hatten (*Krieg der Welten*)
- Enden, die einfach irgendwie mau waren (*Matrix*)
- Enden, die komplett unerwartet kamen (Led Zeppelin)
- Enden, die zu kurz waren (das Staffel-10-Finale von *Akte X*)
- Enden, die keinen Sinn ergaben (Buddy Holly)

Und die Liste wuchs und wuchs, je mehr ich guckte, las und recherchierte. Ich fand immer weitere Gründe, warum mir ein ganz bestimmtes Ende nicht passte, und suchte geradezu obsessiv nach neuen, während mein Ärger über all die geballte Dummheit

sich anstaute. Ziemlich ironisch eigentlich, denn je miserablere Enden ich ausfindig machte, desto weniger schlimm erschienen mir die von davor.

Nachdem ich auf »Posten« geklickt hatte, aktualisierte ich die Seite, lehnte mich zurück und überflog meinem *Interstellar*-Beitrag noch mal. Ich hatte schon besser abgeliefert. Das Ganze wirkte etwas zerstreut, die Argumente schwammig. Was vielleicht daran lag, dass, wann immer ich mir Matthew McConaughey vorstellte, wie er auf seiner nachgebauten Veranda im Weltall in gedehntem Südstaatendialekt auf diesen sarkastischen, rechteckigen Roboter einredete, Olivia Moons Gesicht im Fenster hinter ihm erschien. Egal, wie sehr ich mich auch bemühte, mich an der Empörung festzuklammern, die mich gepackt hatte, als McConaughey nach seiner glücklich überlebten Reise durch das Schwarze Loch im Krankenhaus aufgewacht war – die Sache mit Olivia ließ mich einfach nicht los.

Als ich nachmittags heimgekommen war, hatte ich sofort angefangen, Olivias Social-Media-Profile zu durchforsten, bis ich kaum mehr geradeaus gucken konnte. Hatte mich von oben bis unten durchgescrollt, auf Facebook sogar bis zu ihrem allerersten Post aus der Junior Highschool. Wenig überraschend gab es allerdings weder Fotos noch Videos, auf denen sie sich den Arm abhackte und einen neuen nachwachsen ließ oder ihr ein Amboss auf den Fuß fiel, der davon völlig unversehrt blieb. Rein oberflächlich betrachtet war alles an ihr frustrierend normal.

Olivia hatte 587 Facebook-Freunde, fast doppelt so viele, wie Leute in unserem Jahrgang gewesen waren – was vermutlich nur logisch war, wenn man Teil nahezu jeder Clique gewesen war, die die Mount Luther Highschool zu bieten hatte. Ihr letzter Post war vom 13. Februar, eine einzelne kryptische Zeile unter einem Foto des Frontmanns der Band The Killers:

Wenn du nicht Brandon Flowers heißt, kannst du nicht mein Valentinsschatz sein!!!!!!!!!!!!!!!!

Okay, auf den zweiten Blick eigentlich gar nicht kryptisch. Sondern ziemlich eindeutig.

Abgesehen davon enthielt ihr Profil nur Fotos, die andere Leute von ihr gemacht hatten. Auf dem letzten trug sie dasselbe Hawaiihemd wie heute, dessen Ärmel ihr bis über die Ellbogen reichten. Sie stand vor einem hohen Strauch und hatte eine Hand erhoben, wie um sich die Haare aus der Stirn zu streichen, schien sich jedoch in letzter Sekunde noch mal bewegt zu haben, wodurch ihr Gesicht zu einem unscharfen, pfirsichrosa-weißen Fleck verschmiert war, umrahmt von weißblondem Gewuschel. Irgendwas an diesem Foto gab mir ein unangenehmes Gefühl, als hätte ich das letzte Bild einer Person vor mir, die mittlerweile gestorben war.

Ich klickte auf mein eigenes Profil, scrollte mich gedankenverloren durch die Timeline und versuchte, mir in Erinnerung zu rufen, was ich eigentlich über Olivia Moon wusste. So weit meine bisherigen Erkenntnisse:

- Sie wohnte in Columbia Heights, genau wie ich.
- Sie war mit Clark Thomas zusammen (na ja, mittlerweile wohl eher *gewesen*).
- Klamotten kaufte sie momentan offenbar ausschließlich in der Männerabteilung von Secondhandläden.
- Wir waren früher mal befreundet gewesen, auf die oberflächliche Art, wie man mit zwölf eben befreundet ist (also eigentlich gar nicht).
- Vor zwei Jahren hatten wir zusammen ein ziemlich seltsames Erlebnis gehabt, das für mich von einschneidender Bedeutung, für sie aber anscheinend total unwichtig gewesen

war – ein Erlebnis, über das wir danach nie ein Wort verloren hatten und das ihr völlig entfallen zu sein schien.

• Sie konnte sich selbst heilen, entweder kraft ihrer Gedanken oder ... des Universums?

Ich wusste also quasi alles und nichts über sie.

Wieder klickte ich mich zurück zu ihren Fotos und scrollte in der Timeline ganz nach unten. Das allererste Bild, das sie je gepostet hatte, zeigte sie in einem himmelblauen T-Shirt, die Haare hoch auf dem Kopf zum Pferdeschwanz gebunden, im Gesicht ein so strahlendes Lächeln, dass man davon fast erblindete. Alles an ihr verströmte aufrichtige Fröhlichkeit, ganz anders als die beißende Genervtheit von heute Morgen. Was hatte sich da bloß verändert?

Die Foto-Olivia hatte die Arme um zwei Leute gelegt: links Becky Cayman, meine Nachbarin von gegenüber, und rechts Razz, dessen einer Fuß auf einem Fußball ruhte. Sie trugen alle drei die gleichen Trikots und hatten sich schwarze Streifen unter die Augen gemalt.

»Razz hat mal Fußball gespielt?«, murmelte ich vor mich hin.

Meine Erinnerungen an die Junior Highschool waren verschwommen, allerdings tauchten hin und wieder detailliertere Fragmente auf, zum Beispiel an das eine Mal, als wir uns ins Kino geschlichen hatten, um uns den *Hobbit* anzugucken, oder Tagträume, in denen ich bei Shake Shack Cara Delevingne über den Weg lief. Aber Razz und Sport? Das hätte ich ganz sicher nicht vergessen. Ausgerechnet Razz, den ich schon mal nach dem etwas über einen Kilometer langen Fußweg von der Metrostation in Chinatown bis zum Weißen Haus mit einem Becher Eiswasser aufpäppeln musste.

Auf jeden Fall interessant. Denn ich hatte zwar gewusst, dass Olivia und er als Kinder irgendwie befreundet gewesen waren,

aber wie es schien, hatten sie ja nicht bloß in der Mittagspause mal zusammengesessen, sondern sich auch außerhalb der Schule getroffen. Zumindest, bevor sie sich beide abgesondert hatten.

Olivia und ich hatten früher auch mal zur selben Clique gehört, zusammen mit Razz und Becky. Das Ganze war eine von diesen aus Bequemlichkeit entstandenen Allianzen gewesen, in denen Jungs und Mädchen zusammengematscht wurden wie zwei verschiedene Farben Knete. Becky und mich verband allein die Tatsache, dass wir schon unsere ganze Kindheit lang Nachbarn gewesen waren, denn wenn man noch klein ist, fällt so was schwer ins Gewicht. Also luden wir einander immer zu unseren Geburtstagen ein oder trafen uns am Wochenende im Meridian Hill Park, aber trotzdem war das zwischen uns keine ernst zu nehmende Freundschaft. Zumindest nicht bis zur Oberstufe, als uns dämmerte, dass das mit der Grüppchenbildung so schnell nicht aufhören würde und wir uns tatsächlich ganz gern hatten. Aber da waren Razz und Olivia schon längst nicht mehr dabei.

Nachdem ich Olivias restliche Fotos durchgeguckt hatte, ging ich zurück auf ihr Profil und blinzelte ein paarmal, um meinen Blick wieder scharfzustellen. Innerhalb der letzten Minuten war ein neuer Post von jemandem erschienen, der einen Chihuahua mit goldenem Partyhütchen als Profilbild hatte.

**Regina Smalls > Olivia Moon**
24. August um 17:02 Uhr

Hallo, Schätzchen, wir denken dieses WE ganz fest an dich. Vermissen dich sehr u haben dich lieb, Grandma Reggie

Gern hätte ich Regina Smalls' Profil näher unter die Lupe genommen, aber es war auf privat gestellt, und ich konnte außer dem Chihuahua-Foto nichts sehen.

Also klickte ich mich zurück zu Olivia und starrte stirnrunzelnd auf den neuen Post. Ihre Grandma dachte fest an sie? Dafür musste es einen bestimmten Anlass geben. Aber welchen? Tja, vielleicht umfasste Olivias Leben ja tatsächlich noch mehr als versuchte Hauseinbrüche. Etwas Trauriges vielleicht. Oder etwas Aufregendes. Es konnte schließlich auch ein »Wir denken ganz fest an dich!« im Sinne von »Wir drücken dir die Daumen« sein. Aber wofür? Dass sie sich schnell von ihrem Sturz erholte? Aber das hätte ja eigentlich nur gepasst, wenn Olivia bleibende Schäden zurückbehalten *und* sich die Nachricht davon sehr schnell im Land der partyhütchentragenden Chihuahuas verbreitet hätte.

»Nö«, seufzte ich in mich hinein. »Immer noch nichts.«

Wie sollte man da bitte keinen Frust schieben? Wieso wusste ich so wenig über jemanden, mit dem ich immerhin jahrelang zu tun gehabt hatte? Gut, wir hatten jetzt auch nicht ständig miteinander rumgehangen, aber uns dafür fast jeden Tag in der Schule gesehen. Zählte das denn gar nicht?

Gerade als ich meinen Laptop zuklappen wollte, ploppte in der rechten unteren Ecke ein Fenster auf. Eine Nachricht, nur fünf Wörter, bei denen mir plötzlich eiskalt wurde.

**Olivia Moon:** Wir sollten uns mal unterhalten.

**MARVIN GAYE**
**Gepostet unter MENSCHEN von <u>Hugh</u>.jpg**
**am 29. November um 20:24 Uhr**

Auf der Schwelle zum Comeback, nach einem äußerst seltsamen, selbst auferlegten Exil wurde Marvin Gaye – einer
der größten Soulsänger aller Zeiten – von seinem Vater er-
schossen, der für diese Tat eine Gefängnisstrafe von sage
und schreibe null Komma null Jahren bekommen hat. Ein
Hoch auf den Rechtsstaat, meine Damen und Herren.

Manchmal kam mir mein Zuhause vor wie aus der Zeit gefallen.
Das meiste darin sah noch exakt so aus wie vor zwei Jahren, so als
hätte jemand eine Fernbedienung auf jeden Raum, jedes Eckchen
und jedes Scheit Feuerholz in dem Korb neben Dads ledernem
Fernsehsessel gerichtet und auf Pause gedrückt. Es gab kaum freie
Flächen, weil überall irgendwelcher Kram stand: Porzellanhünd-
chen, die meine Mom auf dem Garagentrödelmarkt gefunden hatte, Bücher, die sich in den aufwendig gearbeiteten Regalen aus
Dads Hobbyschreinerphase bis unter die Decke stapelten. Konzert-
poster, Urkunden, kleine Aquarelle und sogar Fotos von Leuten,
die wir gar nicht kannten – wieder vom Trödel –, bedeckten sämtliche Wände, die außerdem so knallbunt gestrichen waren, dass man
das Haus für das Set einer Kindersendung hätte halten können.

Mom hatte das Ganze immer als organisiertes Chaos bezeichnet. Ellen nannte es schlicht den *Zirkus*.

Unser Haus war kein Saustall oder so. Mom hatte sich zwar nach Kräften bemüht, die militärische Zucht und Ordnung abzulegen, die meine Grandma ihr eingeimpft hatte, aber so ganz war es ihr nie gelungen. Sie hatte jeden Winkel penibel geputzt und gesaugt, sodass die Bude zwar immer noch mit einer Million Kinkerlitzchen vollgestopft war, aber zumindest war es eine Million sauberer Kinkerlitzchen. Und außerdem wussten wir immer, wo alles war, weswegen Ellen und ich nach dem Tod unserer Eltern auch nichts verändert hatten. Denn selbst wenn das Ganze wie der Inbegriff von Verschrobenheit wirkte, ergab es für uns nun mal Sinn. Hier waren wir zu Hause, meine Schwester und ich.

Oben wartete noch immer Olivias unbeantwortete Nachricht. Als mein Blick auf den grünen Punkt im Chatfenster fiel, der bedeutete, dass Olivia gerade online war, knallte ich den Laptop zu und starrte schwer atmend darauf, als hätte er mir gerade ein Video von jemandem präsentiert, der mit Volldampf gegen eine Wand fuhr. Es war, als wäre dieser grüne Punkt Olivia selbst, die auf eine Reaktion lauerte. Erst dann ging mir auf, dass sie umgekehrt vermutlich gesehen hatte, wie mein eigener grüner Punkt zu Grau verblasst war, die ultimative Bestätigung dafür, dass sie es mit einem Riesenweichei zu tun hatte. Aber jetzt war es zu spät.

Als abends meine Schwester Ellen nach Hause kam, schwer beladen mit Einkäufen, lag ich schon seit fast einer Stunde auf der Couch und guckte die *Buffy*-Folge, in der ein paar Leute von Buffys Schule zu menschlichen Hyänen mutiert waren und den Schuldirektor auffraßen.

»Ah, also hast du das Ding doch nicht verloren.« Ellen deutete mit dem Kinn auf mein Handy, das auf meiner Brust lag, und hievte ihre Jutebeutel auf die Kücheninsel. »Ich versuch ja auch

erst seit zwei Stunden, dich zu erreichen. Jetzt musste ich Dan beauftragen, uns Abendessen vom Chinesen zu holen.«

Ich schluckte und stand auf, bemüht, mir meine Nervosität nicht anmerken zu lassen, die britzelnd durch meinen Körper jagte. Ich war einfach zu versunken in meine Grübeleien zum Thema Olivia Moon gewesen, um die Anrufe meiner Schwester anzunehmen.

»Warum bist du eigentlich so besessen von mir?«, erwiderte ich.

»Hughzifer, mein geliebter kleiner Babyschatz, du bist nun mal mein Ein und Alles«, flötete Ellen. »Rat mal, wen ich gerade im Café Vorgarten getroffen hab.«

Sie deutete mit einem schlanken, tätowierten Arm aus dem Fenster. Seit sich die Bewohnerzahl dieses Hauses halbiert hatte, trieben die Nachbarn sich verdächtig oft auf unserem Rasen herum, als wollten sie sich vergewissern, dass wir es auch tatsächlich schafften, uns allein zu waschen und was zu essen zu machen.

»Wen?« Ich verrenkte mir den Hals, sah jedoch niemanden.

Ellen warf sich ihr langes Haar über die Schulter. »Mrs Cayman«, antwortete sie. »Die feiern eine Abschiedsparty für Becky, bevor sie morgen aufs College geht, und sie hat gefragt, ob wir nicht auch kommen wollen.«

»Und da hast du geantwortet: ›Ey, Alte, hast du keine eigenen Freunde?‹«

Meine Schwester grinste. Mom hatte immer gesagt, wenn Ellen und ich einander anlächelten, müsse das doch aussehen, als guckten wir in den Spiegel. Vom Körperbau her kamen wir nach unserem Dad, der hochgewachsen und – zumindest in seiner Jugend – schlaksig gewesen war, aber ansonsten ähnelten wir eher unserer Mom mit der hellen Haut, den schwarzen Haaren und einer seltsamen Augenfarbe irgendwo zwischen Grau und Frostbeulenblau.

»Ich hab gesagt, ich müsste erst dich fragen.«

Ich zog eine Tüte Doritos aus einem der Einkaufsbeutel und wich Ellens Blick aus. »Also, von mir ein klares Nein«, sagte ich. »Das Letzte, was ich gerade gebrauchen kann, ist, auf Becky Caymans Veranda zu sitzen und so zu tun, als könnte ich mir nichts Schöneres vorstellen, als heimlich schales Bier zu trinken und mich mit Leuten zu unterhalten, mit denen ich absolut nichts mehr gemeinsam hab.«

»Ach komm schon, wir wären doch schon mal zu zweit«, versuchte Ellen mich zu überreden. »Und außerdem wohnen wir schließlich schon seit unserer Geburt gegenüber von den Caymans. Becky war deine Sandkastenliebe.«

Ich wurde rot. »Sandkastenliebe?«, wiederholte ich und spürte, wie die Hitze sich bis in meine Handflächen ausbreitete. »Mann, Ellen, wir waren zwei volle Tage zusammen, und das vor gerade einmal elf Jahren. Die Wunde ist ja wohl noch viel zu frisch, um darüber Scherze zu machen.« Ich wischte mir demonstrativ die Augen bei der Erinnerung daran, wie Becky die Tüte saure Gummiwürmer, die ich ihr bei 7-Eleven gekauft hatte, vor unserer Grundschule in den Rinnstein gepfeffert hatte.

Ellen verpasste mir lachend eine Kopfnuss. »Wir können ja nach *Survivor* noch rübergehen, falls du's dir anders überlegst.«

Ich kaute langsam einen Dorito und nickte, das Knuspern hallte mir laut durch den Kopf. Kurz überlegte ich, Ellen von der Sache mit Olivia zu erzählen, schob den Gedanken jedoch schnell wieder beiseite. Wenn ich nämlich gestand, dass ich a) in der Nähe von jemandem gewesen war, der sich ernsthaft verletzt hatte, b) in der Nähe von jemandem gewesen war, der diese ernsthaften Verletzungen vielleicht, möglicherweise, wahrscheinlich selbst heilen konnte, und c) tatsächlich glaubte, dass das alles wirklich passiert war, und mich damit eindeutig als unzurechnungsfähig

erwies, ging ich das Risiko ein, Sorgen-Ellen zu entfesseln, eine Version meiner Schwester, an die ich mich immer noch nicht ganz gewöhnt hatte. Sorgen-Ellen war zum Beispiel überzeugt, dass ich sofort Opfer eines bewaffneten Überfalls werden würde, wenn ich nach sechs Uhr abends mit dem Eiswagen unterwegs war.

Als hätte sie meine Gedanken gelesen, fragte Ellen: »Wie lief's heute mit dem Eiswagen?«

Sie stopfte einen Laib Brot in unseren kaputten Brotkasten und versuchte, den Rolldeckel zu schließen. Als sie es endlich geschafft hatte, war sie leicht außer Atem und musste sich den Schweiß von der Stirn wischen.

Ich klopfte mir ein paar Doritokrümel vom Shirt, die leider gelborange Spuren darauf hinterließen. »Musste ein ziemlich schräges Gespräch mit einem Kind über Ted Bundy führen«, antwortete ich.

»Alle Gespräche über Ted Bundy sind schräg, egal, wie alt man ist«, entgegnete Ellen.

»Auch wieder wahr.«

Killer Ice Cream gab es zwar erst seit knapp einem Jahr, aber wir waren in dieser Zeit schon zu einem der besten Foodtrucks in ganz D.C. gekürt worden, und jede Menge Zeitschriften und Blogs hatten über uns berichtet. Hauptsächlich ging es in den Artikeln darum, wie Ellen nach zwei Jahren ihr BWL-Studium an der Boston University geschmissen hatte, um sich stattdessen ein handfestes Business aufzubauen. Die geborene Unternehmerin, hieß es überall. Über den wahren Grund, warum sie wieder zurück nach Hause gezogen war, redete sie nur selten: Weil sie sich um ihren verwaisten kleinen Bruder kümmern musste.

Ellen war schon immer fasziniert von Serienkillern gewesen. Nicht von den Taten selbst, log sie oft, sondern wegen der psycholo-

gischen Komponente dahinter, was zumindest nicht vollkommen gelogen war. Als wir noch jünger waren, hatte sie alles an True-Crime-Literatur verschlungen, was sie in die Finger bekam. Statt Wonder Woman oder Katy Perry war Ellens Held John Walsh gewesen, der Moderator von *America's Most Wanted*. Eine Zeit lang hatte sie jeden Samstag, wenn die Sendung aufgezeichnet wurde, vor dem National Museum of Crime & Punishment rumgelungert, in der Hoffnung, ihm zu begegnen. Als würde der Typ einfach so durch den Haupteingang marschieren. Und irgendwann war dann aus dem, was Ellens Lehrerin in der dritten Klasse noch als »verstörendes Hobby« bezeichnet hatte, Killer Ice Cream erwachsen. Schon neben der Highschool hatte sie bei der Cold Stone Creamery gejobbt, und die Begeisterung für Eiscreme war geblieben. Momentan arbeitete sie unter der Woche als Barkeeperin in einer Kneipe am Dupont Circle und tüftelte am Wochenende an neuen Eissorten, die sie nach dem Zodiac-Killer oder Edmund Kemper benannte. Ein Konzept, das ihr im Lauf der Jahre allerdings auch einiges an ungewollter Aufmerksamkeit eingebracht hatte, von sachlich fundierten Diskussionen bis hin zu handfesten Protestaktionen. Einmal hatte mir ein Mann einen Serviettenspender an den Kopf geworfen, weil er überzeugt war, ich wäre einer dieser Freaks, die Richard Ramírez, den Night Stalker, anbeteten, und würde meine Ehrerbietung für ihn in Form von Schokoladeneis zum Ausdruck bringen. Na ja, wie hieß es so schön? Es gibt keine schlechte PR.

Als die Einkaufsbeutel ausgepackt waren, stopfte Ellen sie in die Ritze zwischen Herd und Spüle.

»Wo ist denn Razz? Kommt er mit der Metro?«

»Nee, er kommt gar nicht.« Erfolglos versuchte ich, meine Verbitterung zu überspielen. »Heute ist sein letztes Abendessen mit der Familie. Tja, so kann ich mich schon mal an mein neues, einsames Dasein gewöhnen, schnief.«

»Also ist er bereit zum Aufbruch?«

»So ziemlich.« Zumindest hatte er seine sorgfältig zusammen-gelegten Klamotten in übergroße Koffer gepackt und sämtliche Death-Metal-Poster von den schwarz gestrichenen Wänden ge-knibbelt. »Seine Mom fährt ihn nach Kalifornien, das heißt, er kann seine komplette Plattensammlung mitnehmen.«

Ellen rümpfte die Nase. »Wie viele Platten sind das denn, hun-dert?«

Sie wühlte im Küchenschrank, bis sie ein frisches Glas Erd-nussbutter fand, und zog die Folie mit geübtem Griff in einem Stück ab. Ich holte zwei Löffel aus der Besteckschublade.

»Von wegen, eher fünfhundert.«

Als ich mir Razz' leeres Zimmer vorstellte, ohne seine Platten, seine Bücher, seine Spider-Man-Figuren-Sammlung, bei der er absolut keinen Spaß verstand, also quasi ohne alles, was das Zim-mer razzhaft gemacht hatte, zog sich mein Magen zusammen. Und jedes Mal, wenn ich versuchte, mir unseren Abschied auszu-malen, klinkte mein Hirn sich unvermittelt aus. Zurück blieb nur Leere, ein grenzenloses Vakuum. Wir würden uns umarmen. Be-teuern, dass wir in Kontakt bleiben würden, klar. Aber am Ende würde es nur enttäuschend und krampfig sein und nie wieder so wie früher. Wahrscheinlich blieben wir noch ein paar Monate in Kontakt, aber irgendwann würde ihm unweigerlich klar werden, dass ich nur sein langweiliger Freund von zu Hause war, der sich in den letzten zwei Jahren noch nicht mal Fotos von irgendwas au-ßerhalb Washingtons angeguckt, geschweige denn sich im *Real Life* dorthin vorgewagt hatte.

»Du hättest es leichter, wenn ich aufs College gehen würde«, merkte ich an. »Ich hab ja nichts, was ich mitnehmen könnte, also würde ich da bloß mit 'ner Wechselunterhose und 'nem Butter-brot im Gepäck aufschlagen.«

Mein wichtigster Besitz umfasste sechs Marvin-Gaye-Platten, zehn T-Shirts und eine mittelgroße Comicsammlung, aber da ich im Gegensatz zu Razz nirgendwohin ging, spielte das sowieso keine Rolle.

Ellen stellte mit einem Rums die Erdnussbutter auf die Kücheninsel. »Es ist noch nicht zu spät, falls du es dir in Sachen College doch noch mal anders überlegen willst.«

Ich stieß ein verächtliches Lachen aus. »Äh, doch, ist es. Das Semester fängt nächste Woche an, und selbst wenn ich wollte, käme ich wahrscheinlich nirgendwo mehr unter, außer ich mache meinen Master in Bleistiftanspitzen oder so. Außerdem will ich gar nicht weg aus D. C., das weißt du genau.«

»Wieso eigentlich nicht? In der Hinsicht hast du echt 'ne Macke«, schnaubte Ellen. »Wir leben schließlich nicht im Wilden Westen. Du musst dir also keine Sorgen machen, von Wegelagerern ausgeraubt zu werden oder dich mit den Pocken zu infizieren, sobald du den Distrikt verlässt.«

»Ja, aber vielleicht fürchte ich mich vor Seeungeheuern. Sekten. Evangelikalen Christen.«

Ellen zog die Augenbrauen hoch.

»Schon gut«, lenkte ich ein. »Ich will halt einfach hierbleiben.«

Obwohl sich meine Furcht vor evangelikalen Christen in Grenzen hielt, hatte ich D. C. seit dem Tod meiner Eltern nicht mehr verlassen. Da draußen lauerten das Ungewisse, das Fremde, zu viele mögliche schlechte Enden.

»Hugh.« Ellen stützte sich auf die Kante der Arbeitsplatte und blickte plötzlich sehr ernst. »Du hast mir gesagt, du willst nach der Schule ein Jahr Pause machen. Wenn es bloß darum geht, in D. C. zu bleiben, könntest du doch auch hier studieren. Oder online an einer Fernuni. Wie wäre das? Wahrscheinlich ist doch wirklich noch Zeit, um sich einzuschreiben.«

»Ich hatte dir in der neunten Klasse auch mal gesagt, dass ich Rihanna zum Abschlussball einladen will, aber wir jungen Leute wissen nun mal nicht immer, was gut für uns ist«, erwiderte ich.

Ellen ging nicht auf meinen Scherz ein, nicht nach all den Diskussionen, die wir schon über »meine Zukunft« geführt hatten. Irgendwo zwischen Doritos und Erdnussbutter hatte die normale Ellen klein beigegeben und Sorgen-Ellen das Feld überlassen.

Meine Schwester schob das Kinn vor. »Ich glaube, selbst ein Informatikkurs oder so was wäre besser, als wenn du einfach nur das ganze Jahr hier rumsitzt.«

»Ich sitze nicht rum, ich hab doch den Eiswagen«, entgegnete ich.

»Und wenn du den nicht hättest?«

Ich kniff die Augen zusammen. »Wieso? Ist was mit dem Eiswagen?«

»Nein. Also«, stammelte Ellen, »zumindest im Moment nicht. Aber man weiß ja nie. Er könnte in eine Senkgrube stürzen oder von Außerirdischen entführt werden oder ... in eine von Außerirdischen verursachte Senkgrube stürzen ...« Sie guckte mir nicht in die Augen. Ich merkte, wie ihr Hirn sich auf Touren für eine ausgewachsene Tirade brachte.

Ich holte tief Luft und wappnete mich für das Unvermeidliche. Für solche Situationen hatten Ellen und ich eine Art Bombenentschärfungsstrategie, genannt das »Oldie-Ablenkungsmanöver«. Manche Leute (Razz) mochten das unorthodox finden, aber bislang hatte es noch jedes Mal funktioniert.

Ich räusperte mich und legte meiner Schwester die Hand auf die Schulter. Dann fing ich an zu singen: »*Here I am on bended knees, I lay my heart down at your feet, now ...*«

Der letzte Ton hing zwischen uns in der Luft, während ich darauf wartete, dass meine Schwester die Zeile zu Ende sang. Sie

stammte aus Frank Wilsons »Do I Love You (Indeed I Do)«, einem unserer absoluten Lieblingssongs. Die Idee hinter dem Oldie-Ablenkungsmanöver war folgende: Wenn man es erst einmal geschafft hatte, sein wütendes Gegenüber zum Mitsingen zu bewegen, wurde der Streit lange genug unterbrochen, dass beide entweder vergaßen, worum es überhaupt gegangen war, oder sich zumindest bereit erklärten, das Thema vorübergehend auf Eis zu legen. Unser Dad hatte sein Leben lang fest daran geglaubt, dass Motown ein Heilmittel für alles war.

Heute jedoch ließ meine Schwester sich anscheinend nicht so leicht aus dem Konzept bringen. Wenn es um mich und meine (nicht existenten) Collegepläne ging, war sie erstaunlich stur.

»Komm schon.« Ich stupste sie sachte an. »*Here I am on bended knees, I lay my heart down at your feet, now* ...«

Ellen biss sich auf die Unterlippe. Eine Sekunde lang befürchtete ich, dass dies tatsächlich das allererste Mal sein könnte, dass unser Oldie-Ablenkungsmanöver scheiterte, aber dann überraschte Ellen mich doch noch.

»*Do I love you*«, grummelte sie mehr, als dass sie sang.

Sie konnte mich nun mal nicht zwingen, aufs College zu gehen, und das war ihr klar.

Ich legte ihr die Hand auf die Schulter. »Siehst du, war doch gar nicht schwer. *All you have to do is ask, I'll give until there's nothing left, now* ...«

»*Do I love you.*«

Sie seufzte, und die Anspannung zwischen uns war verflogen.

»Und ob du mich liebst«, neckte ich meine Schwester, die darüber die Augen verdrehte. »Wir huldigen euch, ihr Motown-Götter.«

Ellen und ich drückten einen Kuss auf unsere Fingerspitzen und hoben die Hände Richtung Himmel.

Wir hatten gerade die Tüte Doritos und das halbe Glas Erdnuss-butter geleert, als das Licht eines einzelnen Scheinwerfers durchs Fenster über der Spüle fiel und die Arbeitsplatte in grelles Weiß tauchte. Ein röhrender Motor näherte sich von der Straße hinter unserem Haus. Ich warf meinen Löffel in die Spüle, während El-len Teller und Gabeln aus den Schränken holte und auf der Kü-cheninsel ablud.

Über dem Rand unseres niedrigen Gartenzauns war jetzt ein Mann in etwas zu großer Lederjacke erschienen, der mit dem Sei-tenständer seines Motorrads kämpfte und lauthals fluchte, als ihm das Gefährt immer wieder entgegenkippte. Es war offensicht-lich, dass sich, während andere mit dem Rucksack durch Asien reisten, die Quarterlife Crisis dieses Typen darin entlud, die alte Harley-Davidson seines Onkels wieder flottzumachen. Selbst auf die Entfernung war sein Geruch nach Verzweiflung, Taco Bell und Abercrombie &-Fitch-Aftershave unverkennbar.

Das war Dan. Dan, *the Steuerrechts-Man*. Ellens bescheuerter Freund.

Beladen mit Plastiktüten kam er Richtung Haus gestapft. Er trug ein weißes Hemd, eine graue Hose, eine rot-weiß gestreifte Fliege und blank polierte Ledersegelschuhe. Das dunkelblonde Haar hatte er sich zurückgegelt wie Christian Bale in *American Psycho*.

»Hoffe, ich bin nicht zu spät«, schnaufte er.

»Sieben Uhr sechsundfünfzig«, sagte Ellen nach einem Blick auf die grünen Ziffern der Mikrowellenuhr. »Genau pünktlich.«

Ich drehte mich zu der *Survivor*-Staffel-zwei-Box um, die ne-benan auf dem Wohnzimmertisch lag. »Dan«, fing ich an, legte die Hände zusammen und stützte das Kinn auf die Fingerspitzen. »Für den Fall, dass du nicht mit der Funktionsweise von DVDs vertraut bist, erklär ich's dir gern noch mal langsam: Die folgen

keinem festen Zeitplan wie das Fernsehprogramm, das heißt, man kann sie sich ansehen, wann immer man will.«

Ellen umfasste mit beiden Händen mein Gesicht und drückte mir einen dicken Schmatzer auf die Stirn. »Was hab ich doch für ein cleveres Brüderchen!«, schwärmte sie.

»Ich weiß aber nun mal, wie wichtig euch eure Routinen sind«, konterte Dan und stellte die nach süß-pikantem General-Tso-Hühnchen duftenden Tüten vor sich ab. »Auf noch so eine ›freundliche Erinnerung‹ per Mail wie letzte Woche, als ich sieben Minuten zu spät war, kann ich verzichten.«

Ich grinste. Um der Warnung Nachdruck zu verleihen, hatte ich der Mail ein Bild von einer brennenden Tüte Hundescheiße angehängt.

»Unsere *Survivor*-Donnerstage sind uns eben heilig«, entgegnete meine Schwester, die nun die kleinen weißen Kartons aus den Tüten hob und zu Inspektionszwecken vor sich aufreihte.

Unsere *Survivor*-Donnerstage waren eine Familientradition, seit Staffel zwei kurz nach meiner Geburt zum ersten Mal ausgestrahlt worden war. Dazu gab es Essen aus dem Little Dragon, jede Menge Geschrei und manchmal sogar ein paar Tränen. Wenn heute die aktuelleren Staffeln im Fernsehen liefen, ignorierten wir sie, denn obwohl weder Ellen noch ich es je zugeben würde, kam es uns irgendwie falsch vor, eine *Survivor*-Folge zu gucken, die unsere Eltern nie gesehen hatten.

»Ist auch Rindfleisch mit Brokkoli dabei?« Ich reckte den Hals.

Dan schlüpfte aus seiner Jacke und legte sie über die Sofalehne. »Klar. *Irgendjemand* hat mir schließlich sogar die Speisekarte per Post geschickt, für *Notfälle*. Notfälle wie den, dass Hugh nicht ans Telefon geht.«

»Ich bin nun mal ein schwer beschäftigter Mann, Dan«, verteidigte ich mich.

»Hast du unsere Lieblingsgerichte mit Sternchen markiert?«, fragte Ellen mich.

»Nein, mit kleinen Klebepfeilen«, antwortete Dan.

Meine Schwester wuschelte mir durchs Haar. »Guter Junge.«

»Wo ist denn Razz?«, erkundigte sich Dan.

»Der Name dieses treulosen Deserteurs wird in diesem Haus nicht genannt«, sagte Ellen und deutete dann fuchtelnd auf die Kartons. »So, jetzt aber, los, los, los. In zwei Minuten ist Showtime.«

Wir luden uns die Teller mit Fleisch voll, unter dem sich fettige Soßenpfützen bildeten. Ellen goss uns allen Cola light ein und brachte die Becher mit ins Wohnzimmer. Während ich mich in Dads Fernsehsessel setzte, machten Ellen und Dan es sich auf der Couch bequem und kuschelten sich unter die Flickendecke, die Mom aus Ellens alten Babysachen genäht hatte.

»Okay, bevor wir anfangen, lasst uns noch mal die Folge von letzter Woche zusammenfassen.« Meine Schwester deutete mit ihrer Gabel auf mich, während Dan nach der Fernbedienung griff. »Hugh, würdest du uns die Ehre erweisen?«

Ein Didgeridoo quäkte drauflos, als das DVD-Menü auf dem Fernsehbildschirm erschien. Ich stellte meinen Teller auf den Knien ab und räusperte mich.

»*Survivor*, Staffel zwei. Wir befinden uns im australischen Outback. Die beiden Stämme Ogakor und Kucha sind zu einem verschmolzen, Barramundi, und die Folge endete mit Jeffs dramatischem Ausscheiden. Damit sind noch fünf ehemalige Ogakor- und vier Kucha-Mitglieder übrig. Wird es den Publikumslieblingen Elisabeth und Rodger gelingen, ihre Haut zu retten, während die fiese Jerri und ihr Sidekick Alicia planen, Colby und seine Crew zu stürzen? Oder werden die restlichen Mitglieder des einstigen Stammes Kucha einer nach dem anderen rausgepickt werden wie Garnelen aus einem Shrimpscocktail im Outback-Steakhouse?«

»Wer war noch mal Alicia?«, nuschelte Dan, den Mund voller gebratenem Reis.

»Klein, Zöpfe, krass muskulös«, erklärte Ellen.

»Ich dachte, das ist Amber«, erwiderte Dan.

Ich kaute ein Stück Hühnchen. »Nee, Amber ist die, die später bei *Survivor: All Stars* Boston Rob heiratet.«

»Die heiraten in der Sendung?«, fragte Dan.

»Was?« Ellen zog ein übertrieben ungläubiges Gesicht. »Wie stellst du dir das denn vor? Wer sollte sie denn da trauen?«

Ich schüttelte den Kopf. »Echt jetzt, Dan, denk doch mal mit.«

»Nein, die lernen sich bei *Survivor: All Stars* kennen und heiraten dann irgendwann später«, erklärte Ellen.

»Amateur«, murmelte ich gedämpft.

Dan riss gerne »Witze« darüber, dass er Ellen mindestens elfmal hätte fragen müssen, bevor sie mit ihm ausgegangen sei, und das dann auch nur, damit sie endlich ihre Ruhe hatte. Im Grunde kapierte ich immer noch nicht, was er hier machte, in unserem Haus. Mit meiner Schwester. Ellen war schon viermal auf dem South-by-Southwest-Festival gewesen. Ihre Arme und der Großteil ihrer Beine und Schultern waren mit Tattoos von Katzen und Zitaten aus *Alice im Wunderland* übersät. Sie hörte gern die Smashing Pumpkins, und ihr Lieblingsfilm war *Der Mondmann*. Dan arbeitete in der Anwaltskanzlei seines Dads in Georgetown, hatte mit seinen Kumpels aus der Studentenverbindung schon mindestens vier Karibikkreuzfahrten gemacht und hörte am liebsten Coldplay, Twenty One Pilots und Jimmy Buffett, in dieser Reihenfolge.

Außerdem spielte er gern die beleidigte Leberwurst, was er gerade mal wieder bravourös demonstrierte, während sein Essen kalt wurde. »Ich hab den Kram halt nicht schon eine Million Mal gesehen wie ihr.« Er schob ein Häufchen Rindfleisch und Brok-

koli auf dem Teller hin und her. »Manchmal hab ich das Gefühl, ihr unterhaltet euch in irgendeiner Geheimsprache.«

Ellen gab ihm einen Kuss auf die Wange. »Die bringen wir dir auch noch bei«, tröstete sie. Dann griff sie über ihn hinweg nach der Fernbedienung und drückte auf Play.

Der Titelsong von *Survivor* erklang, eine Mischung aus kehligem Stammesgesang und einem seltsamen Geschrabbel, so als würde jemand einen Eisstiel über ein altmodisches Waschbrett ziehen. Ich sang lauthals mit, so wie meine Schwester und ich es immer machten, doch als ich kurz zu ihr rüberspähte, guckte Ellen nicht mal auf den Bildschirm. Stattdessen hatte sie den Arm um Dans Schultern geschlungen und flüsterte ihm etwas ins Ohr. Was sie sagte, wusste ich nicht, aber ich sah, wie Dans Lippen sich zu einem schüchternen Lächeln verzogen. Schnell starrte ich runter auf meinen Schoß und tat so, als hätte ich nichts mitgekriegt. Wodurch ich die letzte Einblendung verpasste: *Ein Survivor.*

**PRINCE**
**Gepostet unter MENSCHEN von <u>Hugh</u>.jpg**
**am 6. Juli um 15:23 Uhr**

Dass die Welt Bowie und Prince so plötzlich innerhalb nur
weniger Monate verlieren musste, ist einfach nur ein grau-
samer Scherz, und ich will nicht mal darüber nachdenken.

In dieser Folge wurde Alicia rausgewählt. In der nächsten würde
es Jerri treffen, danach Nick, Amber, Rodger, Elisabeth und Keith,
bis nur noch Colby und Tina übrig waren. Das Finale war allerdings nicht gerade ein Kopf-an-Kopf-Rennen – Tina gewann haus-
hoch und wurde zum Survivor gekrönt. Seit dem Tod unserer Eltern hatten Ellen und ich die zweite Staffel dreimal komplett
durchgeguckt, und trotzdem heulte sie jedes Mal, wenn Rodger
rausgewählt wurde.

Während Dan und Ellen die Spülmaschine einräumten, verzog
ich mich nach oben, bis ihr Geplauder von einem alten Kendrick-
Lamar-Song und den Stimmen anderer Leute verdrängt wurde.
Ich lugte durch den Spalt zwischen meinen Vorhängen über die
Straße zum Haus der Caymans hinüber. Das Licht auf der von roten und weißen Lampions beleuchteten Veranda war zu schummrig, um viel zu erkennen, aber ich wusste auch so, wer dort um den
kleinen Glastisch saß. Becky hatte es sich auf der Hollywoodschau-

54

kel gemütlich gemacht, und das neben ihr musste Lily sein. Auf dem Verandageländer hockte Dexter und ließ die Beine baumeln, Quinn saß auf einer Treppenstufe und Sam auf dem Plastikstuhl neben der Haustür, der normalerweise mein Platz gewesen wäre, wenn ich denn zu Beckys Party gegangen wäre. Ich wusste, wenn ich aufgetaucht wäre, hätte Sam sich sofort zu Quinn auf die Treppe gesellt, und Becky hätte mich die ganze Zeit damit aufgezogen, dass ich eine Kappe trug, obwohl es schon fast dunkel war.

Plötzlich vibrierte mein Handy in meiner Hosentasche. Mir wurde fast schlecht bei der Vorstellung, dass es wieder eine Nachricht von Olivia war, und ich atmete erleichtert auf, als ich Razz' Namen auf dem Display las. Ich nahm seinen FaceTime-Anruf an und sah ihn vor seinem Plattenspieler stehen, untermalt von einem Synthiebeat.

»Meine Mom sagt, ich darf nur drei Kisten Platten mit nach Berkeley nehmen. Alter, das ist mein Tod«, jammerte er. »Wie soll man sich denn bitte schön zwischen Sufjan Stevens und Kurt Vile entscheiden?« Er hielt zwei Platten hoch. »Das ist ein Ding der Unmöglichkeit. Warum kann ich nicht wie Gigi Hadid sein, und meine Mom kauft mir einfach eine Riesenwohnung mit einem Extrazimmer für meine Sammlung?«

»Du wirfst mal wieder mit Namen um dich, als hätte ich auch nur den blassesten Schimmer, von wem du da redest«, merkte ich an.

Auf der anderen Straßenseite guckte Becky sich gerade irgendwas auf Lilys Handy an und trank einen Schluck aus ihrem Pappbecher. Wieder sah ich das Foto von Olivia vor mir, die die Arme um Becky und Razz gelegt hatte.

»Hast du früher mal Fußball mit Olivia Moon gespielt?«, fragte ich unvermittelt.

»O Gott«, stöhnte Razz. »Erinner mich bloß nicht daran.«

»Hat sie mal –« Ich wusste nicht, wie ich das Thema anschneiden sollte, ohne dass es komplett bescheuert klang. »Ist dir mal irgendwas an ihr aufgefallen, das ... keinen Sinn ergibt?«

Razz zog die Augenbrauen hoch. »Wie meinst du das, keinen Sinn? Wie die Handlung von *Armageddon*?«

»Nein, eher ...« Mit zusammengekniffenen Augen inspizierte ich den Holzrahmen meines Fensters. »Eher, ob Olivia sich beim Training vielleicht mal verletzt hat und dann, na ja, auf einmal nicht mehr verletzt war oder so.«

»Um sich zu verletzen, hätte sie überhaupt erst mal zum Training kommen müssen«, antwortete Razz. »Aber da war sie so gut wie nie, und wenn doch, hat sie mit niemandem geredet außer mit Becky.«

»Warum war sie denn dann in der Mannschaft?«

»Olivia hat sich kein bisschen für Fußball interessiert. Haben wir alle nicht«, erklärte Razz. »Wir haben nur mitgemacht, weil Becky Cayman meinte, das wäre eine sozial akzeptierte Beschäftigung für ihren Hofstaat. Guck dir Olivia doch mal an, die ist die reinste Gestaltwandlerin. In Wahrheit steht sie weder auf Basketball noch auf Hockey oder Musicals oder was auch immer, sondern rennt einfach den Leuten hinterher, die sie gerade für cool hält, und morpht sich in sie um. Und in Beckys Fall war das halt eine Fußball spielende Idiotin mit Gummibärchen-Lipgloss.«

Draußen zog Becky gerade die Beine an und stützte das Kinn auf die Knie. Das machte sie immer, wenn sie müde war. Früher hatte ich auf Partys mit darauf geachtet und ihr verstohlen gegen die Wade geschnipst, wenn sie versehentlich eindöste, damit niemand es mitbekam. In der Highschool lief für Becky, mich und den Rest unserer Clique fast zwei Jahre lang jedes Wochenende nach demselben Schema ab: Ich hatte meinen Stammplatz am Tisch bei Ben's Chili Bowl, wusste, nach wie viel Bier Becky an

fing, sich zu beschweren, es sei zu heiß bei ihr im Keller, und kannte das Muster der Sommersprossen auf ihren Schultern.

»Du redest über Becky, als wäre sie die reinste Diktatorin«, merkte ich an.

»Das liegt daran, dass sie die reinste Diktatorin *ist*«, erwiderte Razz.

Nebenan lachten gerade alle über irgendwas, das Sam gesagt hatte, und als hätte sie meinen Blick gespürt, sah Becky plötzlich hoch zu meinem Fenster. Selbst im Dunkeln konnte ich ihr verstohlenes Schmunzeln ausmachen, das leichte Zucken ihrer Finger, ein kaum merkliches Winken.

»Deine Freundschaft mit Becky war ja auch ganz anders als meine oder Olivias«, redete Razz weiter, während ich wieder hinter dem Vorhang verschwand. »Bis zur Highschool wusstest du doch noch nicht mal, dass es mich gibt, und dabei sind wir sieben Jahre lang zu denselben Geburtstagspartys gerannt.«

Obwohl Razz und ich uns streng genommen schon aus der Junior Highschool kannten, hatten wir uns erst vor zwei Jahren vor dem Büro unserer Vertrauenslehrerin wirklich *kennengelernt*, als Razz mitten in seiner Transition steckte und Ellen sich allmählich Sorgen wegen meiner elternlosigkeitsinduzierten Eigenbrötlerei machte.

»Okay, aber trotzdem weiß ich, was Becky für ein Mensch ist«, wandte ich ein. »Mag sein, dass sie manchmal ein bisschen die Ellbogen ausfährt, aber deswegen ist sie ja nicht gleich wie Kylo Ren.«

»Sagt ihr Exfreund«, murmelte Razz kaum hörbar.

»Wir waren damals sieben. Vorpubertäre Beziehungen zählen nicht.«

»Tja, Olivia hatte wohl jedenfalls auch irgendwann die Schnauze voll von ihr«, berichtete Razz. Er durchforstete seine Plattensammlung, ließ die Finger über die unebenen Pappkanten gleiten, bis er

gefunden hatte, was er suchte. Ein Album mit einem Roboter inmitten rosagrauer Wolken auf dem Cover. »Als ihre Mom gestorben ist, kurz vor der achten Klasse, hat sie mit Fußball aufgehört. Becky hat so rumgemeckert, weil Olivia ihr Trikot zurückgegeben hat, ohne es vorher noch mal in die Reinigung zu bringen, dass Olivia ihr das Teil wieder aus der Hand gerissen und in eine Pfütze geschmissen hat. Da wär ich echt gern dabei gewesen.«

In meinem Kopf schrillte eine Alarmsirene los.

»Moment mal, was?«, fragte ich. »Olivias Mom ist tot?«

»Kurz vor der achten Klasse« bedeutete, es war wahrscheinlich August gewesen, vor ziemlich genau fünf Jahren. Wahrscheinlich war das der Grund, warum Regina Smalls auf Olivias Facebook-Pinnwand geschrieben hatte, sie würde an sie denken. Der Todestag ihrer Mutter.

»Ja«, antwortete Razz gedehnt und musterte mich fragend. »Wieso? Du guckst, als hättest du gerade 'ne Handvoll Glasscherben verschluckt.«

Ich stieß die Luft aus. »Ach nichts. Ich – ich muss einfach die ganze Zeit dran denken, wie Olivia heute Morgen vom Dach gefallen ist.«

Razz seufzte. »Sie ist ein Freak. Und Becky ist einfach nur schrecklich. Tja, Kinderfreundschaften halt – die enden immer irgendwie enttäuschend und absurd.« Razz ließ sich aufs Bett fallen und zog sich das Beanie so tief ins Gesicht, dass nur noch sein Mund zu sehen war. »Ach Mann, ich muss Schluss machen. Wenn ich vor der Fahrt nach Richmond morgen nicht mit meiner Plattensammlung hier weiterkomme, fackel ich nachher noch vor lauter Frust das Haus ab.«

»Warte mal«, hielt ich ihn zurück, obwohl mir meine offensichtliche Verzweiflung etwas unangenehm war, »was ist denn mit Samstagabend?«

»Wie meinst du das? Du kommst vorbei, und wir fressen uns ins Fast-Food-Koma, fertig. Ich ruf dich an, sobald wir in Richmond losdüsen.«

Razz legte auf, und sein Gesicht verschwand von meinem Display. Ein Teil von mir ärgerte sich über seinen abrupten Abgang und darüber, dass er anscheinend nicht kapierte, wie verrückt mich diese Sache mit Olivia machte. Aber gleichzeitig riet mir ein anderer, stillerer, selbstmitleidiger Teil von mir, mich besser daran zu gewöhnen. Wenn Razz nach Kalifornien zog, würde mein Leben schließlich immer so aussehen. Langweilig. Ohne Freunde. Überall außen vor. Es sei denn …

Ja.

Wieder hob ich das Handy und öffnete Facebook, um Olivias Nachricht noch mal zu lesen. So viele Fragen schwirrten mir durch den Kopf. Ich hatte jahrelang mit kaum jemandem außer Razz und Ellen geredet, jedenfalls nicht über wichtige Sachen. Was, wenn mir Olivia gegenüber jetzt irgendwas Seltsames oder Peinliches rausrutschte? Na ja, sie hatte mich ja schon mal komplett vergessen – vielleicht war das noch eine weitere Superkraft von ihr: komische Leute direkt aus ihrem Hirn löschen.

Aber wenn ich jetzt kniff, ging mir womöglich die Chance durch die Lappen, mehr über die verrückteste Sache rauszufinden, die ich je erlebt hatte. Und mir zu beweisen, dass ich trotz allem noch in der Lage war, mich einigermaßen normal mit anderen Menschen zu unterhalten. Nervös hin oder her, das Risiko durfte ich nicht eingehen.

Also holte ich tief Luft und tippte das Einzige, was mir einfiel:

**Hugh Copper:** Hey

Dann wartete ich.

**TWILIGHT: BISS ZUM ENDE DER NACHT**
Gepostet unter BÜCHER von <u>Hugh.jpg</u>
am 9. Mai um 04:35 Uhr

Jaja, kriegt euch wieder ein. Ich weiß, ich bin ein Typ, aber ich hab die *Twilight*-Saga trotzdem gelesen, und das Ende war UNTERIRDISCH. Sorry, aber ich hab mir echt nicht über tausend Seiten Schrott angetan, die auf eine epische Vampirschlacht hoffen ließen, nur damit besagte Vampire am Ende mit den Schultern zucken und »Och, lassen wir's einfach gut sein« sagen. Das sind achtundvierzig Stunden, die ich nie zurückkriegen werde. 'TSCHULDIGUNG, ABER WO KANN ICH DAFÜR OFFIZIELL BESCHWERDE EINLEGEN? STEPHENIE MEYER, ICH WILL MEINE LEBENSZEIT ZURÜCK!

Zum Glück kam Olivias Antwort beinahe sofort.

**Olivia Moon:** Gib mal deine nr

Ich erstarrte. Die Vorstellung, jetzt mit Olivia zu telefonieren, nach allem, was heute Morgen passiert war, erschien mir ungefähr genauso absurd, als wäre Marvin Gaye von den Toten auferstanden und hätte sich nach unserem WLAN-Passwort erkundigt.

Und trotzdem hatte sie gerade nach meiner Nummer gefragt.

Mit zitternden Händen tippte ich die Ziffern ein und beobachtete voller Entsetzen, wie das Display schwarz wurde und einen Anruf von einer unbekannten Nummer ankündigte.

Ich wappnete mich. »Hallo?«

Die Stimme am anderen Ende war gedämpft, kaum mehr als ein Flüstern. »Du musst mir noch mal einen Gefallen tun.«

»Wieso, was war denn der erste?« Ich fuhr mir durch die Haare.

»Du hast mich in Ruhe gelassen, als ich dich darum gebeten habe. Sehr löblich.«

Ich wusste nicht, was ich darauf erwidern sollte.

»Der nächste wird allerdings ein bisschen komplizierter«, brach Olivia das Schweigen. »Clark hat was ziemlich Wichtiges von mir, und das muss ich mir zurückholen, aber dafür brauche ich deine Hilfe.«

Das riss mich aus meiner Starre.

»*Meine* Hilfe?«, wiederholte ich ungläubig. »Wieso das denn?«

»Jetzt stell dich doch nicht blöd«, schnaubte Olivia. »Uns ist ja wohl beiden klar, was du heute gesehen hast. Wir sind jetzt so was wie Blutsgeschwister.«

Ich setzte mich gerade auf und spürte, wie meine Rückenmuskeln sich anspannten. »Also war das echt? Ich hab nicht halluziniert oder so?«

Olivia schwieg. Ich sah sie vor mir, wie sie in ihrem Zimmer auf und ab tigerte und überlegte, ob sie aussprechen sollte, was uns beiden längst klar war.

»Nein, du hast nicht bloß halluziniert«, stieß sie schließlich entnervt hervor.

Obwohl ich es schon geahnt hatte, war es trotzdem, als hätte Olivia jemanden beauftragt, eine Wassermelone aus fünfzig Stockwerken Höhe zwischen uns fallen zu lassen, sodass uns der

rosa Matsch nur so ins Gesicht spritzte. Nachdem ich mir endlich sicher sein konnte, dass das Ganze real gewesen war, gab es so viel, was ich wissen wollte. So viele Fragen.

»Aber wie kann das sein?«, fing ich an. »Weiß irgendwer davon? Gibt es noch andere Menschen, die so was –«

»Halt, halt, halt«, unterbrach mich Olivia. »Nicht so hastig. Du darfst mir so viele Löcher in den Bauch fragen, wie du willst, aber nur, wenn du mir hilfst. Das ist der Deal.«

Mein Körper kribbelte vor Aufregung. Ich sprang auf und fing selbst an, auf und ab zu tigern. Oder eher wie ein Pingpongball über den ausgeblichenen braunen Teppich zu hüpfen.

»Wie soll ich dir denn helfen?«, fragte ich. »Wir –«

Ich unterbrach mich. *Wir kennen uns doch gar nicht,* hatte ich sagen wollen. Obwohl das streng genommen gar nicht stimmte. Denn ob es ihr bewusst war oder nicht, wir waren bereits durch ein anderes Erlebnis miteinander verbunden, an das ich jedes Mal hatte denken müssen, wenn Olivia mir auf dem Schulflur begegnet war. So gern ich die Erinnerung daran auch verdrängt hätte.

»Das ist ja das Problem«, sagte Olivia. »Ich weiß noch nicht so richtig, wie. Clark hat mir was geklaut und ist seitdem komplett von der Bildfläche verschwunden. Erst mal muss ich rausfinden, wo er sich rumtreibt, und dann können wir in die Planung gehen. Aber keine Sorge, du musst allerhöchstens den Lockvogel spielen, während ich mir heimlich meinen Kram zurückhole.«

»Den Lockvogel?«, echote ich. »Das heißt, du erzählst mir, was ich sowieso schon weiß, und dafür darf Clark mich zu Klump prügeln? Super Deal.«

»Niemand prügelt dich zu Klump.«

»Was hat er dir denn überhaupt geklaut? Ein unschätzbar wertvolles Artefakt? Oder was Illegales?« Ich schluckte. »Oder beides in einem?«

»Mein Bauch kriegt schon die ersten Löcher«, mahnte Olivia.

»Wenigstens damit kannst du ja wohl rausrücken«, quengelte ich. »Ich mache bei nichts mit, wofür ich verhaftet werden könnte.«

Olivia seufzte. »Na schön. Es ist eine Kiste mit Sachen von meiner Mom. Also, nur das, was ich von ihr retten konnte, bevor mein Dad den Rest weggeschafft hat. Platten, Kassetten, Fotos, ein paar Bücher, Videos, ihre Muschelsammlung, Notizen. Alles, was ihr wichtig war.«

Ich blieb stehen und blinzelte in die Dunkelheit. »Und diese Kiste hat er dir geklaut?«, hakte ich nach. »Bist du sicher, dass er darin nicht bloß seinen Grasvorrat versteckt hat und sie dir morgen zurückbringt?«

»Ganz sicher«, beteuerte Olivia. »Er wollte mir eins auswischen und ist direkt in die Vollen gegangen.«

»Das hat ja schon Superschurkenniveau. Da könnte man glatt auf den Gedanken kommen, der Typ hätte mehr Gehirnzellen als ein Goldfisch, und daran hab ich ernsthafte Zweifel.«

»Noch nie gehört, dass jede noch so minderbemittelte Münze zwei Seiten hat, Hugh?«

Tja, bei Clark Thomas konnte ich mir das eben wirklich nicht vorstellen. Aber Hut ab – wenn er die ganze Sache tatsächlich geplant hatte, war er längst nicht so ein Holzkopf, wie ich gedacht hatte. Dafür allerdings ein Sadist.

Ich selbst brachte es kaum über mich, mir die Fotos meiner Eltern anzugucken, die ich nach ihrem Tod von den Wänden genommen und in Schuhkartons unter der Treppe verstaut hatte, ganz zu schweigen davon, in ihr Schlafzimmer zu gehen, wo immer noch die Bettwäsche aufgezogen war, in der sie das letzte Mal geschlafen hatten. Klar, irgendwie war das ganze Haus ein Denkmal für meine Eltern, aber nicht alle Erinnerungsstücke trafen gleich tief ins Herz. Darum ließen Ellen und ich die Schlafzim-

mertür zu und machten einen Bogen um all die anderen wichtigen Sachen, die, von denen mir bei jeder Berührung die Hand brannte, als hätte ich sie auf eine heiße Herdplatte gelegt. Allein bei der Vorstellung, jemand könnte bei uns zu Hause rumstöbern und die Sachen meiner Eltern klauen, zogen sich meine Eingeweide zusammen.

»Okay.« Ich setzte mich aufs Bett. »Ich helf dir, die Kiste zurückzuholen.«

Olivia atmete hörbar auf. »Gut«, sagte sie schlicht.

»Aber kannst du mir wenigstens verraten, warum Clark das gemacht hat?«

»Weil er ein Wichser ist.«

»Das versteht sich von selbst, aber da muss doch noch mehr dahinterstecken.«

Auf Olivias Seite ertönte ein rhythmisches Klicken, wie von Fingernägeln, die nervös auf Plastik trommelten.

»Ich hab rausgefunden, dass er fremdgegangen ist, darum hab ich sein Auto mit einer Lampe demoliert.«

»Uff«, machte ich. »Mit 'ner Lampe? Warum hast du ihn nicht einfach online an den Pranger gestellt, wie jeder normale Mensch das machen würde?«

»Laaangweilig.« Olivia simulierte ein Gähnen. »Auf Social Media geht's doch bloß darum, wie man nach außen wirkt, und das ist scheißegal.«

»Und darum musste irgendeine arme Lampe dran glauben? Die konnte doch auch nichts dafür.«

Olivia lachte, heiser und unerwartet. »Was Besseres ist mir halt nicht eingefallen, als ich das mit Casey rausgefunden hab«, erklärte sie. »Casey ist die, mit der er was hatte. Die potthässliche Bassistin von seiner Band.«

»Clark hat 'ne Band?«

»Na klar. Ich sag doch, er ist ein Wichser.« Ein paar Sekunden lang hörte man Olivia nur leise atmen. »Ich wollte irgendwas kaputt machen, was ihm am Herzen lag.«

Was sollte man dazu noch sagen?

»Aber spielt jetzt auch keine Rolle mehr«, fuhr sie fort. »Wichtig ist nur, dass wir die Sachen zurückholen.« Olivia räusperte sich. Ich hörte Bettfedern quietschen, dann setzte leise Musik ein. »Also, ich leg heute Abend noch eine gründliche Internet-Stalking-Session ein und ruf dich morgen mit den Ergebnissen an. Du hilfst mir, und ich beantworte deine blöden Fragen. Ach, und in der Zwischenzeit erzählst du keinem, was du gesehen hast. Abgemacht?«

Ich legte mich aufs Bett und fröstelte in meinen Shorts, als die Klimaanlage am Fenster einen kalten Luftschwall ausstieß. Das ging mir alles zu schnell. Im einen Moment wusste Olivia nicht mal mehr meinen Namen, und im nächsten bat sie mich um Unterstützung. Wir hatten seit Jahren nicht mehr miteinander geredet, nicht seit damals. Dem Abend, als ich plötzlich eine Nachricht von ihr bekommen hatte, nur wenige Tage nach dem Tod meiner Eltern.

Immer wenn ich ihr danach begegnet war, hatten mich die Erinnerungen aufs Neue überrollt, daran, wie ich reglos bei der Beerdigung meiner Eltern gesessen hatte. An diesen alles umfassenden Schmerz, schwer zu beschreiben, aber so stark, dass ich Olivia irgendwann bewusst aus dem Weg gegangen war. Allein ihr Anblick hatte das Ganze immer wieder aufleben lassen. Die Leere. Ich kam einfach nicht damit klar, und wenn ich mal nicht aufgepasst hatte und wir uns trotzdem irgendwo sahen, schien es ihr genauso zu gehen. Dann wanderte ihr Blick zu ihren Füßen, und sie unterbrach jedes Gespräch mit den Leuten, mit denen sie in der Woche gerade rumhing, und murmelte irgendwas vor sich hin.

Und jetzt planten wir gemeinsam, Clark Thomas zu beklauen, den Nachwuchskriminellen Nummer eins der Mount Luther Highschool. Den Typen, der mal achtzig Goldfische im schuleigenen Schwimmbecken ausgesetzt hatte, ohne dabei an das Chlorwasser zu denken, sodass die erste Sportgruppe am nächsten Morgen einen stinkenden Tümpel voller Fischleichen vorgefunden hatte. Aber falls Olivia sich Sorgen machte, ob nun über Clark oder unser nächstes Gespräch, ließ sie es sich zumindest nicht anmerken. Also tat ich es ihr nach.

»Abgemacht«, sagte ich.

**DER REPORT DER MAGD**
Gepostet unter BÜCHER von <u>Hugh</u>.jpg
am 29. Januar um 16:29 Uhr

Was? Wie jetzt? Ist das gerade – Moment, *was* ist da bitte
gerade passiert?

Wahrscheinlich hätte mir klar sein müssen, dass mir kein völlig
normaler Tag bevorstand, während ich darauf wartete, dass Olivia Moon mit einem Plan um die Ecke kam, wie wir ihren
Exfreund, den zukünftigen Serienkiller, am besten beklauen
konnten. An einem normalen Tag hätte ich meine gewohnte Eis-
runde gedreht, angefangen bei uns in Columbia Heights, dann
weiter nach Petworth und schließlich mit einem Schlenker über
Shaw, aber heute Morgen war Ellen mit dem Wagen losgetuckert,
ohne mir zu erklären, warum. Und Razz war schon in Richmond
bei seiner Grandma, also konnte ich mich auch mit ihm nicht
treffen.

Es war, als hätte sich das ganze Universum gegen mich ver-
schworen, sodass mir gar keine andere Wahl blieb, als zu Hause zu
hocken und auf mein Handy zu starren, bis Olivia endlich anrief.

Vor meinem Fenster hüpfte eine Krähe in der Eiche herum, deren Zweige bis an unsere Hauswand reichten. Sie hackte mit dem
Schnabel auf die Baumrinde ein, die in dünnen Fetzen zu Boden

segelte, dann flog sie über die Straße und landete auf dem Dach der Caymans. Mir kam ein Gedanke.

Ich wählte und lauschte auf das Freizeichen. Das Ganze war zwar riskant – was, wenn ausgerechnet jetzt Olivia anrief? –, aber weiter untätig rumsitzen war jedenfalls keine Option.

»Kannst froh sein, dass ich überhaupt drangehe, nachdem du nicht mal zu meiner Party gekommen bist.«

Sie tat wütend, aber ihrer Stimme war das Lächeln anzuhören. Ich sah rüber zu ihrem Haus, ein großer roter Backsteinkasten mit weißem Lattenzaun davor. Ganz oben am Fenster, eine Hand in die Hüfte gestemmt, die andere mit dem Handy am Ohr, stand Becky Cayman.

»Du hast mich doch gar nicht eingeladen«, konterte ich.

»Mom hat Ellen Bescheid gesagt.«

»Genau, da warst du aber nicht involviert. Und ich auch nicht.«

Keine Ahnung, ob Becky die Augen verdrehte, aber ich war mir fast sicher. »Das ist doch Korinthenkackerei«, verkündete sie. »Und ja wohl sowieso bloß eine Ausrede, um dich nicht mit uns treffen zu müssen. Dabei können wir auch nüchtern Spaß haben.«

Ich zog eine Augenbraue hoch. »Das mit dem Lügen hast du echt null drauf, Cayman.«

Becky drehte sich vom Fenster weg und ließ den Vorhang zufallen. »Tja, ich hab nicht viel Zeit. Muss noch packen.«

Das war der Moment, in dem die meisten Leute klein beigegeben hätten. Becky, betont gelangweilt. Becky, die immer was Wichtigeres zu tun hatte. Aber ich kannte sie nun mal zu gut.

»Wann fährst du los zur Rutgers?«

»Heute Abend. Montag hab ich eine Orientierungsveranstaltung, und meine Eltern wollen aus der Fahrt nach New Jersey natürlich direkt einen Familienausflug mit Emma und Sydney machen. Wäre ja auch zu schön gewesen, so ein letztes Wochenende

vor dem College, ohne dass mir alle auf den Nerven rumtrampeln.«

Becky verstand sich nicht sonderlich gut mit ihren kleinen Schwestern. Die beiden waren Zwillinge, zehn Jahre alt und erst auf die Welt gekommen, nachdem Becky sich bereits bequem in ihrem Dasein als Einzelkind eingerichtet hatte. Und als wäre dieser späte Geschwistersegen nicht schon genug, waren sie auch noch hochbegabt.

Ich lehnte die Stirn an die Scheibe und sah runter in unseren Vorgarten mit dem viel zu hohen, von vergilbtem Unkraut durchsetzten Rasen. Becky vergaß manchmal, wie viel ich dafür gegeben hätte, dass meine Eltern mich vor fremden Leuten bloßstellten oder einen Streit zwischen Ellen und mir schlichteten. Aber ich nahm es ihr nicht übel.

»Ich hab irgendwie das Gefühl, dir was schuldig zu sein, nachdem ich nicht bei deiner Party war«, sagte ich. »Nicht, dass das zwischen uns steht, wenn du zur Rutgers abhaust.«

»Ach, Hugh«, seufzte Becky. »Ich hab echt viel zu tun hier. Diese Kleiderbügel werfen sich nicht von selbst in einen Umzugskarton.«

Meine Mundwinkel kräuselten sich zu einem Grinsen. »Fünf Minuten wirst du ja wohl haben.«

Becky lachte. »Ein bisschen länger dürfte es schon dauern.«

»Dann sieben. Höchstens acht.«

Mit einem Ruck ging ihr Vorhang wieder auf, und Becky erschien am Fenster. Sie trug ein weißes Oberteil, das sie ein bisschen geisterhaft aussehen ließ.

»Na schön«, gab sie sich geschlagen. »Aber erwarte nicht, dass es mir Spaß macht.«

Ich tippte mit den Fingern an die Scheibe. »Wird's nicht, versprochen.«

Als Becky ihr Shirt wieder anzog, fiel ein Strahl Nachmittagssonne durch den Spalt in meinem Vorhang auf ihr glattes, seidiges Haar. Kurz meinte ich, Blut an ihrem Hinterkopf zu sehen, scharfkantige Schädelsplitter zwischen den braunen Strähnen, aber dann blinzelte ich, und die Normalität kehrte zurück. Kein Blut, keine Splitter. Alles heil.

Die meisten Jungs aus unserer Stufe hatten ziemlichen Respekt vor Becky, die nie um einen sarkastischen Kommentar verlegen war und einen leicht vorstehenden Schneidezahn hatte, wodurch es stets ein bisschen so wirkte, als würde sie sich auf die Unterlippe beißen. Ich dagegen hatte sie schon so oft in diesem sanften Licht in meinem Zimmer gesehen, dass ich sie immer nur so vor Augen hatte.

Mir machte sie keine Angst. Sie war einfach Becky.

Das mit uns hatte in der Zwölften angefangen, als wir gemeinsam für ein Physikprojekt eingeteilt wurden. Damals gehörte ich schon seit etwa einem Jahr nicht mehr zur Clique, in der sich immer noch alle dieselben Witze erzählten und jedes Wochenende das Gleiche machten. Ich fand das einfach nur anstrengend. Aber als ich dann plötzlich wieder bei Becky im Keller saß, auf meinem alten Platz neben dem Laufband ihres Dads, war es, als wäre ich in einen längst vergessenen Traum gestolpert. Unsere Aufgabe bestand darin, nur aus Papier, Farbe und ein paar Stücken Holz ein Boot zu bauen, aber unsere Brainstorming-Session kam ziemlich abrupt zum Erliegen, als Becky sich über die Couch beugte und mich küsste.

»Du siehst aus wie ein Pornostar aus den Siebzigern«, stichelte sie jetzt, als sie auf der Bettkante saß.

Sie nahm mit beiden Händen ihre Haare zusammen und fing an, ein paar widerspenstige Strähnen zu entwirren. Ich sah an mir runter. Es war heiß im Zimmer, darum lag ich ausgestreckt

auf dem Bett und hatte nur halbherzig die Decke über die kritischen Bereiche gezogen.

»Woher weißt du denn, wie ein Pornostar aus den Siebzigern aussieht?«

»Okay, dann halt so, wie ich mir einen Pornostar aus den Siebzigern *vorstelle*«, lispelte Becky um die Haarklemme herum, die zwischen ihren Zähnen klemmte. »Besser?« Sie spuckte sich die Klemme in die Hand.

Als ihr Pferdeschwanz saß, krabbelte Becky zurück neben mich und stützte das Kinn auf die Faust.

»Und, meinst du, du vermisst mich, wenn ich weg bin?«, fragte sie.

Ich drehte ihr den Kopf zu, und eine eigentümliche Wärme durchströmte mich. Die meisten Typen wären wahrscheinlich eher auf den Sex aus gewesen als auf das, was danach kam, aber irgendwie fühlte ich mich mit Becky neben mir einfach geborgen. Außer mit ihr hatte ich so was – also, mit jemandem ins Bett zu gehen – noch nie gemacht, und nachdem die Sache jetzt schon eine ganze Weile lief, fragte ich mich unweigerlich, ob zwischen uns vielleicht doch mehr war, als ich mir eingestehen wollte. Mehr, als ich in Worte fassen konnte.

»Och ...« Ich zuckte träge mit den Schultern.

Becky schnaubte empört und versetzte mir mit einer Hand einen Schubs, ohne jedoch die andere von meiner Brust zu nehmen. Ganz sachte strich sie mit den Fingerspitzen über die Sommersprossen an meinem Schlüsselbein und lächelte, als ich eine Gänsehaut bekam.

Niemand wusste von uns. Nicht mal Razz oder Ellen. Aber mir war auch so klar, wie die beiden reagieren würden. Razz wäre irritiert, vielleicht sogar sauer. Ellen wäre außer sich vor Entzücken. Möglich, dass Becky es Lily erzählt hatte, ihrer besten Freundin,

aber ich traute mich nicht zu fragen. Keine Ahnung, als was man das zwischen uns überhaupt bezeichnen würde, eine Beziehung war es jedenfalls nicht. Das zeigte sich allein schon daran, dass wir uns nur dann zueinander rüberschlichen, wenn wir sicher waren, dass niemand es mitbekam.

Ich umfasste Beckys Finger und drehte ihre Handfläche zu mir, sodass ich die Linien darauf sehen konnte. »Ich kann's immer noch nicht glauben, dass du unsere wunderschöne Hauptstadt gegen die Achselhöhle der Nation eintauschen willst«, merkte ich an.

Der Gedanke nistete sich in meinem Magen ein, und mir wurde flau. Becky ging weg und Razz auch.

Becky schnaubte. »Solange meine Schwestern nicht da sind, kann New Jersey so übel gar nicht sein«, entgegnete sie. »Zumindest muss ich mir keinen stinklangweiligen Aushilfsjob suchen, nur um sie mal ein paar Stunden los zu sein.«

»Hast du bei Forever 21 gekündigt?«

»Nee, ich pendel ab jetzt jeden Tag hier rüber.« Sie verschränkte die Finger mit meinen und drückte meine Hand. »Klar hab ich gekündigt. Was du wüsstest, wenn du dich bei meiner Abschiedsparty hättest blicken lassen.«

»Ist ja gut, ist ja gut«, stöhnte ich. »Aber ihr haut jetzt nun mal alle ab aufs College, und ich wollte nicht als einziger Loser dabeisitzen, der zu Hause bleibt und euch vorjammert, dass ihr mir nach eurem Abschluss gefälligst ein paar von den guten Jobs übrig lassen sollt.«

Obwohl ich überhaupt nicht studieren wollte, fiel es mir schwer, das anderen gegenüber zuzugeben. Sobald ich laut aussprechen musste, dass ich nicht den standardmäßigen Pfad Richtung Erfolg einschlug, hatte ich das Gefühl zu verkünden, dass ich mir hin und wieder gern ein Gläschen Katzenpisse genehmigte.

»Ich find's cool, dass du nicht zur Uni gehst«, versicherte mir

Becky. »Das ist nun mal nicht für jeden das Richtige. Ich würd's ja selbst auch nicht machen, wenn meine Eltern mich dann nicht enterben würden. Na ja, und hier bei meinen Schwestern zu bleiben wäre sowieso mein Tod. Ganz ohne Übertreibung.«

Ich bemühte mich, keine Grimasse zu ziehen und stattdessen zu lächeln. Das war nämlich das nächste Problem, wenn man irgendwem erzählte, dass man nicht studieren wollte: Man musste sich lang und breit erklären lassen, dass das doch völlig in Ordnung sei.

»Wollen deine Eltern immer noch, dass du Ärztin wirst?«, erkundigte ich mich.

Becky vergrub den Kopf im Kissen und ächzte dumpf. »Ja. Keine Ahnung, wie oft ich ihnen schon gesagt hab, dass ich kein Blut sehen kann, aber das kommt irgendwie nicht bei ihnen an. Ich hab mich mal ein bisschen informiert, und ich glaube, ich belege Kommunikationswissenschaft als Hauptfach.« Ihr Gesicht tauchte aus dem Kissen auf, gerötet und umrahmt von Haarsträhnen, die wieder aus dem Pferdeschwanz entwischt waren. »Also, wenn ich es mir komplett aussuchen dürfte, würde ich natürlich Literaturwissenschaft studieren, aber so kann ich mich später wenigstens über Wasser halten, ohne an den Wochenenden Meth zu verticken.«

»Aha. Ist das der echte Grund, oder soll einfach nur keiner erfahren, dass du lesen kannst?«

Beckys Augen wurden schmal. »Meine Jane-Austen-Sammlung geht halt niemanden was an«, fauchte sie.

Es gab nicht viele Menschen, die wussten, dass Becky Cayman Sommer für Sommer in ihrem alten Baumhaus hockte und zum x-ten Mal *Sinn und Sinnlichkeit* las. Aber es kannten sie nun mal auch nicht viele Menschen so gut wie ich, weit über ihre kurzen Shorts und langen Haare hinaus.

Plötzlich erfüllten Motown-Klänge mein Zimmer, der leise ras-

selnde Eröffnungsbeat von »It's the Same Old Song« von den Four Tops. Mein Handy. Hastig grapschte ich danach, bevor Becky den Namen sehen konnte, von dem ich instinktiv wusste, dass er auf dem Display aufleuchtete.

Becky stemmte sich hoch. »Wer ist das?«, wollte sie wissen, während ich aufsprang und ein paar Schritte wegging, einen Finger auf den Lautsprecher gepresst.

Ich hob die Hand. »Sekunde«, flüsterte ich und meldete mich dann mit: »Kleinen Moment noch, ja?« Becky ließ sich augenrollend zurück in die Kissen sinken, während ich Richtung Badezimmer schlurfte.

»Okay.« Ich nahm auf dem Toilettendeckel Platz. »Wie lautet der Plan?«

»Er ist in New York«, stieß Olivia hervor. Es klang fast wie eine Explosion, als hätten die Worte tagelang in ihr vor sich hin gegärt. »Seine Band spielt morgen und übermorgen Abend in Brooklyn, in einem Laden namens Cabinet.«

»Clark spielt mit seiner Band in New York?«, wiederholte ich. »Äh, 'tschuldige, aber wie hat er das denn bitte auf die Beine gestellt?«

»Woher soll ich das wissen?«

»Du warst immerhin mit ihm zusammen.«

»Das heißt aber nicht, dass ich sonderlich viel über ihn weiß. Ich weiß nur, dass du mich morgen nach New York fahren musst, damit wir uns in den Club schleichen und die Sachen von meiner Mom zurückholen können.«

»Und wie soll das gehen?«, fragte ich. »Ich hab doch nicht mal ein Auto.«

»Klar. Den Eiswagen.«

Ich knibbelte mit dem Fingernagel an der Klopapierrolle und versuchte zu verstehen, was sie mir sagen wollte.

»Der gehört meiner Schwester, und die leiht ihn mir auf keinen Fall.«

»Gestern durftest du ihn dir doch auch leihen«, wandte Olivia ein. »Als du mich gestalkt hast.«

»Da hab ich ihn mir nicht geliehen, sondern damit Eis verkauft«, erklärte ich. Mein rechter Fuß auf der Bademmatte wippte so heftig, dass mein ganzer Körper durchgeschüttelt wurde. »Und gestalkt hab ich dich schon mal gar nicht. Ich war rein zufällig in Clarks Straße.«

»Du kannst doch auch auf dem Weg nach New York Eis verkaufen. Mir egal, Hauptsache, ich komme dieses Wochenende irgendwie da hin. Das nächste Konzert ist in Toronto, und ich hab keinen Reisepass. Wenn ich Clark jetzt verpasse, kriege ich die Kiste nie wieder. Würde mich nicht wundern, wenn sie einfach irgendwo in Kanada stehen lässt, nur um mir eins auszuwischen.«

Ich biss mir auf die Unterlippe. »Nee, keine Chance, ehrlich. Ich war mit dem Wagen noch nie wirklich außerhalb von D. C., wer weiß, ob wir damit überhaupt bis nach New York kommen würden. Die Karre ist aus den Achtzigern, das heißt, sie ist technisch ungefähr auf demselben Level wie ein Planwagen.«

»Die Achtziger haben uns immerhin das Mobiltelefon beschert«, konterte Olivia. »So schlimm kann der Eiswagen also gar nicht sein.«

»Darum geht's nicht. Meine Schwester würde mir nie erlauben, dass ich so weit damit fahre.«

»Dann sagst du's ihr eben nicht.«

Ich runzelte die Stirn. »Ich soll den Eiswagen meiner Schwester entführen?«

»Du sollst tun, was du tun musst.«

Wieder sprang ich auf und marschierte nervös von der Dusche zum Waschbecken, vom Handtuchhalter zum Klo. Das war

doch genau das, was ich gewollt hatte, oder? Einen Einblick in Olivia Moons Leben. Ich hatte bloß nicht damit gerechnet, dass ich dafür den Eiswagen meiner Schwester opfern sollte. Warum musste Olivia denn nicht nach Arlington oder Alexandria? Das wäre innerhalb einer halben Stunde erledigt. Den Weg kannte ich im Schlaf und wusste sogar, an welchen Tankstellen es die besten Snacks gab. Aber New York? So weit war ich noch nie allein gefahren, in dermaßen dichtem Verkehr. Wenn die vergleichsweise breiten Straßen von D.C. Luigis Piste bei *Mario Kart* waren, dann war New York City auf jeden Fall der Regenbogen-Boulevard.

»Warum nimmst du nicht einfach den Bus?«, schlug ich vor.

»Hab ich auch schon mal gemacht. Solange man nicht die Toilette benutzt, ist es gar nicht soooo eklig. Und ansonsten gibt es ja auch noch Züge und Mietwagen.«

»Zug- und Bustickets sind arschteuer. Und mein Führerschein ist nicht existent«, erklärte Olivia. »Glaubst du, das hab ich nicht schon alles in Betracht gezogen? Hugh« – ein Rascheln am anderen Ende deutete darauf hin, dass Olivia genauso rastlos auf und ab lief wie ich –, »ich schaff das nur, wenn irgendwer mich fährt. Du hast versprochen, mir zu helfen.«

»Ja, als Lockvogel. Da war noch keine Rede davon, dass ich D.C. verlassen muss.«

Bis gestern wusste Olivia nicht mal mehr meinen Namen. Und jetzt sollte ich sie nach New York kutschieren? Das war doch wohl komplett irre. Und außerdem ahnte ich ja schon, wie das Ganze ausgehen würde. Mit der Mutter aller schlechten Enden: Ich würde kopfüber in einen offenen Kanalschacht plumpsen und wäre sofort tot. Meine Schwester wäre stinksauer und Razz in Kalifornien zu beschäftigt, um zu meiner Beerdigung zu kommen, weshalb der Pfarrer meine Asche in einem Pappkarton vor die Kirche

stellen würde, bis die Müllabfuhr ihn abholte und die Asche in alle Winde verstreute.

So gern ich hinter Olivias Geheimnis gekommen wäre, mein Wort gehalten und nach dem Abend vor zwei Jahren meine Schuld bei ihr beglichen hätte, ich konnte nicht einfach den Eiswagen meiner Schwester klauen und damit nach New York gondeln.

»Tut mir leid, Olivia«, sagte ich widerstrebend. »Es geht echt nicht.«

»Aber du hast es versprochen.«

»Ich weiß, und ich will dir ja auch helfen, aber –«

»Ach, schon gut«, unterbrach sie mich, »vergiss es einfach.« Irgendwas knallte drüben bei ihr, als würde Glas zersplittern. »Dann verkriech dich halt wieder.«

Sie legte auf.

Der Weg zurück in mein Zimmer kam mir so beschwerlich vor, als müsste ich durch Sand schwimmen. Becky saß auf der Bettkante, ihr Handy im Schoß. Als ich in der Tür stand, sah sie hoch.

»Wer war das?«, fragte sie wieder.

Ich schluckte, unsicher, ob ich im Begriff war, einen Fehler zu begehen. »Das glaubst du nie. Olivia Moon.«

Becky musterte mich misstrauisch. »Warum ruft Olivia Moon dich an?«

»Ich hab sie gestern dabei erwischt, wie sie bei Clark Thomas einbrechen wollte. Offenbar hat das auch noch jemand anderes beobachtet, deswegen will jetzt die Polizei mit mir reden.« Die Lüge ging mir problemlos über die Lippen, und ich setzte mich zu Becky aufs Bett. »Ich soll 'ne Zeugenaussage machen oder so.«

»Die ist echt so ein Freak.« Becky ließ sich hintenüberkippen und seufzte, als wäre Olivia gegen ihren ausdrücklichen Wunsch auf Clarks Dach geklettert.

»Wart ihr nicht früher mal beste Freundinnen?«

Becky rümpfte die Nase. »*Beste* wäre übertrieben«, wehrte sie ab. »*Gute* vielleicht, zumindest bis sie in der Neunten plötzlich im totalen Nonnenlook zur Schule gekommen ist. Weißt du noch, mit diesem Maxirock und dem Rollkragen? Sogar Zöpfe hatte sie sich geflochten. Draußen waren siebenundzwanzig Grad, und sie ist im Kaschmirpulli rumgelaufen.«

»Wieso erinnert sich eigentlich jeder außer mir an Olivias religiöse Phase?«, fragte ich. »Razz hat auch sofort davon angefangen.«

»Razz?« Becky blinzelte verwirrt. »Ach, du meinst – klar. Ich vergesse immer, dass sie jetzt ein Er ist.«

Ich runzelte die Stirn, nicht sicher, ob das als Witz gemeint gewesen war. »Na ja, ganz so einfach ist das alles auch nicht«, entgegnete ich und straffte unwillkürlich die Schultern.

Becky, die meine plötzliche Anspannung bemerkt hatte, stupste mich mit dem Ellbogen in die Rippen. »Sche-herz«, sagte sie schnell und lächelte breit. »Aber jetzt mal im Ernst, wundert mich gar nicht, dass Olivia irgendwo einbricht.« Sie senkte die Stimme. »Die hat echt 'nen Hau weg.«

Mein Stirnrunzeln vertiefte sich. »Wie meinst du das?«

»Na ja, sagen wir so, sie hat einen leichten Hang zu gefährlichen Aktionen.« Becky deutete einen Schnitt quer über ihren Oberschenkel an. Ihr kleiner Finger grub sich tief in die Haut. »Sie hat sich mal vor meinen Augen mit einer Muschelschale geschnitten, so. Sie hat versucht, es als Unfall auszugeben, dabei war es eindeutig Absicht. Zum Glück war die Wunde wohl nicht so tief. Eine Weile später war schon fast nichts mehr zu sehen.«

Was mich angesichts von Olivias Selbstheilungskräften nicht erstaunte.

»Wann war das?«, wollte ich wissen.

»In der Achten vielleicht?« Becky zog beide Schultern hoch. »Bei ihr wusste man einfach nie, woran man war, alle fünf Sekunden eine Hundertachtziggradwende. Im einen Moment sitzen wir ganz entspannt nach der Schule bei mir zu Hause und gucken *Teen Mom*, und im nächsten brüllt sie mich plötzlich zusammen, weil ich mit Lily bei Rita's Eisessen war und ihr nicht Bescheid gesagt hatte.«

Es fiel mir schwer, mir Olivia so vorzustellen. Anhänglich. Empfindlich. Das komplette Gegenteil ihrer heutigen Version, die mit steinerner Miene und Scheißegalhaltung Autos demolierte.

»Meine Mom meinte immer, das wäre alles bloß ein Schrei nach Zuwendung, wegen ihrer miesen Eltern«, fügte Becky hinzu und setzte sich wieder auf. »Manchmal ist sie total in die Luft gegangen vor Wut, das konnte einem richtig Angst machen. Aber ich hab sie trotzdem nicht fallen gelassen, weil ich ihr helfen wollte. Wir waren vielleicht nicht beste Freundinnen, aber sie war trotzdem echt oft bei mir zu Hause. Meine Mom hat ständig nach ihr gefragt oder wollte, dass ich sie zum Übernachten einlade. Ich glaube, sie tat ihr leid.«

»Und dann hast du nicht mehr mit ihr geredet, bloß weil sie wie eine Nonne rumgelaufen ist?«

Beckys Blick wurde wieder abweisend. »Unterstell mir doch nicht so 'nen Mist«, schimpfte sie. »Das ging nicht von mir aus, sondern von ihr. Und damit meine ich nicht, dass sie andere Freunde gefunden und sich nach und nach abgenabelt hat. Nein, sie hat Lil und mich von jetzt auf gleich ignoriert, sogar, wenn wir sie direkt angesprochen haben. Als würden wir gar nicht mehr existieren.«

Ich presste die Lippen zusammen. Das war ja das Verrückte an Olivia: Wann immer ihr danach war, schien sie einfach ihre alte Haut abzuwerfen und von vorne anzufangen, obwohl sie immer

noch am selben Ort wohnte, mit denselben Leuten, die sie schon ihr Leben lang kannte. Seltsamerweise bewunderte ich sie dafür. Die meisten Menschen legten sich fürs College oder den Umzug in eine andere Stadt eine neue Persönlichkeit zu. Olivia dagegen entschied sich einfach, ein Kapitel abzuschließen und ein anderes anzufangen, selbst wenn sie dafür ohne ersichtlichen Grund ihr komplettes Umfeld von sich stieß.

Becky beugte sich vor und gab mir einen Kuss. Die Lippen dicht an meinen, murmelte sie: »Können wir so kurz vor meiner Abreise vielleicht über was anderes reden als Olivia Moon?«

Ich nickte langsam. Wärme breitete sich von Beckys Mund über meinen Hals bis runter in meine Brust aus, und ich schloss die Augen. Beckys Nähe und ihr Atem auf meinem Gesicht drängten den Gedanken an Olivias weißblondes Haar immer weiter in den Hintergrund.

Eine Tür quietschte, und ich riss die Augen wieder auf. Mit einem Mal war mir heiß, und alles schien so grell, als sähe ich mein Zimmer durch einen Neonfilter. Schwer atmend drehte ich den Kopf und stellte erschrocken fest, dass ich gar nicht mehr auf dem Bett lag. Stattdessen saß ich am Schreibtisch vor meinem Laptop, das Display dunkel wie ein rechteckiger, schwarzer See. Becky war verschwunden, der Himmel frostig grau, die Eiche vor dem Fenster kahl bis auf ein paar letzte braune Blätter an den dürren Zweigen.

Hinter mir knarzten die Bodendielen unter dem Teppich. Ich sah mich um, und in der Tür stand Ellen, die Augen verquollen und irgendwie zu groß für ihr Gesicht.

»Bist du so weit?«, fragte sie und nestelte nervös am glatten schwarzen Stoff ihres Kleids.

»Wofür?«, erwiderte ich heiser.

Ellen verzog das Gesicht. »Wir müssen doch in zehn Minuten in der Kirche sein.«

»In der Kirche?«

Zum ersten Mal sah ich runter auf meinen Schoß. Ich trug eine schwarze Hose, die ich nicht erkannte und die mir leicht verknittert um die Beine schlackerte. Ich kapierte gar nichts mehr. Diese Hose war mir doch viel zu groß, fast als ob –

»Scheiße«, flüsterte ich.

Das wachsende Entsetzen ließ mir die Nackenhaare zu Berge stehen, während ich das Revers meines schwarzen Anzugs betastete, die silbergestreifte Krawatte, die mir den Hals einschnürte. Meine knochigen Oberschenkel versanken förmlich in der Hose, die mir deshalb zu groß war, weil sie gar nicht mir gehörte. Sondern Dad.

Der ganze verfluchte Anzug samt Krawatte gehörte meinen Dad.

Ich grub die Fingernägel in meine Handflächen, lehnte die Stirn auf die Schreibtischplatte und versuchte zu atmen. Es war, als würde mir die Brust eingedrückt, als ballte sich der Raum um mich wie eine Faust, während nach und nach die Realität auf mich einstürzte.

»Es war nur geträumt«, hauchte ich, obwohl ich wusste, dass das nicht sein konnte. Und trotzdem stimmte es.

Geträumt. Alles. Die Sache mit Olivia, die letzten beiden Jahre. Mein Schulabschluss, Razz, Ellen und Dan, die Geschichte mit Becky. Alles nur geträumt.

Heute wurden meine Eltern beerdigt.

ENDE

... »Können wir so kurz vor meiner Abreise vielleicht über was anderes reden als Olivia Moon?«

Blinzelnd umfasste ich Beckys Handgelenk. Die Härchen an ihrem Arm waren ganz fein und weich.

»Du bist echt«, rutschte es mir heraus.

Becky war echt. Die ganze Situation, die letzten zwei Jahre – alles echt.

Sie guckte verwirrt. »Äh, ja ...« Besorgt musterte sie mich. »Wieso bist du denn heute so komisch drauf?«

*Ach,* hätte ich am liebsten abgewinkt, *ich hab bloß gestern miterlebt, wie der Schädel eines Mädchens geplatzt ist wie ein verdammtes Ei und sich anschließend von selbst wieder zusammengefügt hat, und ich bin mir recht sicher, dass ich entweder in einem* Inception-*mäßigen Koma liege oder als völlig fehlbesetzter Sidekick in einem* Marvel-*Film mitspiele. Aber keine Sorge, sonst ist alles okay.* Stattdessen zog ich Becky an mich, küsste sie und ließ mich mit ihr im Arm zurück aufs Bett sinken, um die Gedanken an Olivia und das Bild von meinen Beinen in der schlabbrigen Anzughose meines Dads zu vertreiben, und wenn auch nur für ein paar Sekunden.

Als Becky eine halbe Stunde später nach Hause ging, brodelte noch immer das Adrenalin unter meiner Haut. Rastlos lief ich auf und ab. Seit dem Tod meiner Eltern hatte mein Hirn angefangen, seine eigenen Enden zu schreiben, was einer der Gründe war, warum ich D.C. nie verließ. Denn wenn ich es doch mal tat, wurde ich die Vorstellung nicht los, wie ich inmitten einer Milliarde Windschutzscheibensplitter über dem Armaturenbrett hing. Aber das Ende in Beckys Beisein gerade war noch schlimmer gewesen, weil es mich zurück in das Schwarze Loch katapultiert hatte, in das ich damals in den Tagen nach dem Unfall gestürzt war, in diese düstere Leere, von der ich damals geglaubt hatte, sie wäre für immer.

Nur ein einziger Mensch hatte damals versucht, mich zu retten, und das war Olivia.

Allein der Gedanke an die Fahrt nach New York weckte in mir den Drang, mir die Eingeweide rauszuschneiden und sie wie Lichterketten im ganzen Haus aufzuhängen, aber Tatsache war nun mal: Ich war Olivia was schuldig. Der Abend damals hatte alles verändert. Außerdem ertrug ich mich selbst sowieso schon kaum, und wenn ich jetzt nicht mal die Chance ergriff, mich bei Olivia zu revanchieren, sondern ihr stattdessen in den Rücken fiel ...

Mit zitternden Händen tippte ich eine Nachricht und schickte sie ab.

**Hugh:** OK, ich fahr dich nach
New York. Aber abends um neun
MÜSSEN wir wieder hier sein

Neun klang doch vernünftig. Die meisten schlimmen Sachen passierten erst nach neun. Und so konnte ich immer noch bei Razz übernachten, bevor er am Sonntag aufbrach.

Nach einer Weile antwortete Olivia:

**Olivia:** Geht klar
**Olivia:** Wir reiten bei
Sonnenaufgang
**Olivia:** Also, Treffen um 6 bei dir
vorm Haus. Erscheinen Sie,
sonst weinen Sie!

Ich wunderte mich ein bisschen über ihre Onkelsprüche und legte das Handy mit dem Display nach unten auf meinen Nachttisch. Olivia Moon war uncooler als gedacht, aber vielleicht war das auch nur Teil ihrer aktuellen Phase. Da fiel mir etwas ein.

**Hugh:** Woher weißt du denn,
wo ich wohne?
**Hugh:** Olivia?
**Hugh:** ?????

**Olivia:** Ich hab meine Quellen
**Olivia:** Mannigfaltige Quellen

Seufzend legte ich das Handy zurück und streckte mich auf dem Bett aus. Die Hände auf der Brust gefaltet, wartete ich auf das Ende, die jüngste Ausgeburt meiner Fantasie, in der Olivia und ich in unser unweigerlich bevorstehendes Verderben rasten. Ich schloss die Augen und atmete, ruhig und geduldig. Aber nichts passierte.

**BUFFY – IM BANN DER DÄMONEN**
Gepostet unter FERNSEHEN von <u>Hugh</u>.jpg
am 14. Juli um 21:12 Uhr

Okay, zwei der unumstritten besten Figuren der ganzen
Serie opfern sich in der großen finalen Schlacht für die ganze bekloppte Menschheit, aber alles, was Buffy interessiert,
ist, dass das Einkaufszentrum in die Luft geflogen ist?
'tschuldigung, hab ich gerade 'nen Schlaganfall oder so?

Der Plan war simpel. Morgens um sechs sollte ich mich zu Olivia
rausschleichen, und wir würden Richtung Norden aufbrechen. In
Wirklichkeit lief es dann allerdings nicht ganz so simpel ab.

Als ich die Treppe runtergeschlurft kam, brannte in der Küche
Licht. Auf dem Tisch eine halb leere Schüssel Choco Krispies, daneben der Schlüssel für den Eiswagen, ein Stapel Papiere und
Broschüren sowie Ellens aufgeklappter Laptop, dessen Bildschirm gelblich weiß leuchtete. Aus dem Bad, unter dessen ge-
schlossener Tür ebenfalls Licht hindurchsickerte, erklang Ge-
raschel.

Als ich mir den Schlüssel schnappte, fiel mein Blick auf die
Broschüren. Sie waren von der Bank, und die große, geschäfts-
mäßige Schrift auf den Titelblättern schien mich anzustarren. Es
waren vier oder fünf, alle mit Fotos von Menschen, die entweder

lachten, einander anlächelten oder mit nachdenklich aufgestütztem Kinn in die Ferne blickten.

Die Klospülung rauschte. Sofort legte ich schützend die Hand über meine Hosentasche, in der sich der Eiswagenschlüssel abzeichnete, doch dann zog etwas auf Ellens Laptopbildschirm meine Aufmerksamkeit auf sich. Ich beugte mich vor und scrollte durch die geöffnete E-Mail. Ich hatte noch nie in den Sachen meiner Schwester geschnüffelt, aber schon bei den ersten Zeilen bekam ich Gänsehaut.

**An:** ellen@killericecream.com
**Von:** sarah.reno@giantfood.com
**Betreff:** Montag
**Datum:** 25. August

Hallo, Ellen,

wunderbar! Melden Sie sich einfach an der Bäckertheke, dann bringt jemand Sie nach hinten ins Büro. Wir hatten zwar bereits alles besprochen, aber hier zur Sicherheit noch einmal eine Liste der mitzubringenden Dinge:
- Verpackungsprototypen
- 3–5 Geschmacksproben beliebter Eissorten
- Ideen für neue Sorten (??)
- eine Pressemappe

Ansonsten dürfen Sie alles an Hilfsmitteln einsetzen, was Sie für Ihre Präsentation brauchen. Übrigens habe ich Ihr Eis probiert und bin restlos begeistert. Sie werden das sicher großartig machen.

Bei der Gelegenheit wollte ich mich noch einmal vergewissern, dass Sie auch wirklich bereit wären, den Eiswagen zu verkau-

fen? Im Moment ist das natürlich noch nebensächlich, aber Rachel wird sicher darauf bestehen, dass Killer Ice Cream in Zukunft ausschließlich bei Giant erhältlich ist. Nur, damit Sie das im Hinterkopf haben.

Bei eventuellen Fragen melden Sie sich gern. Ansonsten bis Montag!

Herzliche Grüße
Sarah

Ich merkte gerade noch rechtzeitig, wie die Badezimmertür aufging, und wich hastig vom Tisch zurück. Fragmente der E-Mail schossen mir durch den Kopf wie Feuerwerksraketen. Ellen hatte einen Termin mit Giant? Der Supermarktkette? Und viel wichtiger – sie wollte den Eiswagen verkaufen?

»Macaulay Culkin!«, stieß Ellen hervor und hob dramatisch die Hand an die Stirn. »Scheiße, hast du mich erschreckt. Wieso bist du denn schon auf?«

»Ich ... ich ...«, stammelte ich, verzweifelt auf der Suche nach einer Ausrede. Nur leider gab es da um sechs Uhr morgens nicht sonderlich viele Möglichkeiten. »Ich treffe mich mit Razz am Lincoln Memorial. Wir wollen uns den Sonnenaufgang angucken. Er ist gerade ziemlich sentimental wegen Berkeley.«

»Da seid ihr aber ganz schön spät dran«, entgegnete Ellen mit einer Geste zum Fenster.

Tatsächlich war der Himmel schon dabei, sich rosagelb zu verfärben, und über den Baumkronen trieben leuchtende Zuckerwattewolken dahin.

»Ja, eigentlich wollte ich um fünf aufstehen, aber mein Wecker hat irgendwie nicht geklingelt.« Ich warf einen Blick auf die Mikrowellenuhr. 06:07 Uhr. »Ich muss los.«

Die E-Mail. Der Eiswagen. Olivia. Das war alles zu viel. Die Rädchen in meinem Kopf ratterten wie verrückt. Wenn ich es heute irgendwie nach New York schaffen wollte, musste ich tun, was ich am besten konnte: meine Gefühle beiseiteschieben. Aus den Augen, aus dem Sinn.

»Nimmst du die Metro?«, rief Ellen mir hinterher, als ich aus der Küche rannte und die Haustür hinter mir zuknallte. »Sei vorsichtig!«

Aber ich war schon die Verandastufen runter und halb durch den Vorgarten, zu weit weg, um zu antworten.

Meine Schwester hatte zwar nicht gesehen, dass ich den Schlüssel genommen hatte, aber sie würde auf jeden Fall hören, wie ich den Eiswagen startete. Wenn der Motor erst mal lief, musste ich los, bevor Ellen begriff, was Sache war.

An der Fahrertür lehnte Olivia und blies eine riesige rosa Kaugummiblase auf. Auch heute trug sie khakigrüne Cargoshorts und dazu irgendein kratzig aussehendes Hemd in Beige, dessen eigentlich kurze Ärmel ihr aufgrund der Übergröße bis über die Ellbogen hingen. Obwohl es gerade erst hell wurde, war ihr halbes Gesicht hinter einer roten Sonnenbrille mit Herzchengläsern verschwunden und ihr Haar bis auf ein paar weißblonde Büschel unter demselben Anglerhut wie letztes Mal.

»Wo bleibst du denn?«, posaunte sie mir entgegen.

Ich duckte mich und presste den Zeigefinger auf die Lippen. »Psst«, zischte ich. »Meine Schwester ist schon wach.«

»Am Samstagmorgen um sechs?«, fragte Olivia. »Ist sie Masochistin oder so was?«

Hastig zog ich den Stecker, der die Kühltruhe mit Strom aus dem Haus versorgte, und wühlte in meiner Hosentasche nach dem Schlüssel. Ich rammte ihn ins Schloss, zerrte die Fahrertür auf und rutschte auf den Sitz.

Auch Olivia stieg ein, legte sich ihre braune Ledertasche auf den Schoß und musterte mich. Es war schwer abzuschätzen, was sie hinter ihrer Sonnenbrille dachte. Eigentlich hätte ich nur noch den Motor anlassen müssen, aber stattdessen starrte ich bloß auf meine Hände. Wollte ich das wirklich? Mich mit dem Eiswagen meiner Schwester nach New York absetzen? Zusammen mit Olivia Moon, die ich kaum kannte? Unser Haus links hinter mir sah noch genauso aus wie vor zwei Jahren, mit der eiszapfenförmigen Lichterkette an der Dachrinne, der dunkelblauen Tür und der Sitzgruppe aus schwarzem Schmiedeeisen auf der Veranda. Dabei würde sich für seine Bewohner bald alles ändern.

Ich guckte rüber zu Olivia. Sie spähte über den Rand ihrer Sonnenbrille zurück, den Mund leicht geöffnet, sodass ihr Kaugummi jeden Moment rauszufallen drohte.

»Was ist?«, drängte sie. »Fährt der New-York-Express endlich ab, oder was?«

Zur Antwort drehte ich den Zündschlüssel und ignorierte dabei das stromschnellengleiche Rauschen des Bluts in meinen Ohren. Ich legte den Gang ein und ließ den Wagen anrollen.

Egal, was ich machte, nichts würde bleiben, wie es war, daran konnte ich sowieso nichts ändern. Jetzt war ich mal dran.

Wenige Minuten nachdem wir losgefahren waren, fing mein Handy an zu klingeln. Und hörte nicht mehr auf. Als wir die Stadt verließen und auf die Schnellstraße auffuhren, musste ich mindestens sechzehn verpasste Anrufe haben und zuckte trotzdem jedes Mal aufs Neue zusammen, wenn es wieder losging. Olivia schien davon nichts mitzubekommen. Sie hatte sich zum Fenster gedreht und klebte förmlich an der Scheibe, als hätte sie noch nie zuvor die Welt außerhalb von Columbia Heights gesehen.

An der Abzweigung Richtung College Park und University of

Maryland verstummte mein Handy mysteriöserweise. Trotz der Befürchtung, es dadurch direkt wieder zum Leben zu erwecken, stupste ich es vorsichtig an.

»Hast du keine Musik?« Olivia drehte sich abrupt zu mir um und fixierte mich durch ihre Riesensonnenbrille.

Ich drückte Play, und sofort wollten Martha & The Vandellas uns zum Tanzen auf der Straße bewegen.

»Ein Kassettendeck.« Olivia klang, als wäre sie noch nie im Leben enttäuschter gewesen.

»Sei froh, dass es kein Grammofon ist, so alt, wie diese Karre ist«, erwiderte ich. »Hat ein Vermögen gekostet, wenigstens das Ding hier einbauen zu lassen.«

Olivia lehnte sich zurück. »Und warum habt ihr dann nicht zumindest 'nen CD-Player genommen?«

»Wir sind halt Puristen.«

»Oder einfach nur Hipster«, murrte Olivia. »Der Sound ist jedenfalls echt unterirdisch. Keiner, der früher Kassetten hören musste, weil es nun mal nichts anderes gab, tut sich das heute noch freiwillig an. Und weißt du auch, warum? Weil Kassetten einfach der letzte Scheiß sind.«

»Hast du schon mal das Band mit 'nem Bleistift zurück in die Kassette gespult?«, hielt ich dagegen. »Das ist so ein gutes Gefühl, wie wenn man die Eisschicht auf einer Pfütze kaputt tritt.«

Olivia verdrehte die Augen. »Spinner.«

Ich deutete mit dem Kinn auf das Handschuhfach. »Da sind noch mehr drin, wenn du dir was aussuchen willst.«

Die Klappe sprang auf. Sie enthielt zwar nicht Ellens und meine komplette Kassettensammlung, aber zumindest die Highlights: Marvin Gaye, The Jackson 5, The Temptations und Tammi Terrell. Olivia fuhr mit dem Zeigefinger über die Plastikhüllen und murmelte die Namen vor sich hin.

»Das sind ja alles Oldies«, beschwerte sie sich.

Immerhin lenkte mich das sowohl von meinen Grübeleien über Ellen ab, die wahrscheinlich gerade Mordpläne schmiedete, als auch von der Tatsache, dass mein Leben sich in seine Bestandteile auflöste. Ich merkte, wie meine Hände am Lenkrad sich entspannten und mein Herzschlag sich beruhigte.

»Seit 1990 gibt es ja auch nicht mehr viel, was sich anzuhören lohnt«, erklärte ich. »Vielleicht mit Ausnahme von Michael Jacksons *HIStory*. ›Earth Song‹ hat bis jetzt noch jeden in die Knie gezwungen.«

»Nirvana ist dann wohl komplett an dir vorbeigegangen«, erwiderte Olivia.

Ich warf einen Blick in den Rückspiegel. »Stimmt, *Nevermind* ist schon ziemlich gut«, räumte ich ein, bevor ich rechts abbog. »Und Kurt Cobain hatte locker eins der schlimmsten Enden der Neunziger, was die Geschichte der Band natürlich noch mal interessanter macht. Aber der Soul ist nun mal Anfang der Achtziger gestorben. Dafür hat Marvin Gayes Vater gesorgt.«

»Kurt Cobains *Ende*?«, wiederholte Olivia verwirrt. Sie riss die Augen so weit auf, dass man es trotz der Sonnenbrille sah. »Du redest über ihn, als wäre er ein Film oder so was, kein Mensch.«

»Das liegt nicht an mir, sondern an dem Kopfschuss, den er sich gesetzt hat.« Als sie ungläubig aufkeuchte, ruderte ich ein bisschen zurück. »Ist nicht respektlos gemeint«, erklärte ich betont sachlich und überholte einen alten Mann, der mit dem halben Oberkörper über dem Lenkrad hing, um überhaupt die Straße zu erkennen. »So rede ich über alle Leute.«

»Und bezeichnest ihren Tod als Ende.«

»Tja, ja«, gab ich zu. »Ist doch auch so beim –« Ich schluckte. Wie so oft brachte ich nicht mal das Wort über die Lippen: *Sterben*. »Das war's dann einfach. Schluss, aus, vorbei. Ende eben.«

Olivia lachte heiser und schüttelte den Kopf.

Ich biss mir auf die Zunge. Trotz Spoiler Alert redete ich nicht gern über Enden. Zumindest nicht im echten Leben. Razz war der Einzige, mit dem ich überhaupt je über die Hunderte Fäden redete, die auf meinem Blog zusammenliefen, während selbst Ellen nur eine vage Vorstellung davon hatte. Die Leser, Endensucher wie ich, fanden von ganz allein zu mir. Aber wenn ich mehr über Olivia rausfinden wollte, musste ich den Chinaimbisskarton – also: mich – wohl öffnen, ob ich wollte oder nicht.

Ich schluckte, den Blick stur auf die Straße gerichtet, während sich links und rechts ein Einkaufszentrum ans andere reihte. »Ich hab so einen Blog namens Spoiler Alert, in dem es um Enden geht. Enden von allem Möglichen: Filmen, Büchern, Menschen und so weiter.«

Das alles flutschte mir ungebremst von den Lippen und hinterließ ein Gefühl, als hätte ich Olivia gerade mein dunkelstes Geheimnis offenbart.

»Nur Enden?«, wollte Olivia wissen. »Und was ist mit dem Rest?«

»Die Enden sind nun mal das, worauf es ankommt.« Ich verschob meine Hände auf dem Lenkrad, sodass sie jetzt auf elf und ein Uhr lagen. »Ein mieses Ende kann selbst den besten Mittelteil überschatten. Guck dir zum Beispiel Buddy Holly an. Der ist gerade mal zweiundzwanzig geworden, aber er hatte so einen großen Einfluss, dass sowohl John Lennon und Paul McCartney als auch Bob Dylan ihn als ihr musikalisches Vorbild bezeichneten. Und trotzdem ist alles, woran die Leute sich erinnern, der Flugzeugabsturz, bei dem er gestorben ist. Oder wie viele Songs von ihm könntest du mir aus dem Stegreif aufzählen?«

Olivia schien sich nicht entscheiden zu können, ob sie lachen oder losschreien sollte. Gequält verzog sie den Mund.

»Du willst also ernsthaft behaupten, dass alles, was er in der Mitte gemacht hat, sinnlos war.«

»Sinnlos nicht«, widersprach ich. »Aber mit seinem Tod kann es nun mal nicht mithalten.« Ich konnte ihren Frust förmlich spüren, merkte, wie sie die Schultern anspannte. Das war gerade nicht der Einstieg, den ich mir vorgestellt hatte. »So läuft es halt manchmal. Ich sage ja nicht, dass das richtig ist.«

»Nee, schon klar«, höhnte sie. »Du hast bloß einen ganzen Blog darüber auf die Beine gestellt.«

»Ich will einfach –«, versuchte ich irgendwie in Worte zu fassen, was noch nicht mal in meinem Kopf eine richtige Form hatte. »Ich hab halt das Gefühl, wenn ich die Enden einordnen kann, erkenne ich vielleicht, was vorher schiefgelaufen ist.«

»Und was hast du davon, wenn du das im Nachhinein durchblickst?«, fragte sie, das Gesicht so nah ans Beifahrerfenster gelehnt, dass Spiegelbild und echte Olivia miteinander zu verschmelzen schienen. Nase an Nase, Lippen an Lippen, dicht an dicht. »Das ändert am Mittelteil doch nicht das Geringste.« Sie lachte finster. »Und am Ende erst recht nicht.«

Als wir unter dem Patapsco River hindurchfuhren, ließ mich das orangeschummrige Halbdunkel des Baltimore-Harbor-Tunnels noch tiefer in die Gedankenspirale abrutschen, in der ich schon seit Wochen feststeckte. Es ging um das Ende von *Das große Spiel* von Orson Scott Card. Razz hatte mir das Buch vor ein paar Monaten empfohlen, und ich kam langsam dahinter, warum die letzten Kapitel mich eigentlich so wurmten. Und zwar nicht, weil die Handlung in weiten Teilen überhaupt keinen Sinn ergab oder weil nach dem unerwarteten Twist am Schluss alles sogar noch ein bisschen weniger Sinn ergab. Sondern, weil dieser Twist einfach unfassbar billig war, fast schon ein Musterbeispiel dafür, wie

man es nicht machen sollte. Darum hatte mich dieses Ende, als ich endlich dort angelangt war, nicht nur verwirrt, sondern zusätzlich auch noch total angepisst.

»Das war die falsche Ausfahrt.«

Der Wagen war wieder lichtdurchflutet, und der Tunnel lag hinter uns. Olivia, die Sonnenbrille bis auf die Nasenspitze runtergeschoben, sah mich an. Anstatt an Baltimore vorbeizufahren, hatte ich versehentlich den Weg Richtung Inner Harbor eingeschlagen und sah jetzt schon die Spitzen der Wolkenkratzer vor uns aufragen.

»Mist«, fluchte ich, setzte hastig den Blinker und wechselte auf die rechte Spur. »Kannst du mal auf meinem Handy nachgucken, wie wir zurückkommen?«

Gerade als Olivia sich das Handy schnappte, fing es wieder an zu klingeln. Aus dem Augenwinkel sah ich Ellens Namen auf dem Display. Olivia tippte auf Ablehnen.

»Sechsundzwanzig verpasste Anrufe«, verkündete sie und hielt mir das Gerät hin, damit ich mich selbst überzeugen konnte. »Hat deine Schwester denn sonst nichts zu tun?«

»Doch, aber dafür bräuchte sie den hier.« Ich klopfte aufs Lenkrad.

Während Olivia Google Maps öffnete, wurde das Handydisplay gleich wieder schwarz. Ein neuer Anruf. ELLEN. Allein die weißen Großbuchstaben wirkten stinksauer.

»Jetzt reicht's«, fauchte Olivia frustriert. Furios kurbelte sie das Beifahrerfenster runter, und der Wind riss Marvin Gayes schmelzende Stimme mit sich. Mit steinerner Miene streckte Olivia mein Handy nach draußen und ließ es fallen.

Dann kurbelte sie die Scheibe in aller Ruhe wieder hoch und setzte sich gerade hin.

»So.« Sie strich sich die Haare glatt und atmete tief durch. »Schon besser.«

Ich fühlte mich, als hätte mir jemand einen Schlag in die Magengrube versetzt.

»Du –«, stieß ich mühsam hervor. »Du hast ... mein Handy aus dem Fenster geschmissen. Einfach so.«

Mittlerweile lag das Handy weit hinter uns, vermutlich längst unter irgendeinem Reifen zerquetscht.

»Du bist doch sowieso nicht drangegangen«, erwiderte Olivia.

»Irgendwann hätte ich das schon noch gemacht.« Meine Stimme klang erstickt. »Telefonieren am Steuer ist verboten.«

Olivia schnaubte. »O Mann, dein Leben ist ein richtiger Thriller, was?«, höhnte sie.

Ich schluckte angestrengt. »Kann mich nicht über Langeweile beklagen«, erwiderte ich, obwohl wir beide wussten, dass ich log. »Das Handy hab ich zum Geburtstag bekommen. Ein Upgrade ist laut Vertrag erst nächstes Jahr wieder drin, und ohne das müsste ich schon eine meiner Nieren verticken, um mir ein neues leisten zu können. Was soll ich meiner Schwester denn jetzt sagen?«

»Dass ich dein Handy aus dem Fenster geschmissen hab«, antwortete Olivia schlicht. »Sie kennt mich ja nicht.«

»Als würde das irgendwas besser machen.« Je mehr zu mir durchdrang, was gerade passiert war, desto schriller wurde meine Stimme. »Nicht nur, dass ich ihren Eiswagen geklaut habe, um jemandem, den sie überhaupt nicht kennt, einen Gefallen zu tun, jetzt ist dieser Jemand auch noch schuld, dass ich kein Handy mehr habe.«

Inzwischen waren wir mitten in der Innenstadt von Baltimore, umgeben von hohen Gebäuden, wodurch ich weder den Hafen noch den Highway sehen konnte. Es war, als würden die grauen Fassaden und blitzenden Fenster immer näher rücken, wie ein langsam zusammenschrumpfender Ballon.

»Eigentlich dachte ich, wir könnten auf dem Hinweg mein

Handy als Navi benutzen und auf dem Rückweg deins, darum hoffe ich mal, du hast ein Ladekabel dabei«, brummte ich.

»Ich? Ich hab überhaupt kein Handy. Um mir so was leisten zu können, müsste ich nämlich eine meiner Nieren verticken«, äffte Olivia mich erschreckend gekonnt nach.

Ich bremste an einer Ampel und starrte sie mit offenem Mund an. Ihre Augen blitzten vergnügt, als führten wir eine angeregte Diskussion über ihren Lieblingsfilm. Zum ersten Mal auf dieser Fahrt schien sie sich prächtig zu amüsieren.

»Und wie«, fragte ich, bemüht, ruhig zu atmen, »sollen wir jetzt nach New York kommen? Ich war da noch nie mit dem Auto. Mann, ich bin in den letzten zwei Jahren kaum auch nur mal aus D. C. rausgekommen.«

»Was für 'ne Überraschung«, murmelte sie und deutete mit dem Kinn Richtung Ampel, die gerade auf Grün umgesprungen war. »Dann besorgen wir uns wohl am besten eine Karte. Da vorne kommt eine Tankstelle.«

**SIGNS – ZEICHEN**
Gepostet unter FILME von <u>Hugh</u>.jpg
am 3. Januar um 06:14 Uhr

Das mit dem Gruselfaktor ist bei *Signs* ja zweifellos gelungen. Kornkreise, seltsame Geräusche übers Babyfon ... Das können doch unmöglich Aliens sein, die die Menschheit da terrorisieren – so was wäre schließlich viel zu berechenbar für M. Night Shyamalan. Nur dass es dann doch welche sind. Und dann noch nicht mal besonders furchterregende, sondern die größten Nieten der ganzen Galaxis. Einmal auf der Erde umgeguckt, und schon sagen sie: »Ach, schon gut, danke.« Der berüchtigte Shyamalan-Twist besteht diesmal einfach nur darin, dass der Film beschissen ist.

Die Tankstelle befand sich zwischen einer Brachfläche und einem leer stehenden Haus mit zugenagelten Fenstern. Vor der Tür lag ein schlafender Mann, der eine Mülltüte zur Mütze umfunktioniert hatte. Irgendwie hatten wir uns treffsicher die zwielichtigste Ecke dieser ansonsten so belebten Stadt ausgesucht. Das traurige Verkaufshäuschen stand ganz in der hinteren rechten Ecke des Geländes, und bei dem Neonschild war die Hälfte der Buchstaben ausgefallen, sodass es statt EASY MART nur S MAR besagte. Auch an den Zapfsäulen war nichts los, dafür sonnte sich auf dem

Parkplatz eine Frau im Bikini auf dem Asphalt. Sie sah aus wie ein menschliches X, das einen Flugzeuglandeplatz markierte.

Ich fuhr einen Bogen um die Frau, hielt in einer der Parkboxen und wartete, während Olivia wortlos im Verkaufshäuschen verschwand. Nachdem sie mich auf die Tankstelle aufmerksam gemacht hatte, hatten wir kein Wort mehr miteinander geredet, und ich wurde das Gefühl nicht los, dass wir mitten in einem Streit steckten. Theoretisch war es ja wohl ich, der nach der Aktion mit meinem Handy Grund hatte, sauer zu sein, aber die Vehemenz, mit der Olivia mich ignorierte, ließ mir meine eigene Angepisstheit regelrecht albern erscheinen. Immer wieder ging mir durch den Kopf, was Becky über Olivia gesagt hatte: *Die hat echt 'nen Hau weg.* Zwar schnitt Olivia weder wilde Grimassen, noch brabbelte sie unzusammenhängendes Zeug vor sich hin, aber so langsam fragte ich mich doch, worauf ich mich hier eigentlich eingelassen hatte.

An der Straße stand eine Telefonzelle, deren Fenster mattschwarz zugesprayt waren. Schwer zu erkennen, ob sie noch in Betrieb war oder jemand sich darin häuslich eingerichtet hatte, aber der Anblick machte mir die handyförmige Leere in meiner Tasche und den unvermeidlichen Anruf, der mir bevorstand, nur noch bewusster. Mir war klar, was Olivia davon halten würde, aber die paar Sekunden, um meiner Schwester Bescheid zu sagen, dass ich noch am Leben war – wenn auch nicht zu erreichen –, konnten wir ja wohl erübrigen.

Nachdem ich an die dunkle Scheibe geklopft und keine Antwort bekommen hatte, zog ich vorsichtig die Tür auf und fand die Zelle leer vor. Drinnen stank es nach Pipi und abgestandenem Zigarettenrauch, und auf dem Boden lagen lauter zusammengeknüllte Zeitungen. Die Wände der winzigen Kabine waren mit Telefonnummern vollgekritzelt, die bei Anruf entweder Spaß

oder den Tod versprachen, und neben dem Apparat hing ein Telefonbuch, aus dem irgendwer gleich büschelweise die Seiten ausgerissen hatte.

Ich schluckte, dann tippte ich eine der wenigen Nummern ein, die ich auswendig kannte, und lauschte dem dumpfen Tuten in meinem Ohr. So nervös war ich noch nie vor einem Anruf bei meiner Schwester gewesen. Schließlich hatten wir nur noch einander. Wir konnten uns alles sagen und mussten uns für nichts schämen. Aber jetzt, nachdem ich Ellens Geheimnis rausgefunden und den Eiswagen entführt hatte, war ich mir plötzlich nicht mehr sicher, wie die Dinge zwischen uns standen.

»Hugh«, entgegnete Ellen auf mein zögerliches Hallo, »bitte, bitte, *bitte* sag, dass du den Eiswagen genommen hast.«

»Positiv«, antwortete ich.

Ellen seufzte auf. »O Mann, Gott sei Dank. Warum hast du denn nicht gesagt, dass du noch mit Razz losziehen willst?«

Mit offenem Mund hielt ich inne. Dass ich darauf nicht gekommen war! Vielleicht brauchte ich Ellen das mit New York ja gar nicht zu verraten. Sollte sie ruhig denken, dass ich mit Razz auf einer Abschiedstour durch sämtliche Indie-Buchhandlungen von D. C. war. Jetzt musste ich nur noch bis heute Abend dahinterkommen, wie man den Kilometerzähler zurückdrehte (so wie sie das im Film *Matilda* machten), und Ellen würde nie von meinem Ausflug erfahren.

»Hab ich, äh, irgendwie vergessen. 'tschuldige.«

»Bist du denn bald wieder da? Ich muss dringend mit dir reden, und außerdem brauche ich den Wagen.«

Wieder schluckte ich. »Razz und ich sind auf dem Weg zum Weißen Haus, Eis verkaufen«, log ich. »Und dann wollte ich zum Abendessen mit zu ihm.«

Die Zeitungen, auf denen ich gerade rumtrampelte, waren schon so alt, dass man kaum mehr die Schrift lesen konnte. Ich bearbeitete sie mit der Schuhspitze, bis sie einrissen und den Blick auf einen orangerosa Fleck auf dem Boden darunter freigaben, bei dem ich nur beten konnte, dass es sich nicht um Kotze handelte. Natürlich wollte Ellen den Wagen wegen ihres Meetings am Montag zurückhaben. Wahrscheinlich war ihr Notizbuch, in dem sie sämtliche Gründe aufgelistet hatte, warum sie unbedingt mein Leben zerstören musste, unter dem Fahrersitz verstaut.

»Wofür brauchst du ihn denn so dringend?«, fragte ich.

Wenn sie mir so kam, musste sie auch mit der Wahrheit rausrücken.

»Ist halt so, okay?«

»Ist halt so«, wiederholte ich gedehnt. »Weil du … quer durchs Land vor blutrünstigen Vampiren fliehen musst? Oder bei einem illegalen Eiswagenrennen mitmachst?«

Ich ballte die Fäuste. Ich hatte meine Schwester noch nie beim Lügen ertappt, und wenn ich diese E-Mail nicht zufällig entdeckt hätte, wäre es wohl auch jetzt nicht dazu gekommen. Worüber mochte sie mich noch angeflunkert haben? Warum sagte sie mir nicht, was Sache war?

»Warum gibst du nicht einfach zu, dass du den Eiswagen verkaufen willst?«, riss mir plötzlich der Geduldsfaden.

Meine Worte hingen zwischen uns in der Leitung, bis Ellen vernehmlich Luft holte. »Das hatte ich ja vor«, sagte sie leise.

»Aha, und wann? Wenn ich irgendwann morgens aus dem Haus gekommen und der Wagen einfach weg gewesen wäre?«

»Ich hab am Montag ein Meeting, und wenn das –«

»Weiß ich«, unterbrach ich sie. »Ich hab deine blöde E-Mail gelesen.«

»Du schnüffelst in meinen Mails?«

»Können wir jetzt bitte nicht so tun, als wäre *das* hier das Problem?«

»Ich finde eigentlich schon, dass das ein Problem ist«, wandte sie ein. »Aber dass ich dir nichts von dem Meeting und der Sache mit dem Eiswagen erzählt habe, tut mir echt leid. Ich hab halt keine Ahnung, wie das alles laufen wird, und darum geht mir ziemlich die Muffe. War daneben von mir, ich weiß.«

»Kann man wohl sagen.«

»Jaja, böse Ellen, armer Hugh. Jetzt weißt du jedenfalls, warum ich den Wagen brauche. Ich muss die Eisbecherprototypen füllen, die ich entworfen habe, damit meine potenzielle Kundin beim Meeting die Produkte probieren kann. Natürlich könnte ich auch einfach sagen, sie soll sich vorstellen, sie würde eine Portion Happy Birthday, Charlie Manson essen, aber dann würde sie wahrscheinlich denken, es schmeckt nach LSD oder so.«

Ihr Witz verpuffte kläglich. In meiner Kehle hatte sich ein steinharter Kloß gebildet.

»Aber warum musst du denn dafür den Eiswagen verkaufen?«, wollte ich wissen.

»Na, weil der dann nicht mehr gebraucht würde«, sagte sie. »Ben und Jerry gondeln ja schließlich auch nicht durch die Gegend und verscherbeln Chunky Monkey.«

»Und was soll *ich* dann machen?«

»Ach komm.« Zum ersten Mal während dieses Gesprächs klang Ellen hoffnungsvoll. »Du hast doch sowieso bald keine Zeit mehr für den Eiswagen.«

»Weil ich so beschäftigt mit Nichtstun bin?«

»Du wirst ja nicht nichts tun. Pass auf, es war von vornherein nicht fair, von dir zu verlangen, dass du für mich arbeitest. Dadurch hattest du vor deinem Schulabschluss kaum mehr Zeit für

deine Freunde. Ich hab ein richtig schlechtes Gewissen deswegen und würde dir diese Zeit gern irgendwie zurückgeben.«

»Wir wissen beide, dass ich nach diesem Wochenende keine Freunde mehr haben werde.«

»Sei doch nicht so melodramatisch.« Ellen räusperte sich. »Du sollst dich einfach mal wieder ein bisschen um dich selbst kümmern dürfen. Dann kannst du an deiner komischen Website arbeiten oder dir einen Job suchen, bei dem deine Schwester nicht deine Chefin ist. Ich dachte, das würde dir gefallen.«

»Na klar, darum hast du's mir nämlich auch nicht erzählt, stimmt's?«, entgegnete ich. »Ich bin nicht aufs College gegangen, um dir mit dem Eiswagen helfen zu können. Was soll ich denn jetzt machen, wenn es keinen Eiswagen mehr gibt?«

Ellen stöhnte auf. »Du willst mir doch wohl nicht ernsthaft erzählen, dass das der Grund ist, warum du nicht studierst.«

»Okay, ist es nicht«, gab ich zu. »Aber da ich sowieso bald ein Eisvermögen erbe, hab ich doch anscheinend alles richtig gemacht.«

Meine Schwester lachte leise. »Noch erbst du gar nichts. Dan meinte –«

Bei der Erwähnung von Ellens Coldplay liebendem Langweilerfreund fing mein Blut direkt wieder an zu kochen. »Du hast es Dan erzählt, aber nicht mir?«

»Sein Dad ist schließlich selbstständig, darum konnte er mir ein paar gute Ratschläge geben«, verteidigte sie sich. »Er hat mir geholfen, die Präsentation vorzubereiten, und findet es auch sinnvoll, den Wagen –«

»Ich fahre diesen Wagen schon, seit du Killer Ice Cream gegründet hast«, unterbrach ich sie erneut und fing an, an den Fingern abzuzählen, obwohl sie das natürlich nicht sehen konnte. »Ich weiß, welche Routen sich lohnen und um welche Gegenden

man lieber einen Bogen macht, ich weiß sogar, welche Kennmelodie wo am besten ankommt. In Shaw zum Beispiel schlitzen sie dir für ›La Cucaracha‹ ziemlich sicher die Reifen auf.«

»Ich wollte halt verhindern, dass du dich wegen nichts und wieder nichts aufregst. So wie es jetzt ja auch gekommen ist.«

Ich presste mir die Hand auf die Brust. »Entschuldige vielmals, wenn es mich ein klitzekleines bisschen mitnimmt, dass du mein ganzes Leben auf den Kopf stellst.«

»Ich stelle überhaupt nicht dein ganzes Leben auf den Kopf. Eigentlich betrifft dich das alles nicht mal, außer dass deine Schwester hier womöglich 'nen richtig guten Deal abschließt. Manche Dinge ändern sich eben, und es eröffnen sich andere Perspektiven, als durch die Straßen von D.C. zu cruisen und Kinder in einen Zuckerrausch zu versetzen.«

Der Eiswagen hatte wesentlich mehr zu bieten gehabt, und es gab so vieles, was ich im vergangenen Jahr gelernt hatte. Ich dachte daran, wie Razz und ich, Marvin Gaye voll aufgedreht, nach Alexandria gefahren waren, um Donuts zu kaufen, oder wie ich immer mit dem Wagen geflüchtet war, wenn Becky mal wieder ein sturmfreies Wochenende dazu nutzte, um Sam, Lily und die anderen einzuladen.

»*This old heart of mine.*«

Klar und nachdrücklich drang der Song der Isley Brothers in meine Gedanken. Ich wusste genau, wie er weiterging, und Ellen wusste, dass ich es wusste. *Been broke a thousand times.* Aber es war, als klebte mir Erdnussbutter am Gaumen, und meine Kehle war trocken und wie zugeschnürt.

»Komm schon, Hugh«, flehte meine Schwester in mein Schweigen hinein. »Noch ist doch gar nichts passiert. Wahrscheinlich halten die von Giant mich sowieso bloß für ein Mitglied der Manson Family. Na los, sing mit. *This old heart of mine ...*«

Der Eiswagen: weg. Razz: weg. Becky: weg. Immer wieder rauschten mir diese paar Gedanken durch den Kopf, lauter und lauter, bis sie alles andere übertönten.

»Ich kann nicht«, sagte ich schließlich und hasste mich dafür, dass ich so verzagt klang, so vollkommen machtlos in meiner engen, staubigen Telefonzelle, die sich durch die verdunkelten Scheiben immer weiter aufheizte.

Ellen setzte zu einer Antwort an, panisch und aufgebracht, aber ich verstand kein Wort, und irgendwann legte ich einfach auf. In der plötzlichen Stille war nichts zu hören außer meinen langsamen, ruhigen Atemzügen.

Anscheinend war Motown doch kein Heilmittel für alles.

Zum ersten Mal stand es im Spiel Realität gegen Oldie-Ablenkungsmanöver eins zu null.

**JERRY LEE LEWIS' KARRIERE**
Gepostet unter MENSCHEN von <u>Hugh</u>.jpg
am 17. Mai um 20:34 Uhr

Ich wüsste da eine gute Faustregel für jeden Rockstar (und
alle anderen eigentlich auch): Vielleicht solltet Ihr nicht
unbedingt Eure dreizehnjährige Cousine heiraten. Irgendwie
fällt es den Leuten dann nämlich schwer, Euch und Eurer
Musik weiter Sympathie entgegenzubringen. Um mal Jerry
Lee Lewis selbst zu paraphrasieren: Goodness gracious,
great balls of GEHT'S NOCH?!

Obwohl es absolut möglich war, dass Giant am Ende doch kein Interesse an Killer Ice Cream hatte, hielt mich das nicht davon ab,
mich komplett in meine Fantasien über ein eiswagenloses Leben
hineinzusteigern.

- Kein Eiswagen bedeutete kein geregelter Tagesablauf
  und nichts zu tun außer Spoiler Alert. Weswegen ich mich
  vermutlich entweder zu dem superfiesen Nerd aus der
  World-Of-Warcraft-Folge von *South Park* oder dem albtraum-
  haft dahinvegetierenden Typen aus *Sieben* entwickeln würde.
- Ohne den Eiswagen brauchte ich einen neuen Job.
  Und da jeder wusste, dass man an so was nur durch

Vitamin B kam, musste ich aller Wahrscheinlichkeit nach Botenjunge in der Anwaltskanzlei von Dans Dad werden, wo ich mir mit den Bros regelmäßig die Kante geben würde, bis ich mich am Ende in eine Riesendose Bud Light verwandelte.

- Killer Ice Cream würde sich so gut verkaufen, dass sogar Target es ins Sortiment aufnehmen würde. Irgendwann würde der Oberchef von Target sagen: »Hey, wie wär's, wenn wir uns einfach in Killer Target umbenennen?«, und Ellen würde so viel Geld scheffeln, dass sie uns endlich eine Villa in Potomac kaufen konnte, einer der nobelsten Gegenden von D. C., aber da wir jeder einen eigenen Flügel bewohnen würden, bekäme ich sie kaum mehr zu Gesicht.
- Nach der Sache mit meinen Eltern hatte ich wenigstens noch den Eiswagen gehabt. Und Razz. Kein Eiswagen + kein Razz + keine Eltern = nicht viel übrig vom alten Hugh.

Ich stand also wieder ganz am Anfang. Und ich wusste nicht, ob ich das noch mal packen würde.

Olivia kam mit einem Atlas der gesamten Vereinigten Staaten und jeder Menge Snacks aus dem Tankstellenhäuschen zurück: einem Riesensack Fruchtkaubonbons, zwei Flaschen Cola, einer Tüte Cheetos und einer Schachtel Berger Cookies, einer schokoüberzogenen Spezialität aus Baltimore. Die nächsten zwanzig Minuten knatterten wir schweigend dahin, während die Stadt immer mehr dem ländlichen Maryland wich. Die einzigen Geräusche waren Olivias Cheetoknuspern und das leise, konstante Summen des Generators im hinteren Bereich des Wagens.

Irgendwann hielt ich es nicht mehr aus mit meinen eigenen Gedanken. »Wie ist das eigentlich so, wenn du ...« Ich warf Olivia einen Seitenblick zu. »Du weißt schon.«

Erleichterung durchflutete mich, als sie tatsächlich darauf einstieg.

»Du meinst das Knochenkitten?«

»Wusste gar nicht, dass es dafür ein Wort gibt.«

Sie knabberte an einem Cheeto. »Na ja, das wirst du auch kaum in irgendwelchen Lehrbüchern finden, aber so hat meine Mom es immer genannt.«

»Tut das weh?«

»Nicht so wirklich. Es kribbelt und ist ein bisschen eklig, wie wenn einem Farbe an den Händen trocknet und man dann die Finger spreizt, weißt du? Wenn sich die Haut so straff gespannt anfühlt, als würde sie Risse kriegen.«

Die Wolkendecke draußen war mittlerweile aufgebrochen und gab den Blick auf einen blendend hellblauen Himmel frei.

»Und wann hast du gemerkt, dass du so was kannst?« Ich wischte mir die tränenden Augen.

»Ah, hat die Fragerunde schon angefangen?«

Ich zuckte mit den Schultern.

»Keine Ahnung«, antwortete sie dann. »Das ist, als sollte ich erklären, wann ich gemerkt habe, dass ich atmen kann.« Sie leckte sich ein paar Cheetobrösel von den Fingern. »Ich musste nie darüber nachdenken, es hat immer alles von selbst funktioniert. Wenn ich mit einer Schere in der Hand durch die Gegend gerannt bin, war es völlig egal, ob ich hinfalle und sie mir in den Bauch ramme, weil ich ja wusste, dass schon alles von selbst wieder heilt.«

Ich versuchte, mir die kleine Olivia vorzustellen, die wie eine Irre durchs Haus tobte, während ihre Mutter ihr keine Beachtung schenkte, einfach weil sie es nicht musste. Aber irgendwie reichte meine Vorstellungskraft nicht aus für ein Leben, in dem man keine Angst davor haben musste, sich an einer Schere aufzuschlitzen und langsam unter dem Küchentisch zu verbluten.

Mir war klar, wie meine nächste Frage klingen würde, aber ich musste sie einfach stellen: »Gehörst du zu den X-Men?«

Olivia dachte eine ganze Weile nach, bevor sie entgegnete: »Du willst wissen, ob ich eine Superheldin bin?«

Ich lehnte mich an die Kopfstütze. »Die X-Men sind ja keine Superhelden im eigentlichen Sinn. Eher eine Art schräge Gang.«

»Ich bin kein X-Man«, sagte sie. »Oder X-Woman. Und auch keine Superheldin und kein Zirkusfreak. Ich weiß selbst nicht, was ich bin.«

»Aber wie funktioniert das denn überhaupt?«

»Keine Ahnung. Ich konnte es einfach schon immer. Und meine Mom auch.«

»Ich dachte, deine Mom wäre gestorben.«

Olivia lächelte schmallippig. »Tja, jeder hat so seine Schwachstellen.«

»Und was sind deine?«

»O Mann, Hugh, das binde ich dir doch nicht gleich beim ersten Date auf die Nase.«

Ich biss mir auf die Zunge und unterdrückte den Drang nachzubohren. Wir hatten noch eine stundenlange Fahrt vor uns, auf der sich sicher noch die Gelegenheit bieten würde, das Mysterium Olivia Moon weiter zu ergründen.

»Hat sonst schon mal jemand gesehen, wie du ...« Ich geriet ins Stocken, weil ich nicht wusste, wie ich es ausdrücken sollte. »Wie dir was passiert ist? Wie, als du vom Dach gefallen bist?«

»Nee. Nur du und Clark.«

»Nicht mal dein Dad?«

»Von Atlantic City aus kann man ganz schlecht bis nach D. C. gucken.«

Ich runzelte die Stirn. »Aber wenn du nicht bei deinem Dad wohnst, bei wem denn dann?«

»Ich weiß zwar nicht, was das mit dem Thema zu tun hat, aber ich bin mal so nett und geb dir 'ne Bonusantwort: Ich wohne bei meinem Dad, aber der ist fünf Tage pro Woche in Atlantic City.«

Allein das bot schon wieder Stoff für mindestens vierzig weitere Fragen, aber so langsam hatte ich das Gefühl, dass das Ende der Fahnenstange erreicht war. Ich zog die Zehen an und streckte sie wieder, bis ich die Knöchel in meinen Schuhen knacken fühlte.

Nachdem Olivia die Cheetos verputzt hatte, wühlte sie in den restlichen Snacks und zog eine Grimasse. »Ich hab nicht klug eingekauft«, stellte sie fest. »Jetzt hab ich Lust auf was Schokoladiges, aber die Berger Cookies sind mir zu mächtig. Wenn ich dazu noch Cola trinke, krieg ich ja sofort Diabetes.«

»Du kannst was vom Eis haben, wenn du willst«, schlug ich vor. Die eine Portion würde Ellen am Montag ja wohl kaum fehlen. »Unser Night Choccer ist mit Schokoeis, Marshmallows und Schokosoße.«

Olivia riss den Mund auf. »Bingo.«

Sie schnallte sich ab und beugte sich über ihre Sitzlehne, um den Eisportionierer aus der Wanne neben dem Gefrierschrank zu klauben.

»So kommst du nicht ran ans Eis«, sagte ich. »Steh doch einfach auf und geh nach hinten.«

»Dafür bin ich zu faul«, gab Olivia zurück. »Und zu leichtsinnig.«

Wie zum Beweis kippte sie, nachdem sie auf die Armlehne ihres Sitzes geklettert war, vornüber und plumpste mit einem Quietschen zu Boden.

»Macaulay Culkin!«, rief ich, als sie mich mit den Füßen fast am Kopf erwischte. »Alles in Ordnung?«

»Aua, aua, aua.«

Olivia stemmte sich hoch auf die Knie und hielt sich das Kinn.

Aus einer zentimetergroßen Platzwunde an ihrer Lippe lief ein Blutrinnsal ihren Hals runter.

»Mann, was machst du denn?«, schimpfte ich, während Olivia schwerfällig zurück auf ihren Sitz kletterte. Als sie wieder saß, war die Wunde bereits verschwunden und nur noch ein halb getrockneter Blutfleck an ihrem Kragen übrig.

»Entspann dich.« Olivia klappte die Sonnenblende runter und untersuchte sich im Spiegel. »Mir geht's gut.«

»Super, aber könntest du vielleicht einfach ein bisschen weniger Scheiße bauen und dir gar nicht erst wehtun?«

Olivia guckte mich an. »Wie langweilig.«

Ich schüttelte den Kopf. »Soll ich dich dafür jetzt cool finden oder so?«

»Bei Clark hat's funktioniert.«

»Tja, ich seh das nun mal etwas anders. Eigentlich finde ich sogar, sich absichtlich zu verletzen ist das Gegenteil von cool.«

»Jaja, ich weiß ja jetzt Bescheid über deine Besessenheit von Enden.« Mit ihrem Hemdsärmel wischte sie sich die Blutreste von Kinn und Hals und klappte anschließend die Sonnenblende wieder hoch. »Du und ich, wir wären eigentlich Rivalen wie aus dem Bilderbuch«, merkte sie an. »Ich spüre gar nichts, und du spürst viel zu viel.«

»Ich spüre überhaupt nicht zu viel«, murmelte ich.

Wieder musterte sie mich. »Wie sind deine Eltern gestorben?«

Als ich sie entsetzt ansah, zuckte Olivia mit den Schultern.

»Was denn?«, verteidigte sie sich. »Ich hab ja wohl auch brav alle deine Fragen beantwortet. Jetzt bin ich an der Reihe.«

Ich las pure Neugier in ihrem Blick. Offenbar wollte sie mich nicht triezen und fragte auch nicht nur deswegen nach meinen Eltern, weil sie sich dazu verpflichtet fühlte, so wie alle anderen. Nein, sie wirkte einfach aufrichtig interessiert.

»Sie hatten einen Autounfall«, antwortete ich.

Sie musterte mich weiter konzentriert, aber ich meinte, sie ganz leicht zusammenzucken zu sehen.

»Uff«, stieß sie schließlich hervor. »Ein Zusammenstoß, oder wie?«

Ich öffnete den Mund, schluckte die Antwort dann aber doch hinunter. Mir war nie in den Sinn gekommen, dass Olivia womöglich gar nicht wusste, wie meine Eltern gestorben waren. Schließlich war das Ganze eine Zeit lang Gesprächsthema Nummer eins in unserer Gegend gewesen, wie bei so einer Ketten-E-Mail, die achtzehn Jahre Pech verhieß, wenn man sie nicht an mindestens dreißig Leute weiterleitete. In der Schule konnte ich den anderen an der Nasenspitze ansehen, woran sie dachten, wenn ich ihnen auf dem Flur begegnete oder mit ihnen im Spanischkurs saß. Aber je nachdem, in welchen Kreisen Olivia sich damals gerade bewegt hatte, war es ihr vielleicht tatsächlich nicht zu Ohren gekommen.

»Nicht direkt«, sagte ich gedehnt, den Blick fest auf den Horizont gerichtet, »das Ganze war, äh, ziemlich verrückt.« Mein Herz pochte wie wild, und die Worte hinterließen einen fauligen Geschmack in meinem Mund. »Sie sind über die Woodrow Wilson Bridge gefahren, diese riesengroße in Virginia.«

Olivia nickte.

»Es war dunkel, und auf einmal ist ihnen ein Geisterfahrer entgegengekommen. Keine Ahnung, wie genau der da gelandet ist, aber er war auf jeden Fall betrunken. Mein Dad sitzt also am Steuer, und plötzlich hält dieses Auto frontal auf sie zu. Er will ausweichen, aber neben ihnen fährt ein Schulbus. Die einzige Überlebenschance ist also eine Kollision mit diesen Kindern, aber dann hätte natürlich das Risiko bestanden, dass sie auch sterben.« Nachdem ich einmal angefangen hatte zu erzählen,

konnte ich kaum wieder aufhören. Mein Hirn ratterte, während ein Satz nach dem anderen aus meinem Mund quoll, das Bild meiner Eltern, die innerhalb eines Sekundenbruchteils eine Entscheidung fällen mussten, ebenso real wie Olivia auf dem Sitz neben mir. »Also ist mein Dad weiter geradeaus gefahren, und sie sind zusammengekracht.« Ich räusperte mich, und in meinen Augen brannten Tränen, als ich mir meine Eltern nicht zum ersten Mal zusammengesunken über dem Armaturenbrett vorstellte, deformiert wie zerquetschte Barbiepuppen. »Sie waren sofort tot.«

Ausnahmsweise schienen Olivia mal die Worte zu fehlen, und es kam keinerlei sarkastischer oder bissiger Kommentar. Und während sie so schweigend dasaß, löste sich plötzlich etwas in meiner Brust. Ihr diese Geschichte über meine Eltern zu erzählen hatte tatsächlich bewirkt, dass ich mich leichter fühlte.

»O Mann«, sagte sie nach einer Weile. »Wie schrecklich.«

»Schon gut«, versicherte ich ihr eilig, obwohl natürlich gar nichts gut war. »Es war ihr zwanzigster Hochzeitstag.«

»Ach, na dann«, erwiderte Olivia vage amüsiert, »halb so wild. Jedenfalls 'ne krasse Art abzutreten. Wenn man dabei noch einen ganzen Bus voller Kinder rettet und so.«

Ich dachte nach. Da war was dran. »Kann sein«, räumte ich ein. »Trotzdem sind sie natürlich ziemlich plötzlich gestorben. Und dann noch auf so furchtbare Art. Von sinnlos ganz zu schweigen. Nur, weil so ein dämliches Arschloch Bock hatte, besoffen eine Runde mit dem Auto zu drehen.«

Die Leichtigkeit in meiner Brust wich Wut, die immer weiter zunahm. Wäre es denn zu viel verlangt gewesen, dass der Typ sich einfach ein Taxi genommen hätte? Oder die Bahn?

»Und jetzt wohnst du nur noch mit deiner Schwester zusammen?«, vergewisserte sich Olivia.

Ich nickte. »Und mit ihrem bescheuerten Freund. Mehr oder weniger jedenfalls.«

Olivia nickte auch.

»Und was ist mit dir?«, fragte ich vorsichtig und tat so, als betrachtete ich eingehend das kleine rote Auto im Rückspiegel. »Deiner Mom?«

»Tot.« Olivia strich sich die Haare aus dem Gesicht, und eine der Messingnieten an ihrem Lederarmband funkelte in der Sonne. »Mausetot.«

»Heißt das, du willst nicht drüber reden?«

»Der Kandidat hat hundert Punkte«, erwiderte Olivia.

Ich hüstelte und versuchte mir nicht auszumalen, was Olivias Mom zugestoßen sein mochte. Denn schlimm musste es gewesen sein, immerhin hatte es jemanden umgebracht, der eigentlich gar nicht sterben konnte. Und vielleicht erwartete Olivia ja dasselbe Schicksal.

»Okay«, sagte ich leise. »Tut mir jedenfalls echt leid.«

Olivia lehnte den Kopf ans Fenster und seufzte Richtung Scheibe: »*C'est la vie.*«

Mit einem Mal verschwanden die Bäume, die bis jetzt den Highway gesäumt hatten, und gaben den Blick auf einen breiten Fluss frei. In der Tiefe war das Wasser schlammbraun, aber auf der glatten Oberfläche brachen sich die Sonnenstrahlen und ließen sie silbrig wie Glas wirken, in dem sich die zerklüfteten Wolken spiegelten. Das Einzige, was uns vom Wasser trennte, war eine Betonmauer, die mir sicher nicht mal bis zur Hüfte ging.

Olivia war eingeschlafen. Hatten wir eigentlich immer noch Streit? War es überhaupt ein Streit gewesen? Jetzt wirkte sie friedlicher, als ich sie bisher erlebt hatte, fast wie ein anderer Mensch.

Und in dem Moment wurde mir klar, was ihre Körpersprache

vermittelte. Ihre eingesunkenen Wangen und hängenden Schultern, ihre Hände, die offen auf ihren Oberschenkeln lagen. So sah ein Mensch aus, der sich nach langer Zeit endlich mal entspannte, ein Mensch, der Tag für Tag hart daran arbeitete, ein Bild aufrechtzuerhalten, das überhaupt nicht seinem Inneren entsprach. So sah ein Mensch aus, der losließ, und wenn auch nur für ein paar Minuten. Das wusste ich, weil ich selbst schon oft so ausgesehen hatte. Oder mich zumindest so gefühlt hatte, so als wäre in mir etwas geschmolzen und hätte sich in meinem ganzen Körper ausgebreitet, bis ich nur noch ein wirbelloser Haufen Glibber war.

Nach dem Tod meiner Eltern hatte ich permanent gekämpft, um den Eindruck zu erwecken, mit mir wäre alles in Ordnung. Ich hielt es einfach nicht aus, wie die Leute in der Schule, die Nachbarn und ganz besonders meine Freunde mich ansahen, wie Gespräche verstummten, sobald ich den Raum betrat. Das war eigentlich das Schlimmste – diese vorübergehende Starre, als wäre kurz die Zeit ins Stocken geraten, bevor sie schließlich weiterlief, unbeirrt auf Kurs Richtung ewiges In-Ordnung-Sein. Und jedes Mal, wenn ich meine Fassade – meine »Na klar, alles total chillig, wieso fragst du überhaupt?«-Fassade – kurz fallen ließ, schoss die Atmosphäre im Raum binnen Sekunden ins Unerträgliche. Alle wussten, dass ich trauerte, und behandelten mich auch so, aber wenn ich mir besagte Trauer mal anmerken ließ, fand ich mich sofort auf einer Beliebtheitsstufe mit Kanye West und dem Teufel höchstpersönlich wieder. Klartext: Niemand hielt es mit mir aus.

Also ließ ich statt der Fassade lieber alles andere fallen. Das erschien mir immer noch leichter, als mit Leuten rumzuhängen, die bei der kleinsten Gefühlsregung meinerseits gleich guckten, als hätte ich gerade einen Stapel Bücher verbrannt. Und Olivia, das wurde mir jetzt klar, machte es ganz ähnlich. Darum tauschte sie so regelmäßig ihr komplettes soziales Umfeld aus. Ihre Freund-

schaften rotierten und rotierten auf dem Plattenteller ihres Lebens. Und trotzdem hielt sie ihre Fassade auch jetzt weiter aufrecht, sodass man nur dahinterblicken konnte, wenn sie sich eine Mütze Schlaf gönnte. Oder vielleicht hatte sie sich nach dem Tod ihrer Mom auch so sehr daran gewöhnt, dass sie sich selbst vergessen hatte.

Nach etwa einer halben Stunde wachte Olivia wieder auf.

»Hast du dich auch schon mal gefragt, warum Leute ins Restaurant gehen, um da Nudeln zu essen?«, fragte sie leise und reckte sich auf dem Beifahrersitz, bis ihre Wirbelsäule knackte. »Was Simpleres, Billigeres kann man sich doch zu Hause gar nicht selber kochen. Das ist, als würde man für ein Erdnussbutter-Marmeladen-Sandwich bezahlen – wobei, soll ja auch Leute geben, die so was machen.«

Ich wandte mich ihr ungläubig zu, doch sie guckte aus dem Fenster.

»Weißt du noch –«, fing ich an und verstummte dann.

Denn ich kannte die Antwort auch so. Natürlich erinnerte sie sich an den Abend, an unser Gespräch von vor zwei Jahren. Damals hatte es genauso angefangen, mit einer völlig willkürlichen, abstrusen Frage.

Ich hatte noch nie jemandem von diesem Abend erzählt, weil ich nicht gern daran zurückdachte. Tatsächlich hatte ich mich sogar aktiv bemüht, die Erinnerung daran zu verdrängen. Ich wollte nicht daran denken, wie ich mich damals gefühlt hatte, wie ich auf meinen Computerbildschirm gestarrt und nichts als mein Spiegelbild darin gesehen hatte. Ich war wie betäubt, ein bodenloses Schwarzes Loch, das sich am Ende unweigerlich selbst verschlingen würde.

Es war der Abend nach der Beerdigung meiner Eltern. Ich trug noch immer meinen Anzug, und die Krawatte saß so straff, als

wollte ich mich damit schleichend enthaupten. Den Tag hatte ich wie ein Schlafwandler verbracht, war auf dem Friedhof meiner Schwester hinterhergetappt und anschließend zurück nach Hause, wo der klägliche Rest meiner Familie, Freunde und ein paar Kollegen meiner Eltern genauso verloren rumstanden, wie ich mich fühlte. Ich konnte mich einfach nicht dazu durchringen, mit irgendwem zu reden, und außerdem gab es doch sowieso nichts zu sagen. Also saß ich am Ende in Dads Fernsehsessel, verkroch mich immer tiefer in meinem übergroßen Anzug und betete jedes Mal, wenn jemand mir sein Beileid aussprach, ich könnte einfach unsichtbar werden.

Später, als alle weg waren, konnte ich mich endlich wieder selbst denken hören. Oder *hätte* es gekonnt, wenn denn irgendwelche Gedanken da gewesen wären statt einfach nur Leere. Alles an mir schien tonnenschwer, taub und unberechenbar, und das machte mir am meisten Angst. Nicht der Gedanke, dass ich mich umbringen könnte, oder der an den Tod an sich, sondern der, dass jederzeit *alles* passieren konnte. Damals wurde mir zum ersten Mal so richtig bewusst, dass ich absolut nichts unter Kontrolle hatte.

In dem Moment leuchtete mein Handydisplay auf. Jemand hatte mir eine Nachricht geschrieben, nur ein einzelner Satz.

**Olivia Moon:** Hast du schon mal einen Hundehaufen auf dem Gehweg gesehen, und dein erster Gedanke war, o Mann, der arme Köter sollte dringend mal zum Tierarzt?

Bestimmt eine halbe Minute lang starrte ich einfach nur auf mein Handy und versuchte zu begreifen, was ich da sah. Ich hatte seit Jahren kein Wort mehr mit Olivia Moon gewechselt, und nichts an den nicht existenten Interaktionen zwischen uns deutete darauf hin, dass wir je einen Gedanken aneinander verschwendeten.

Ein Mausklick, und mein Laptop erwachte zum Leben. Ich öffnete den Messenger.

**Hugh Copper:** Was?

**Olivia Moon:** Hast du dich schon mal gefragt, warum fast keiner einen Schirm benutzt, wenn es schneit? Ist doch auch bloß Wasser, das vom Himmel fällt.

Noch heute weiß ich nicht, warum ich damals geantwortet habe. Allein das Tippen erschien mir so anstrengend, als müsste ich ein Auto über eine Klippe schieben. Olivia Moon war ein Freak. Das wusste jeder. Aber das hier klang, als wäre sie endgültig durchgeknallt, und das lag nicht daran, dass ich sie kaum kannte.

**Hugh Copper:** Ich hab absolut keine Ahnung, wovon du redest
**Hugh Copper:** Ist gerade auch echt kein guter Zeitpunkt

**Olivia Moon:** Manchmal schicke ich meine Gedanken übers Universum gern zurück ins Universum. Das hilft, alles besser

zu durchblicken, und außerdem
bin ich dann nicht mehr allein
damit, weißt du?

**Olivia Moon:** Wo bewahrst du
deine Gedanken auf?

**Hugh Copper:** Meistens in
meinem Kopf ...

**Olivia Moon:** Uiuiui, das ist aber
ziemlich ungesund. Du musst den
Scheiß loswerden, bevor er dich
vergiftet

**Olivia Moon:** Komm schon, das
war dein Einsatz. Her mit deinen
verrücktesten Gedanken

**Olivia Moon:** Ich mache mich
auch nicht über dich lustig,
versprochen

Meine Finger auf der Tastatur kamen zum Stillstand.

Meine Gedanken?

Erst nachdem meine Eltern gestorben waren, begann ich langsam zu begreifen, dass mein Denken sich um mehr drehte als die Frage, wer den Malibu für Beckys nächste Party besorgte. Und diese Erkenntnis lähmte mich.

**Hugh Copper:** OK

**Hugh Copper:** Denkst du
manchmal auch: Hm, irgendwie
hätte ich mir mehr vorgestellt?

**Olivia Moon:** Mehr?

**Hugh Copper:** Na ja, zum Beispiel
dachte ich, ich würde mal cooler
werden, als ich bin

**Olivia Moon:** Ach, Hugh
**Olivia Moon:** Das denke ich
ungefähr jeden scheiß Tag

Und so ging es den ganzen Abend weiter. Ich erinnere mich
zwar nicht, was genau nach diesen ersten paar Zeilen kam, aber
unser Austausch reichte bis in die verstecktesten Winkel meines
Hirns, und wir krempelten unser beider Leben praktisch auf
links. Na ja, nur gewisse Selbstheilungskräfte kamen nicht zur
Sprache. Von diesem Abend an wusste Olivia Moon, die ich vorher nicht mal richtig gekannt hatte, alles über mich. Dabei ging
es in unserem Chat kein einziges Mal um meine Eltern. Das war
nicht nötig und mir nur recht so. Alles andere hätte mich zerris-
sen. Hinterher war die Taubheit, die meine Lungen auskleidete
wie eine Tapete, zwar immer noch da, aber ich war viel zu erschöpft, um mich davor zu fürchten oder auch nur darüber nachzudenken. Ich schlüpfte einfach nur aus meinem Anzug und
schlief ein.

Näher war ich dem Ende noch nie gewesen. Olivia hatte mich
zurückgeholt.

Und jetzt saß sie neben mir, strich ihre Shorts glatt und ließ
sich weiterhin nichts anmerken.

Ich sagte: »Dieser Abend, als du mir geschrieben hast – woher
wusstest du da, dass meine Eltern gestorben waren?«

Olivias Hose hatte unterhalb der rechten Tasche einen so gro-

ßen Riss, dass ihre ganze Hand durchpasste. Sie nestelte daran herum und spielte mit der ausgefransten Kante.

»Bei dem vielen Tratsch an unserer Schule wäre es ja wohl ziemlich schwer gewesen, davon nichts mitzukriegen«, erklärte sie.

Das tat weh. Ich wechselte die Spur, beobachtete, wie die gelbe Linie rasend schnell unter dem Eiswagen verschwand, und versuchte die Tränen zu ignorieren, die mir den Blick verschleierten.

Na schön, dann hatten eben alle über meine Eltern Bescheid gewusst, aber nur Olivia hatte mir wirklich geholfen, anstatt hohle Phrasen zu dreschen.

»Aber wie sie gestorben sind, wusstest du nicht?«

Olivia zuckte mit den Schultern. »Weil ich's nicht wissen wollte.«

»Aber neulich vor Clarks Haus kanntest du doch nicht mal meinen Namen.« Allein bei der Erinnerung daran zog ich den Kopf ein vor Scham. »Da hast du mich Hank genannt.«

Olivia schnaubte amüsiert. »Okay, okay, natürlich wusste ich, wer du bist«, gestand sie und drehte sich zu mir. »Ich erzähl dir jetzt was, aber nur, wenn du mir versprichst, dass du mich nicht für eine Stalkerin hältst.«

»Wie soll ich dir das denn versprechen, bevor ich weiß, worum es geht?«

Sie verschränkte die Arme. »Gut, dann erzähl ich's dir eben nicht.«

»In Ordnung, ich werde dich nicht für eine Stalkerin halten. Schieß los.«

»Also«, sie warf mir einen verstohlenen Blick zu, »möglicherweise hab ich dich über die Jahre ein bisschen im Auge behalten. Ungefähr seit ich nicht mehr mit Becky rumhänge.«

Ich konnte mein Entsetzen kaum verbergen. »Im Auge behalten?«

»Du hast versprochen, dass du mich nicht für eine Stalkerin hältst.«

»Tu ich auch nicht«, entgegnete ich. »Im Moment geht meine Vermutung eher Richtung Axtmörderin.«

Olivia lachte, wovon ich aus unerfindlichen Gründen eine Gänsehaut bekam. Hastig strich ich die Härchen an meinen Armen glatt und hoffte, dass Olivia nichts mitgekriegt hatte.

»Keine Sorge, ich spalte dir schon nicht den Schädel«, beruhigte sie mich. »Ich hab bloß irgendwie immer gewusst, dass du anders bist. Sam und Becky und so, die waren alle gleich, total hirnlos und langweilig, und haben sich benommen, als wären die einzigen Leute, die was zählten, die an ihrem Cafeteriatisch. Aber du hast dich auch mal für abseitige Sachen interessiert. Ich weiß noch, einmal hast du mit Becky über irgendeinen Blödsinn diskutiert, die beste Fernsehserie aller Zeiten oder so, und bist total ausgeflippt, weil niemand *Buffy – Im Bann der Dämonen* gesehen hatte. Es war dir kein bisschen peinlich, dass keiner außer dir die Serie kannte, sondern du warst richtig stinksauer. Das hat mir gefallen.«

»*Buffy* ist ja auch die beste Fernsehserie aller Zeiten.«

»Aber hallo«, stimmte Olivia zu. »Meine Mom hatte die komplette DVD-Box, und wir haben sie mindestens einmal pro Jahr von vorne bis hinten durchgeguckt.«

»Welches ist dein Lieblings-Monster-der-Woche?«, erkundigte ich mich sofort.

Neben der jeweiligen Haupthandlung jeder Staffel traten in den einzelnen Folgen von *Buffy* immer neue Monster auf, die nichts mit dem Kampf gegen den großen Endgegner zu tun hatten.

»Na, die Gentlemen, wer sonst?«

Ich stöhnte auf. »Och nö.« Die Gentlemen, ein Trupp glatzköpfiger, grinsender Typen, die einem das Herz rausrissen und dafür sorgten, dass man nicht mal um Hilfe schreien konnte, gehörten

unzweifelhaft zu Joss Whedons schaurigsten Kreationen. »Bitte sei kein Klischeefan. Die Gentlemen mag ja wohl jeder am liebsten.«

»Soll ich lügen, oder was?«

»Du sollst einfach nur nicht so langweilig sein.«

Olivia gab sich genervt, aber ich sah, dass sie ein Grinsen unterdrücken musste.

»Und übrigens: Beste Fernsehserie hin oder her, *Buffy* hat eins der schlechtesten Enden, die es gibt«, fügte ich hinzu.

»Was?« Olivia war entsetzt. »Von wegen. Das ist doch wohl das tollste, abgefahrenste, *buffygste* Ende, das man sich nur vorstellen kann.«

»Nicht dein Ernst.« Ich rief mir die letzte Szene in Erinnerung. »Die beiden besten Figuren der ganzen Serie opfern sich für die Menschheit, und Buffy und ihre Gang reißen bloß Witze darüber, dass das Einkaufszentrum in die Luft geflogen ist.«

Olivia schnaubte. »Na, so ist das eben bei Buffy, lässiges Geplänkel bis zum letzten Moment.«

»Ja, klar«, räumte ich ein. »Aber dieses Ende, das – das ist halt echt mau.« Irgendwie kamen nicht die richtigen Worte aus meinem Mund, als würde meine Kehle vor lauter Denkanstrengung dichtmachen. »Auf einmal war einfach alles ... ich weiß auch nicht ...«

»Zu Ende?«

Ich guckte hilflos. »Ja, genau.«

Olivia setzte ein strahlendes, künstliches Lächeln auf, begleitet von einem Blick, der deutlich *ach nee* besagte. »Könnte eventuell daran liegen, dass es nun mal zu Ende *war*.« Sie lachte leise und schüttelte dabei den Kopf. »Ist dir schon mal in den Sinn gekommen, dass du im Grunde vielleicht gar nichts an der Qualität des Endes zu meckern hast, sondern einfach doof findest, dass es ein Ende *ist*?«

»Ich ...« Mein roter Faden war mittlerweile unentwirrbar verheddert. So hatte ich die Sache noch nie betrachtet.

Doch bevor ich mich länger damit beschäftigen konnte, winkte Olivia ab. »Ist ja auch egal«, sagte sie. »Kommen wir zurück zu dem, was ich eigentlich sagen wollte, bevor du mich so plump unterbrochen hast.«

»Stimmt, ja.« Ich schüttelte mich kurz, wie um die Gedanken an *Buffy* zu verscheuchen. »Du warst dabei, mir zu erklären, warum du mich stalkst.«

»Gestalkt *hast*, wenn schon«, korrigierte Olivia. »Ach, ich weiß auch nicht. Du hast halt einfach nicht in diese Clique gepasst, und ich hab wohl irgendwie darauf gewartet, dass du von selbst dahinterkommst. Ich wollte gucken, ob du irgendwann aufwachst, verstehst du?«

»Bin ich ja auch. Nachdem meine Eltern gestorben waren.«

»War bei mir genauso«, sagte sie. »Klingt vielleicht bescheuert, aber irgendwie war es für mich fast so was wie Schicksal, dass ausgerechnet du mich von Clarks Dach hast fallen sehen. Nachdem ich dich damals so lange beobachtet hab, kommt's mir einfach passend vor, dass du mir hilfst, mir die Sachen von meiner Mom zurückzuholen.«

Ich merkte erst, wie fest ich das Lenkrad umklammert hatte, als ich die Finger spreizte und ein stechender Schmerz hindurchschoss. Olivia und ich hatten viel mehr gemeinsam als gedacht. Razz hatte sich zwar noch nie über meine Anrufe um vier Uhr morgens beklagt, aber so wirklich verstand er trotzdem nicht, was ich durchmachte. Wie sehr es einen von den Füßen haute, wenn man seine Eltern verlor. Die Menschen, die einem die gesamte Kindheit lang vor Augen führten, dass man selbst eines Tages erwachsen werden würde. Und wenn diese Menschen dann starben, bevor einem klar geworden war, dass auch das irgendwann geschehen würde, war es, als würde man seine Zukunft gleich mit verlieren. Danach war einfach nichts mehr sicher.

»Du hättest echt schon vorher mal mit mir reden sollen«, merkte ich an.

»Ja, kann sein.« Olivia zog die Schultern hoch. Ich sah, dass ihre Augen hinter der Sonnenbrille geschlossen waren. »Aber an dem Abend damals hab ich dir geschrieben, weil mir klar war, wie es dir gehen musste. Für mich hat das damals niemand gemacht, und ich hab mir immer gewünscht, es wäre anders gewesen.«

Ich presste die Lippen zusammen und nickte wieder. »Tja, danke.«

Olivia lächelte verhalten. »Gern geschehen.«

**TOYS 'R' US**
Gepostet unter VERMISCHTES von <u>Hugh</u>.jpg
am 8. Oktober um 02:04 Uhr

Und weg ist er, der letzte Fitzel meiner Kindheit. Danke für
gar nichts, Amazon.

Irgendwo an der New Jersey Turnpike fiel mir auf, wie still es im
Wagen war. *Zu* still.

Ich legte den Kopf schief und fing an zu grübeln, was an dieser
Stille nicht stimmte. Mein Unbehagen wuchs und wuchs, bis
plötzlich der Grund dafür in Neonbuchstaben in meinem Hirn
aufleuchtete: Der Generator, der die Tiefkühltruhe betrieb, summ-
te nicht mehr. Was bedeutete, dass sie aus war.

Panisch fuhr ich rechts ran und schnitt dabei zwei graue Autos,
deren Fahrer meine Aktion mit wütendem Gehupe quittierten.
Ich murmelte eine sinnlose Entschuldigung vor mich hin, während sich in meinem Magen das Entsetzen ausdehnte wie ein
Schwamm, der sich immer weiter vollsog.

»Was machst du denn?«, rief Olivia.

Aber ich war viel zu aufgeregt, um zu antworten. Erst nachdem
der Eiswagen zum Stehen gekommen war und nur noch im Luftzug der vorbeirasenden Autos schaukelte, brachte ich raus: »Der
Generator läuft nicht mehr.« Ich kletterte so hastig nach hinten,

dass ich mit dem Fuß an meinem Sitz hängen blieb und fast einen Bauchklatscher auf die Kühltruhe machte. »Wie kann das sein?«, flüsterte ich, während ich mir den Ellbogen rieb, den ich mir an meiner Armlehne angehauen hatte. »Wie, wie, wie, wie, wie?«

Nachdem Ellen die Kühltruhe gebraucht für vierhundert Dollar von einem ehemaligen Eisverkäufer auf Craigslist ergattert hatte, der eingebaute Motor jedoch bereits nach zwei Tagen abgeschmiert war, hatte sie kurzerhand den Generator daran angeschlossen. Er war mit dem Gerät über einen Wust bunter Kabel verbunden, über die ich nicht viel mehr wusste, als dass sie nicht ausgefranst und aus den Fassungen gerissen sein durften. Waren sie aber.

»Die Kabel sind ja alle lose«, stieß ich atemlos hervor, während ich die weiße Außenwand der Kühltruhe betastete. Normalerweise fühlte die sich ziemlich heiß an, jetzt jedoch war sie gerade mal lauwarm. »Wie kann denn so was passieren?«

»Vielleicht haben sie sich losgeruckelt«, sagte Olivia, die neben mir aufgetaucht war, und nahm ihre Sonnenbrille ab. Sie schob die Kühltruhe auf, warf einen prüfenden Blick auf die Eisbehälter und öffnete probeweise einen der Deckel. Dann zog sie eine Grimasse und stieß einen leisen Pfiff aus. »Der Patient sieht gar nicht gut aus, Doc«, seufzte sie.

Ich sprang auf und sah mir die Bescherung selbst an: Die Oberfläche von Weiße-Schokolade-Wuornos war zu rosa Soße verlaufen.

»Noch ist es nicht komplett geschmolzen«, sagte ich, obwohl ich mir das selbst nicht ganz abkaufte. »Das Zeug muss sofort in eine Tiefkühltruhe, dann ist es vielleicht noch zu retten.« Kein Eis bedeutete kein Meeting am Montag für Ellen. Eine Vorstellung, die mich ein klitzekleines bisschen tröstete, aber den Gedanken schob ich schnell beiseite. »Ellen braucht das Eis am Montag, sonst ist sie am Arsch.«

Olivia musterte mich verwirrt. »Ich hab keinen blassen Schimmer, wovon du redest.«

»Meine Schwester. Sie hat am Montag so ein blödes Meeting mit Giant, weil die vielleicht ihr Eis ins Programm nehmen wollen. Aber dafür müssten sie es natürlich erst mal probieren.« Ich knallte den Truhendeckel zu. »Auf keinen Fall mehr aufmachen. Wir müssen die Kälte so lange wie möglich da drin halten.«

»Und wo sollen wir jetzt mal eben eine neue Kühltruhe herkriegen?«, fragte Olivia. »Kannst du die hier nicht reparieren?«

»Woher soll ich denn wissen, wie so was geht? Ich esse sogar Ravioli kalt aus der Dose.«

»O Gott«, sagte Olivia. »Darauf müssen wir später definitiv noch mal zurückkommen.«

Wieder ging ich auf die Knie, um mir die Kabel noch mal genauer anzusehen. Mindestens zehn davon waren nicht mehr mit der Truhe verbunden, und es lugten silberne, zerfaserte Drähte daraus hervor.

Stöhnend lehnte ich die Stirn an die Truhenwand. »Wenn das mal nicht die Strafe ist.«

»Die Strafe wofür?«, wollte Olivia wissen.

Ich richtete mich so weit wie möglich auf und kletterte zurück auf den Fahrersitz. »Na, dafür, dass wir den Eiswagen meiner Schwester geklaut haben«, erklärte ich. »So teilt mir das Universum mit, dass ich der beschissenste kleine Bruder aller Zeiten bin.«

»Fängst du jetzt wieder davon an?« Olivia schwang sich über die Armlehne des Beifahrersitzes. »Du hast den Wagen doch gar nicht geklaut. Sie ist deine Schwester. Was ihr gehört, gehört auch dir.«

»Sie ist meine Schwester und nicht mit mir verheiratet, wir sind schließlich keine Hillbillys«, gab ich zurück. »Sie hat das ganze Geld, das unsere Eltern ihr hinterlassen haben, in diesen Eiswagen gesteckt. Die Karre ist ihr Ein und Alles.«

Zumindest, bis sie sie verkaufte.

Es kostete mich ganz schön Nerven, nicht bei jedem Auto, das an meinem Fenster vorbeiraste, zusammenzuzucken. Ständig sah ich vor mir, wie die Räder über meinen Kopf rollten und mein Hirn mir als rosa Masse aus den Ohren quoll.

»Wir müssen hier echt weg. Kannst du mal googeln, wo –« Da fiel mir wieder ein, dass wir ja keine Handys hatten und damit auch kein Google oder Navi. »Scheiße«, zischte ich und vergrub das Gesicht in den Händen. »O Mann. Wo kriegen wir jetzt eine Tiefkühltruhe her?«

»Hat sie denn gar kein Eis mehr vorrätig?«, fragte Olivia.

»Ein bisschen was vielleicht, aber auf keinen Fall alle Sorten. Bei uns zu Hause ist kein Platz dafür. Meine Eltern haben so ziemlich alles gehortet, was sie in die Finger kriegen konnten, da kommt man kaum von einem Zimmer ins andere. Meistens produziert Ellen immer nur frisch nach, was wir gerade brauchen.«

»Und kann sie das jetzt nicht auch?«

»Das geht nicht mal eben so. Man muss die Mischung pasteurisieren, und bis das Ganze abgekühlt ist –« Ich schüttelte den Kopf. »Ach, ist ja auch egal jetzt. Jedenfalls muss sie sich auf dieses Meeting vorbereiten, und da schafft sie es ganz sicher nicht, nebenher noch acht Sorten Eis herzustellen.«

»Dann sollten wir lieber gucken, dass wir schnell nach New York kommen. Sind doch höchstens noch zwei Stunden«, sagte Olivia. »Bis dahin hält das Eis bestimmt noch durch, und dann kannst du ja einfach die Tiefkühltruhe von irgendeinem Minimarkt kapern.«

»Das Eis hat höchstens noch eine Stunde«, widersprach ich und stupste die Schlüssel am Zündschloss an, sodass sie klimperten wie ein Windspiel. »Wenn ich es nicht rette, denkt meine Schwester, ich hätte das absichtlich gemacht, und dafür bringt sie

mich um, ganz im Ernst. Dann kann sie eine ihrer Eissorten nach sich selbst benennen.«

Erst während ich das aussprach, wurde mir die volle Tragweite der Situation bewusst. Wenn das so weiterging, hätte ich am Ende nicht nur Ellens Eiswagen geklaut, sondern ihn außerdem kaputt gemacht und ihr kostbares Eis verderben lassen. Selbst wenn sie mit ihren Giant-Plänen mehr oder weniger mein Leben ruinierte – so weit durfte es nicht kommen. Ich hieß schließlich nicht Loki. Die unzähligen Stunden, die sie an neuen Sorten tüftelte, die Interviews mit irgendwelchen schmierigen Foodbloggern, deren letzte Frage stets lautete, was sie diesen Abend noch vorhabe ... Das wäre alles umsonst gewesen.

Olivia setzte ihre Sonnenbrille wieder auf, dann stützte sie den Ellbogen ins Beifahrerfenster und stieß einen langen Seufzer aus.

»Ich weiß, wo wir hinkönnen.« Sie deutete auf das Autobahnschild ein Stück vor uns. »Nach Ocean City. Tiefste Jersey Shore.«

Vor meinem inneren Auge tauchten lauter Mädels mit raumschiffförmigen Frisuren und muskelbepackte, selbstbräunerorange Typen auf. Aber bis nach Ocean City waren es nur noch knapp hundert Kilometer.

»Mit der Jersey Shore komm ich klar«, sagte ich. »Was hat die denn zu bieten?«

»Vielleicht hat sie was zu bieten, vielleicht auch nicht.« Olivia zuckte mit den Schultern. »Finden wir's raus.« Mit einem Ruck setzte sie sich kerzengerade auf und hielt mir ihren Zeigefinger unter die Nase. »Aber kein Rumgetrödel. Wir erledigen unseren Kram und fahren sofort weiter. Ich will in New York ankommen, bevor ich vierzig werde.«

»Kriegen wir hin«, versprach ich. »Wir laden das Eis ab und lassen schnell den Generator reparieren. Da, wo wir hinfahren, gibt es doch 'ne Kühltruhe, oder?«

»Wie gesagt: vielleicht.«

Tja, so vage das klang, eine bessere Alternative hatten wir nicht. Die Uhr im Armaturenbrett zeigte gerade mal elf an, und wenn wir ordentlich auf die Tube drückten und nicht in einen Stau gerieten, würde das Eis es wohl überstehen. Theoretisch bekam man den Wagen auf hundertzehn Stundenkilometer hoch, aber das erforderte sehr viel Konzentration.

Mein Atem beruhigte sich allmählich wieder, als wir zurück auf die Autobahn fuhren und ich so kräftig Gas gab, dass irgendwas im Heck zu scheppern begann. Vielleicht bestand ja doch noch eine mikroskopisch kleine Chance, dass meine Schwester mich nicht umbringen musste.

»Little Sandy Inn?« Meine Augenbrauen hatten mittlerweile fest mit meinem Haaransatz fusioniert. »*Hier* willst du das Eis unterbringen?«

Das Motel, ein Flachbau in einer heruntergekommenen Ecke von Ocean City, hatte eine türkisblaue Holzfassade mit vanillegelben Fensterrahmen und ein Dach, das aussah, als würde es einstürzen, sobald auch nur eine Möwe darauf landete. Eigentlich ein Wunder, dass das nicht längst passiert war, denn der verlassene Parkplatz befand sich vollständig im Griff der Möwenmafia. Da hockten sie, alle zwölf Millionen, und beobachteten Olivia und mich mit ihren Vogelaugen.

»Als du meintest, du wüsstest was, wo wir hinkönnen, dachte ich eher an so was wie 'ne Cousine, die du ewig nicht gesehen hast, kein gruseliges Mordmotel.« In dem Moment, als ich es aussprach, bewegte sich hinter einem der Fenster das Rollo, und ich zog den Kopf ein. »Alter, ich mach mir gleich in die Hose.«

»Jetzt entspann dich doch mal. Hieran ist überhaupt nichts gruselig. Ich kenne den Besitzer.« Olivia stieß mich mit der Schul-

ter an. »Als ich noch klein war, bin ich mit meinen Eltern jeden Sommer hier gewesen.«

»Und warum dann irgendwann nicht mehr? Wegen der Bettwanzen?«

»Nein«, antwortete Olivia. »Spätestens nach dem vierten Mal gewöhnt man sich an die Viecher.« Auf meinen angewiderten Blick hin verschränkte Olivia die Arme. »War ein *Scherz*.«

»Warum nehm ich dir das nicht so ganz ab?«

Von innen sah das Motel nicht besser aus. Der Boden war mit schmuddeligem Teppich in Braunorange ausgelegt, und auch die Holzvertäfelung an den Wänden hätte direkt aus einem Siebziger-jahre-Horrorstreifen stammen können. Hinter der Empfangstheke, die mit einer dicken Plexiglasscheibe abgetrennt war, saß ein kurzgewachsener Mann in beige-gelb gestreiftem Poloshirt, der sich seine vier verbliebenen Haarsträhnen sorgfältig über die glänzende, gebräunte Glatze gekämmt hatte.

»Hallo, könnte ich bitte den Geschäftsführer sprechen?« Olivia stützte die Ellbogen auf und das Kinn in die Hände.

Der Mann, der, der Geräuschkulisse nach zu urteilen, offenbar einen Minifernseher unter der Theke stehen hatte, sah kaum hoch und schien sich nicht daran zu stören, dass das Mädchen vor ihm Blut am Kragen hatte.

»Sitzt hier«, sagte er.

Olivia richtete sich wieder auf. »Wo ist denn Raoul?«

»Weg«, sagte der Mann.

»Weg?«, wiederholte Olivia. »Wohin denn weg? Dieses Motel war doch sein ganzes Leben.«

»Knast, zurück in die Türkei, Urlaub?« Der Mann hob träge die Schultern. »Was weiß ich.«

Ich fing an, nervös in der Lobby auf und ab zu tigern. Über uns hing eine Deckenlampe, die alle paar Sekunden knackte, wenn

ein Insekt hineinflog. Olivia folgte mir in eine Ecke, in der ein ganz offensichtlich kaputtes Münztelefon hing. Ratlos klemmte sie sich die Hände unter die Achseln.

»Und was machen wir jetzt?«, flüsterte ich. Aus irgendeinem Grund konnte ich den Blick noch immer nicht von dem Empfangstypen wenden, obwohl ich mir relativ sicher war, dass der uns längst vergessen hatte. »Hier können wir das Eis jedenfalls nicht lassen.«

»Lass mich noch mal mit ihm reden.« Sie warf einen Blick über die Schulter. »Ich kann da bestimmt was arrangieren.«

»Woher willst du überhaupt wissen, dass der eine Tiefkühltruhe hat?«, fragte ich. »Ist ja nicht gerade das klassische Hotel mit Restaurantbetrieb. Und wenn, würden da wahrscheinlich menschliche Eingeweide serviert.«

»Schaltest du denn eigentlich immer direkt von null auf Apokalypse?«

»Nur, wenn ich im Bates Motel strande.«

Olivia verdrehte die Augen. »Das ist nicht das Bates Motel, klar? Ich hab echt viele schöne Sommer hier verbracht.«

Der Mann hinter der Plexiglasscheibe räusperte sich geräuschvoll und spuckte auf den Boden.

»Ich kann ... Das halt ich nicht aus.« Abrupt drehte ich mich um und stürmte raus in die grelle Sonne.

Olivia seufzte frustriert und folgte mir über den Parkplatz. Am Eiswagen blieb ich stehen und lehnte den Kopf dagegen. Ich versuchte, mir nicht vorzustellen, wie meine Frisur aussehen würde, wenn Ellen mir erst den Kopf abgesägt hätte und ihn auf einem angespitzten Pfahl vor der Columbia-Heights-Metrostation präsentierte.

»Dann entsorgen alle ihre Kaugummis in meinem Mund«, murmelte ich in Richtung von Charles Mansons eingedellter Stirn.

Olivia schlug mit der Faust gegen den Wagen und riss mich damit aus meiner Panikspirale. »Mann, warum bist du eigentlich so?«, schimpfte sie. Ihre Wut umgab sie wie ein glühendes, knisterndes Kraftfeld. »Ich dachte, du wärst ganz in Ordnung, nicht so ein armseliges Würstchen, das Schiss vor seinem eigenen Schatten hat.«

Ich zuckte zusammen. »Ich ... ich hab doch nie behauptet, dass ich –«, stammelte ich.

»Ich hab drauf gezählt, dass du mich nach New York bringst«, redete Olivia weiter. »Du solltest mir helfen, nicht im letzten Moment 'nen feigen Rückzieher zu machen.« Sie scharrte mit dem Fuß über den Asphalt und lachte höhnisch. »Aber nein – kaum läuft was schief, geht dem armen Hugh sofort der Arsch auf Grundeis. Du gibst dich so cool und alternativ, mit deiner Opamusik und deiner mysteriösen Einsamer-Wolf-Aura, aber das ist alles bloß Show, stimmt's?« Sie kam näher, packte mich bei den Schultern und drehte mich so unsanft um, dass ich mit dem Rücken gegen den Eiswagen prallte. »An dir ist alles fake. In Wahrheit bist du einfach nur ein ängstlicher. Kleiner. Junge.«

Ihr Gesicht war jetzt so dicht vor meinem, dass ich ihren Atem auf den Wangen spürte. Ich wollte etwas erwidern, wurde jedoch von lautem Reifenquietschen unterbrochen. Olivia wirbelte so jäh herum, dass mir ihre Haare ins Gesicht peitschten. Ihr Mund klappte auf, als ein schwarzer Van auf den Parkplatz des Little Sandy Inn gerast kam, auf dessen Flanke in großen weißen Lettern »FBI« stand, nur dass jemand das I mit einem Y übersprayt hatte.

»Was –«, fing Olivia an, als der Van auf uns zuraste.

Schutz suchend pressten wir uns gegen den Eiswagen, als der Van keinen halben Meter vor uns zum Stehen kam. Die bereits offene Seitentür spuckte drei Typen mit schwarzen, bis unters Kinn zugezogenen Bomberjacken und Pilotenbrillen aus.

»Los, los, los!«, rief der vierte Typ auf dem Fahrersitz durchs offene Fenster, während die anderen drei auf uns zusprinteten.

Der vorderste stülpte Olivia einen Jutesack über den Kopf, während der nächste von hinten den Arm um sie schlang und sie zum Van zerrte. Olivia, die ihre Arme nicht bewegen konnte, schrie und trat hilflos um sich.

Als ich ihr hinterherwollte, rammte der dritte mir so brutal den Ellbogen vor die Brust, dass mir die Luft wegblieb. »Das hier betrifft Sie nicht, Sir«, zischte er mir zu.

»Aber ... was soll das denn?«, röchelte ich. »Wo bringen Sie sie hin?«

Keiner der Männer antwortete, sie schubsten Olivia einfach in ihren Van. Während ihre Füße durch die Schiebetür verschwanden, hörte ich sie lauthals fluchen und ihren Entführern drohen, dass sie ihnen die kleinen Finger mit der Heckenschere abschneiden würde.

»Zielperson 348 – 65 gefasst«, sagte der Fahrer in ein riesiges Walkie-Talkie. »Rückzug zum Stützpunkt.« Dann gab er dem Typen, der immer noch vor mir stand, einen Wink. »Johnson, los jetzt.«

Bevor Johnson sich davonmachen konnte, hielt ich ihn an der Schulter fest. »Warten Sie«, stieß ich hervor. »Woher weiß das FBI von ihr? Wollen Sie Tests in irgendeinem Geheimlabor an ihr durchführen?«

Der Mann fuhr wieder zu mir herum. »FBI?«, wiederholte er gedehnt. »Wir sind doch nicht vom FBI. Da steht ja wohl ganz eindeutig FBY.«

Ich runzelte die Stirn. »Schon, aber das Y ist ja einfach über das I gesprüht.«

Der Mann lachte gezwungen. »Was? So ein Blödsinn.«

»Klar, sieht man doch.«

»Johnson, einsteigen!«, blaffte der Fahrer.

Im Laufschritt eilte der letzte Nicht-FBI-Agent zurück zum Van und hechtete hinein. »Er hat gemerkt, dass wir vom FBI sind«, hörte ich ihn seinen Kollegen zurufen. »Ich hab doch gesagt, damit legen wir niemanden rein.«

Während die Schiebetür sich schloss, schrie ich: »Was ist hier eigentlich los, verdammt?« Doch der Van hatte sich bereits mit quietschenden Reifen in Bewegung gesetzt und erfüllte die Luft mit dem Geruch nach verbranntem Gummi.

So schnell, wie er gekommen war, verschwand der Wagen in einer Abgaswolke die Straße runter. Zurück blieb nichts als Stille, nur durchbrochen vom gedämpften Rumpeln der Karussells auf der Strandpromenade und einem Auspuffknall. Olivia war weg.

ENDE

... »Das ist nicht das Bates Motel, klar? Ich hab echt viele schöne Sommer hier verbracht.«

Olivia knibbelte einen eierschalenfarbenen Farbfitzel von der Wand.

»Gut, damals sah es noch nicht aus wie der Vorhof zur Hölle«, räumte sie ein. »Aber trotzdem, Kühltruhe ist Kühltruhe, oder? Solange das Eis Eis bleibt, ist doch alles in Ordnung, und wir können weiter nach New York. Lass mich einfach machen.« Mit beschwichtigend erhobenen Händen bewegte sie sich rückwärts Richtung Empfangstheke.

»Das kann ich mir nicht angucken«, murmelte ich und stolperte nach draußen. Mir war schlecht.

Die Bordsteinkante war warm und sandig unter meiner Jeans, aber das nahm ich über dem Tumult in meinem Magen kaum wahr. Ich beobachtete die Straße, fast in der Erwartung, dass jeden Moment mit quietschenden Reifen der FBY-Van um die Ecke kam.

Nach ein paar Minuten setzte Olivia sich neben mich.

»Erledigt«, verkündete sie. »Einmal Kühltruhe, wie bestellt.«

Mein Kopf ruckte zu ihr herum. »Das hat er uns echt erlaubt?«

Olivia nickte. »Zum Ausgleich dafür müssen wir für heute Nacht bloß die Hochzeitssuite buchen.«

»Bitte was?«

»Anders konnte ich ihn nicht überreden. Ist so 'ne Art ›Toilette nur für zahlende Kunden‹-Deal. Die Kühltruhe steht jedenfalls in der Küche, und Emilio hat mir hoch und heilig versichert, dass sie vollständig frei von menschlichen Innereien ist.«

»Emilio?«

»Raouls Klon.«

»Ah.« Ich nickte. »Aber was ist denn mit New York?«

Da waren wir keine zwei Stunden mehr von unserem Ziel entfernt und trotzdem schon wieder auf Abwegen. Nicht zu fassen.

»Was soll damit sein? Nur, weil wir die Suite gebucht haben, müssen wir da ja nicht wirklich übernachten. Wie du vorhin gesagt hast: Wir lassen den Generator reparieren, und weiter geht's. Das Eis können wir ja dann auf dem Rückweg wieder einladen.«

Konservengelächter und ein trauriges Posaunen-»Wah-wah-wah« ertönten aus dem Fernseher in der Lobby. »Und du bist sicher, dass Mr Alle-meine-Freunde-sind-Schaufensterpuppen da drin es nicht verputzt, während wir weg sind?«, fragte ich.

Olivia schürzte die Lippen und tat so, als müsste sie angestrengt nachdenken. »Versprechen kann ich nichts. Aber wenn deine Schwester das Eis so dringend braucht, soll sie halt kommen und es sich holen.«

»Klar«, entgegnete ich, »nur hat sie leider keine mobile Kühltruhe.« Ich presste mir die Fäuste auf die Augen. Mir blieb nur noch eins übrig. »Es hilft nichts. Ich muss sie anrufen und ihr beichten, was passiert ist.«

»Hey, hey, hey, tritt mal auf die Bremse, du Apokalyptiker«, drängte Olivia. »Wir müssen doch bloß jemanden finden, der den Generator repariert.«

»Aha, und wie sollen wir das anstellen? Indem wir im Telefonbuch nach ›Eiswagengeneratorwerkstatt‹ suchen? Ellen ist die Einzige, die weiß, wen wir da anrufen müssen.«

»Ich dachte eher an Google, aber klar, wir können's auch ganz oldschool angehen.«

»Und mit welchem Handy wolltest du das machen?«

Olivia seufzte. »Na schön, der Punkt geht an dich. Okay, dann überlasse ich dich jetzt deinem Familienspaß.«

Die Hände auf die Knie gestützt, stemmte sie sich hoch. Als ich zu ihr hochguckte, blockierte sie fast komplett die Sonne und ihre schmale Silhouette war grellgelb umrahmt. Sie hüpfte von einem Fuß auf den anderen, als wären ihre Beine elektrisch geladen.

»Ich bin Auf-die-Reihe-krieg-Woman, Hugh! Ich sorg dafür, dass alles klappt. So, dann geh ich jetzt mal unser Zimmer bezahlen.« Sie streckte mir die Hand hin und wackelte mit den Fingern. »Deine Kreditkarte, bitte.«

**MATRIX**
**Gepostet unter FILME von <u>Hugh</u>.jpg**
**am 11. Dezember um 01:12 Uhr**

Ach, guck an, Keanu Reeves kann fliegen. Am Ende eines
der epischsten, abgefahrensten Filme der Neunziger erhebt
sich die Hauptfigur einfach völlig grundlos in die Lüfte und
macht einen auf Superman. Grandios.

Ich hätte einiges drauf verwettet, dass in unserem Motelzimmer
schon mindestens acht Menschen ihr Leben gelassen hatten. Der
blaue Teppichboden war dermaßen ausgetreten, dass er fast genauso flach und hart war wie der Beton darunter, und er bestand aus
mehr unidentifizierbaren schwarzen Flecken als allem anderen.
Die Tapete mit dem braunen Sternchenmuster löste sich in langen,
bröseligen Streifen von der Wand. Hinter einem roten Samtvor-
hang verbarg sich eine Glasschiebetür, die auf den Balkon führte,
und die Einrichtung bestand aus einem Schreibtisch, zwei Nachtschränkchen und einem Plastikstuhl, der aussah, als hätte ihn jemand von irgendeiner Terrasse mitgehen lassen. Und mittendrin
ein riesiges herzförmiges Bett mit einem Münzautomaten daneben.

»Willst du mich denn nicht über die Schwelle tragen?« Olivia
streckte die Arme aus. »Das hier ist immerhin die Hochzeitssuite.«

»Danke, ich verzichte.«

Olivia warf ihre Tasche hin und gleich darauf sich selbst mit Anlauf auf die knallrote Tagesdecke, Arme und Beine von sich gestreckt, sodass ihre Füße in den Chucks über die Kante baumelten. Ich öffnete die Tür neben der, durch die wir gerade gekommen waren, und schaltete das orange getönte Licht an. Badezimmer.

»Was meinst du, versteckt Emilio sich in der Zwischendecke und beobachtet nachts die Gäste?« Ich schaltete das Badlicht wieder aus, durfte jedoch vorher noch mit ansehen, wie eine dicke Fliege mit Vollgas gegen den Waschbeckenspiegel donnerte.

»Hundertpro.«

Olivia warf ein paar Vierteldollarmünzen in den Automaten und beobachtete die gedrungene Metallsäule gespannt.

»Was passiert da jetzt?«, erkundigte ich mich und setzte mich neben sie.

Ich hatte die Frage kaum ausgesprochen, als aus der Wand hinter uns ein Summen ertönte und das Bett zu vibrieren anfing. Ich sprang direkt wieder auf, Olivia dagegen blieb auf der hin und her wobbelnden Matratze sitzen. Ein Grinsen breitete sich auf ihrem Gesicht aus, obwohl ihr dabei die Zähne klapperten.

»Ich kann richtig fühlen, wie mir das Stück für Stück die Wirbelsäule zerlegt.« Sie ließ sich auf den Rücken fallen, sodass ihr ganzer Körper durchgeschüttelt wurde.

»Ich dachte immer, diese vibrierenden Betten gäb's nur im Film«, rief ich über den Lärm hinweg.

»Mom und ich haben jedes Jahr Münzen dafür gesammelt. Einmal hatten wir so viele, dass wir es am Ende nicht geschafft haben, sie aufzubrauchen. Der ganze Urlaub war quasi eine einzige lange Rückenmassage. Dad fand es *furchtbar*.«

Sie schloss die Augen, und das selige Grinsen kehrte in ihr Gesicht zurück. Nach ein paar Minuten stand das Bett wieder still, und Olivia richtete sich auf.

»Okay«, schnaufte sie und deutete mit dem Kinn auf das Telefon auf einem der Nachtschränkchen. »Jetzt oder nie.«

Sie hatte recht. Es war an der Zeit, meiner Schwester alles zu gestehen. Dass das Eis zwar in Sicherheit, aber die Rettung in letzter Sekunde gekommen war. Olivia und ich hatten alles, was noch verwertbar gewesen war, in Plastikdosen umfüllen müssen, die vorher Garnelen enthalten hatten und die Emilio in einer Ecke neben einem Wischeimer und einem Stapel Rattenfallen aufbewahrte. Wir hatten die Dosen so vollgepackt, dass das Eis an den Seiten rausquoll, als wir die Deckel draufdrückten. Nur von Banana Bundy war ein Rest übrig geblieben, den Olivia sich prompt mit bloßen Händen in den Mund geschaufelt hatte. Ellen würde nicht begeistert sein, aber alles war besser gewesen, als das Eis einfach schmelzen zu lassen.

Ich ließ mich zurück aufs Bett sinken und starrte auf das lachsfarbene Wählscheibentelefon.

»Soll ich dich und das Telefon vielleicht einen Moment allein lassen?«, bot Olivia an.

In meinem Kopf erklang ominöse Orgelmusik. »Nein«, versuchte ich, sie zu übertönen. »Ich glaube, in dieser schweren Stunde hab ich eher Unterstützung nötig.«

Olivia tätschelte mir die Schulter. »Wenn deine Schwester dich zu Hause rausschmeißt, kannst du ja immer noch hier wohnen.«

Ich strich mit dem Zeigefinger über die Wählscheibe und versuchte, Mut zu sammeln. Ellen würde definitiv wütend sein. Mich wahrscheinlich anschreien. Mit der Faust irgendwo gegenboxen. Aber was konnte darüber hinaus schon Schlimmes passieren?

- Ellen, verständlicherweise stinksauer, könnte Dan bei uns einziehen lassen, nur um mir eins auszuwischen. Woraufhin der sich mit Feuereifer ans Renovieren machen und jedes

Zimmer nach einer anderen Karibikinsel gestalten würde, wobei Ellens und sein Schlafzimmer selbstverständlich zu Margaritaville würde, das Dan ernsthaft für einen realen Ort hielt.

- Sie könnte das Video von mir als Achtjährigem auf YouTube hochladen, in dem ich, mein T-Shirt über dem Bauchnabel verknotet, »Lucky« von Britney Spears schmetterte, und darauf hinweisen, dass die Performance keinesfalls ironisch gemeint gewesen sei, nachdem ich Britney immerhin einst per Brief gefragt hätte, ob sie mit mir gehen wolle.
- Wenn ich nach Hause kam, könnte nichts mehr da sein. Nicht in dem Sinne, dass meine Schwester alle meine Sachen auf einen traurigen Haufen im Vorgarten geworfen hätte, sondern das ganze Haus wäre einfach verschwunden. Übrig wäre nichts als ein bisschen qualmender Schutt, nachdem Ellen in der Küche ein Feuerwerk gezündet und alles niedergebrannt hatte.

Wahrscheinlich war es gar keine schlechte Idee, ihr die Nachricht telefonisch zu überbringen.

Ich wählte und lauschte auf das Tuten aus dem Hörer. Als Ellen sich meldete, holte ich tief Luft und versuchte mich an einer Art Lachen, was jedoch kläglich scheiterte.

»Weißt du noch, als ich heute Morgen gesagt hab, ich würde mich mit Razz treffen?«, fragte ich. »Tja, also das« – ich biss mir auf die Unterlippe – »war so ziemlich von vorne bis hinten gelogen.«

Nachdem ich etwa zwanzig Minuten mit meiner Schwester telefoniert hatte, legte ich auf und saß eine Weile reglos da, das Telefon auf dem Schoß.

»Und, war sie sauer?«

Olivia lehnte am Kopfteil des Betts, die Knie an die Brust gezogen.

»Sie hat etwa im selben Tonfall ›New York?‹ gefragt, wie sie auch ›Andrew Tates Sado-Maso-Keller?‹ fragen würde.«

Olivia verzog das Gesicht. »Eieiei.«

Ellen hatte geklungen, als hätte sie sich den ganzen Tag von nichts als Schmirgelpapier ernährt. Heiser und erschöpft.

»Was soll ich denn jetzt machen?«, hatte sie gemurmelt. »Was macht man überhaupt in so einer Situation?«

»Das Eis ist in Sicher–«

Aber Ellen hatte gar nicht zugehört. Dafür war sie viel zu sehr in Panik gewesen.

»Ich muss neues Eis herstellen. Was bleibt mir anderes übrig? Am besten rufe ich gleich Jake an und erzähle ihm, ich kann die Doppelschicht nicht übernehmen, für die er mich seit drei Wochen immer einteilt, weil ich die Masern hab oder so. Und dann verschanze ich mich in der Küche wie Gollum in seiner Höhle und rühre jede einzelne verdammte Eissorte frisch zusammen. Schlaf ist dann eben gestrichen. Ich würde ja eh kein Auge zutun.«

»Das ist echt nicht nötig«, beschwor ich sie. »Wir kommen doch heute Abend zurück.«

»Von wegen. Die Karre hat ja schon nach hundertfünfzig Kilometern den Geist aufgegeben. Da lasse ich dich bestimmt nicht den ganzen restlichen Weg nach New York und wieder zurück fahren. Ich suche dir einen Mechaniker vor Ort, heute Nacht bleibst du in Jersey, und morgen fährst du weiter nach New York. Und da übernachtest du bei Tante Karen, die rufe ich gleich an.«

Karen war Moms Schwester. Sie wohnte in einem winzigen Apartment in Manhattan, direkt am Central Park, aber ich hatte sie seit gefühlt einer Million Jahren nicht mehr gesehen.

»Was? Nein, du musst nicht Tante Karen anrufen. Dem Eiswagen geht's gut. Nur der Generator ist kaputt.«

»Vergiss es. Noch weniger als dem Eiswagen vertraue ich nur deinen Fahrkünsten. Der Typ, der schon jammert, wenn er beim Autofahren eine Sonnenbrille aufsetzen muss, will achthundert Kilometer am Stück schaffen? Ha!«

»Aber wie willst du denn das Eis rechtzeitig vor deinem Meeting am Montag zurückbekommen, wenn wir morgen in New York übernachten?«

»Mein Meeting ist erst nachmittags. Also fährst du Montag vor Sonnenaufgang los, und bis dahin überlege ich mir noch mal, ob ich dich überhaupt zurück ins Haus lasse.« Ellen stieß ein leicht irres Lachen aus. »Und sag mal, wer ist eigentlich *wir*? Warum redest du immer von *wir*?«

Olivia, die mich die ganze Zeit beobachtet hatte, hob besorgt die Augenbrauen.

»Ein Mädchen aus der Schule und ich«, erklärte ich. »Ich helfe ihr, sich was aus New York zurückzuholen, was ihr gehört. Und den Rest ... würdest du mir sowieso nicht glauben.«

»Da könntest du recht haben. Es gibt gerade so einiges, was ich nicht glauben kann. Angefangen damit, dass mein kleiner Bruder ein schlimmerer Soziopath ist als der verschissene Jeffrey Dahmer.«

»Jetzt übertreibst du aber.«

»Ach, findest du?«, erwiderte Ellen. »Findest du wirklich? Nachdem *du* gerade meinen Eiswagen geklaut hast, obwohl du genau wusstest, dass ich vor dem wichtigsten Meeting meines ganzen Lebens stehe?«

Egal, wie laut und dramatisch ich auch gejammert, gefleht und sogar gedroht hatte, Ellen hatte sich nicht erweichen lassen. Es interessierte sie nicht, dass allein der Generator schuld an der Beinahe-Katastrophe mit dem Eis war. Sie war fest entschlossen, kein Risiko mehr einzugehen.

Natürlich hätte ich ihre Forderungen ignorieren, ihr im Rück-

spiegel den Mittelfinger zeigen und Richtung New York brausen können, aber der Gedanke war so abwegig, dass ich ihn nicht mal zu Ende dachte. Ich hatte Glück, dass Ellen überhaupt noch mit mir redete.

»Okay, klitzekleine Planänderung.«

Ich drehte mich zu Olivia um, deren Miene mir direkt verriet, dass sie wusste, was Sache war. Was wohl kaum überraschend war, nachdem sie während des gesamten Gesprächs hinter mir gesessen hatte.

Ihre Augen funkelten, und sie hatte das Kinn trotzig vorgeschoben. »*Darum* wollte ich nicht, dass du sie anrufst. Wir müssen weiter, und zwar sofort.«

»Ellen will, dass wir hierbleiben, bis sie uns einen Mechaniker gesucht hat.«

»Und wie lange soll das dauern?«

»Keine Ahnung.« Ich sah hoch zur Deckenlampe, deren rechteckiger Glasschirm voller schwarzer Punkte war – vermutlich tote Motten. »Sie meinte, sie tut, was sie kann, aber wir sollen uns keine großen Hoffnungen machen. Es ist ja Samstag, darum kommt der Mechaniker wahrscheinlich erst irgendwann gegen Abend, und danach hat es keinen Zweck mehr weiterzufahren, weil Clarks Konzert in New York dann vorbei ist und wir nicht wissen, wo er sich rumtreibt.«

»In Brooklyn«, beharrte Olivia.

Die Tagesdecke unter uns war aus steifem, rauem Frottee, wie ein alter Bademantel. Ich kratzte immer wieder mit den Fingernägeln darüber und versuchte, mir nicht anmerken zu lassen, wie verzweifelt ich einen Streit vermeiden wollte.

»Willst du etwa ganz Brooklyn nach Clark Thomas durchkämmen?«, fragte ich.

»So groß ist es ja wohl auch nicht.«

»Brooklyn ist riesig«, protestierte ich. »Da finden wir ihn nie. Vergiss den Heuhaufen, das wäre wie die Suche nach der Nadel im Pazifik.«

»Und was sollen wir dann machen?«

Wie zur Antwort fiel im Flur eine Tür zu, und die Heizung in unserem Zimmer fing an zu rauschen.

»Wir bleiben heute Nacht hier«, antwortete ich über das Heizungsgeräusch hinweg. »Bezahlt haben wir ja immerhin schon.«

Wozu hatte man sonst eine Notfall-Kreditkarte, wenn nicht, um sich ein Motelzimmer zu buchen, in dem es mit an Sicherheit grenzender Wahrscheinlichkeit spukte?

»Hier?« Olivia quollen fast die Augen aus dem Kopf. »Du willst hierbleiben? Im Bates Motel?«

»Du behauptest doch die ganze Zeit, dass uns hier keiner ermordet«, erinnerte ich sie.

Ich beschloss, dass ich der Tagesdecke genug Streicheleinheiten verpasst hatte, und begann, an einem harten grauen Fleck unbekannten Ursprungs zu knibbeln.

»Ja, aber das war, bevor ich wusste, dass ich tatsächlich hier schlafen muss.« Olivia versetzte der Matratze einen Fußtritt, sodass die Sprungfedern aufquietschten. »Hugh, wir haben keine Zeit für so 'nen Scheiß. Clarks Band spielt heute Abend.«

»Ja, und morgen Abend noch mal. Und dann holen wir uns deine Kiste zurück.«

»Was ist, wenn sie so mies sind, dass der Laden sie kein zweites Mal auftreten lässt? Du hast sie noch nie spielen hören. Clark ist ein grottenschlechter Sänger.«

»Glaub ich sofort.«

Aber ich konnte nun mal nichts machen, *wollte* nichts machen, was meine Schwester noch mehr aufregen würde, und das war auch Olivia klar. Wenn Ellen verlangte, dass wir die Nacht hier ver-

brachten, dann musste ich auf sie hören. Ich hatte sie heute schon einmal für Olivia verraten. Diesmal würde Olivia zurückstecken müssen.

Olivia, die ihre Niederlage witterte, lief knallrot an. Sie sprang auf, zog ihre Shorts zurecht und warf sich ihre Tasche über die Schulter.

»Wo willst du hin?«, rief ich, als sie Richtung Tür stapfte.

»Wenn wir heute nicht mehr weiterkommen, will ich wenigstens aus diesem Zimmer raus«, fauchte sie. »Hier fällt mir echt die Decke auf den Kopf!«

»Aber Ellen will, dass wir bleiben, wo wir sind.«

Olivia fuhr zu mir herum.

»Falsch.« Sie zerrte ihren Hut aus der Hosentasche und setzte ihn auf. »Sie will, dass *du* bleibst, wo du bist. Von mir war keine Rede.«

Die Tür knallte hinter ihr zu, und ihre Schritte entfernten sich über den Flur. »Ich will doch auch nicht bleiben, wo ich bin«, schrie ich ihr nach, obwohl ich wusste, dass sie längst zu weit weg war, um mich zu hören.

Ich warf mich rücklings aufs Bett und ballte die Fäuste. Wenn wir jetzt in New Jersey übernachteten, machte das nicht nur Olivia einen Strich durch die Rechnung und zwang Ellen, neues Eis herzustellen. Zusätzlich war noch ein ganz anderes Problem entstanden.

Ich konnte mich nicht von Razz verabschieden.

»Wo steckst du eigentlich, verdammt?«, rief Razz. »Wie oft muss man dich denn anrufen, bevor du einen mal mit deiner Aufmerksamkeit beehrst?«

Razz' sarkastische Reaktion auf mein zögerliches Hallo machte alles nur noch schlimmer. Wenn ich ihm nämlich erst mal gestan-

den hatte, was los war, konnte ich von Sarkasmus wohl nur noch träumen. Eher musste ich mich auf rasende Wut gefasst machen.

»Mein Handy ist, äh, aus dem Fenster gefallen«, erklärte ich.

Doch Razz hörte mir gar nicht richtig zu. »Wenn wir nicht bald mit dem *Hobbit* anfangen, schaffen wir's nur bis zum zweiten Film, und du weißt genau, dass das der schlechteste ist«, sagte er. »Ich hab die erste Packung Oreos schon angebrochen. Die sind das Einzige, was mich noch aufrecht hält, nachdem ich heute Morgen miterleben musste, wie nicht eine, sondern gleich zwei alte Damen aus der Hula-Hoop-Truppe meiner Grandma einen Herzinfarkt gekriegt haben, mitten in einer Talentshow! Und wenn du jetzt denkst, damit wäre der Auftritt gelaufen gewesen – weit gefehlt. Ich sag nur: ›The show must go on.‹«

Noch immer auf dem Rücken liegend, stellte ich die Beine auf und rang mir ein Lachen ab.

»Also, wann kommst du endlich?«, fragte Razz.

Ich schluckte. Auf ins Gefecht.

»Ich bin in Ocean City«, eröffnete ich ihm.

»In Maryland?«

»New Jersey.«

Ich holte tief Luft, und dann kotzte ich die ganze Olivia-Saga in einem einzigen Schwall in den Telefonhörer und ließ nur ein paar Punkte – alles, was das Knochenkitten betraf – aus. Razz hörte schweigend zu, und nur sein leiser, regelmäßiger Atem verriet mir, dass er überhaupt noch da war.

»Jetzt ist der Generator Schrott, und ich sitze bis morgen hier fest«, erklärte ich mit klopfendem Herzen. »Bis dahin kommen wir nicht mal nach New York, aber morgen Abend bin ich wieder zurück in D. C.«

Ich hatte nämlich bereits beschlossen, dass wir nicht bei Tante Karen übernachten würden. Dafür war einfach keine Zeit, und El-

lens Gestänker zum Trotz war ich ein ausgezeichneter Autofahrer. Außerdem hatte Olivia recht: Die Achtziger hatten uns immerhin das Mobiltelefon beschert. Der Eiswagen würde schon durchhalten.

»Muss ich dich jetzt echt daran erinnern, dass *ich* aber morgen Abend nicht mehr in D. C. bin? Hast du dir irgendwo den Kopf angehauen und das vergessen?«

»Ja. Ich meine, nein, ich hab's nicht vergessen. Glaub mir, ich will nicht hierbleiben und Olivia noch weniger –«

»Genau, du kannst es sicher kaum erwarten, dass euer kleiner Ausflug zu zweit ein Ende hat. Als würde ich das dem Typen mit dem It-Girl-Fetisch abkaufen.«

Das kam dermaßen aus heiterem Himmel, dass es mich völlig aus der Bahn warf.

»Hä?« Ich blinzelte wie wild, als könnte ich Razz' Worten dadurch Sinn einhauchen. »Ich hab doch keinen It-Girl-Fetisch.«

»Und ob. Zuerst Becky Cayman und jetzt Olivia. Sobald Becky irgendwo auftaucht, mutierst du zum Neandertaler. Zumindest hat sie so viel gesunden Menschenverstand, um zu kapieren, dass sie einfach nur hübsch ist. Olivia dagegen hält sich für das achte Hipsterweltwunder. Wieso tauscht man alle vier Wochen seine komplette Garderobe aus? Wo sind wir denn hier, in einem Taylor-Swift-Video? Olivia hat nicht genug Mumm, um originell zu sein, und nicht genug Grips, um zu erkennen, wie unoriginell sie ist.«

»Wie kommst du denn plötzlich auf so was?«, fragte ich. »Du hast echt keine Ahnung, wovon du da redest.« Ich wusste gar nicht, was aus seiner Salve an Beleidigungen mich am meisten ärgerte. »Das mit den unterschiedlichen Outfits war ja wohl in der Highschool.«

»Also, erstens ist die Highschool seit gerade mal drei Monaten vorbei. Und zweitens –«

»Alter, du kennst Olivia einfach nur nicht richtig.« Ich presste die Knie zusammen. »Sie ist in Wirklichkeit ganz anders.«

»Ja, schon klar, sie ist ganz anders und wird einfach nur missverstanden, schluchz.« Razz stieß ein gehässiges Lachen aus. »Mann, du bist echt so was von berechenbar. Eigentlich sollte mich das alles überhaupt nicht wundern.«

So verbittert und gemein hatte ich Razz noch nie erlebt. Das Ganze war ähnlich verstörend, als würde plötzlich eine Katze anfangen zu reden oder als würde Michael Myers mitten in *Halloween* das Messer weglegen und Jamie Lee Curtis ein Schälchen Wackelpudding anbieten.

»Was ist denn mit dir los?«, fragte ich.

»Du bist angeblich mein bester Freund, und jetzt lässt du mich an meinem letzten Abend in D. C. für ein Mädchen hängen, das du vor zwei Tagen auf irgendeinem Dach hast rumklettern sehen. Und dann fragst du auch noch ernsthaft, was mit mir los ist?«

»Hab ich gerade Halluzinationen oder so?«, konterte ich. »Wer von uns beiden haut denn ab nach Kalifornien? Du brauchst mich doch gar nicht mehr.«

»Mhm, logisch«, höhnte Razz. »Ich ziehe in einen anderen Bundesstaat, in dem ich absolut niemanden kenne, und darum brauche ich dich nicht mehr. Meinen einzigen Freund. Warum gibst du nicht einfach zu, dass Olivia Moon dir wichtiger ist als ich? Und ich wette, bei Becky wäre es ganz genauso gelaufen.«

»Das ist doch Schwachsinn«, protestierte ich. »Meine Schwester will nun mal, dass ich hierbleibe, bis der Eiswagen repariert ist.«

»Wenn dir wirklich was daran läge, dich von mir zu verabschieden, würdest du dir schon was einfallen lassen. Clever genug bist du jedenfalls. Du tust nur gerne so, als wärst du ein hilfloser Langweiler.«

»Das hier hat absolut nichts mit dir zu tun«, beharrte ich, »und

noch weniger mit Becky. Warum bist du eigentlich so besessen von ihr? Dir ist echt jeder Vorwand recht, um die Sprache auf sie zu bringen, selbst wenn sie sich auf einem völlig anderen Planeten befindet als das Thema dieser Unterhaltung.«

»Ich bin überhaupt nicht besessen von Becky.« Razz' Stimme bebte vor Zorn.

Frustriert presste ich mir die Fingerknöchel gegen den Oberschenkel.

»Und warum fängst du dann ständig von ihr an? Ich glaube ja, in Wirklichkeit bist du eifersüchtig auf sie. Weil sie beliebt ist und du niemanden hast.«

Ein langes, wuterfülltes Schweigen breitete sich zwischen uns aus. Meine Zunge lag mir schwer im Mund, während mein Hirn noch den Worten hinterherstolperte, die ich gerade ausgesprochen hatte. Die ich nicht mehr zurücknehmen konnte.

»Außer mir natürlich«, ergänzte ich hastig. »Mich hast du schon.«

»Wenn du auch nur ansatzweise ahnen würdest« – Razz schien sich jede Silbe einzeln abzuringen –, »wovon du hier redest, würdest du nie wieder behaupten, ich wäre eifersüchtig auf Becky Cayman.«

»Razz, ich kapier nicht, worauf du hinauswillst. Hör mal, ich hab das alles doch nicht gemacht, um dich zu verletzen. Kannst du vielleicht –«

»Leck mich, du Wichser.«

Mir entwich ein verblüfftes Lachen.

»Okay, damit wäre das wohl auch geklärt.« Ich setzte mich hin und straffte die Schultern. »Eigentlich wollte ich dich fragen, ob du vielleicht noch bis morgen Abend warten kannst, damit wir uns verabschieden können, aber ›Leck mich, du Wichser‹ ist natürlich auch ein schöner Abschluss.«

»Ja, find ich auch«, giftete Razz. »Viel Spaß noch am beschissensten Ort der Welt.«

»Ebenso«, schoss ich zurück.

Razz legte auf, und das Knacken in der Leitung hallte durch meinen Kopf. Ich starrte auf das Telefon in meinem Schoß und fragte mich, ob das alles ein Albtraum war. Dann setzte das Freizeichen ein, und die Realität hatte mich wieder.

**TAMMI TERRELL**
Gepostet unter MENSCHEN von <u>Hugh</u>.jpg
am 17. Juni um 22:57 Uhr

Tammi Terrell war gerade mal vierundzwanzig Jahre alt, als
sie starb. Mit zwanzig war sie von Motown unter Vertrag
genommen worden, und mit einundzwanzig hatte sie mit
Marvin Gaye »Ain't No Mountain High Enough« aufgenommen. Es spielte keine Rolle, was sie alles erreicht hatte, wer
sie war oder was die Zukunft für sie bereitgehalten hätte.
Dass sie mehr verdient gehabt hätte. Ein Hirntumor hat sie
getötet. Wie das nun mal so deren Art ist.

Als Olivia zurückkam, ging bereits die Sonne über dem 7-Eleven
auf der anderen Straßenseite unter und wich einem diffusen,
neongrellen Hintergrundleuchten. Ich war zwar noch nie in Ocean
City gewesen, aber ich wusste, dass dieses Licht von der Strandpromenade ausging. Auf dem Weg hierher waren wir daran vor-
beigekommen und hatten die vielen Hotdog-Stände, Spielhallen
und Fahrgeschäfte gesehen, an denen sich massenweise Touristen tummelten, die die letzten Sekunden des Sommers auskosten
wollten.

Da die Uhr auf dem Nachttisch nicht funktionierte, hatte ich
keine Ahnung, wie spät es war, und es interessierte mich auch

nicht. Alles, woran ich denken konnte, als ich auf dem Bett lag und an die wasserfleckige Decke starrte, war Razz.

Die Tür schwang auf, und ich hob den Kopf. Olivia stand da, mit einem Eimer voll frittierter Hähnchenteile und einem Jumbo-Slushie, von dem sich ihre Lippen tiefblau verfärbt hatten.

»Wie siehst du denn aus?«, platzte ich heraus.

Sie schubste meine Beine vom Bett und ließ sich auf den frei gewordenen Platz fallen, wodurch mir nichts anderes übrig blieb, als mich aufzusetzen. Den Hähncheneimer stellte sie zwischen uns. Statt ihrer khakifarbenen Shorts trug sie nun ein Kleidungsstück, das stark nach Männerbadehose aussah – blaues Wellenmuster mit kleinen Surferfiguren –, und darüber eins von diesen übergroßen Scherz-T-Shirts, die ihrem Träger einen Karikatur-Oberkörper verpassten, in diesem Fall den eines Gorillas im gelb getupften Bikini. Und natürlich ihren Anglerhut.

»Hier«, sagte sie, ohne auf meine Frage einzugehen, »hab uns was zum Essen besorgt.«

Mit fettglänzenden Fingern stupste sie einladend den Eimer an. Ich schnappte mir einen Schenkel und biss mit einem wonnevollen Seufzer hinein. Ihr von meinem Gespräch mit Razz zu berichten, ließen meine Kraftreserven nicht zu. Und meine Würde.

Innerhalb von einer Minute hatte ich den Hähnchenschenkel bis auf den Knochen abgenagt. Die Überreste legte ich auf den Nachttisch und schnappte mir den nächsten.

»Bist du noch sauer?«, fragte ich, bevor ich hineinbiss.

Olivia wiegte den Kopf hin und her. »Na ja. Wär's mir lieber, wenn deine Schwester uns nicht zu einer Nacht in New Jersey verdonnert hätte?«, fing sie an. »Klar. Bin ich frustriert? Kann schon sein. Will ich drüber reden? Nö, lass mal.«

Ich hielt im Kauen inne und versuchte, ihrem Gedankengang zu folgen.

»Also ...?«

»Alles okay.« Olivia winkte mit einem Stückchen Hähnchen-brust ab, sodass Panadebrösel aufs Bett regneten. »Hör mal, tut mir echt leid, dass ich so gedrängelt hab wegen New York. Ich brauch diese Sachen einfach wirklich zurück. Die sind alles, was ich von meiner Mom noch habe.«

Bei den letzten Worten wurde ihre Stimme plötzlich ganz leise. Sie legte das Hähnchenstück auf ihr Knie, ließ den Kopf hängen und fuhr mit dem Finger versonnen einen der Bikiniträger auf ih-rem T-Shirt nach.

»Ich versteh das schon, und glaub mir, ich will dir auch auf je-den Fall helfen«, beteuerte ich. »Keine Ahnung, was ich machen würde, wenn mir jemand die Sachen von meinen Eltern wegneh-men würde. Okay, das meiste davon gehört vermutlich auf den Müll, aber trotzdem würde ich ihre Sammlung ausgestopfter Mäuse nie hergeben.«

Olivia lachte. »Wenn Clark die Sachen von deinen Eltern klauen würde, würdest du ganz sicher auch die Verfolgung aufnehmen.«

Ich lehnte mich ans Kopfteil. »Zumindest bilde ich mir das gern ein«, sagte ich. »Aber irgendwie hab ich das Gefühl, es ist besser, dass ich jemand anderem dabei helfen muss. Wenn es um mich selbst ginge, würden mir wahrscheinlich doch wieder acht Millionen Ausreden einfallen, warum ich doch auch super ohne die Sachen auskomme. Aber dich will ich nicht im Stich lassen.«

»Uiiiii«, quietschte Olivia betont schrill. »Du magst mich. Du magst mich!«

»Gewöhn dich besser nicht zu sehr dran«, entgegnete ich. »Ich mag vor allem fettiges Hähnchen.«

»Klar, du bist ja auch ein Mensch.«

Ich wischte mir die Hände an der Tagesdecke ab. »Wo warst du eigentlich die ganze Zeit? Außer bei« – ich las, was auf dem Hähn-

cheneimer stand – »den Southern-Fried Chicken Bros und 7-Eleven, meine ich?«

Olivia setzte ihren Hut ab. »Überall und nirgends«, antwortete sie dann. »Aber eins verrat ich dir: Das hier ist nicht mehr das New Jersey, das ich kenne.« Sie griff nach einem Hähnchenschenkel. »Ehrlich gesagt hab ich ein bisschen Schiss vor New York.«

Stirnrunzelnd nahm ich einen Schluck von ihrem Slushie. »Und damit kommst du mir jetzt?«

»Früher war ich da ständig. Meine Großeltern wohnen in New York; die haben wir an Thanksgiving und am Unabhängigkeitstag immer besucht und uns die ganzen bescheuerten Paraden und das Feuerwerk über der Brooklyn Bridge angeguckt. Aber seit meine Mom tot ist –«

Ehe Olivia weiterreden konnte, klopfte es an der Tür. Unsere Hähnchenteile erhoben, starrten wir einander an.

»Meinst du, das ist der Typ vom Empfang?«, fragte ich. Der Slushie hatte mir eisige Zähne gemacht und einen sauren Geschmack auf meiner Zunge hinterlassen.

»Der will doch noch weniger mit uns zu tun haben als wir mit ihm«, antwortete Olivia leise.

Ohne mich vom Fleck zu rühren, starrte ich auf die Tür. Aus irgendeinem Grund schlug mir das Herz bis zum Hals, und ich krallte die Hand so fest um mein Knie, dass meine Fingernägel halbmondförmige Abdrücke in der Jeans hinterließen.

»Vielleicht ist es ja der Mechaniker«, überlegte Olivia.

Ich schluckte und stand schließlich doch auf. Die Person draußen hatte erneut angefangen zu klopfen, so laut und ungeduldig, dass es eindeutig keine höfliche Bitte mehr war.

»Ist ja gut, Moment!«, rief ich und nahm all meinen Mut zusammen. »Und dann gibt es natürlich nicht mal 'nen Türspion, das wäre ja auch viel zu praktisch.«

Ich riss die Tür auf und erstarrte, sosehr es mich auch in den Fingern juckte, sie direkt wieder zuzuknallen.

Nach einem tiefen, zittrigen Atemzug wich ich zurück. Auf der Schwelle stand, die blöde Lederjacke lässig über der blöden Schulter: Dan. Dan, *the Steuerrechts-Man.*

Schweigend folgte ich Dan, der einen schwarzen Werkzeugkasten dabeihatte, raus auf den Parkplatz. In seiner rosa Hose und dem hellen Jeanshemd, das weit genug aufgeknöpft war, um den Blick auf eine großzügige Portion Brustbehaarung freizugeben, sah er aus, als käme er direkt von einer Studentenverbindungsparty. Vor dem Eiswagen blieb er stehen, deutete auf die Motorhaube und wartete ab, während ich auf den Fahrersitz kletterte und sie entriegelte. Noch immer wortlos tauchte er dahinter ab.

Nachdem ich ein Weilchen zugehört hatte, wie Dan mit seinem Werkzeug rumklimperte, schluckte ich und fragte: »Was machst du eigentlich hier? Ich dachte, Ellen wollte einen Eiswagenmechaniker schicken.«

»Tja, wie sich rausgestellt hat, ist das samstags gar nicht so leicht«, antwortete Dan, ohne hinter der Motorhaube hervorzukommen.

»Hast du denn überhaupt eine Ahnung, was du da tust?« Ich stieg wieder aus dem Wagen.

»Jedenfalls mehr als du.«

Der Drang, die Augen zu verdrehen, war übermächtig.

»Ich hab Ellen doch gesagt, dass mit dem Motor alles in Ordnung ist. Nur der Generator ist hin.«

Ich knallte die Tür hinter mir zu und lehnte mich dagegen, noch immer nicht bereit, mich Dan weiter zu nähern. Irgendwie kam es mir regelrecht aufdringlich vor, dass er jetzt hier in New

Jersey war, so als würde er seine Nase mal wieder in Angelegenheiten stecken, die ihn nichts angingen.

Also guckte ich stur auf die Straße. Obwohl die Luft, angereichert mit der salzigen Brise von der Strandpromenade, immer noch mild war, hatte ich eine Gänsehaut. Die Gegend um das Motel war belebt, lauter Typen in Tanktops und Frauen in diesen eigenartigen Handtuchkleidern. Ihre Sandalen knirschten über den Sand auf den Gehwegen, alles raufgeschleppt vom Strand. Die Straßenlaternen brannten, und der Abendhimmel schillerte in den Blau- und Lilatönen einer frischen Prellung. Trotz des Halbdunkels waren die Sonnenbrände und Bräunungslinien der Leute gut zu erkennen.

»Ellen weiß nun mal gerade nicht, was sie dir noch glauben kann«, erklärte Dan.

In seiner Stimme lag eine ungewohnte Schärfe, das komplette Gegenteil des treudoofen Tonfalls, den er normalerweise meiner Schwester gegenüber an den Tag legte.

»Ist sie sehr sauer?«

Dan richtete sich so abrupt auf, dass sein Schraubenschlüssel klappernd zu Boden fiel. Sein ganzer Körper war wie ein einziger, angespannter Muskel.

»Was denkst du denn, Hugh?« Er breitete die Arme aus. »Wärst du etwa nicht sauer, wenn dein Bruder zwei Tage vor einem superwichtigen Meeting deinen Eiswagen klaut?«

Es war, als würde sich plötzlich ein Schwall Dampf in meiner Brust lösen. »Wenn es wirklich so schlimm ist, nimm den Eiswagen halt mit«, sagte ich und hoffte insgeheim, dass er ablehnen würde.

»Glaub mir, genau das hab ich zu Ellen auch gesagt«, erwiderte er. »Ich wollte mit dem Eiswagen zurückfahren und dich hier sitzen lassen, damit du mal siehst, wie das ist. Aber Ellen hat ge-

schworen, dass du ihn schon rechtzeitig zurückbringen würdest. Dabei hat sie absolut keinen Grund, dir noch zu vertrauen.«

Diesmal verdrehten meine Augen sich ganz von selbst. »Sagt der Typ, der uns beide seit ungefähr zehn Minuten kennt«, höhnte ich.

Dan lachte harsch. »Mehr als zehn Minuten sind auch nicht nötig, um dich zu durchschauen. Du kaperst also rein zufällig den Eiswagen deiner Schwester, kurz nachdem du rausgefunden hast, dass sie ihn für dieses möglicherweise lebensverändernde Meeting braucht, ja?« Er deutete mit seinem ölverschmierten Zeigefinger auf mich. »Klein Hugh will nicht, dass Ellen den Eiswagen verkauft. Denn dann müsste er sich ja tatsächlich mal überlegen, was er mit sich anfängt.«

»Wo wir gerade von kapern reden ...« Meine Gänsehaut war verflogen; stattdessen kochte jetzt mein Blut. »Ellen und ich können einander ja nicht mal mehr Hallo sagen, ohne dass du dich dazwischendrängelst. *Ach, guten Morgen, Hugh, sag doch bitte schnell was Nettes über Dan, sonst heult er wieder.* Du erträgst es nicht, wenn meine Schwester und ich mal über irgendwas reden, das nichts mit dir zu tun hat.«

»Verdammt, was bin ich doch für ein schlechter Mensch«, giftete er. »Tut mir ja leid, dass ich tatsächlich wissen will, über welches Thema ich mich gerade mit euch unterhalte.«

»Es geht nun mal nicht immer um Gesetze und Saufspiele«, feuerte ich zurück.

»Ich sage ja auch nicht, dass ihr aufhören sollt, über die Themen zu reden, die euch interessieren. Ich fänd's nur schön, wenn ihr mich mit einbeziehen würdet.« Er wedelte mit den Armen, und sein sonst so perfekt frisiertes Haar hing ihm zerzaust ins Gesicht. »Darum wäre ein kleines bisschen Kontext hin und wieder ganz nett.«

»Ich will dir aber nicht immer alles erklären müssen«, sagte ich. »Ich kenne Ellen schon mein ganzes Leben. Wenn wir jetzt anfangen, dir lang und breit jeden Insiderwitz auseinanderzusetzen, ist der Tag nur noch eine einzige Fußnote.«

»Aber so läuft das nun mal, Hugh. Wenn jemand Neues in dein Leben tritt, stellst du dich auf ihn ein. Ich verstehe, dass Ellen und du euer eigenes Ding macht, aber ich würde mir halt wünschen, dass es auch irgendein Ding für uns drei gäbe.«

Hinter uns grölten ein paar Typen »Sweet Caroline« von Neil Diamond, so laut, dass selbst die Dämmerung darin unterzugehen schien.

»Aber warum musst du denn immer gleich so beleidigt sein? Du bist wie ein kleines Kind, das wegen *Buffy* nicht ins Bett will.«

Dan ließ seufzend die Arme hängen, marschierte an mir vorbei und kletterte hintenrum in den Eiswagen. Ich folgte ihm.

»Na schön, vielleicht reagiere ich wirklich nicht immer so geschickt. Aber manchmal fühle ich mich eben total außen vor.« Er kniete sich hin und inspizierte das Kabelwirrwarr an der Kühltruhe. »Deine Anspielung gerade zum Beispiel. Was sollte das denn wieder heißen?«

Ich verschränkte die Arme und lehnte mich in die Tür. »Als Ellen noch klein war, hat sie immer ein Riesentheater gemacht, wenn Mom und Dad sie ins Bett geschickt haben, bevor *Buffy* losging.«

»Na bitte.« Dan kam schon wieder in Fahrt. »Dann sag das doch einfach.«

Plötzlich fing ich an, wie wild unter meiner Kappe zu schwitzen. Ich nahm sie ab und kratzte mir die feuchte, juckende Kopfhaut. »Ich muss ja wohl nicht mein komplettes Leben nach dir ausrichten«, brummte ich.

»Sollst du auch nicht. Ich bitte dich nur, mir ab und zu mal ei-

nen Zusammenhang zu erläutern.« Er schwieg, während zwei Jungs, die nicht viel älter sein konnten als ich, an uns vorbeischlurften, jeder einen Sixpack Bier unterm Arm. Als sie weg waren, sah Dan zu Boden und räusperte sich. »Du und ich, wir wünschen uns beide dasselbe für Ellen.«

»Dass du dich vom Acker machst?«

Dan lachte verbittert und rieb sich über die ungewöhnlich stoppeligen Wangen. »Es ist echt nicht zu fassen mit dir. Hast du überhaupt eine Vorstellung, in was für einem Zustand deine Schwester war, als sie mich heute angerufen hat? Nachdem sie erfahren hatte, dass was mit dem Eiswagen nicht stimmt – womit du ja wohl von Anfang an hättest rechnen können –, hat sie zig Werkstätten abtelefoniert, aber niemanden erreicht. Sie hat eine Riesenpanik geschoben, weil sie dir schließlich versprochen hatte, dass heute noch ein Mechaniker kommt, aber sie wollte mich auch nicht bei meiner Grillparty stören. Irgendwann stand sie kurz vor dem Nervenzusammenbruch.«

»Ha!«, rief ich. »Wusste ich's doch, dass du heute mit deinen Burschenschafts-Bros rumhängst.«

Dan trommelte mit den Fingern an die Kühltruhenwand, und die Außenbeleuchtung des Hotels, die durch die Windschutzscheibe fiel, ließ sein verwuscheltes Haar glänzen. »Sie hat den ganzen Tag geweint«, sagte er, ohne auf meinen Kommentar einzugehen. »Und sie traut sich nicht, auch nur einen Gedanken an das Meeting zu verschwenden, vor lauter Angst, du könntest längst frontal in die Leitplanke am Jersey Turnpike gebrettert sein.«

Ich hob die Arme zu einem windschiefen T. »Mir geht's gut«, beteuerte ich, obwohl ich mich plötzlich alles andere als gut fühlte. »Und ich wäre heute Abend wieder da gewesen, wenn sie mich denn hätte weiterfahren lassen. Es gibt absolut keinen Grund, warum sie sich nicht auf das Meeting vorbereiten sollte.«

»Mein Gott, und ausgerechnet du findest, alles dreht sich um mich? Das ist ja wohl ein Witz!« Dan warf frustriert die Hände in die Luft und knallte dabei mit den Handrücken unter das Wagendach. Ich zuckte zusammen und fürchtete für einen Moment, er könnte einen Hechtsprung nach draußen machen und sich auf mich stürzen. »Du bist der größte Egoist der Welt! Ellen hätte dieses Wochenende ihren Eiswagen gebraucht? Egal, du brauchst ihn dringender. Und ich störe die traute Zweisamkeit zwischen dir und deiner Schwester, also soll ich mich gefälligst verkrümeln.« Mittlerweile blieben die ersten Passanten stehen, um unserem Streit zu lauschen, aber das schien Dan nicht zu interessieren. »Ob du mich nun leiden kannst oder nicht, du wirst mich nicht mehr los. Schon klar, Studentenverbindungen sind bescheuert, und bei Coldplay musst du würgen, aber ich hab einen guten Job, bin nicht süchtig nach Glücksspiel, Pornos oder Crack, und ich will deine Schwester einfach nur glücklich machen. Ich will, dass es ihr gut geht und sie endlich die Chance kriegt, ihre Träume zu verwirklichen. Die Träume, die sie vor zwei Jahren auf Eis gelegt hat, damit sie sich um dich kümmern konnte.«

Ich starrte Dan wortlos an.

Er räusperte sich. »Aber damit das klappt«, fuhr er fort, »müssen du und ich uns zusammenraufen. Und dafür musst du langsam mal erwachsen werden.«

Was die Wut in meiner Brust erneut zum Lodern brachte. »Ich?« Mir fiel fast die Kinnlade runter. »Wer von uns beiden war denn bitte mal den ganzen Tag lang sauer auf Ellen, bloß weil sie sich seine Jacke ausleihen wollte?«

Das war die Wahrheit. Genauso war es passiert.

Dan ließ eins seiner Werkzeuge fallen und fluchte leise. »Doch nur, weil ich ihr vor dem Weggehen mindestens vierzehnmal gesagt hatte, dass sie sich wärmer anziehen soll«, verteidigte er sich.

»Okay, was soll's? Du hast ja recht – ich bin ungefähr siebzig Millionen Meilen weit entfernt von perfekt. Aber ich reiße mir wirklich ein Bein aus, um für deine Schwester da zu sein. Und weißt du was? Dann bin ich eben manchmal eingeschnappt, und dann finde ich eben Mariah Carey besser als du –«

»Besser als jeder«, unterbrach ich ihn.

»– aber ich würde Ellen nie im Leben so verletzen wie du heute.« Er sprang aus dem Eiswagen und schnappte sich seinen Werkzeugkasten. »Der Generator funktioniert wieder. Da waren nur ein paar Kabel lose«, erklärte er, gedämpft durch den Motorradhelm, den er sich bereits wieder aufgesetzt hatte. »Und mit dem Motor ist auch alles in Ordnung.«

Dans Motorrad stand an der Parkplatzeinfahrt, direkt unter dem blinkenden Leuchtschild des Motels. Ich sah zu, wie er den Werkzeugkasten hinter seinem Sitz befestigte und den Ständer hochklappte.

»Kein Grund, dich wie das letzte Arschloch aufzuführen«, rief ich ihm zu, aber Dan ging nicht darauf ein. Tatsächlich fand ich meinen Spruch selbst ziemlich schwach und war kurz davor, mich zu entschuldigen.

Ohne ein Wort oder auch nur einen Blick in meine Richtung fuhr Dan los, und ich hatte mich den ganzen Tag lang noch nicht so einsam gefühlt wie in diesem Moment.

Ich setzte mich auf den Bordstein vor dem Moteleingang, während der Himmel dunkler und der Wind schneidender wurde. Noch immer meinte ich, über dem Lärm der fernen Fahrgeschäfte Dans Stimme zu hören, die mir vorwarf, auf den Träumen meiner Schwester herumzutrampeln. Normalerweise hätte ich sein Gerede einfach wieder auf sein gekränktes Ego geschoben, seine Aufmerksamkeitsgeilheit, seine große Klappe mit nichts dahin-

ter. Aber jetzt war ich mir da plötzlich nicht mehr so sicher. Stand ich Ellen wirklich im Weg? Hatte ich das alles mit Absicht gemacht – ihren Eiswagen entführt und die Vorbereitungen für ihr Meeting sabotiert?

»War das gerade der bescheuerte Freund?«

Olivia ließ sich neben mich plumpsen. Ich nickte stumm, obwohl es mir ausnahmsweise unfair erschien, Dan als bescheuert zu bezeichnen. Immerhin war er, ohne zu zögern, nach New Jersey gekommen, um Ellen zu helfen. Und natürlich auch mir.

Ich fühlte mich wie betäubt, gelähmt von der Kombination aus Scham und purer Erschöpfung. Wenn ich ehrlich sein sollte, war ich ganz froh, dass wir Clarks Konzert verpasst hatten. Ich war viel zu müde, um jetzt noch in New York herumzuirren.

Ich legte den Kopf auf die Knie und lugte zu Olivia hoch. »Der Generator ist repariert«, berichtete ich. »Am besten nehmen wir das Eis dann erst auf dem Rückweg wieder mit.«

»Hoffe mal, Emilio hat nichts dagegen.« Sie sah rüber zur Straße, wo noch immer massenweise Leute Richtung Strandpromenade strömten, wie Motten, angezogen vom Neonlicht und Zuckerwatteduft. »Wie wär's, wenn wir hier einfach abhauen?« Dann schmunzelte sie angesichts meiner entsetzten Miene. »Nicht nach New York, Señor Geh-aufs-Ganze«, fügte sie hinzu. »In Ocean City gibt's schließlich auch noch 'ne Menge zu sehen.«

Ich sah runter auf mein Handgelenk, an dem sich keine Uhr befand. »Findest du's nicht ein bisschen spät, um jetzt noch Wodka-Energy-Hausen unsicher zu machen?« Es war doch sicher schon fast zehn. »Wenn wir es morgen wirklich nach New York schaffen wollen, sollten wir besser früh los und nicht erst um zwei Uhr morgens ins Bett.«

Doch Olivia schüttelte so vehement den Kopf, dass ihre weißblonden Haare nur so peitschten und mich zum Schweigen brach-

ten. »Nein, nein, nein«, protestierte sie. »Zeit spielt keine Rolle, wenn jemand Aufheiterung braucht. Und du, mein Lieber« – sie tätschelte mir die Wange, und ich spürte das raue Leder ihres Armbands am Kinn –, »brauchst dringend Aufheiterung.« Sie musterte mich eindringlich, einen Arm um die Knie geschlungen, und ihre Füße zappelten auf dem Kies. »Ich hab gehört, was der bescheuerte Freund gesagt hat. Dass deine Schwester den Eiswagen verkaufen will. Also, wenn das hier deine letzten Tage mit der Karre sind, sollten wir sie ja wohl voll auskosten.«

»Heißt das, du hast uns belauscht?«

Olivia sprang auf und streckte mir die Hand hin. Selbst im Dunkeln konnte ich ihre Augen funkeln sehen.

»Zumindest genug, um zu wissen, dass ich recht habe.«

**WHITNEY HOUSTON**
**Gepostet unter MENSCHEN von <u>Hugh</u>.jpg**
**am 2. Februar um 15:56 Uhr**

Jeder, der behauptet, Whitney Houston hätte nicht zu den besten Sängerinnen aller Zeiten gehört, gehört hinter Gitter. Whitneys Stimme war flüssiges Gold. Sie ist in der Badewanne gestorben, und ich muss immer wieder daran denken, wie kalt ihr gewesen sein muss, während sie so benommen dalag, dass sie nicht mal um Hilfe rufen konnte. Der Tod kommt ja oft auf leisen Sohlen, aber ihrer war besonders heimtückisch.

Ocean Citys Lärm und leuchtende Farben – ein Schmelzbild aus roter, rosa, blauer und knallgelber Wachsmalkreide – trampelten mich nieder wie eine Elefantenherde. Musik plärrte so laut aus den Restaurants und Bars, dass das Meeresrauschen zu bloßem Hintergrundgemurmel wurde. Die Fahrgeschäfte bildeten eine bizarre Skyline aus zackigen Metallwinkeln vor dem Nachthimmel. Überall war Bewegung; das Riesenrad drehte sich, während daneben die Achterbahn in die Tiefe raste und ihre Insassen vor Furcht und Entzücken gleichermaßen kreischten.

Alles hier, vom Geruch nach Frittierfett bis hin zum Bimmeln und Tröten der Spielbuden, kam mir vertraut vor, dabei war ich

noch nie in New Jersey gewesen. Das Ganze weckte Erinnerungen an meine Kindheit, an ungetrübten, sorglosen Spaß. Sehnsüchtig starrte ich auf die Karussells, obwohl mir klar war, dass die mich töten könnten und wahrscheinlich auch würden. Oder mir zumindest ein dickes Büschel Haare ausreißen.

Olivia, die die Energie ebenfalls zu spüren schien, konnte kaum mehr stillsitzen. Sämtliche Straßen waren verstopft, und wir krochen schon seit einer halben Ewigkeit in einer Schlange aus Familienkutschen und Sportwagen dahin. Trotzdem war die Fröhlichkeit rings um uns ansteckend. Wir legten die zehn Blocks zwischen Motel und Strandpromenade schweigend zurück, Olivia fasziniert von dem bunten Treiben draußen, ich amüsiert über ihre völlig übertriebenen Reaktionen auf so ziemlich alles, worauf ihr Blick fiel.

»Hast du eine Ahnung, wo wir hinmüssen?«, fragte ich schließlich, nachdem wir das vierte mexikanische Restaurant passiert hatten, das zwei Margaritas zum Preis von einer anbot.

»Mehr oder weniger«, antwortete Olivia. »Gleich musst du abbiegen, da, bei dem tanzenden Taco.«

Sie deutete nach vorn, wo tatsächlich jemand mit Tacokostüm samt übergroßem Schaumstoffsombrero mit den Hüften wackelte und Flyer verteilte, die, da war ich mir neunundneunzigkommaneunprozentig sicher, irgendwas mit zwei Margaritas zum Preis von einer zu tun hatten.

Olivias Anweisungen führten uns schließlich auf ein verlassenes Grundstück. Ich sah fleckige alte Sofas in allen Ecken, geschätzte dreißig Millionen leere Gatorade-Flaschen und einen Kühlschrank, auf dessen Tür jemand »KIM K IST JESUS« gesprüht hatte. Straßenlaternen gab es nicht, darum war es ziemlich dunkel, bis auf den schwachen Regenbogenschimmer des Riesenrads ein paar Straßen weiter.

»Und jetzt?« Ich stellte den Motor ab.

Olivia drehte sich zu mir. »Ich möchte dir einen Deal vorschlagen.«

»Einen Deal?«

»Einen Deal.« Sie strich sich die Haare hinter die Ohren. »Also. Du bist ein total von Enden besessener Nerd –«

»Das mit dem Nerd finde ich jetzt ein bisschen übertrieben.«

»Na schön. Ein total von Enden besessener Typ. Besser?«

»Geht so. Besessen trifft's nämlich auch nicht ganz. Ich bin interessiert, mehr nicht. Oder würdest du etwa behaupten, Leonardo DiCaprio ist besessen vom Schauspielern?« Ich guckte sie bedeutungsvoll an. »Nee, würdest du nicht.«

Olivia schüttelte den Kopf. »Wow, da weiß man ja gar nicht, wo man anfangen soll«, sagte sie. »Erstens: Hast du dich gerade ernsthaft mit Leo DiCaprio verglichen?«

»Äh, nein.«

»Zweitens: Der ist von Beruf Schauspieler. Der wird dafür *bezahlt*. Oder bezahlt dich etwa irgendwer dafür, dass du solchen Schiss hast, Washington zu verlassen, dass du den ganzen Weg durch Baltimore hyperventilieren musst?«

»Ich hab überhaupt keinen Schiss, ich –«

»Nein, dich bezahlt keiner. Okay, je mehr ich darüber nachdenke, ist das, was ich dir vorschlage, vielleicht doch kein Deal, sondern eher eine Challenge. Ich will, dass du« – sie zeigte auf mich, als stünden wir in einer Menschenmenge und sie wollte sichergehen, dass der Richtige sich angesprochen fühlte – »mitkommst. Da rein.« Olivia deutete hinter sich.

»Was –?«

Ich drehte mich um. Hinter dem Zaun, der das Grundstück umgab, erhob sich ein riesiges, kuppelförmiges Gebäude. Scheinwerfer leuchteten in den Nachthimmel, als sollte Batman drin-

gend mal vorbeischauen, und ein altmodisch wirkendes Schild mit lila Glühbirnen verkündete, dies sei MR MONKEY'S WELT-BERÜHMTER CASINO-CLUB.

Mein Blick wanderte von der Möchtegern-Las-Vegas-Bude zu Olivia. »Nein«, protestierte ich. »Nein, nein, nein, nein, nein. Mich kriegt keiner in« – ich schluckte, nicht sicher, ob ich die Worte überhaupt rauskriegen würde – »Mr Monkey's weltberühmten Casino-Club.« Überraschenderweise war es fast eine Erleichterung, es laut auszusprechen, als hätte ich damit gleichzeitig irgendein Gift aus meinem Körper gespült.

Olivia verschränkte die Arme. »Tja, mit so einer Einstellung wird das auch nichts.«

Autos fuhren an uns vorbei auf den Parkplatz, hupend und mit aufflackernden Scheinwerfern, als wäre das hier Woodstock für klinisch Depressive.

»Ich dachte, du wolltest mich aufmuntern«, murrte ich.

»Klar, wart's ab. Ich glaube, du musst echt mal über diese Sache mit den Enden hinwegkommen. Hier und da ein kleines Risiko heißt ja nicht, dass du gleich draufgehst. Wenn du jetzt ins Gras beißen würdest, würden sie dir wahrscheinlich ›Er strebte stets nach Berechenbarkeit‹ in den Grabstein meißeln.«

»Ich will nicht übers Sterben reden.« Ich zerrte an meinem T-Shirt-Kragen. »Davon krieg ich Sodbrennen.«

»Überleg doch mal. Um dich rum ändert sich sowieso alles, selbst wenn du komplett stillhältst. Manche Dinge passieren eben, damit muss man einfach leben.«

Ich biss mir auf die Lippe. Das war mir klar. Glaubte sie etwa, das war mir nicht klar? Was hatte ich denn bitte die letzten beiden Jahre anderes gemacht, als irgendwie mit dem ganzen Scheiß zu leben, der passierte? Kapierte sie nicht, dass allein die Tatsache, dass ich noch hier war, zeigte, wie sehr ich mich an die Gegeben-

heiten anpasste? Konnte man es mir da wirklich übelnehmen, wenn ich hin und wieder versuchte, ein bisschen was abzumildern, um das Ganze überhaupt erträglich zu machen?

»Was hast du denn gegen Mr Monkey?«, fragte Olivia. »Warst du schon mal da?«

»Nein, muss ich aber auch nicht. Ich bin mir ziemlich sicher, dass ich weiß, was da drin vorgeht.«

Meiner Einschätzung nach war die Mr-Monkey-Klientel über fünfzig und dermaßen von der Sonne verbrutzelt, dass einem unweigerlich Trockenfleisch in den Sinn kam. Jedes Mal, wenn die Eingangstür aufglitt, kam eine Gruppe Männer in Hawaiihemden nach draußen getorkelt, begleitet von ein paar Takten »Don't Stop Believin'« von Journey.

»Außerdem haben die ein Maskottchen«, merkte ich an. Ein Affe in gelbem Jackett und lila Hose tanzte auf dem Dach des Casinos, in einer Hand ein Mikrofon, in der anderen ein Bierglas. »Kein seriöses Unternehmen hat ein Maskottchen.«

»Disneyland«, begann Olivia an den Fingern abzuzählen. »KFC. McDonald's. Chuck E. Cheese.«

»Sag ich doch, kein seriöses Unternehmen«, erwiderte ich.

Olivia zog die Beine an und drehte sich auf dem Beifahrersitz ganz zu mir um, damit ich auch ja das volle Ausmaß ihres Entsetzens mitbekam. »Frechheit!«, stieß sie hervor.

»Und selbst wenn ich wollte – was nicht der Fall ist –, würden die mich gar nicht reinlassen«, wandte ich ein. »Ich werde nämlich erst im November achtzehn.«

»Das krieg ich schon hin«, versprach Olivia. »Das Küchenpersonal lässt immer die Hintertür offen, um zwischendurch mal eine rauchen zu gehen.«

Hilflos rieb ich mir übers Gesicht. »Ich frag lieber nicht, woher du das weißt.«

»Na schön. Irgendwie hatte ich schon so das Gefühl, dass wir an diesen Punkt gelangen würden.« Olivia strich ihr T-Shirt glatt und straffte die Schultern. »Das hier ist die andere Hälfte des Deals –«

»Ich dachte, es wäre gar kein Deal.«

»Wenn du nicht mit zu Mr Monkey kommst«, fuhr sie fort, »bleibt nur noch Plan B.« Sie tippte gegen die Windschutzscheibe. »Du überfährst mich mit dem Eiswagen.«

»Was?«

Sie hob die Hände. »Wäre auf jeden Fall beides eine kleine Abwechslung zu Hughs magischem Reich der Langeweile. Aber bei einer der Optionen geht es erheblich unblutiger zu.« Sie wackelte mit den Augenbrauen. »Du hast die Wahl.«

»Ich überfahr dich bestimmt nicht mit dem Eiswagen. Wo doch gerade der Generator wieder läuft.«

»Tut mir leid, Hugh, aber das ist die einzige Alternative. Du kannst nicht für den Rest deines Lebens Schiss vor Enden haben. Entweder das oder Mr Monkey. Such's dir aus.«

»Warum sind das denn die beiden einzigen Möglichkeiten?«

»Weil ich es sage. Was soll da drin denn bitte Schlimmes passieren? Wir gehen rein, hören uns mit massenweise Leuten, die nach Kippen und Jack Daniel's miefen, irgendeine talentfreie Coverband an, werden rausgeschmissen, fertig.«

»*Oder* wir gehen rein, spazieren versehentlich mitten ins Hauptquartier der Mafia von Ocean City, denen meine Nase nicht gefällt, bekommen ein schickes Paar Betonschuhe verpasst und werden über die Reling einer Nobeljacht im Atlantik versenkt.« Ich tappte nervös auf die Pedale. »Wenn ich sterbe, ist meine Schwester ganz allein. Willst du dir diese Schuld wirklich aufladen?«

Olivia musterte mich ungläubig. »Sag mal, kriegst du über-

haupt noch mit, was für einen Scheiß du manchmal laberst?«, fragte sie. »Betonschuhe? Was glaubst du eigentlich, wo wir hier sind? Das da ist ein abgetakeltes Küstenkaffcasino, nicht der Schauplatz von *Der Pate*.«

Ich sah zu, wie die Mitglieder eines Junggesellinnenabschieds, unverkennbar durch die einheitlichen rosa Diademe, auf ihren wolkenkratzerhohen Absätzen durch die Tür stolperstöckelten. Na gut, vielleicht hatte Olivia ein klitzekleines bisschen recht. Betonschuhe? Das Ambiente hier erinnerte wirklich nicht gerade an einen Francis-Ford-Coppola-Film.

Olivia hatte mich mit zusammengepressten Lippen beobachtet. »Eine Stunde«, drängelte sie. »Gib mir eine Stunde, und wenn du es dann wirklich so unerträglich findest, hauen wir wieder ab, und du darfst mir stattdessen auseinandersetzen, wie schlimm das Ende von *Shutter Island* ist.«

Ich riss die Augen auf. »Woher weißt du –?«

»Nur so geraten.«

Eine Stunde, die würde ich wohl opfern können. Nach dem ganzen Stress mit Ellen, Razz und Dan war es schließlich schön, dass ich wenigstens mit Olivia gerade einigermaßen klarkam. Wollte ich das wirklich aufs Spiel setzen, indem ich stur darauf beharrte, dass wir zurück zum Motel fuhren und uns mit Barbecuechips aus dem Snackautomaten vollstopften? Jetzt waren wir schon so weit gekommen, raus aus D. C., bis nach New Jersey. Und ich war immer noch nicht tot.

Olivia, die spürte, wie meine Entschlossenheit ins Wanken geriet, sagte: »Du bist mutiger, als du denkst, Copper.« Sie lächelte, woraufhin mir zu meiner Überraschung ein warmes Kribbeln den Nacken hochschoss. »Los geht's.«

Olivia hatte recht. Niemand interessierte sich für zwei Teenager, die sich in Mr Monkey's weltberühmten Casino-Club schlichen. Tatsächlich schien niemand auch nur zu merken, dass wir *da* waren, von minderjährig ganz zu schweigen.

»Und wenn da drin alles vollgekotzt ist?«, zischte ich, während wir durch die sperrangelweit offene Hintertür in die Küche spazierten. Ich bereute meine Entscheidung jetzt schon. »Oder wenn die Coverband nur Sachen von Barbra Streisand und Maroon 5 spielt?«

Olivia ignorierte mich und schlenderte in aller Seelenruhe an den Küchen- und Servicemitarbeitern vorbei, die viel zu beschäftigt damit waren, übrig gebliebene Pommes zu futtern, um sich an uns zu stören.

Die Schwingtür spuckte uns schließlich ins Casino, das uns sofort mit einer Mischung aus Neonlicht, Glöckchengebimmel, beschwipstem Gelächter und Spielkartengeraschel traktierte. In Olivias Augen spiegelten sich sämtliche Farben des Regenbogens und verwandelten sie in zwei Discokugeln. Es war der totale Overkill, der meine Sorgen restlos platt walzte.

»Na, siehst du?« Olivia deutete auf die Bühne in der rechten hinteren Saalecke, wo fünf Typen mit Haaren bis zum Hintern von kreischenden Gitarren untermalt auf und ab hüpften. »Ist 'ne Guns-'n'-Roses-Coverband, keine Barbra-Streisand-und-Maroon-5-Coverband.«

Schon stiegen die ersten Takte von »Welcome to the Jungle«, dem Song, den Dan jedes Mal auf seinem Handy laufen ließ, wenn er bei Pictionary gewann, zur Decke, die von einer Nachbildung von Michelangelos *Erschaffung Adams* geziert wurde. Nur dass dieser Adam Jon Bon Jovi war und Gott Bruce Springsteen.

Olivia schlang den Arm um meine Schulter. »Und, ist es so, wie du es dir immer erträumt hattest?«

Ich schluckte, aber der golfballgroße Kloß in meinem Hals blieb, wo er war. »Noch toller.«

»Zwei Stunden.« Olivia, bereits halb im Labyrinth der Spielautomaten verschwunden, hielt zwei Finger hoch. »Höchstens zweieinhalb.« Jetzt hob sie beide Hände. »Allerhöchstens drei.«

»Du hast gesagt, *eine*!«, protestierte ich und eilte ihr nach. Rechts und links von uns erstreckten sich endlose Reihen einarmiger Banditen. Dahinter folgten die Spieltische, die sich mit ihren grünen Stoffbezügen wie Seerosenblätter vom meerblauen Teppichboden abhoben. Der Laden war gerammelt voll, überall Leute, die triumphierend Karten auf die Tische knallten. Manchmal teilten sie sich auch zu zweit oder sogar zu dritt einen Spielautomaten. Und mittendurch schlängelten sich die Servicemitarbeiter, erkennbar an ihren Kostümen mit schwarzer Fliege und den vollbeladenen Tabletts mit Cocktails und Chicken Wings, die sie auf den Schultern balancierten. Ich hatte Mühe, ihnen auszuweichen, während ich versuchte, Olivias flatterndes Gorilla-Shirt nicht aus den Augen zu verlieren.

Am Rand der Tanzfläche blieb sie stehen, doch kaum dass ich sie eingeholt hatte, packte sie mich beim Handgelenk und zog mich in die Menge.

»Was machen wir hier?«, schrie ich, als sie endlich anhielt. Ich stand stocksteif da und versuchte nur, den zahlreichen Ellbogen auszuweichen, die meinem Gesicht gefährlich nah kamen. Eigentlich war ich mir selbst nicht ganz sicher, was genau ich mit »hier« meinte: Hier auf der Tanzfläche, hier bei Mr Monkey oder hier in New Jersey, als zwei mehr oder weniger elternlose Teenager?

»Tanzen!«, schrie sie zurück.

Darüber, ob man das, was Olivia da machte, als Tanzen bezeichnen konnte, ließ sich streiten. Die Arme eng an die Seiten geklemmt, hüpfte sie auf und ab, womit sie eher an einen strom-

aufwärts schwimmenden Lachs erinnerte als an einen Menschen, der zu wummerndem Hair-Metal-Beat und dem Gesang von Nicht-Axl-Rose abfeierte. Letzterer wälzte sich aktuell mit verrutschtem rotem Bandana auf dem Boden. Doch als Olivia mich das nächste Mal bei den Handgelenken ergriff und so kräftig daran rüttelte, dass meine Arme durch die Luft schlackerten wie zwei verdatterte Schlangen, war mir das nicht halb so peinlich wie erwartet. Stattdessen war es, als würde sich etwas in mir lösen.

Plötzlich schien es, als wären alle anderen verschwunden und nur noch Olivia und ich blieben hüpfend und armeschlackernd zurück. Und ausnahmsweise drehten sich meine Gedanken mal nicht um die zahlreichen Arten, auf die diese Aktion schiefgehen konnte. Sie drehten sich einfach um gar nichts.

Es spielte keine Rolle mehr, dass wir hier definitiv nichts zu suchen hatten, dass wir mehr oder weniger Waisen waren und es uns gerade so ziemlich mit jedem, den wir kannten, verscherzt hatten. Alles, was zählte, war, dass wir hier waren, sie und ich.

Tja, wie sich also rausstellte, waren Casinos doch ganz lustig. Wie Disneyland für verschwitzte Erwachsene und mit wesentlich schlechterer Musik. Ich musste daran denken, dass Razz sich sicher schlappgelacht hätte, wenn er uns so gesehen hätte. Aber es war gut möglich, dass ich das niemals genauer rausfinden würde.

Bislang hatte jedenfalls noch niemand gedroht, mir Betonschuhe zu verpassen. Wenn Olivia und ich nicht gerade tanzten, stibitzten wir den Leuten an den Spielautomaten Chicken Wings von den Tellern oder guckten uns einfach ein bisschen um. Dabei hielten wir uns immer dicht an der Tanzfläche, um schnell untertauchen zu können, falls jemand von der Security kam. Die meiste Zeit war ich aber viel zu sehr mit Lachen beschäftigt, um daran zu denken, dass wir allein durch unsere Anwesenheit das Gesetz

brachen und von haufenweise Betrunkenen umgeben waren. Zumindest bis ich die Bar entdeckte.

Schillernd wie eine klebrige Fata Morgana erhob sie sich vor mir, als hätten sich die dunkle Holztheke, die roten Hocker und das Neonschild, das den Namen »Funky Barrel« verkündete, aus bloßem Tequiladunst materialisiert. Ich unterdrückte ein Würgen beim Gedanken an das erste und einzige Mal, dass ich je Tequila getrunken hatte. Es war bei Becky im Keller gewesen – wo sonst? –, und ich wusste nur noch, dass ich zu YMCA getanzt, mir das T-Shirt mit Klopapier ausgestopft und ausgiebig gekotzt hatte – in der Reihenfolge.

Olivia ertappte mich dabei, wie ich zum Funky Barrel rüberstarrte, und stieß mich mit der Schulter an.

»Gin Tonic gefällig?«

Sie hielt ein hohes Glas an die Brust gepresst, in dem zwei Zitronenachtel in einer klaren, sprudelnden Flüssigkeit dümpelten.

»Äh, nee, lass mal. Wo hast du das denn auf einmal her?«

»Geklaut. Die Leute kriegen echt nichts mit, wenn sie an diesen Maschinen sitzen«, erklärte sie.

»Gehört in Gin Tonic nicht eigentlich Limette?«

»Tja, anscheinend nicht in diesem Nobelschuppen hier. Ich sag ja eh immer: Wenn das Leben dir Zitronen schenkt, hau alles kurz und klein.« Olivia hielt mir das Glas unter die Nase, aber ich schob es weg. Schulterzuckend steckte sie sich den Plastikstrohhalm in den Mund und nuckelte daran. »Wie du meinst«, nuschelte sie, den Strohhalm zwischen den Zähnen. »Du hast echt keine Ahnung, was du verpasst.«

»Doch, hab ich.« Ich wandte mich ab.

»Aha?«, hakte Olivia nach. »Dann trinkst du also nicht *nicht*, sondern nicht *mehr*? Lass mich raten, ist das letzte Mal zufällig zwei Jahre her?«

Ich presste die Lippen zusammen und spürte, wie sich mir die Kehle zuschnürte. Konnten wir uns nicht einfach weiter über die Coverband lustig machen? Es war doch gerade so schön normal gewesen. Warum musste Olivia jetzt alles kaputt machen?

»Kann sein.«

Ich spielte mit meinem T-Shirt-Saum und sah zu, wie ein paar Frauen in Abschlussballkleidern, die wohl zu dem Junggesellinnenabschied von vorhin gehörten, sich an der Bar versammelten und einander mit Schnapsgläsern zuprosteten. Ringsum tummelten sich Familien, Pärchen und ein paar Männer, die solo unterwegs waren – von der Sorte, die die anderen Leute ein bisschen zu aufmerksam beobachteten und ein irgendwie trauriges Gefühl in einem auslösten. Natürlich wusste ich, dass die sich alle nur ein wenig amüsieren wollten. Dass so ein bier- oder wodkaseliger Abend nicht zwangsläufig dazu führte, dass jemand mit Karacho gegen eine Leitplanke donnerte. Aber den meisten Abenden sah man nun mal nicht an, wie sie endeten, zumindest noch nicht in diesem Stadium – und vielleicht sogar nie. Vielleicht endete etwas auch erst dann mit Karacho, wenn es sowieso zu spät war.

»Dir ist schon klar, dass du nicht automatisch wie der Typ wirst, der deine Eltern auf dem Gewissen hat, nur weil du mal ein bisschen was trinkst, oder?«, merkte Olivia an.

Das war ein Schlag in die Magengrube.

»Vielleicht mache ich mir ja auch gar keine Sorgen, wie dieser *Typ* zu werden«, gab ich zurück.

Olivia sah mich irritiert an. »Sondern wie deine Eltern? Kapier ich nicht.«

Ich holte tief Luft und schüttelte dann den Kopf. »Egal.«

»Hugh, jeder hat nun mal sein eigenes Ende«, sagte sie. »Das müsstest ausgerechnet du doch am besten wissen.«

»Tja, ich bin aber nicht wie du. Was ich tue, hat echte Konsequenzen.«

»Nur, wenn du sie zulässt.«

So wie sie das sagte, als wäre das alles ganz klar umrissen und simpel, ballte ich unwillkürlich die Fäuste.

»Mir ist klar, dass ich von einem Gin nicht gleich mit dem Auto von einer Brücke rase oder mitten in eine Grundschule brettere oder so, aber wenn ich irgendwie verhindern kann, dass ich vor fünfzig sterbe oder jemandem wie mir Schaden zufüge, dann ergreife ich die Chance halt.«

Olivia sah mich verständnislos an.

»Okay, pass auf«, fügte ich hinzu und wählte meine Worte sehr sorgfältig. »Ich hab manchmal einfach Angst, dass ich, wenn ich Alkohol trinke, vielleicht ... keine Ahnung, nicht mehr aufhören kann.«

»Na und?«, winkte Olivia ab. »Dann lassen wir den Eiswagen eben auf dem Parkplatz stehen und holen ihn morgen früh ab. Ich wollte dich ja auch nicht zu einer besoffenen Spritztour animieren.«

»So meinte ich das auch nicht«, sagte ich. »Ich – ich will einfach keinen Alkohol, okay?«

Olivia legte den Kopf schief. Mir gefiel nicht, wie sie mich musterte, als wäre ich eine komplizierte Matheaufgabe, die sie zu lösen versuchte.

Sie ließ die Zunge über ihre obere Zahnreihe gleiten. »Nicht mal Becky Cayman zuliebe?«

Die Frage war so seltsam, dass sie mich vollkommen kalt erwischte. Ich scannte Olivia von Kopf bis Fuß, als könnte ich auf die Weise abschätzen, wie viel sie wusste. Aber das konnte doch nicht sein. Niemand ahnte etwas von Becky und mir, erst recht nicht Olivia Moon.

»Fang du nicht auch noch an«, stöhnte ich, da mir sofort wieder mein Streit mit Razz einfiel. »Warum reden auf einmal alle so einen Quatsch?«

»Das heißt dann also, du hast Angst.«

Ich rümpfte die Nase. »Du meinst, Angst, durch eine Windschutzscheibe zu segeln? Ja, die hab ich vernünftigerweise wirklich«, höhnte ich. »Aber keine Sorge, so blöd bin ich nicht.«

»Deine Eltern konnten nichts dafür, dass dieser Typ einen Fehler gemacht hat.«

»Einen Fehler?«, wiederholte ich. »Ein Fehler ist es, wenn man seine Pizza bei Papa John's bestellt anstatt bei Domino's.«

»Na schön, das war vielleicht blöd ausgedrückt. Aber du weißt doch, was ich meine. Was hätten die zwei denn anders machen sollen? Immerhin hatten sie Hochzeitstag, da darf man doch wohl mal ausgehen, ohne Angst vorm Sterben zu haben.«

Irgendetwas in mir zerriss, und ich fuhr so abrupt zu Olivia herum, dass sie zusammenzuckte.

»Du denkst echt, du wüsstest alles, oder?«, fauchte ich. »Bist du schon mal auf die Idee gekommen, dass du absolut null Ahnung hast, wovon du redest?«

Worauf Olivia mit einem ebensolchen Ausbruch konterte. Ihr Blick wurde finster vor Zorn. »Und bist *du* schon mal auf die Idee gekommen, dass du selbst schuld bist, wenn du dich beschissen fühlst? Du wälzt dich permanent in Selbstmitleid. Natürlich ist es scheiße, was deinen Eltern passiert ist, aber das war doch ein extrem unglücklicher Zufall. Es heißt nicht, dass du von einem Schluck abgestandenem Bier sofort zum Geisterfahrer mutierst.«

Mittlerweile hatte ich so viel Stoff von meinem T-Shirt in der Faust zusammengeknüllt, dass ich den Luftzug aus der viel zu kalt eingestellten Klimaanlage des Casinos am Bauch spürte. Aber trotz der nahezu arktischen Temperaturen hatte ich das Gefühl zu

ersticken. Mir schwirrte der Kopf, und die bunten Farben der Deckenlampen über mir begannen miteinander zu verschwimmen.

Ich ließ das T-Shirt los und rang nach Luft. Keinen Schimmer, warum ich dann sagte, was ich sagte: aus Wut, Trauer oder nur, um Olivia das selbstzufriedene Grinsen aus dem Gesicht zu wischen.

»Es gab keinen Geisterfahrer, okay?«, knurrte ich und Olivias Miene versteinerte. Die Worte lagen mir schwer auf der Zunge, und ihre Endgültigkeit drückte mich nieder. »Ich hab gelogen. Es waren meine Eltern, die getrunken hatten.«

**DIE TRIBUTE VON PANEM – FLAMMENDER ZORN**
Gepostet unter BÜCHER von <u>Hugh.jpg</u>
am 8. April um 23:27 Uhr

Insgesamt kann man mit der Auflösung der Panem-Saga
eigentlich ganz zufrieden sein, aber das Ende von Katniss'
eigener Geschichte ist ja wohl einfach nur enttäuschend.
Im Grunde heiratet sie Peeta doch nur und bekommt ein
Kind mit ihm, weil sie nichts Besseres zu tun hat. Als hätte
sie sich gedacht, na ja, er liebt mich halt, da macht man
das doch so, oder? Tja, Kat, vielleicht, wenn man eine Sozio-
pathin ist.

Nach dem Tod meiner Eltern stieg besonders eine Erinnerung an
meinen Dad immer wieder in mir auf.

Normalerweise war es Ellen gewesen, die mit meinem Dad
zum Baseball ging. Die beiden waren riesige Fans der Nationals,
während ich es eher mit Tarantino hielt, aber da Ellen an diesem
Tag arbeiten musste, nahm ich ihren Platz im Stadion in Navy
Yard ein.

Dad war von Kopf bis Fuß in Rot gekleidet, durchbrochen nur
von seiner rosigen Haut und dem buschigen Bart. Ich trug ein ur-
altes Nationals-T-Shirt, das mittlerweile so eng saß, dass es meinen Körper überzog wie ein Hautausschlag.

Wir hatten billige Plätze in der linken Stadionhälfte, zwar noch zentral genug, um einen anständigen Blick aufs Spielfeld zu haben, aber dafür in der prallen Sonne, die auf uns niederbrannte und alles in blendendes Weiß tauchte. Dad freute sich, dass ich dabei war, obwohl er mir jeden Wurf, jeden Schlag und jedes Tor – oder wie auch immer man so was beim Baseball nannte – erklären musste. Dass er sich freute, wusste ich, weil er es unermüdlich betonte, wenn die Nationals mal wieder mit den Phillies die Plätze tauschten und beide Teams wie Ameisen über den Rasen wuselten.

»Warum kommst du nicht öfter mit?«, erkundigte er sich gerade zum siebten Mal.

»Weil du mich noch nie gefragt hast«, antwortete ich.

Davon abgesehen verbrachte ich die Wochenenden meist bei Becky oder fuhr runter zur U Street, um mir bei CVS Süßkram zu kaufen.

»Tja, jetzt schon.« Dad nickte und wühlte in dem Becher Erdnüsse, der zwischen seinen Knien klemmte. »Macht doch Spaß, oder? Haben wir etwa keinen Spaß? Ich finde, wir haben hier gerade einen Riesenspaß.«

Ich erwiderte, dass ich das erst glauben würde, wenn ich es sähe, aber Dad klopfte mir bloß auf den Rücken und zog mich so fest an sich, dass mir fast die Luft wegblieb. Sein Bart kratzte mir über die Stirn und schob meine Kappe nach hinten.

Schräg rechts vor uns saßen zwei Typen mit Stoppelfrisur, zu deren Füßen sich bereits etliche leere Bierdosen stapelten. Die beiden unterhielten sich so laut, dass sie eher brüllten, und bei jedem halbwegs erfolgreichen Spielzug der Nats sprangen sie auf und waren dabei schon zweimal fast vornübergekippt. Jedes Mal, wenn die jungen Frauen in der Reihe vor ihnen etwas von ihrem überschwappenden Bier abbekamen, versuchten die Typen ein Gespräch mit ihnen anzufangen, aber die Frauen ignorierten sie

oder lächelten bloß höflich, bevor sie sich wieder dem Spiel zuwandten.

Nach ungefähr sechs Innings tauchte einer der Stoppelköpfe den Finger in seinen Nachokäse und schnipste der Frau vor ihm etwas davon in die Haare, sodass der orangegelbe Glibber in ihrem Pferdeschwanz hängen blieb. Ich verschluckte mich vor Schreck an meiner Limo, und die Kohlensäure stieg mir in die Nase.

»Ach, verdammt«, stieß Stoppelkopf Nr. 2 hervor, der allerdings so lallte, dass es eher wie »Avvadamm« klang und mit einem Rülpser endete. Die Frau mit den Käsehaaren fuhr herum und starrte die beiden schockiert an. »Sorry, Süße, der ist echt ein Arschloch«, feixte der Typ und boxte dabei Stoppelkopf Nr. 1 in die Seite.

Die Frau kämmte sich mit den Fingern durch den braunen Pferdeschwanz und wandte sich angewidert ab, während eine Freundin ihr einen Stapel Servietten reichte. Ich war mir nicht sicher, ob mein Dad überhaupt etwas von der Sache mitgekriegt hatte. Er kaute bedächtig seine Erdnüsse und wirkte völlig konzentriert auf das Spiel.

»Hey, warte mal!« Stoppelkopf Nr. 1 legte der Frau eine Hand, deren Finger er zuvorkommenderweise sauber geleckt hatte, auf die Schulter. »'tschuldige. Los, ich geb dir einen aus.«

»Danke, schon okay«, fauchte die Frau. »Ich will mir einfach nur das Spiel ansehen.«

»Na komm«, schaltete Stoppelkopf Nr. 2 sich wieder ein. »Wenn er sagt, er will dir einen ausgeben, dann macht er das auch, ehrlich.«

Doch die Frau hatte sich schon wieder weggedreht und unterhielt sich flüsternd mit ihren Freundinnen. Sie versuchten, so zu tun, als würden die Trottel hinter ihnen sie gar nicht stören, aber so leicht ließen die Brüder Stoppelkopf sich nicht abwimmeln.

»Ey, ich wollte doch bloß nett sein«, maulte Stoppelkopf Nr. 1.

Diesmal packte er mit seinen schmierigen Fingern den Pferde-schwanz der Frau und riss so fest daran, dass sie mit einem Schrei nach hinten kippte.

»Pfoten weg«, rief sie schrill und machte sich von ihm los.

Stoppelkopf Nr. 2 lachte bloß ein bisschen belämmert, das Ge-sicht von Stoppelkopf Nr. 1 jedoch hatte sich zu einer halb grinsen-den, halb wütenden Grimasse verzogen.

»Stell dich doch nicht so an, Süße«, höhnte er bemüht lässig. »Und lächel mal. Dann sähst du gleich viel hübscher aus.«

Die Frauen tuschelten empört miteinander, aber meine Auf-merksamkeit war plötzlich von meinem Dad gefesselt, der aufge-sprungen war. Seine Hand legte sich auf die Schulter von Stoppel-kopf Nr. 1 und schloss sich so unnachgiebig um den blassgrünen Stoff seines T-Shirts, dass ein vernehmliches Reißen ertönte.

»Lass sie in Ruhe«, blaffte mein Dad und drückte Stoppelkopf Nr. 1 zurück auf seinen Platz. »Und jetzt bleib gefälligst sitzen und guck dir das Spiel an.«

Stoppelkopf Nr. 2 schluckte und musterte meinen Dad unter schweren Lidern hervor. »Kümmer dich um deinen eigenen Scheiß, Bigfoot«, lallte er.

Aber Dad ließ sich durch den platten Spruch nicht beeindru-cken. »Ich gucke bestimmt nicht untätig zu, wenn jemand guten Nachokäse verschwendet, um fremde Leute zu belästigen«, be-schied er den Stoppelköpfen.

Meine Wangen glühten, und ich saß da wie erstarrt, die Hände im Schoß zusammengekrampft. »Lass doch, Dad –«, fing ich an, doch er warf mir einen derart vernichtenden Blick zu, dass ich den Rest des Satzes runterschluckte.

»Hugh, wenn jemand sich danebenbenimmt, muss man was dagegen unternehmen«, erklärte er.

Als er sich zurück nach vorne drehte, starrten die beiden Stoppelköpfe mit wutroten Gesichtern zu ihm hoch.

»Ich will dich nicht vor deinem Sohn zusammenschlagen.« Stoppelkopf Nr. 1 ließ die Fingerknöchel knacken und deutete mit dem Kinn auf mich.

Beschämt über meine Feigheit und zugleich dankbar für die kräftige Statur meines Vaters ging ich hinter ihm in Deckung. Bei der einzigen körperlichen Auseinandersetzung meines bisherigen Lebens hatte ich im Red-Bull- und Schokoladenrausch einen Typen bei CVS zu einem Tanzduell herausgefordert, was abrupt damit geendet hatte, dass er mich gegen ein Regal mit geröstetem Mais geschubst hatte. Aber bei diesen zwei Stoppelköpfen handelte es sich mit an Sicherheit grenzender Wahrscheinlichkeit um ehemalige MMA-Fighter, während mein Dad Englischprofessor war. Aufgrund seiner Größe mochte er vielleicht so wirken, als könnte er einem leicht ein blaues Auge verpassen, aber seine bevorzugte Kampfmethode bestand für gewöhnlich darin, mit Hemingway-Zitaten um sich zu werfen, bis sein Gegner vor Langeweile zu Boden ging.

»Hier wird heute niemand zusammengeschlagen«, sagte mein Dad ganz ruhig, setzte sich wieder hin und faltete die Hände. »Und ihr belästigt jetzt diese Frauen nicht weiter und alle anderen auch nicht, egal, ob sie euch anlächeln oder nicht.« Dann legte er den Kopf schief und fuhr in seiner Professorenstimme fort – einem etwas höheren, vor Sarkasmus nur so triefenden Singsang: »Wisst ihr, das mit dem Lächeln ist nämlich so eine Sache. Das macht man normalerweise vor Freude oder Glück. Manchmal ist man sogar so überwältigt, dass man gleichzeitig weint. Aber man lächelt ganz bestimmt nicht, weil einem irgendein Idiot Käse in die Haare schmiert.«

Die Stoppelköpfe wechselten einen Blick, lachten ein bisschen

und brummelten irgendwas darüber, dass mein Dad ganz sicher Damenunterwäsche anhätte, dann aber drehten sie sich zurück nach vorn, und jedem in Hörweite war klar, wer die Auseinandersetzung gewonnen hatte. Nachdem das Inning vorbei war, trollten sich die Stoppelköpfe, und mein Dad und ich sahen uns den Rest des Spiels in einvernehmlichem Schweigen an. Noch nie in meinem Leben war ich so stolz auf ihn gewesen, so sehr, dass die Erinnerung daran alles andere komplett überlagerte. Irgendwann fiel mir auf, dass ich sogar vergessen hatte, gegen wen die Nationals an dem Tag gespielt hatten, und musste es im Internet nachschauen.

Lange Zeit hatte ich diese Erinnerung in meinem Hinterkopf verstaut gehalten, knapp unter der Gedankenoberfläche, aber stets greifbar, wenn eine gute Story gefragt war. Sie war der Beweis, dass mein Dad ein guter Mensch gewesen war. Dass er keine Angst gehabt hatte, für das einzustehen, was er für richtig hielt, selbst wenn die anderen in der Überzahl waren und es viel einfacher gewesen wäre, den Mund zu halten. Es gab viele solcher Geschichten über ihn, und über meine Mom genauso, wie zum Beispiel die, als sie mal einen Mann, der an Krücken ging, bis raus nach Alexandria kutschiert hatte, weil das Guthaben auf seiner Metrokarte nicht mehr für den Heimweg reichte.

Sie hätten alles für einen getan. So waren sie einfach.

Aber warum hatten sie mich dann verlassen?

Olivia und ich verließen das Casino so leise und unbemerkt, wie wir uns reingeschlichen hatten. Die Mauer zwischen uns stand wieder, höher und von mehr Stacheldraht gekrönt als je zuvor. Nur dass es Olivia diesmal etwas auszumachen schien. Wenn wir an Ampeln hielten, erwischte ich sie dabei, wie sie aus dem Augenwinkel zu mir rüberspähte, während sie rastlos mit ihren Lederarmbändern spielte.

Als meine Eltern starben, waren sie nicht so betrunken, dass sie nicht mehr geradeaus gehen konnten oder auf dem Tisch tanzten und ABBA-Songs in ihre Gabeln schmetterten. Der Kellner aus dem Restaurant hatte berichtet, sie hätten sich eine Flasche Sekt geteilt – und nicht mal ganz ausgetrunken –, und das auch nur, weil ein Gast von einem benachbarten Tisch sie ihnen ausgegeben hatte, als er von ihrem Hochzeitstag erfahren hatte, und die beiden zu höflich gewesen waren, um abzulehnen. Sie waren gerade halb über die Brücke gewesen, als ein Schulbus beim Spurwechsel in ihren Wagen krachte, der für den Fahrer im toten Winkel gelegen hatte. Nach Meinung der Polizei hätte mein Dad möglicherweise noch ausweichen können, wenn der Alkohol nicht seine Reaktionszeit beeinträchtigt hätte, so aber hatte der Bus unser Auto seitlich gerammt und von der Brücke gedrängt, bis es in einem sachten Bogen in den Potomac River stürzte.

»Die Polizei meinte, meine Mom war nicht angeschnallt, als sie sie aus dem Wasser gezogen haben«, sagte ich. Es war so still im Eiswagen, dass ich hörte, wie meine Füße sich in meinen Schuhen bewegten. Ich versuchte, mich auf das Knacken meiner Knochen zu konzentrieren, auf das Zucken meiner Muskeln, wenn ich die Zehen zu fest anzog. »Aber ihre Verletzungen deuteten darauf hin, dass der Gurt beim Aufprall noch geschlossen war. Das heißt, sie hat sich selbst befreien können. Anscheinend ist sie im Auto geblieben, um meinem Dad zu helfen, und hat es dann nicht mehr geschafft.«

Bei der Vorstellung, wie die beiden sich an den Händen hielten, während über ihnen das kalte Wasser zusammenschlug, im Wissen, dass dies das Ende war, aber sie zumindest einander hatten, breitete sich so etwas wie Wärme in meiner Brust aus. Ich warf einen verstohlenen Blick rüber zu Olivia, die mich so mitfüh-

lend ansah, dass ich schnell wieder wegguckte. Ihre Traurigkeit machte es fast noch schlimmer.

Auf den Straßen war sogar noch mehr los als zuvor, und auf den Gehwegen herrschte richtiges Gedränge. Hin und wieder sah man Eltern ihre übermüdeten Kinder zurück Richtung Hotel bugsieren, aber hauptsächlich waren betrunkene Erwachsene unterwegs, deren laute, leiernde Stimmen durch die Nacht hallten.

»Tut mir leid, dass ich dich angelogen hab«, sagte ich leise, beinahe flüsternd. »Das war nur, weil – sobald die Leute hören, dass jemand gestorben ist, nachdem er Alkohol getrunken hatte, ist das Ganze für sie mit einem Schlag keine Tragödie mehr, sondern musste ja so kommen.« Wieder wandte ich mich Olivia zu, die mich mit durchdringendem Blick musterte und nicht mal dann blinzelte, als ein paar Typen in Dinosaurierkostümen vorüberrannten und dabei die Titelmelodie von *Jurassic Park* grölten. »Dabei war es nicht die Schuld meiner Eltern«, beteuerte ich. »Wirklich nicht.«

Ich weiß selbst nicht, warum ich Olivia die Geschichte erzählt hatte: weil sie in ihrer Selbstzufriedenheit geglaubt hatte, mich durchschauen zu können, oder bloß, weil die Lüge einen sauren Geschmack in meinem Mund hinterlassen hatte?

»Sie waren keine schlechten Menschen«, fügte ich hinzu und dachte wieder an die Stoppelköpfe aus dem Baseballstadion. »Ich wollte einfach nicht, dass du das denkst.«

»Hätte ich auch nicht«, antwortete Olivia. Sie hatte so lange nichts gesagt, dass ich beim Klang ihrer Stimme beinahe zusammenzuckte. »Sie können doch einfach gute Menschen sein, die gestorben sind, nachdem sie ein bisschen was getrunken hatten. Das löscht ja nicht automatisch alles andere aus, was sie in ihrem Leben gemacht haben. Sie haben dich trotzdem geliebt. Sie waren trotzdem deine Eltern. Warum denkst du eigentlich immer in so

krassen Gegensätzen? Heiß, kalt. Richtig, falsch. Schwarz, weiß. Schon mal was von Graustufen gehört?«

Ich seufzte. »Du hast ja recht. Aber es hat trotzdem gutgetan, ihnen ein besseres Ende zu verpassen. Eine zweite Chance.«

»Kann ich verstehen.« Olivia nickte. »Aber vielleicht reicht das auch einfach nicht. Vielleicht müsstest du eher deine Einstellung ändern. Zum Beispiel, was den Alkohol angeht. Klar sollst du dir nicht ab heute jeden Tag die Kante geben. Darum geht's gar nicht – ich will dich ja nicht zum Trinken animieren. Aber du darfst die Angst vor dem Ende deiner Eltern nicht dein ganzes Dasein überschatten lassen. Das Einzige, was dir nämlich hundertprozentig ein beschissenes Ende garantiert, ist, wenn dein Leben davor schon beschissen war.« Sie hielt inne und zog eine so angewiderte Grimasse, als würde mir ein dicker, schleimiger Popel aus der Nase hängen, und ich wischte mir reflexartig durchs Gesicht. Aber dann prustete sie los vor Lachen. »Mein Gott, ich bin echt ein Glückskeks auf zwei Beinen, oder?«

Als wir an der nächsten Ampel hielten, sah ich, wie Olivia durchs Fenster in die Dunkelheit starrte. Tief in meiner Magengrube lag noch immer eine Lüge, fest zusammengerollt, warm und vertraut. Ich wusste, dass ich besser reinen Tisch gemacht hätte, aber ich konnte einfach nicht.

»Du musst dir keine Märchen über sie ausdenken, nicht mir gegenüber«, sagte Olivia Richtung Scheibe. »Ich weiß, wie es ist, wenn man von jemandem enttäuscht wird, den man liebt.«

»Stimmt.« Ich schluckte. »Tut mir leid –«

Doch in dem Moment drehte Olivia sich lächelnd zu mir um, und ihr Gesicht wirkte wie verwandelt. Beinahe fragte ich mich, ob ich mir ihre Stimme im Schummerlicht des Eiswagens nur eingebildet hatte.

»Was wäre, wenn ich dir jetzt sage, dass es noch eine Sache

gibt, die wir heute Nacht unbedingt machen müssen?«, fragte sie atemlos.

Ich runzelte die Stirn. »Dann würde *ich* sagen, du hast sie nicht mehr alle.«

»Es lohnt sich, versprochen. Fahr da vorne rechts ran.« Sie tippte gegen die Windschutzscheibe. »Geht auch ganz schnell.«

Ihre Augen funkelten, und mit einem Mal strahlte sie eine solche Energie aus, dass selbst die Luft im Eiswagen wie elektrisiert wirkte. Ich seufzte. Mir war klar, dass ich sowieso machen würde, was immer sie wollte.

**BLOCKBUSTER**
Gepostet unter VERMISCHTES von <u>Hugh.jpg</u>
am 29. Juli um 17:42 Uhr

Diesmal in Form eines Akrostichon-Gedichts.

**B**etrachtungen zum Filmkonsum:
**L**eihen ist Vergangenheit.
**O** Blockbuster, warum gingst du pleite?
**C**hancenlos gegen die Konkurrenz.
**K**leptomanen waren der Todesstoß, stimmt's?
**B**itte was, *bezahlen* für einen Film?
**U**ndenkbar. Pfft.
**S**chon gut, war gelogen. #halloNSA
**T**räumen von der guten alten Zeit.
**E**t tu, Netflix?
**R**uhe sanft, mein süßer Prinz.

Wir parkten halb auf dem Gehweg vor einer Drogerie, wo ein paar Jungs mit umgedrehten Baseballcaps den Bordstein rauf und runter skateten. Olivia sprang aus dem Wagen und verschwand im braungrauen Licht des Ladens. Wenige Minuten später kam sie mit einem Umschlag und einer Wellenschnitt-Schere zurück. Sie riss die Plastikverpackung der Schere auf und zog ein Foto aus

dem Umschlag. Als sie es kurz in Richtung der Straßenlaterne neben uns drehte, erkannte ich, dass darauf ich zu sehen war.

»Wo hast du das denn her?«, fragte ich und griff nach dem Foto.

Das Bild war schon älter; damals war ich in der Neunten gewesen, und wir hatten Ellen mit der ganzen Familie zum College gebracht. Auf dem Weg hatten wir an einem der Hexenmuseen in Salem gestoppt, und Ellen hatte mich vor einer der lebensgroßen Puritanerfiguren mit ihren weißen Hauben und Schnallenschuhen posieren lassen. Auf dem Foto hatte ich den Arm um eine zahnlose Frau geschlungen, die gerade einem Huhn den Kopf abhackte.

Olivia nahm die Wellenschere und fing an, mich auszuschneiden. »Facebook«, erklärte sie knapp. Dann wedelte sie gebieterisch mit der Hand. »James, zurück ins Motel, bitte.«

Bei unserer Rückkehr wirkte das Little Sandy Inn sogar noch mehr wie ein Spukhaus als zuvor. Die meisten Fenster waren dunkel, nur in ein paar wenigen schimmerte es hinter den zugezogenen Vorhängen gruselig orange, und auch in der Lobby, deren Eingangstür sachte im Wind hin und her schwang, brannte Licht. Ich folgte Olivia hinter das Gebäude auf einen kleinen betonierten, von Maschendraht eingefassten Innenhof mit einem zerfetzten Volleyballnetz, ein paar Plastikgartenstühlen und einem nierenförmigen Swimmingpool.

»Hätte nicht gedacht, dass es hier einen Pool gibt«, merkte ich an und schob mit der Fußspitze ein paar Bierflaschenscherben zur Seite, bevor wir uns neben die Einstiegsleiter setzten.

Olivia zog Schuhe und Socken aus und ließ die Füße ins Wasser baumeln. »Na ja, ist ja auch nicht gerade instagramwürdig.« Sie erschauderte.

Auf dem Wasser nahe dem Beckenrand hatte sich eine grüne

Algenschicht gebildet, und in der Mitte trieben eine halbe rosa Poolnudel und eine leere Spritedose, während uns vom Boden am tieferen Ende eine verlorene Sonnenbrille entgegenstarrte.

»Verrätst du mir jetzt vielleicht, warum wir hier sind, anstatt dass ich endlich mal schlafen darf?« Ich zog die Beine in den Schneidersitz und rieb mir übers Gesicht. Meine Augen brannten, als hätte ich sie mit einem Topfschwamm bearbeitet.

»Wir haben uns heute hier versammelt, um deine Beerdigung zu feiern, mein Bester.«

Ich ließ die Hände sinken. »Meine Beerdigung?«

»Jep. Du bekommst eine Wikingerbestattung.« Sie legte mein Foto neben sich und fing an, den Umschlag zu einem kleinen Dreieck zu falten. »Oder zumindest dein altes Ich. Zeit für einen Neuanfang.«

»Und wie geht eine Wikingerbestattung?«

»Wenn früher ein wichtiger Nordmann das Zeitliche gesegnet hat, haben die anderen ihn zusammen mit haufenweise Essen und Gold und so in ein Boot gelegt, es angezündet und raus aufs Meer treiben lassen.«

»Also wird das hier eine zeremonielle Abfackelung?«

Olivia gab mir einen Klaps auf den Arm. »Mach dich nicht drüber lustig«, schimpfte sie. »Ich mein's ernst. Ich könnte mir vorstellen, dass deine Besessenheit von Enden erst dann aufhört, wenn du selbst eins erlebt hast. Heute Nacht verabschieden wir uns vom alten Hugh und begrüßen einen neuen. Einen, der Eiswagen entführt und ahnungslosen Glücksspielern Chicken Wings vom Teller klaut.«

»Also ist diese Version von mir in erster Linie ein Dieb?«

»Könnte man so sagen.«

Der Umschlag hatte sich in Olivias Händen unterdessen in ein Segelbötchen verwandelt, in das sie jetzt mein Foto legte. Sie setzte

das Ganze aufs Wasser, zauberte ein Feuerzeug aus der Tasche, schnipste es an und hielt die Flamme an das Segel. Zuerst schmurgelte das Papierdreieck nur sachte vor sich hin, aber dann fing es Feuer.

Nach ein paar Sekunden Schweigen meinte Olivia: »Ich finde, du solltest ein paar Worte sagen.«

»Was denn?«

»Keine Ahnung. Irgendwas Tiefsinniges.«

»Äh.« Ich spreizte unschlüssig die Finger. »Ich verspreche, dass ich mir Mühe gebe, nicht mehr so viel übers Sterben nachzudenken.«

Olivia stöhnte auf. »Doch nicht so. Ich meinte eher irgendwas, das zeigt, dass du dich geändert hast. Ist zwar nur symbolisch, das Ganze, aber du musst trotzdem dran glauben, damit es funktioniert. Sonst haben wir hier einfach nur ein bisschen gezündelt.«

Ich atmete tief durch die Nase ein, sodass mein Schädel bis in den letzten Winkel mit Sauerstoff gefüllt war und sich ganz leicht und frisch durchgepustet anfühlte. So albern diese Zeremonie sein mochte, in gewisser Weise musste ich Olivia recht geben: Ich hatte mich wirklich geändert, zumindest ein bisschen. Gut möglich, dass ich immer noch zu viel darüber nachdachte, ob ich auf dieselbe Weise enden würde wie meine Eltern oder jedenfalls genauso unvermittelt, aber fest stand: Der alte Hugh hätte niemals auch nur D. C. verlassen und erst recht keinen Eiswagen entführt. Vielleicht wurde es wirklich Zeit, das Ganze offiziell zu machen, indem ich zuguckte, wie ein Foto von mir mit einer Pappmacheefigur langsam von Flammen verschlungen wurde.

Ich räusperte mich. »Okay. Noch mal zu der Sache mit *Buffy*.« Olivia wollte mich unterbrechen, aber ich hob abwehrend die Hand. Hier ging es um etwas Wichtiges, das ich gerade erst selbst wirklich zu begreifen begann. Etwas, das ich mir bis jetzt noch

nicht hatte eingestehen können. »Hör bitte mal kurz zu. Was du da gesagt hast, also, dass das Ende von *Buffy* genau richtig ist – da hast du recht. Es ist wirklich der perfekte Schlussstrich für die Serie. Ironisch und ein bisschen albern, mit einer Spur Sentimentalität, aber ... ich find's trotzdem scheiße.« Ich schüttelte den Kopf, weil ich nicht die passenden Worte fand. Diese Gedanken waren einfach noch zu neu, noch nicht ausformuliert. »Was ich eigentlich sagen will: Vielleicht sind es gar nicht bloß die schlechten Enden, die ich nicht mag. Vielleicht steckt was ganz anderes dahinter, irgendwas, was ich, keine Ahnung, da reinprojiziere. Oder so.«

Olivia schniefte und wischte sich eine imaginäre Träne von der Wange. »Ist das rührend«, kommentierte sie und wandte sich dann wieder dem Schiffchen zu. Es war fast komplett zusammengefallen, und das durchweichte Papier sank immer schneller. »Mach's gut, berechenbarer Hugh.«

Ein paar Sekunden lang saßen wir noch da und beobachteten, wie der nasse Ascheklumpen verschwand, aber dann stieß Olivia plötzlich ein Zischen aus. Sie hob die Hand vors Gesicht, und ich sah Blut ihren Arm hinunterrinnen und auf ihre Oberschenkel tropfen.

»Was ist passiert?« Ich griff nach ihrem Unterarm.

»Hab mich an diesen blöden Bierflaschenscherben geschnitten«, erklärte sie. »Welcher Idiot schmeißt denn hier auch mit Glas?«

Eine dicke Scherbe ragte aus der Wunde. Vorsichtig zog ich sie raus und ließ sie auf den Betonboden fallen.

»Brauchst du ein Pflaster oder –«, fing ich an, doch die Wunde begann sich bereits wieder zu schließen. Die Ränder krabbelten aufeinander zu, als wollten sie Olivias Fleisch vor meiner Berührung schützen.

»Nicht nötig«, flüsterte Olivia.

Ich war viel zu baff, um etwas zu erwidern. Nur meine Finger, die immer noch in der Luft schwebten, zitterten leicht.

»Darf ich ...« Ich verstummte, selbst nicht ganz sicher, was ich eigentlich wollte.

Auf Olivias Nicken hin jedoch betastete ich zaghaft die feuchte Oberfläche der Wunde. Weder sie noch ich regten uns, während der Heilungsprozess sich rings um meine Finger vollzog und Olivias Haut sich weiter schloss und straffte. Außer dem Plätschern des Pools und Olivias und meinem Atem war nichts zu hören, bis ihre Hand wieder vollkommen unversehrt und jede Spur der Wunde getilgt war.

Irgendwann fragte ich: »Wie ist eigentlich so ein Leben ohne Konsequenzen?«

»Genau wie eins mit Konsequenzen«, antwortete Olivia, ohne mich anzusehen, »nur, dass sie mir eben egal sind.«

»Okay, aber trotzdem muss es doch seltsam sein, sich nicht ständig Sorgen übers Sterben machen zu müssen.«

Sie zuckte mit den Schultern und legte die verheilte Hand zurück in ihren Schoß. »Ich kenne es ja nicht anders«, wandte sie ein. »Und außerdem musst du dir auch nicht ständig Sorgen übers Sterben machen. So was würde nur der alte Hugh tun.«

»Und worüber soll der neue Hugh sich dann Sorgen machen?«

Olivia lachte, dann legte sie den Kopf in den Nacken und sah hoch in den sternenlosen Himmel. »Wie soll das eigentlich am College werden, wenn alle anderen in Unterwäsche rumrennen und sich gegenseitig mit Textmarkern bekritzeln? Bitte sag, dass du dann nicht dieser eine Typ bist, der immer was von Hygiene und Nachtruhe faselt.«

»Haha, dazu wird's zum Glück nicht kommen.« Ich hob den Zeigefinger, aus welchem Grund auch immer. »Ich will nämlich gar nicht studieren.«

Olivia kniff die Augen zusammen. »Damit hatte ich jetzt nicht gerechnet«, entgegnete sie. »Ich muss sagen, ich bin ein bisschen enttäuscht von mir, weil ich dich so falsch eingeschätzt habe.«

»Ach, nicht nötig«, winkte ich ab. »Da waren eigentlich alle überrascht. Irgendein College hätte mich bestimmt auch genommen, aber ich fand halt, wenn ich in meinem Kinderzimmer wohnen bleibe und für meine große Schwester arbeite, komme ich viel cooler rüber.« Olivia musterte mich skeptisch, was mir gar nicht gefiel. »Und du?« Ich guckte in Richtung des Zauns, hinter dem ein paar Straßen weiter der mittlerweile wahrscheinlich menschenleere Strand lag. Man hörte das unablässige Krachen der Wellen, das zu einem beständigen Rauschen verschmolz. »Wo willst du studieren?«

Das Lachen, das aus Olivia herausplatzte, war das lauteste und ehrlichste, das ich je von ihr gehört hatte. Sie hielt sich regelrecht den Bauch und grinste über beide Wangen.

»Studieren?«, japste sie schließlich und prustete direkt von Neuem los. »Ich? Mit welchem Geld denn bitte? Meine College-kasse liegt vermutlich in diesem Moment auf irgendeinem Poker-tisch in Atlantic City.«

»Und was ist mit einem Stipendium?«, hakte ich nach. »Ich kenne ja deinen Notenschnitt nicht, aber –«

»Nein, Hugh.« Olivia brachte mich mit einem Kopfschütteln zum Schweigen, und etwas Trauriges, Abwesendes hatte sich in ihr Lächeln geschlichen. »Für mich ist der Traum vom College mit meiner Mom gestorben.«

»Also ähnlich wie bei mir.«

Das Papierschiffchen war inzwischen komplett gesunken, nur ein paar verkohlte Papierfetzen trudelten noch auf dem Wasser. Ich sah zu, wie einer davon auf den Poolfilter zutrieb und in der kleinen, viereckigen Höhle verschwand.

»Meine Mom hat sich umgebracht«, sagte Olivia.

Sie starrte auf ihre Knie.

»Was?«, reagierte ich mit einiger Verzögerung. »Aber wie –«

»Genau«, sagte Olivia. »Ich hab schon endlos darüber nachgegrübelt, was schlimmer ist: dass sie es überhaupt geschafft hat oder dass sie es auf wer weiß wie viele Arten probiert haben muss, bis sie dahintergekommen ist, was funktioniert.« Sie hob das leuchtend grüne Feuerzeug auf und schnipste es gedankenverloren immer wieder an und aus. »Morgens vor der Schule war sie noch da, und als ich vom Fußballtraining zurückgekommen bin, hab ich sie im Badezimmer gefunden.«

»O Mann, Olivia«, sagte ich hilflos. »Tut mir echt leid.«

Sie blinzelte in die kleine orangegelbe Flamme. »Schon gut. Ich denke nicht mehr so oft dran.«

Olivias Wimpern flatterten, und ich brauchte einen Moment, um zu kapieren, dass sie krampfhaft gegen die Tränen ankämpfte. Als sie merkte, dass ich sie beobachtete, wischte sie sich mit dem Handrücken über die Augen und wandte sich ab, damit ich das feuchte Rinnsal nicht sah, das ihr über die Wange lief. Trotzdem entging mir nicht, wie sie das Kinn vorschob und ihr Atem abgehackter wurde. Instinktiv griff ich nach ihrer Hand und verschränkte meine Finger mit ihren. Die Berührung sandte Wellen von Wärme durch meinen Körper.

»Warum hast du mich gefragt?«, wollte ich plötzlich wissen. »Ob ich mit dir herkomme, meine ich. Ob ich dir helfe.«

Das ließ mir seit unserem Telefonat am Vortag keine Ruhe.

Ohne den Blick von den Palmen an der Straßenecke zu wenden, antwortete Olivia: »Weil wir uns ganz ähnlich sind, du und ich. Wie Spiegelbilder, von denen eins auf dem Kopf steht.«

Das war eine klassische kryptische Olivia-Antwort, aber irgendwie ergab sie sogar Sinn.

Olivia drehte sich mit feuchten Wangen zu mir um. Sie öffnete den Mund, als wollte sie etwas sagen, zögerte dann jedoch. Die Anspannung zwischen uns war wie ein beinahe hörbares Summen, und mich packte der Drang, ihr die Tränen wegzuwischen.

Ich ballte die freie Hand zur Faust. »Ich bin echt froh, dass du gefragt hast. Auch wenn ich die ganze Zeit so ein Paniktornado bin«, sagte ich leise.

Sie lachte unter Tränen. »Ich auch.«

Noch zwei Tage zuvor hätte ich mir nicht mal vorstellen können, mit Olivia in New Jersey zu sein. Und ein bisschen war es jetzt immer noch so. Wie zum Beweis, dass das hier tatsächlich passierte, drückte Olivia meine Hand. Mein Blick wanderte von ihren Augen zu ihrem Mund und wieder hoch. Olivia nickte schweigend, fast unmerklich. Ich beugte mich vor, die Sekunden schienen sich quälend lang hinzuziehen, und dann, gerade als meine Lippen ihre berührten, ertönte von tief unter uns ein Grollen.

Olivia zuckte zurück und schnappte nach Luft, als die Erde anfing zu beben und die ganze Welt um uns ins Schwanken geriet. Das Motel und die Häuser auf der anderen Straßenseite wurden heftig durchgeschüttelt, aber wie durch ein Wunder zerbrach keine einzige Fensterscheibe. Auch die Palmen wiegten sich im Takt, als hätte jemand die ganze Straße an ein Metronom geklebt.

Olivias Griff um meine Hand wurde fester. »Was ist hier los?«, rief sie über den Lärm hinweg.

Beinahe im selben Moment landete etwas Weißes auf ihrem Scheitel; es sah aus wie ein kleiner Wattebausch und schmolz sofort. Wir sahen hoch zum Himmel, aus dem nun noch mehr Wattebäusche fielen und auf unseren Schultern und Knien landeten. Ich wischte Olivia eine der Flocken von der Wange und runzelte die Stirn. Kalt und nass.

»Ist das Schnee?«

Aber Olivia beachtete mich gar nicht. »Was ist das?«

Ich folgte ihrem Blick zum dunklen Nachthimmel, an dem nun plötzlich ein pfirsichrosa Fleck erschienen war. Nach und nach wurde der Fleck schärfer, bekam zwei Augen und eine Nase.

»Ist das ...« Ich brach ab.

»Ein Gesicht«, sagte Olivia.

»Aber wie kann das sein?«

Noch bevor ich die Frage ganz ausgesprochen hatte, geschah etwas Merkwürdiges. Es war, als hätte ich meinen Körper verlassen oder als hätte eine Kamera plötzlich rausgezoomt. Mit einem Mal sah ich auf Olivia und mich hinunter, wie wir händchenhaltend am Pool saßen und in den Himmel starrten. Und dann war ich selbst im Himmel und beobachtete das Motel, während unter mir die Erde weiterbebte. Nach einer Sekunde war ich so hoch oben, dass ich ganz Ocean City überblicken konnte, die Promenade und das Casino, den Sand und das viel zu blaue Meer. Und irgendwann sah ich nicht mal mehr Ocean City oder zumindest nicht so, wie ich es kannte. Mein Ich, das gar nicht wirklich mein Ich war, stand in einem dieser kitschigen Souvenirläden, wie man sie an jeder Strandpromenade findet, mit rosa Truckerkappen und hässlichen T-Shirts in der Auslage unter der Markise.

Ein kleines Mädchen in einem schlumpfblauen Neoprenanzug stand vor den Schneekugeln und schüttelte eine davon, dass die weißen Flocken im Wasser nur so wirbelten. Über ihre Schulter sah ich, was sich in der Kugel befand. Die Strandpromenade, die Palmen, das Motel und zwei pünktchengroße Figuren neben einem ameisengroßen Pool. Mir war sofort klar, dass das Olivia und ich waren, die zu dem Mädchen hochstarrten, und die immer noch nicht kapierten, dass wir nicht real waren. Nie gewesen.

ENDE

... Olivia drehte sich mit feuchten Wangen zu mir um. Feucht vor Tränen, nicht vor Schnee. Sie öffnete den Mund, als wollte sie etwas sagen, zögerte dann jedoch. Die Anspannung zwischen uns war wie ein beinahe hörbares Summen, und mich packte der Drang, ihr die Tränen wegzuwischen.

»Hugh?«

Die Stimme, die plötzlich aus ein paar Metern Entfernung zu mir durchdrang, ließ die Härchen an meinen Armen zu Berge stehen. Ohne sich umzudrehen, zog Olivia ihre Hand aus meiner, die mir daraufhin eigenartig kalt und leer vorkam. Auch Olivia brauchte die Person nicht zu sehen, um zu wissen, um wen es sich handelte. Diese Stimme würden wir beide überall erkennen.

Aber wie konnte das sein? Warum hier? Warum jetzt? Ausgerechnet jetzt?

Hinter dem Zaun, die Arme verschränkt, stand Becky Cayman.

**DIE SPICE GIRLS**
Gepostet unter VERMISCHTES von <u>Hugh</u>.jpg
am 27. November um 15:12 Uhr

Geri Halliwell ist eine Verräterin. Mehr habe ich dazu nicht
zu sagen.

Was machte Becky denn hier?

»Was machst du denn hier?«, fragte ich.

Das fantasierte ich mir nicht zusammen. Es war real.

Becky verzog den Mund. »Was macht *ihr* denn hier?«

Meine Gedanken rasten derweil in zwei völlig verschiedene
Richtungen zugleich. Einerseits wollte ich wieder nach Olivias
Hand greifen, aber andererseits fürchtete ich mich vor Beckys Reaktion. Außerdem war ich mir auch nicht sicher, wie Olivia dazu
stehen würde. Becky hatte so etwas an sich, was andere Mädchen
nervös machte. Möglicherweise sogar Mädchen wie Olivia Moon.

Ich warf Olivia einen verstohlenen Blick zu, unsicher, wie viel
ich über unseren Roadtrip verraten durfte. Doch Olivia stand bloß
auf und tat so, als hätte sie etwas außerordentlich Interessantes
am Grund des Pools entdeckt.

»Wir sind unterwegs nach New York. Lange Geschichte«, murmelte ich und stemmte mich ebenfalls hoch. »Aber jetzt mal im
Ernst, was machst du hier?«

Becky trat an den Zaun, und ich ging mit einem Kloß im Hals auf sie zu. Ihr Gesichtsausdruck schwankte zwischen Freude und Argwohn.

»Ellen hat heute Morgen meine Mom angerufen«, erklärte sie und umklammerte einen Zaunpfosten, sodass ihr Autoschlüssel gegen das Metall klirrte. »Sie meinte, der Eiswagen wäre weg, und wollte wissen, ob ich eine Ahnung hätte, wo du bist. Und als meine Mom sich heute Abend erkundigt hat, ob es was Neues gibt, hat Ellen erzählt, du wärst hier. Mit irgendeinem Mädchen.« Beckys Haare fielen ihr über Schultern und Brust und verdeckten die Träger ihres kurzen rosa Kleids. Ihr Blick huschte zu Olivia. »Und die Rutgers ist ja nicht so weit weg.«

»Wo ist denn deine Familie?« Ich spähte mit gerecktem Hals links und rechts die Straße runter.

»Im Hotel, in der Nähe der Uni«, antwortete Becky. »Ich hab's nicht mehr geschafft, ihnen Bescheid zu sagen, bevor ich losgefahren bin. Alles in Ordnung? Was ist eigentlich los?«

Wieder sah Becky zu Olivia rüber, die noch immer wie angenagelt neben dem Pool stand, als hätte sie sich am liebsten unsichtbar gemacht. »Gar nichts ist los«, antwortete ich gedämpft.

Becky wippte auf den Fersen und verschränkte abermals die Arme. »Und was machst du dann in New Jersey?« Sie senkte die Stimme. »Mit Olivia Moon?«

»Ich –«, fing ich an. »Schwer zu erklären. Hey, tut mir echt leid, dass du extra hergekommen bist. Aber es ist schon total spät und –«

»Du willst mich doch jetzt nicht einfach hier stehen lassen, oder?« Becky zog die Augenbrauen hoch. »Nachdem ich eine Stunde hergefahren bin?«

»Ich wusste nicht, dass Ellen bei euch angerufen hat«, verteidigte ich mich.

»Ich hab mir Sorgen um dich gemacht.« Becky biss sich auf die Unterlippe, dann lächelte sie zerknirscht und ergänzte etwas lauter: »Und ich weiß, es klingt bescheuert, nachdem wir uns gerade gestern noch gesehen haben, aber du fehlst mir jetzt schon.«

Meine Ohren fingen an zu glühen, und ich trat unbehaglich von einem Fuß auf den anderen. Hoffentlich war Olivia kurzzeitig taub geworden.

»Ich – das ist –«, stammelte ich, aber Becky unterbrach mich.

»Können wir zwei wenigstens mal kurz eine Runde spazieren gehen?«, bat sie. »Ich finde, das sollte doch wohl drin sein, nachdem ich meine erste Studiparty für dich hab sausen lassen.«

»Geh ruhig«, schaltete sich Olivia ein und strich sich die Haare aus dem Gesicht. Ich hätte schwören können, dass ihre Stimme zitterte.

»Aber –«, protestierte ich.

»Zwanzig Minuten«, versprach Becky. »Wir laufen ja keinen Marathon, nur runter zum Strand. Der ist höchstens zwei Straßen weiter. Ich kann das Meer schon riechen.«

»Ich – ich –«

*Ich will aber nicht.*

Das wollte ich eigentlich sagen. *Ich will keine Runde mit dir spazieren gehen.* Ich wollte einfach nur zurück in unser Zimmer, mich auf das Massagebett fläzen und einschlafen. Mit Olivia neben mir.

Aber ich bekam kein Wort raus.

Ich hörte, wie Olivia ihre Schuhe wieder anzog und hinter mich trat.

»Im Ernst, Hugh, geh einfach«, drängte sie. Als ich mich ihr zuwandte, waren ihre Wangen nass vor Tränen. Das schien auch ihr gerade bewusst zu werden, und sie tupfte sie mit den Fingerspitzen weg. »Ich hab meinen eigenen Zimmerschlüssel.«

Sie ging zum Tor Richtung Parkplatz. »Und was ist mit morgen?«, rief ich.

Olivia fuhr herum. »Ich will gerade einfach nur meine Ruhe.« Plötzlich klang sie atemlos vor Wut, und ich erstarrte für einen Moment. Ich sah Olivia nach, die davonmarschierte, ohne sich auch nur einmal umzudrehen, und mit einem Schlag hatte ich das überwältigende Gefühl, vollkommen allein zu sein.

Der Strandabschnitt, auf dem Becky und ich landeten, war geradezu gespenstisch verlassen. Nichts als ein lilagräulicher Streifen Sand im Mondlicht, das Meer eine glatte schwarze Masse, aus der sich hin und wieder Wellen erhoben und wieder zusammenstürzten, bevor sie wirklich Form annehmen konnten. In Kombination mit dem Himmel erinnerte mich das Ganze an eins der Gemälde, die wir mal im Kunstunterricht besprochen hatten – eins von denen, die nur aus bunten Rechtecken bestanden und wer weiß was ausdrücken sollten.

Becky lief die ganze Zeit so dicht neben mir her, dass unsere Schultern sich berührten, und berichtete mir von der Fahrt mit ihrer Familie. Ich nickte bloß abwesend und dachte an Olivia, wünschte, ich könnte mit ihr zu miesen Guns-n'-Roses-Covern rumhüpfen oder am Pool sitzen und ihre Hand halten, während ich ihr von meinem verrückten Schneekugelende erzählte.

»Aber wie kannst du denn in der Schneekugel sein und gleichzeitig mit diesem Mädchen im Souvenirladen?«, würde sie einwenden. »Totaler Anfängerfehler, so eine Logiklücke.«

Dann würden wir uns schlapplachen, und sie würde anmerken, dass aus solchen Ideen der alte Hugh sprach. Den neuen Hugh würde so was nicht mehr interessieren.

Aber Olivia hatte mich Becky ja regelrecht in die Arme geschubst. Als hätte sie mich gar nicht schnell genug loswerden kön-

nen, als würde ich ihr überhaupt nichts bedeuten. Als würde nichts von dem, was zwischen uns gewesen war, ihr etwas bedeuten.

Hatte ich irgendwas falsch gemacht? Im Geiste ging ich noch mal die letzten Stunden durch, fand jedoch nichts, weswegen Olivia sauer auf mich sein könnte. Nur meine ganze langweilige Vergangenheit hatte ich über ihr und der Küste von Jersey ausgeschüttet, die Geschichte über Ellen und meine Eltern. Und Olivia hatte mich einfach weggeschickt.

Becky zog ihre Flipflops aus und nahm sie in die Hand, während wir durch den Sand stapften, vorbei an zerdrückten Wasserflaschen und vergessenem Spielzeug. Nach ein paar Metern ließ sie Schuhe und Tasche fallen und bedeutete mir, mich zu setzen.

»Ist das jetzt der Moment, in dem du mich ermordest?«, fragte ich. Der Sand fühlte sich kalt an, als ich mich zögernd neben ihre Flipflops hockte. »Ich meine nur, weil du das ja auch ganz bequem zu Hause in D. C. hättest machen können.«

Becky drehte sich mit dem Rücken zum Meer und setzte sich blitzschnell auf meinen Schoß, die Knie links und rechts von mir, das Gesicht dicht vor meinem. Sie entblößte die perfekten Zähne zu einem so strahlenden Lächeln, dass ihre Augen zu Schlitzen wurden.

»Nicht direkt.« Sie beugte sich vor, und ihre Lippen trafen meine.

Sofort erfüllte derselbe Nebel meinen Kopf wie immer, wenn Becky und ich uns küssten. Reflexartig umfasste ich ihre Taille und schob die Hände höher, bis ich ihre Haarspitzen an den Fingern spürte. Doch als Becky nach meinem Gürtel tastete und anfing, die Schnalle zu öffnen, meldete sich mein Verstand zurück.

»Halt, warte«, keuchte ich, so außer Atem, als wäre ich gerade hundert Kilometer gerannt. »Was machst du denn?«

»Wonach sieht's denn aus?«

»Sieht aus, als wolltest du mir an einem öffentlichen Strand die Hose ausziehen.«

Becky kicherte und küsste mich wieder. »Ganz genau«, flüsterte sie an meinen Lippen.

Ihre flinken Finger hatten meinen Gürtel bereits geöffnet und wanderten jetzt weiter unter den Bund meiner Boxershorts, was meinen Puls schlagartig in ungeahnte Höhen schnellen ließ.

»Das geht nicht«, raunte ich und sah mich hektisch um. Außer den dunklen Flächen von Himmel und Meer war nichts auszumachen, aber das bedeutete ja nicht, dass nichts da war. »Was ist, wenn uns hier irgendwelche Perversen beobachten? Oder das Ungeheuer von Loch Ness?«

Oder Olivia.

Olivia.

Verwirrt ließ ich Becky los und vergrub die Finger im Sand. Noch vor zehn Minuten hatte ich mit Olivia Händchen gehalten und mich ihr unfassbar nahe gefühlt. Und jetzt saß ich plötzlich am Strand, mit Becky Cayman auf dem Schoß. Die beiden Situationen waren wie die Enden zweier grundverschiedener Abenteuergeschichten, der Art, bei der man den Verlauf selbst bestimmen kann.

Es kam mir falsch vor, mit Becky hier zu sitzen. So anders als sonst. Ich hatte mich schon oft gefragt, warum aus der Sache mit uns eigentlich nie mehr wurde, da wir schließlich immer wieder beieinander landeten, aber jetzt begriff ich: weil mir gefühlsmäßig etwas fehlte. Etwas, was ich bei Olivia spürte.

»Das Ungeheuer von Loch Ness lebt in Schottland«, schnaubte Becky. »Anscheinend hast du nie *Outlander* gelesen.«

Als sie mich erneut küssen wollte, lehnte ich mich von ihr weg.

Sie ließ die Arme sinken. »Was hast du denn auf einmal?«, fragte sie.

Ich schluckte. »Ich fühl mich gerade einfach nicht wohl hierbei.«

Becky seufzte. »Vielleicht hilft ja das hier.«

Sie kramte einen Metallflachmann aus ihrer Tasche, schraubte ihn auf und hielt ihn mir hin. Ein beißend scharfer Geruch stieg mir in die Nase.

»Was ist da drin?«, fragte ich und widerstand mühsam dem Drang, noch weiter zurückzuweichen.

»Whisky«, sagte sie. »Hat Sam mir auf der Abschiedsparty geschenkt.« Becky schnupperte selbst an der Flasche und drückte sie dann mir in die Hand. »Eigentlich wollte ich mir den für die Uni aufheben, aber ich dachte, hier könnte er auch ganz nützlich werden.«

»Aber du musst doch gleich noch zurückfahren.«

»Der ist ja auch nicht für mich, sondern für dich.«

Ich wechselte den Flachmann von einer Hand in die andere und befühlte die Glitzersteinchen, mit denen er besetzt war. Die Flasche war mir nur zu vertraut; sie hatte Becky und mich schon auf Schulausflüge zum Smithsonian Museum und zu Wochenenden im Park begleitet. Aber irgendwie wurmte es mich, dass sie Sam erwähnt hatte.

»Aha. Sag mal, läuft da eigentlich was zwischen dir und Sam?«

Selbst im Dunkeln erkannte ich, wie zufrieden Becky über die Frage war. Ob sie ahnte, wie erbärmlich ich mich fühlte? Wie durcheinander ich war? Eigentlich empfand ich doch gar nicht so für sie, nicht wirklich jedenfalls. Warum also zog sich beim Gedanken an Sam und sie dann alles in mir zusammen?

»Als ob.« Becky schnappte mir den Flachmann aus der Hand und stellte ihn offen in den Sand. Den Schraubdeckel legte sie daneben. »Und selbst wenn, was interessiert es dich?«

»Tut's gar nicht.« Ich rieb mir mit wenig überzeugend gespiel-

ter Gleichgültigkeit die Schläfe. »Aber fragen wird ja wohl noch erlaubt sein.«

Becky stützte die Hände auf und lehnte sich zurück. »Sam darf also keinen Whisky für mich klauen, aber wenn du dich heimlich mit Olivia Moon nach New York absetzt, ist das okay?«

»Das ist ja wohl was komplett anderes«, widersprach ich. »Ich tue ihr einen Gefallen. Sam wollte dich bloß abfüllen.«

Ich kannte Sam. Er war der Typ, der jedem Mädchen erzählte, es wäre das hübscheste auf der ganzen Party, bis irgendeins es ihm endlich abkaufte und mit in die Abstellkammer ging. Eine Weile lang waren wir gut befreundet gewesen, aber selbst da hatte ich seine Masche schon ziemlich daneben gefunden.

»Vielleicht wollte Sam mir damit ja auch einen Gefallen tun. Und jetzt erklär mir gefälligst mal, was dieser New-York-Trip soll. Seit wann bist du denn mit Olivia befreundet?«

»Erst seit ein paar Tagen«, antwortete ich. Obwohl, vielleicht hatte sich das mit dem Befreundetsein auch schon wieder erledigt. »Clark Thomas hat ihr was geklaut, und ich hab versprochen, ihr dabei zu helfen, es sich zurückzuholen. Und Clark ist nun mal gerade mit seiner Band in New York.«

Becky musterte mich aus schmalen Augen. »Aber Olivia hat doch 'nen totalen Hau weg«, beschwor sie mich. »Die spinnt.«

»Tut sie nicht.«

»Hast du diese komischen Lederarmbänder gesehen, die sie immer anhat? Wenn das nicht megamorbide ist, sich auf die Art an seine Mom zu erinnern, dann weiß ich's auch nicht. Wer macht denn so was?«

Als Becky Olivias Mom erwähnte, richtete ich mich kerzengerade auf und sah ihr ins Gesicht, um abschätzen zu können, ob sie sich lustig machen wollte. Anscheinend nicht.

»Wieso, was meinst du?«, fragte ich wie elektrisiert.

Becky umfasste mit Daumen und Zeigefinger ihr Handgelenk, während sie nach einer Erklärung suchte. »Olivias Mom hat sich im Sommer vor der achten Klasse die Pulsadern aufgeschnitten. Und dann wurde Olivia von ihrem Dad mehr oder weniger ausgesetzt. Angeblich hat er sich irgendwo hier in New Jersey mit ihr getroffen, nachdem er das mit seiner Frau spitzgekriegt hatte, und dann hat er Olivia einfach dort sitzen lassen.«

Diese Enthüllung musste ich erst mal verdauen und saß da wie erstarrt.

Ihre Mom hatte sich die Pulsadern aufgeschnitten.

Ihre Mom hatte sich die Pulsadern aufgeschnitten.

Darum trug Olivia diese breiten Lederarmbänder. Um sich zu schützen. Weil ihre Handgelenke ihre einzige Schwachstelle waren.

»Woher weißt du das alles?«, flüsterte ich.

Endlich hatte ich sämtliche Puzzleteilchen zusammengesetzt, und das Ergebnis kam mir unsagbar kostbar vor. Am liebsten hätte ich vorsichtig die Hände darumgelegt und es in einem sicheren Winkel verstaut.

»Keine Ahnung, hat meine Mom mir erzählt. Cheerleaderinnenmütter sind so was wie 'ne Sekte für sich. Die wissen alles übereinander.«

»Und wie ist es dann mit Olivias Dad weitergegangen?«

Ich wusste, dass er oft in Atlantic City war, aber bei Olivia hatte es geklungen, als käme er zumindest hin und wieder mal nach Hause. Sie war schließlich nicht die ganze Zeit allein. Oder?

»Anscheinend hat das Jugendamt ihm gedroht, Olivia in eine Pflegefamilie zu stecken und ihn wegen Kindesvernachlässigung oder was auch immer anzuzeigen, wenn er ganz wegbleibt.« Becky zog ihr Kleid über die Gänsehaut an ihren Oberschenkeln. »Darum ist er wohl zurückgekommen.«

Die Vorstellung lag mir wie ein Stein im Magen. Also lebte Oli-

vias Dad nicht freiwillig mit ihr zusammen. Er war dazu gezwungen worden, und das wusste auch Olivia.

»Ist natürlich supertraurig, das Ganze, muss eine schwere Zeit für sie gewesen sein«, fügte Becky eilig hinzu, als sie meinen Gesichtsausdruck sah. »Aber mittlerweile ist das alles fünf Jahre her, und sie hat sich mit ihrem Verhalten echt keinen Gefallen getan. Lily und ich haben uns nach der Sache mit ihrer Mom tierisch Mühe gegeben, für sie da zu sein, aber sie wollte sich ja nicht helfen lassen. Hat uns komplett von sich gestoßen.«

»Findest du denn, das kann man ihr übelnehmen?«, wandte ich ein. »Immerhin wurde sie von allen Menschen, die ihr jemals wichtig waren, im Stich gelassen.«

Kein Wunder, dass Olivia immer so tat, als bräuchte sie niemanden. Umso erstaunlicher, dass sie mich überhaupt gebeten hatte, sie nach New York zu fahren.

Becky ließ die Schultern sinken. Wieder tastete sie nach meinem Gürtel, spielte aber diesmal nur nachdenklich mit den Löchern im Leder.

»Jaja, du hast natürlich recht«, räumte sie ein. »Aber es hat halt wehgetan, wie sie sich von mir abgewendet hat. Im einen Moment waren wir noch Freundinnen, und im nächsten war sie auf einmal weg. Ohne wirklich weg zu *sein*, verstehst du?« Der Flachmann, der vergessen im Sand stand, glitzerte, als der Mond hinter einer Wolke hervorlugte. Becky hob ihn auf und tippte mit den Fingernägeln auf das Metall. »Früher hat sie jeden Freitag bei mir übernachtet, und wir haben uns zusammen mit Lily Partnerkostüme überlegt, wenn in der Schule Verkleidungstag war. Sogar Thanksgiving hat sie mal bei uns gefeiert, als ihre Eltern nach New York zu ihrer Grandma gefahren waren.« Becky schüttelte den Kopf, und ihre Haare fielen ihr ins Gesicht. »Ist vielleicht albern, keine Ahnung. Aber irgendwie hat Olivia uns

allen das Gefühl gegeben, wir wären plötzlich nicht mehr gut genug für sie. Klar war sie in Trauer oder wie man das nennen möchte, aber trotzdem. Ich wollte ihr bloß helfen, aber sie hat es einfach immer wieder geschafft, dass ich mir total blöd und wertlos vorkam.«

Zumindest das konnte ich nachvollziehen. Ich musste daran denken, wie sie kurz zuvor, ohne zu zögern, zurück ins Motel gegangen war, und das nach allem, was passiert war.

Ich wischte Becky einen Streifen Sand vom Arm. Sie starrte in ihren Schoß, und ihre unteren Lidränder glänzten feucht vor unvergossenen Tränen.

»Ich will einfach nicht, dass sie dir das auch antut.« Becky hob den Kopf und suchte meinen Blick. »Du musst vorsichtig sein, Hugh. Sie hat es echt drauf, einem das Gefühl zu geben, man würde ihr helfen und wäre supergut befreundet, und dann zack, findet sie auf einmal irgendwas anderes, was sie mehr interessiert. Das hab ich jetzt schon eine Million Mal miterlebt, und du hast einfach was Besseres verdient.«

»Hmja, ich glaub nicht, dass die Gefahr so groß ist«, wandte ich ein, während meine Hände erneut hoch zu Beckys Taille glitten. Sie zitterte leicht. »Schon allein, weil wir gar nicht so gut befreundet sind.«

Leiser Ärger stieg in mir auf. Olivia war nicht hier. Plötzlich erschien mir alles, was zwischen uns passiert war, immer belangloser, so als hätte ich es mir nur zusammenfantasiert. Bloß weil ich dabei irgendwas empfunden hatte, hieß das ja nicht, dass dasselbe auch auf Olivia zutraf. Tatsächlich war ich mir immer sicherer, dass mir das Händchenhalten mehr bedeutet hatte als ihr. Warum hätte sie sonst so darauf bestehen sollen, dass ich mit Becky spazieren ging? Sie war diejenige, die mich hatte loswerden wollen, um ihre Ruhe zu haben. Becky dagegen lag wirklich etwas

an mir. Sie war den ganzen Weg hierhergefahren, weil sie sich Sorgen um mich gemacht hatte.

Bevor Becky die Flasche wieder zuschraubte, hielt sie sie mir ein letztes Mal fragend hin. Ich dachte nach. Über Olivia. Über meine Eltern. Die Wikingerbestattung. Den neuen Hugh. Den Anfang nach dem Ende.

»Ach, scheiß drauf«, murmelte ich und nahm die Flasche.

Ich setzte sie an und legte den Kopf in den Nacken. Fast dickflüssig gluckerte der Whisky durch meine Kehle; die Schärfe versengte mir regelrecht den Gaumen und trieb mir die Tränen in die Augen. In meinem Magen angekommen, verwandelte sich das Brennen in etwas anderes. Etwas Angenehmes.

Zum ersten Mal seit Jahren erfüllte mich eine innere Wärme. Eine tröstliche, unerklärliche, undefinierbare Wärme.

**LA LA LAND**
**Gepostet unter FILME von <u>Hugh</u>.jpg**
**am 25. August um 16:25 Uhr**

Ich verstehe ja, dass Ryan Gosling und Emma Stone am
Ende von La La Land nicht zusammenbleiben können, weil
sie ihre Träume verwirklichen wollen, aber wozu dann noch
so einen unglaubwürdigen Trennungsgrund vorschieben?
Aha, sie machen also Schluss, weil sie keinen Bock auf Fern-
beziehung haben? Emma Stone geht doch gerade mal für
drei Monate weg. Pfft. Gebt einfach zu, dass euch die Karriere wichtiger ist, und fertig. Das Herz habt ihr uns sowieso
längst gebrochen.

»Sex on the beach« ist zwar ein cooler Name für einen Cocktail,
dabei ist es alles andere als romantisch, wie gottlos viel Sand dabei
in der Poritze landet.

Olivia schlief schon, als ich zurück ins Motelzimmer kam. Sie
lag mit dem Rücken zur Tür und war bis ganz an die rechte Kante
des herzförmigen Betts gerutscht, als wollte sie so wenig Raum
einnehmen wie nur menschenmöglich. Sie hatte sich so eng zusammengerollt, dass ihr Kopf kaum das Kissen berührte und ihr
Körper nur eine kleine Beule unter der Decke bildete. Normalerweise schlafe ich in Boxershorts, aber es wäre mir irgendwie ko-

misch vorgekommen, mich jetzt halb nackt neben Olivia zu legen. Außerdem wäre beim Ausziehen vermutlich eine ganze Wüstenladung Sand aus meiner Hose gerieselt und dadurch kaum mehr zu leugnen gewesen, was Becky und ich am Strand gemacht hatten. Nicht, dass das eine Rolle gespielt hätte; Olivia war es ja ganz offensichtlich egal. Trotzdem. Ich hatte keine Lust, mir stundenlang blöde Sprüche anzuhören. Mir war selbst klar, was für ein wandelndes Klischee ich abgab, aber das musste ich Olivia ja nicht noch auf die Nase binden.

Bei unseren Familienurlauben auf den Outer Banks hatten Ellen und ich oft zusammen in einer Koje geschlafen, und auch Becky und ich waren manchmal eingedöst, wenn wir einander besucht hatten, daher wusste ich, welche Regeln galten, wenn man sich mit einem Mädchen ein Bett teilte: Wenn das Mädchen sämtliche Kissen und Decken an sich riss, hatte man gefälligst damit zu leben, und Berühren, auch versehentlich, war streng verboten – nicht, dass ich das überhaupt gewollt hätte. Also kletterte ich jetzt neben Olivia und rutschte, ihrem Beispiel folgend, ganz an die linke Kante, sodass ein komplettes Footballfeld zwischen uns frei blieb.

Die Matratze war voller Knubbel, die sich mir unangenehm in Nacken, Wirbelsäule und Beine bohrten. Gerade als ich mich vorsichtig unter die schwere Decke geschoben hatte, warf Olivia sich auf den Rücken und blieb stocksteif liegen, die Fäuste geballt.

»Bist du betrunken?«, zischte sie.

»Äh, nein?« Mein Lachen war halb echt, halb nervös, und ich konnte nur hoffen, dass Olivia Letzteres nicht raushörte. »Von sieben Schlucken Whisky werde ich doch nicht gleich betrunken. Ich bin ein ganzer Kerl.«

»Ich wüsste da noch ein paar andere Bezeichnungen für dich.« Olivia verschränkte die Arme und starrte beharrlich an die Decke.

»Ich dachte, du wolltest nicht mehr Becky Cayman zuliebe Alkohol trinken.«

»Hab ich nie gesagt.« Ich drehte mich auf die Seite, woraufhin sich ein neuer Knubbel in Mount-Everest-Größe in meine Rippen drückte. »Nur, dass du Quatsch redest. Was ja auch stimmt.«

»Alles Ausflüchte«, behauptete Olivia. Dann ließ sie ein lang gezogenes, wütendes Schnaufen vernehmen. Vom Parkplatz fiel schwaches Licht durch die Vorhänge auf ihr trotzig vorgeschobenes Kinn.

»Bist du sauer auf mich?«, erkundigte ich mich völlig unnötigerweise.

Denn natürlich war sie sauer auf mich, das war trotz Dunkelheit und Whiskydusel nicht zu übersehen. Warum, war mir allerdings ein Rätsel. Ich hatte sie doch in Ruhe gelassen, genau, wie sie es wollte.

Es sei denn ...

*Es sei denn*, sie hatte mich irgendeinem bescheuerten Test unterzogen. Und ich war mit Pauken und Trompeten durchgerasselt. War ihr »Geh ruhig« in Wirklichkeit ein »Wehe, du bleibst nicht hier« gewesen, und ich hatte sämtliche Anzeichen dafür übersehen, weil ich gar nicht erst auf die Idee gekommen war, danach Ausschau zu halten?

Ich schlug mir die Hände vors Gesicht, rollte mich wieder auf den Rücken und stöhnte in meine klammen Handflächen. »*Scheiße. Ich bin so was von doof.*«

Ein Test, natürlich. Meine einzige Chance. Und ich hatte sie vergeigt.

»Becky Cayman ist ein berechnendes Miststück«, sagte Olivia gedämpft. »Sie hat mir vorgemacht, wir wären beste Freundinnen, dabei war ich in Wahrheit nur eine von ihren Jüngerinnen, die sie gewechselt hat wie ihre Unterwäsche. An einem Tag hat sie

noch behauptet, keiner würde sie so gut verstehen wie ich, nicht mal Lily, und am nächsten hat sie auf einmal kein Wort mehr mit mir geredet. Das hat sie echt drauf, einen so durcheinanderzubringen, dass man an nichts anderes mehr denken kann als daran, wie sie wohl zu einem steht. Darum tun ja auch alle so, als fänden sie sie toll – damit Becky sie nicht mit dem Flammenwerfer grillt. Sie denkt, sie wäre so beliebt wie Taylor Swift, dabei haben die Leute einfach nur Schiss vor ihr. In Wirklichkeit ist Becky der einsamste Mensch der Welt. *Zusammen* mit Taylor Swift.«

Irgendwie kam mir das alles bekannt vor.

»So übel ist sie nun auch nicht«, verteidigte ich Becky. »Und können wir Taylor Swift aus der Sache rauslassen?«

Vielleicht war ich ja doch ein bisschen betrunken.

»Schon klar, dass du das denkst.« Olivia ließ sich nicht beirren. »Von dir ist Becky ja auch total besessen.«

»Was?«

Endlich sah sie mir in die Augen. Ich konnte mir nur mit Mühe ein genervtes Schnauben verkneifen. Mann, hatte ich es satt, immer wieder dasselbe Gespräch führen zu müssen, erst mit Razz und jetzt mit ihr. Warum dachten eigentlich alle, meine ganze Welt würde sich um Becky Cayman drehen? Dass sie es war, die meinem Leben Sinn gab? Wir lebten schließlich im einundzwanzigsten Jahrhundert. Da konnte man doch wohl Sex an einem öffentlichen Strand haben, ohne dass es gleich mehr bedeutete.

»Du hast echt keine Ahnung, wovon du redest«, sagte ich.

Olivia nickte so nachdrücklich, dass ihr ganzer Körper bebte. »Und ob. Sie ist besessen von dir, das kannst du mir glauben. Du bist doch schon seit der ersten Klasse für alle anderen tabu, weil Becky das so bestimmt hat. Sobald irgendeine andere dir auch nur ein Kompliment für dein T-Shirt gemacht hat, hat Becky sie beiseitegenommen und ihr verklickert, dass das ein Riesenfehler war.«

»Blödsinn«, beharrte ich. »Becky und ich sind doch nicht mal wirklich befreundet.«

Das mit uns war was anderes. Auch wenn ich immer noch nicht so ganz wusste, was.

»Man muss nicht zwangsläufig mit jemandem befreundet sein, um ihn für sich zu beanspruchen«, erwiderte sie. »So läuft das halt bei Teeniemädchen. Und das kannst du mir ruhig glauben, schließlich hab ich früher selbst zu Beckys Schergen gehört. Und ein Teeniemädchen bin ich immer noch.«

Ich musste lachen. »Becky Cayman ist ja wohl nicht Cersei Lannister. Die hat keine Schergen.«

»Bist du dir da ganz sicher?«

»Alter, was erzählt ihr da eigentlich auf einmal alle für einen Scheiß? Erst Razz und jetzt du auch noch ...«

»Ah, Razz, sehr gutes Beispiel. Der war nämlich in der Zehnten in dich verknallt.«

»Ihr tut beide so, als würden bei mir immer alle Wege zu Becky führen. Sie ist meine Nachbarin, nicht meine beste Freundin.« Dann sickerte zu mir durch, was Olivia gerade gesagt hatte. »Äh, Moment mal, was?«, unterbrach ich mich. »Das ist ja wohl Schwachsinn.«

Razz? Razz? Mein Razz? In mich verknallt?

»Von wegen«, widersprach Olivia. »Das hat er Becky damals selbst erzählt. Ich hatte zu der Zeit nichts mehr mit den beiden zu tun, aber mitbekommen hab ich es trotzdem. Das hat jeder.«

Aus irgendeinem Grund tat die Vorstellung richtig weh, so als hätte jemand mir einen Nagel in die Brust gehämmert.

»Anscheinend hat Becky so getan, als hätte sie kein Problem damit, deswegen hat Razz erst mal nichts geahnt. Aber direkt am nächsten Tag hat sie allen anderen verboten, mit ihm zu reden. Sie hat ihn zum totalen Außenseiter gemacht.« Mittlerweile klang

Olivia nicht mehr so selbstzufrieden. Ihre Stimme hatte sich zu einem Murmeln gesenkt, und sie zupfte nervös an ein paar losen Fädchen am Saum des Bettbezugs. »Ich weiß noch genau, wie er an dem Tag zur Mittagspause in die Cafeteria gekommen ist, und ich schwör's dir, alle Mädchen sind gleichzeitig aufgestanden und gegangen, sodass er ganz alleine dasaß. Das war wie im Film. Razz hat innerhalb von vierundzwanzig Stunden alles verloren.«

»Daran erinnere ich mich gar nicht«, sagte ich.

»Tja, du warst halt nicht so nah dran. Becky hat sich ihr eigenes Königreich geschaffen. Niemand hat sich mehr getraut, sich in irgendeinem Kurs zur Partnerarbeit mit Razz zusammenzutun. Ich hab gehört, er wurde aus sämtlichen Gruppenchats entfernt und manche Leute hätten alle seine Kontaktdaten gelöscht. Es war, als würde er gar nicht mehr existieren.«

»Und ich bin rein zufällig der Einzige, der nichts davon mitgekriegt hat?«

»Na ja, von dir konnte Becky ja wohl schlecht verlangen, dass du nicht mehr mit ihm redest«, erklärte Olivia. »Da hätte sie schließlich zugeben müssen, was für eine kontrollsüchtige Psychotusse sie ist.« Olivia stieß einen gedehnten Seufzer aus und strich sich übers Haar. »Wie gesagt, ich war nicht mal mehr mit ihr befreundet und hab trotzdem mitgemacht. So viel Einfluss hat sie. Wenn Becky dich hasst, ist das wie Zigarettenrauch. Man kann versuchen, den Geruch mit Parfüm oder Kaugummis zu überdecken, aber richtig los wird man ihn nicht. Man fühlt sich nie in Sicherheit, egal, wie sehr man auf Abstand geht.«

Es war, als hätte Olivia schlagartig den Raum vakuumversiegelt. Ich bekam keine Luft mehr. Als Razz und ich angefangen hatten, miteinander rumzuhängen, war mir zwar klar gewesen, dass er kaum andere Freunde hatte, aber ich war immer davon ausgegangen, dass er das selbst so entschieden hatte. Dass er seine

speziellen Razz-Gründe dafür hatte, nichts mehr mit Becky und ihrer Clique zu tun zu haben, und lieber sein eigenes, griesgrämiges Ding durchzog. Dass die anderen ihn ausgeschlossen haben könnten, war mir nie in den Sinn gekommen.

»Das kann doch gar nicht sein«, protestierte ich. »Warum hat Razz mir denn nie was davon erzählt? Bei ihm klang es immer, als wäre er bloß neidisch auf Becky, und nicht, als könnte er sie nicht leiden, weil ... also wegen dieser Geschichte eben.«

»Neidisch war er bestimmt auch«, sagte Olivia. »Ich war es jedenfalls lange. Niemand hat so ein Selbstbewusstsein wie Becky. Zumindest nach außen – in Wahrheit ist sie der unsicherste Mensch, den ich kenne, aber sie würde natürlich lieber sterben, als sich das anmerken zu lassen. Und Razz hat früher von diesem Selbstbewusstsein profitiert, so wie wir alle. Becky ist dermaßen unangreifbar, dass man vor den üblichen Zickenkriegen geschützt ist. Aber dich hat sie regelrecht unter Quarantäne gestellt, Hugh, und das wussten alle.« Sie drehte sich zurück auf die Seite, um mich anzusehen, und zog sich die Decke als Polster unters Kinn. »Was denkst du denn, warum dich die anderen Mädchen an der Mount Luther nicht mal mit dem Arsch angeguckt haben? Ich meine, hallo? Du hast immerhin Haare wie ein Indierock-Sänger und dazu noch 'nen coolen Eiswagen.«

»Aber Razz ist mein bester Freund.« Über ihre letzte Aussage konnte ich gar nicht nachdenken, ohne dass mir schwindelig wurde. »Ich stehe ihm ungefähr vierzig Millionen Mal näher als Becky.«

Razz, mein bester Freund, in dessen Zimmer ich öfter gewesen war, als ich zählen konnte, dessen Mom für mich immer einen vierten Platz beim Abendessen deckte, selbst wenn sie gar nicht wusste, ob ich rüberkommen würde. Razz, der versucht hatte, mir zu erklären, was Becky für ein Mensch war. Razz, den ich

an seinem letzten Abend in D. C. einfach hängen ließ. Razz, dessen Warnungen ich ignoriert hatte.

Olivia zerrte die Decke zur Seite und krallte die Finger ins Laken. »Na, und? Außerdem: Selbst wenn er nicht mehr auf dich steht, ist es trotzdem beschissen, wenn man weiß, dass man sowieso nicht dürfte.«

»Aber wenn Becky mich damals schon gut fand, warum hat sie dann nie was gesagt?«

»Weil es ihr darum gar nicht geht. Becky will nicht mit jemandem zusammen sein, sie will nur, dass alle anderen es nicht können.« Olivia musterte mich. »Du bist witzig und klug und hörst coole Musik, und niemand außer ihr darf dich haben. Was denkst du denn, warum sie heute hergekommen ist? Weil sie sich Sorgen um dich gemacht hat? Nein, sie wollte nur Anspruch auf ihr Eigentum erheben.«

»Aber –«, stotterte ich. Plötzlich hatte ich einen metallischen Geschmack im Mund, und meine Zunge fühlte sich geschwollen an. »Ich glaube – das kann einfach nicht sein. Das hätte ich doch gemerkt. Das hätte ich doch gewusst.«

Aber so ungern ich es mir eingestand: Vielleicht hätte ich es tatsächlich wissen müssen. Trotz allem.

*Becky Cayman ist die reinste Diktatorin.* Das hatte Razz selbst zu mir gesagt. Bitte, da war's ja. Hätte ich einfach mal richtig zugehört.

»Ach, Hugh.« Olivia schnalzte mit der Zunge, als hätte sie meine Gedanken gelesen. Trotz des Parkplatzlichts von draußen lag ihr Gesicht im Schatten. Ich konnte nur das Weiße in ihren Augen ausmachen, wie ein glühender, stummer Vorwurf. »Du denkst immer, du hättest den totalen Durchblick, dabei checkst du absolut gar nichts.«

**DEXTER**
**Gepostet unter FERNSEHEN von <u>Hugh</u>.jpg**
**am 1. Juni um 17:54 Uhr**

Dexter ist ein Serienmörder, der andere Serienmörder ermordet, und am Ende gehen alle Menschen drauf, die ihm angeblich am Herzen gelegen haben. Nachdem er alles (aber auch wirklich ALLES) in den Sand gesetzt hat, sieht es kurz so aus, als würde er endlich Frieden finden (d. h. den verdienten Tod), indem er mit seinem Boot schnurstracks in ein Unwetter schippert, aber Pustekuchen. Er hat das Ganze bloß vorgetäuscht! Überraschung! Jetzt fängt er als schmuddeliger Holzfäller noch mal von vorne an, während das Leben von so ziemlich jedem, der ihm je begegnet ist, komplett in Trümmern liegt. Saubere Arbeit, Dexi!

Die Sonne ging auf und tauchte das Motelzimmer in trübes, spülwasserbraunes Licht. Erst jetzt fiel mir auf, wie viele Flecken die wellige Tapete hatte. Die meisten davon sahen einfach aus wie längliche beigefarbene Geleebohnen, aber andere waren verblasst braunrot – vielleicht Blut, vielleicht aber auch Kotze. Ich traute mich nicht, allzu genau darüber nachzudenken.

Ich hatte die ganze Nacht kein Auge zugetan, als wären meine Lider festgetackert, egal, wie verzweifelt mein Hirn um Ruhe fleh-

te. Der Gedanke an Razz ließ mich nicht los, und die merkwürdigen Flecken an den Wänden verwandelten sich mehr und mehr in sein Gesicht, während die Wasserringe drum rum sein Beanie und seine Mangafrisur bildeten.

Bevor Olivia aufwachte, schlich ich mich auf Zehenspitzen raus auf den Parkplatz, wo, abgesehen vom Grundrauschen des Verkehrs, alles still war. Der Himmel war mattgrau mit Schleierwolken und die Luft klar und kalt. Erst als ich auf den Highway auffuhr, wurde mir klar, dass ich den Weg gar nicht kannte. Mit der Karte, die Olivia gekauft hatte, würde ich zwar bis New Brunswick kommen, aber um die Rutgers University zu finden, würde ich mich an den Straßenschildern entlanghangeln müssen. Becky hatte am Abend zuvor erwähnt, dass ihr Wohnheim Langston Towers hieß. Vielleicht auch Lynton Towers, aber danach konnte ich sicher irgendwen fragen, wenn ich erst mal auf dem Campus war.

Nach allem, was Olivia mir erzählt hatte, konnte ich einfach nicht mehr bis Thanksgiving warten, um Becky zur Rede zu stellen. Ich brauchte Klarheit.

Der Campus erwies sich als gigantisch, lauter Backsteingebäude und baumgesäumte Gehwege, die durch gepflegte Grünanlagen voller prachtvoller Springbrunnen führten. Ich musste mehrere Leute fragen, um Beckys Wohnheim zu finden – das tatsächlich Lynton Towers hieß und sinnvollerweise doppelt vorhanden war –, und die Pförtnerin anbetteln, Becky Bescheid zu geben und ihr zu sagen, dass ich unten in der Lobby auf sie wartete.

Hinter meiner linken Augenbraue machte sich ein stumpf hämmernder Kopfschmerz breit, als wollte das Universum mir einen weiteren Grund in Erinnerung rufen, warum ich normalerweise keinen Alkohol mehr trank. Ich stützte mich auf den Tresen und massierte mir mit den Fingerknöcheln die Stirn.

Nach ein paar Minuten öffnete sich die Aufzugstür auf der anderen Seite der Lobby, und Becky trat in einem weißen T-Shirt und rosa Pyjamashorts mit Smileyprint heraus. Sie rieb sich die Augen und zog den Pferdeschwanz fest, der ihr über die Schulter hing.

»Hugh, was machst du denn hier?« Verschlafen tappte sie auf mich zu und umarmte mich. Als sie meine Anspannung bemerkte, ließ sie stirnrunzelnd wieder los. »Ist was?«

»Können wir uns vielleicht irgendwo hinsetzen und reden?«, fragte ich.

»Klar.« Becky deutete den Flur runter. »Da lang geht's zu unserem Café.«

»Euer Wohnheim hat ein eigenes Café?«

Becky grinste. »Tja, was kostet die Welt?«

Im Café war nichts los, was für ein Studierendenwohnheim sonntagmorgens um sieben wohl kaum verwunderlich war. In dem verlassenen Raum standen ein paar Sitzgelegenheiten verteilt, und ich entschied mich für einen hohen Tisch in der Ecke vor einer kreischend rot gestrichenen Betonziegelwand, während Becky uns an der Theke zwei Becher Wasser besorgte. Einen davon schob sie mir zu, und ich kippte den Inhalt in einem Zug runter. Die Kühle verschaffte meinem Kopf zumindest ein bisschen Linderung.

»Also, schieß los, was machst du hier?« Mit ihrem verschmierten Augen-Make-up erinnerte Becky ein bisschen an einen Panda. »Ich fand das am Strand eigentlich einen ganz gelungenen Abschied.«

Zwar verkniff sie sich das Grinsen, aber ihre Selbstzufriedenheit war ihr deutlich anzuhören.

Ich starrte runter auf meine Finger, die die Rillen des Plastikbechers nachfuhren. »Hast du Razz in der zehnten Klasse ausgegrenzt?«, erkundigte ich mich leise.

Kein großes Trara, kein Vorgeplänkel.

Daran, wie Beckys Arm auf dem Tisch sich anspannte, erkannte ich, dass sie damit nicht gerechnet hatte. Aber Becky rechnete wahrscheinlich nie damit, dass irgendwer ihr Vorwürfe machte, schon gar nicht ich. Zumindest nicht wegen etwas, was sie als wichtig erachtete. Ich war schließlich nur einer ihrer Jünger, leicht zu beeinflussen.

»Was, wovon redest du?«

»Hast du in der zehnten Klasse alle dazu angestiftet, Razz zu ächten, ja oder nein?«

Ihre Haltung wandelte sich von kratzbürstig zu ungläubig, und sie stieß ein heiseres Lachen aus. »Nein, hab ich nicht.« Becky kämmte sich mit den Fingern durch den Pferdeschwanz und sah sich verstohlen um, um sicherzugehen, dass niemand uns zuhörte. Trotzdem senkte sie die Stimme. »Was soll das denn auf einmal?«

»Na ja«, sagte ich, die Stimme meines Vaters im Ohr, was ausnahmsweise mal nicht dazu führte, dass ich mich zusammenrollen und sterben wollte. »Wenn jemand sich danebenbenimmt, muss man nun mal was dagegen unternehmen.«

Beckys Augenbrauen schossen kampflustig nach oben, aber nach ein paar Sekunden neutralisierte sich ihre Miene wieder. »Niemand wurde *geächtet*, okay?« Sie verdrehte die Augen und winkte ab. »Wie lächerlich klingt das denn überhaupt? Sind wir hier im Mittelalter, oder was? Das ist alles über zwei Jahre her. Ich war wegen irgendeinem Blödsinn sauer und hab zu Lily gesagt, dass ich nicht mehr mit Razz rede, und dann hat *sie* den anderen gesagt, sie dürften nicht mehr mit ihm befreundet sein.«

»Das hab ich aber anders gehört«, wandte ich ein.

Sie lehnte sich zurück und verschränkte die Arme. »Und von wem? Olivia Moon?«

Als ich nicht antwortete, schnaubte sie höhnisch.

»Aha, jetzt, wo du's mit Olivia treibst, ist plötzlich alles, was sie sagt, Gesetz?«

»Ich treib es überhaupt nicht mit –«, fing ich an, bevor ich beschloss, mich nicht provozieren zu lassen. »Und lenk nicht davon ab, dass du meinem besten Freund alles genommen hast. Was war das denn bitte für eine kranke Aktion?«

»Ich hab ihm überhaupt nichts genommen.« Beim letzten Wort malte Becky Anführungszeichen in die Luft. »Und selbst wenn ich den Leuten gesagt hätte, sie sollen nicht mehr mit ihm reden, so wie Olivia behauptet, dann hätte das ja wohl in deren eigener Verantwortung gelegen. Ich hab schließlich niemandem 'ne Pistole an den Kopf gehalten.«

»Du hattest ziemlich viel Einfluss an der Schule, und das wusstest du genau.«

Becky schob das Kinn vor und starrte auf die Tischplatte, deren lackierte Holzoberfläche voller eingeritzter Bleistiftbotschaften war. Schweigend biss sie sich auf die Zunge, dann schluckte sie und gestand: »Ich hab nicht damit gerechnet, dass es so ausarten würde. Ich war – ich war einfach sauer, und nachdem die Sache einmal im Gange war, konnte ich sie nicht mehr stoppen. Zumindest nicht, ohne doof dazustehen.«

Ich trommelte aufgebracht mit den Fingern auf den Tisch. »Du hast meinen besten Freund total isoliert und konntest das nicht wieder in Ordnung bringen, weil du dann *doof dagestanden* hättest?«

»So einfach ist das nicht«, wandte Becky ein.

»Was, ein anständiger Mensch zu sein?«, ergänzte ich. »Ja, scheint ganz so.«

Sie betrachtete ihre Hände, spreizte abwechselnd die Finger und ballte sie zu Fäusten, sodass die Adern hervortraten. Nach ein paar Sekunden sah sie wieder hoch.

»Hör mal, ich wusste schon vor allen anderen, dass er trans ist«, erklärte sie gedämpft. »Er hatte mir in den Sommerferien erzählt, dass seine Eltern ihn bei der Transition unterstützen wollten. Und sonst keinem. Wenn ich ihm wirklich eins hätte auswischen wollen, dann hätte ich *das* rumerzählen können, hab ich aber nicht. Ich wollte nicht –«

Sengende Abscheu durchzuckte mich. »Du wusstest, dass er trans ist?« Ich lehnte mich zurück. Mit einem Mal schwirrten mir so viele Gedanken durch den Kopf, als hätte ein Schwarm Bienen sich in meinem Schädel eingenistet. »Dir war klar, was er durchmacht, und trotzdem hast du dafür gesorgt, dass er keinen mehr zum Reden hatte? Und dann denkst du noch, du hättest ihm einen scheiß Gefallen getan?«

»So kann man das nicht ... also, so meinte ich das doch gar nicht«, protestierte Becky hastig. »Mir war einfach nicht klar, was ich anrichten würde.«

»Vergiss es, Becky«, sagte ich. »Das ist doch bloß eine faule Ausrede.«

Becky atmete geräuschvoll aus. »Okay«, sagte sie dann abrupt, »ich bin also ein schlechter Mensch, aber was ist denn bitte mit dir?« In ihren Augen glitzerten Tränen. »Du willst irgendwem die Schuld in die Schuhe schieben, dabei warst du Razz damals ja wohl selbst keine sonderlich große Hilfe, oder?«

Ich blinzelte, wollte widersprechen, aber ich wusste, dass ich es nicht konnte. Hilflos wischte ich mir mit den Händen über die Jeans und klemmte sie dann zwischen die Oberschenkel.

»Was ich gemacht hab, war dämlich und gemein, das hab ich mittlerweile auch kapiert.« Eine Träne rann ihr über die Wange. »Aber pflaum mich gefälligst nicht so an, wenn du in Wahrheit sauer auf dich selbst bist.«

Ihre Worte trafen mich wie ein Boxhieb ins Gesicht, so hart,

dass ich beinahe zu spüren meinte, wie sich eine Prellung bildete. Aber ich konnte ihr keinen Einblick in mein Gedankenchaos geben, nicht jetzt. Ich schüttelte den Kopf, und die Haare fielen mir in die Augen. »Schon klar, Becky«, fauchte ich und ärgerte mich selbst über meinen lahmen Konter. Lahm und kleinlich und gehässig und hilflos.

Dann stieß ich mich so ruckartig vom Tisch ab, dass mein Stuhl kreischend über den Linoleumboden scharrte, und wandte mich Richtung Ausgang. Auch Becky stand auf und streckte halbherzig die Hand nach mir aus.

»Wo willst du hin?«, fragte sie in meinem Rücken.

Wenn ich es nicht besser gewusst hätte, wäre mir der Verdacht gekommen, dass sie allmählich in Panik geriet.

»Ich muss hier weg.«

»Komm schon, Hugh, jetzt warte doch mal.«

Am Ausgang drehte ich mich noch mal zu ihr um. Becky wirkte wie ein völlig anderer Mensch, so wie sie dastand, die Arme um den Oberkörper geschlungen. Keine Spur mehr von dem coolen, unerschütterlichen Mädchen, das sich zu Hause in meinem Bett geräkelt hatte. Ihre Augen waren feucht und gerötet.

»Bleib bitte hier, okay? Geh nicht einfach.« Ihre Stimme bebte. »Es tut mir leid, ehrlich. Heute würde ich so was auf keinen Fall mehr machen, das musst du doch wissen.«

»Woher denn?«, entgegnete ich. »Ich hab das Gefühl, ich kenne dich überhaupt nicht.«

»Wie kannst du so was sagen? Du bist der Einzige, der mich wirklich kennt. Niemand außer dir weiß, wie sehr ich Jane Austen mag oder dass ich in der siebten Klasse ein eigenes Buch geschrieben habe.« Sie stieß ein gequältes Lachen hervor. »Lily denkt heute noch, ich hätte damals Liebesbriefe an Harry Styles verfasst.«

»Darauf kommt's aber nun mal nicht an«, beharrte ich. »Wich-

tig ist, wie du andere Menschen behandelst.« Ich schüttelte den Kopf. »Wie du meinen besten Freund behandelt hast.«

»Ich versteh ja, dass du sauer bist.« Geknickt starrte sie auf ihre Hände. »Das hab ich wohl verdient. Aber können wir vielleicht Thanksgiving noch mal darüber reden? Wenn wir uns wieder ein bisschen beruhigt haben?«

Wehmut durchströmte mich, vom Kopf bis runter zu den Zehen. Jedes Mal, wenn ich Becky ansah, spürte ich es. Das ganze letzte Jahr, alles, was zwischen uns gewesen war. Und es machte mich einfach nur traurig.

»Ich glaube nicht«, antwortete ich schweren Herzens.

Becky schloss die Augen und wischte sich die Tränen ab. »Bitte, Hugh«, flehte sie. So zittrig und unsicher hatte ich sie noch nie erlebt. »Das ist alles so lange her. Ich hab mich verändert, das weißt du doch.«

Mit einem Mal fühlte ich mich erschöpfter als je zuvor in meinem Leben.

»Wenn ich ehrlich bin, Becky: Nein, weiß ich nicht«, erwiderte ich. »Ich dachte vielleicht mal, ich wüsste es, aber das stimmt nicht.«

Olivia hatte recht. Bis heute hatte ich gar nichts gewusst, über niemanden. Nicht über Razz, nicht über Becky, und schon gar nicht über Olivia. Kein bisschen.

**TRUE DETECTIVE (STAFFEL ZWEI)**
Gepostet unter FERNSEHEN von <u>Hugh</u>.jpg
am 23. Oktober um 22:13 Uhr

Um mal meine Schwester zu zitieren: WARUM FÜHRT
MAN RACHEL MCADAMS ALS KNALLHARTEN COP EIN,
NUR UM SIE DANN AM ENDE NACH VENEZUELA ZU
VERSCHIFFEN? SIE HAT SICH JA WOHL KAUM SO DEN
ARSCH FÜR DIESEN FALL AUFGERISSEN, UM SICH
SCHWÄNGERN ZU LASSEN UND MIT DER EINZIGEN
ANDEREN WEIBLICHEN FIGUR IN SICHERHEIT GE-
BRACHT ZU WERDEN, WÄHREND SICH DIE MÄNNER
FÜR IRGENDWELCHEN MACHO-BULLSHIT »OPFERN«.

Den restlichen Weg nach New York über schwiegen wir. Olivia
guckte aus dem Fenster, während die Bäume am Rand des
Highways langsam weniger wurden und schließlich Vorortsied-
lungen und Einkaufszentren wichen. Währenddessen grübelte
ich darüber nach, auf welche der drei Millionen möglichen Arten
ich mich am besten bei Razz entschuldigen sollte:

- Ein Flugzeug chartern und in den Himmel schreiben: Rzz i
  bn n Vllidt. (Je kürzer der Satz, desto weniger Loopings, bei
  denen mir schlecht wurde. Razz hätte sicher Verständnis.)

- Das Abschiedslied aus *The Sound of Music* für ihn singen.
  Um ihm zu beweisen, dass ich keine Angst vor Abschieden
  hatte und mir wohl etwas daran lag. Wenn es sein musste,
  würde ich mich in vierzig Sprachen von ihm verabschieden.
  Jeder, die er wollte. Swahili? *Kwaheri.* Gebärdensprache?
  *Winken.* Elbisch? *Namárië.*
- Ihm ein Morrissey-gram schicken, bestehend aus einer nack-
  ten 1986er-Version von Morrissey und übermittelt durch eine
  nackte 1986er-Version von Morrissey höchstpersönlich.
- Ihm versprechen, ihn nie wieder als Goth-Zwiebel zu bezeich-
  nen.
- Ihn nach Kalifornien fahren und die ganze Fahrt über die
  Musik aussuchen lassen.
- Seinen Lieblingsfilm (*Men in Black 3*) Wort für Wort auswen-
  dig lernen und als Musical inszenieren, mit Lin-Manuel
  Miranda in der Hauptrolle und einem Gastauftritt von Will
  Smith als Alien.
- Einfach so lange »Es tut mir leid, es tut mir leid, es tut mir
  leid, du hattest recht, du hattest recht, du hattest recht«
  jammern, bis meine Stimme versagte.

In New York stellte ich den Eiswagen auf einem hoffentlich kos-
tenlosen Parkplatz hinter einem Chinaimbiss ab, aus dessen
Fenster uns mehrere Plastikkatzen zuwinkten. Wir waren nicht
weit vom Central Park, und von hier aus würde ich den Weg zur
Wohnung meiner Tante Karen finden, ohne irgendwen fragen zu
müssen. Jeder Häuserblock weckte neue Erinnerungen in mir –
oder eher alte: Hier hatte es früher einen Straßenstand gegeben,
an dem Ellen sich mal eine Brezel gekauft hatte; da hatte Mom
gerne Bagels gegessen, aber aus dem Laden war inzwischen ein
Starbucks geworden. An der Ampel mit den grünen Handabdrü-

cken unten am Sockel bogen wir rechts ab und liefen noch zwei Straßen weiter, bis wir den Minimarkt mit dem bunten Flicken- vorhang im Eingang erreichten. Von hier aus waren es noch ge- nau siebzehn Schritte bis zu dem Haus, in dem meine Tante wohnte. Nummer 215.

Sunny, der Portier, winkte uns bereitwillig durch. Er war kurz- gewachsen, rundlich und mit einer Energie gesegnet, die einem die Tränen in die Augen treiben konnte. Selbst nach all den Jahren erinnerte er sich noch an mich und tat so, als wäre Olivia meine geschrumpfte, erblondete Schwester.

Ich lachte höflich, als er uns zum Aufzug dirigierte, aber in meinem Magen hatte sich ein frisbeegroßes Loch aufgetan. Ich hatte Tante Karen seit der Beerdigung meiner Eltern nicht mehr gesehen. Damals war sie in der sicheren Erwartung angereist, ih- ren verwaisten Neffen in ihre Obhut und mit nach New York zu nehmen. Trotzdem war sie kein bisschen beleidigt gewesen, als Ellen ihr erklärte, dass ich in D. C. bleiben würde, oder zumindest hatte man es ihr nicht angemerkt. Vielleicht hatte sie insgeheim auch aufgeatmet.

Tante Karen war nie verheiratet gewesen, hatte keine Kinder und arbeitete als Lektorin bei einem großen Verlag in Manhattan. Meine Mom und sie waren beste Freundinnen gewesen, darum hätte sie sich auf jeden Fall um mich gekümmert, egal, wie sehr ich ihr Leben auf den Kopf gestellt hätte. Ellen und ich hatten ihr immer nahegestanden. Außer ihr hatten wir nur einen Onkel – Dads Bruder –, der auf einer Farm in Wisconsin lebte. Früher hat- ten wir Tante Karen jeden Sommer besucht, aber nach dem Tod meiner Eltern war alles anders geworden.

Während der Fahrstuhl sich langsam dem fünfzehnten Stock näherte, formierten sich die Gedanken in meinem Kopf vor Ner- vosität zu einem Wirbelsturm. Abgesehen von Tante Karens all-

jährlichem Weihnachtsanruf, den Ellen anschließend bruch-stückhaft, aber dafür mit jeder Menge Soundeffekten versehen, an mich weitergab, hatten wir seit dem Unfall kaum Kontakt mit ihr gehabt. Die Bande zwischen uns in D. C. und ihr in New York waren alt und morsch geworden. Was sollten wir auch noch zuei-nander sagen? Und was sollte ich *jetzt* zu ihr sagen? Wahrschein-lich gab es einfach nichts, und davor hatte ich am meisten Angst: vor dem Schweigen, vor einer Lücke zwischen uns, die exakt die Form und Größe meiner Eltern hatte.

Olivia war auch keine Hilfe. Anstatt mich aus meinem Sorgen-strudel zu befreien, verzog sie sich in eine Ecke des Aufzugs und starrte auf ihre Füße. Wir umschifften strategisch jegliche The-men, die das Gespräch auf Razz oder Becky bringen könnten – und alle anderen auch. Im Grunde hatten wir kaum ein Wort ge-wechselt, seit ich sie im Motel abgeholt hatte. Falls sie sich fragte, wo ich morgens gewesen war, behielt sie es jedenfalls für sich.

Der Aufzug spuckte uns in einem Flur aus, an dessen Ende sich eine Tür mit einer Acht darauf befand. Tante Karens Woh-nung. Langsam ging ich darauf zu, klopfte, wartete. Und wartete. Und wartete.

»Vielleicht ist sie gerade im Bad«, murmelte ich.

Olivia, die an der Wand lehnte, zeigte keine Reaktion. Unter der Wohnungstür drang gedämpfte Musik hervor, also klopfte ich noch einmal, diesmal fester.

»Tür ist offen!«, rief jemand von drinnen.

Wieder warf ich Olivia einen Blick zu und griff dann schulter-zuckend nach dem Türknauf. Ein blumiger Duft schlug uns ent-gegen, der von einer dicken roten Kerze herrührte. Drinnen war es ziemlich warm, und nur ein paar Lämpchen brannten, die alles in diffus oranges Licht tauchten. Nachdem sich meine Augen dar-an gewöhnt hatten, sah ich mich um: Das Wohnzimmer war

klein, aber gemütlich. Auf einem Plattenspieler in der Ecke lief leise Fleetwood Mac, und durch das geöffnete Fenster drangen ein sanfter Luftzug und das Hupen von Autos herein. Alles war mit Möbeln vollgestellt – ich sah ein deckenhohes Regal, eine durchgesessene senfgelbe Couch und den alten Sessel meiner Grandma, dessen Bezug ein großformatiges Muster aus Rosen wie von einem antiken Gemälde hatte –, wenn auch nicht ganz so sehr wie bei uns zu Hause. Mom hatte immer gewitzelt, Karen und sie hätten zwar beide mit demselben Hang zum Chaos gegen Grandmas militärischen Ordnungssinn rebelliert, aber das Stilgefühl sei allein Karen vorbehalten geblieben.

Das ganze Apartment war nur etwa halb so groß wie das Erdgeschoss unseres Hauses. Neben dem Wohnzimmer gab es noch zwei Schlafräume, ein Minibad, in das mit Ach und Krach eine Duschkabine gequetscht worden war, und eine schlauchartige Küche, die einem schon überfüllt vorkam, wenn sich mehr als ein Mensch darin aufhielt. Ursprünglich hatte die Wohnung nur ein Schlafzimmer gehabt, aber Tante Karen hatte kurzerhand die Küche halbiert, um Platz für ein Gästekämmerchen mit Etagenbett zu schaffen.

Ich ging ein paar Schritte weiter ins Wohnzimmer. Auf dem Couchtisch, der im Grunde bloß ein übergroßes smaragdgrünes Kissen mit einem Tablett darauf war, stand ein bis auf eine einsame Nudel leer gegessener Teller.

»Hughie!«

Eine Stimme durchbrach die zuckersüßen Klänge von Fleetwood Mac, gefolgt vom Tappen nackter Füße auf den Holzdielen.

Als ich mich umdrehte, sah ich meine nur zur Hälfte bekleidete Tante Karen auf mich zuschlittern. Sie trug einen schwarzen Bleistiftrock und einen schwarzen BH, sonst nichts. Während sie die Arme um mich schlang, lugte ich entsetzt zu Olivia hinüber.

Meine Tante merkte davon nichts. »Ach du Schande, eigentlich müsste ich schon seit einer Viertelstunde im Village sein!« Sie ließ mich los und war sofort wieder in Bewegung. Wie ein Flummi hüpfte sie den Flur runter in ihr Schlafzimmer. »Ich bin mit einem Typen verabredet, dem Cousin einer Arbeitskollegin. Er ist Franzose und spricht kaum Englisch. Versteht mich nicht falsch, nicht, dass mich das stören würde, aber er hat mir geschrieben, ob ich ihn heute Abend will. Ich gehe mal davon aus, er hat das *treffen* vergessen.«

Ich versuchte, mich mit Blicken bei Olivia zu entschuldigen, aber sie hatte es sich bereits in dem Sessel bequem gemacht und guckte aus dem Fenster runter auf die Stadt.

»Um ehrlich zu sein, hab ich schon weitaus eindeutigere Einladungen erhalten, aber fürs erste Date geht mir das doch ein bisschen zu schnell.« Karen tauchte wieder aus ihrem Schlafzimmer auf und trug jetzt eine rote Bluse, deren goldene Knöpfe sie hastig schloss. »Wahrscheinlich wird es ein todlangweiliger Abend, aber solange ein paar Martini für mich dabei rausspringen, will ich mich nicht beklagen. Ach, Mist.« Sie ließ die Arme sinken und starrte an sich runter. Sie hatte die Bluse schief geknöpft, sodass der knittrige Stoff ihr seltsam asymmetrisch von den Schultern hing. Kurzentschlossen zog sie sich die Bluse über den Kopf. »Hätte ich eh nicht angelassen«, kommentierte sie und verschwand wieder.

Nach ein paar Minuten kam sie in einem dunkelgrünen Rock und einem Pulli im zu ihrer Couch passenden Senfgelb zurück und strich sich die kurzen dunklen Haare hinter die Ohren.

»Sieht das zu sehr nach französischem Schulmädchen aus?« Sie deutete auf ihr Outfit. »Wobei das in diesem Fall vielleicht nicht mal das Schlechteste wäre. Aber ich sollte mich wohl wenigstens halbwegs wie eine Erwachsene anziehen.«

Ich schüttelte den Kopf.

Zufrieden schob Karen sich an mir vorbei und holte sich ein Glas Rotwein aus der Küche, bei dessen Anblick sich mir unweigerlich der Magen zusammenzog. Sie trank einen Schluck und lächelte mir über den Glasrand zu.

»Tut mir leid, aber ich komme gar nicht darüber weg, wie erwachsen du geworden bist. Ich bin völlig platt.«

Sie stellte das Glas so schwungvoll ab, dass ich zusammenzuckte, weil ich den Wein schon überschwappen sah. Aber er blieb brav, wo er war.

Wieder drückte Tante Karen mich an sich, und diesmal ließ sie mich nicht so schnell wieder los, sondern vergrub das Gesicht an meiner Schulter.

»Wie schön, dass du da bist. Erzähl doch mal, wie geht es dir? Was macht ihr zwei in New York? Ellen meinte, ihr wolltet euch mit jemandem treffen und zwischendurch ist der Eiswagen liegen geblieben?«

Neugierig spähte sie an mir vorbei zu Olivia.

»Genau«, antwortete ich gedehnt. »Ein Freund von uns spielt heute mit seiner Band in Brooklyn, und wir wollten ihn überraschen.« Clark Thomas als Freund zu bezeichnen hinterließ einen Geschmack wie nach muffigem Fisch in meinem Mund. »Das ist Olivia.«

Olivia drehte sich kaum zu uns um, sondern hob nur halbherzig die Hand.

Tante Karen lächelte. »Ihr müsst ja furchtbar müde sein. Wo ist denn euer Gepäck?«

»Wir hatten eigentlich gar nicht vor, über Nacht zu bleiben, aber du kennst ja Ellen. Sie ist überzeugt, dass ich uns umbringe, wenn ich im Dunkeln zurückfahre.«

Karen gab mir einen Klaps auf den Arm. »Na, na, jetzt zeig

doch mal ein bisschen Verständnis, wir reden hier immerhin über Ellens Ein und Alles. Also, den Eiswagen natürlich.«

»Natürlich.«

»Habt ihr zufällig Hunger? Ich hatte heute Mittag – na ja, oder eher Nachmittag – Spaghetti, und davon ist mal wieder genug für eine ganze Kompanie übrig, weil ich es immer noch nicht hinkriege, Nudeln richtig zu portionieren, dabei werde ich in dreieinhalb Jahren fünfzig.« Wieder griff sie zu ihrem Glas und ließ den fast dickflüssigen Wein darin kreisen. »Ist nichts Besonderes, einfach nur Spaghetti mit Tomatensoße, aber satt wird man auf jeden Fall.«

»Ich dachte, du hast ein Date«, sagte ich.

»Ja, aber in einer Austernbar im Greenwich Village. Und um fünf. Wenn ich mir sicher sein könnte, dass ich den Franzosen selbst vernaschen darf, hätte ich mir vielleicht noch ein bisschen Hunger bewahrt, aber bei rohem Fisch bin ich lieber vorsichtig. Nee, danke.«

Alles an ihr erinnerte mich an meine Mom: ihr dichtes schwarzes Haar, ihr leicht kantiges Kinn, ihre hektischen Bewegungen, ihre flatternden Hände beim Reden. Aber aus irgendeinem Grund tat es nicht so weh wie erwartet. Es war einfach so.

»Und ob ihr's glaubt oder nicht« – Tante Karen spreizte sämtliche Finger –, »er heißt auch noch Marius.« Dann riss sie die Augen auf und schien auf irgendeine Reaktion zu warten. »Marius«, wiederholte sie, als die ausblieb. »Wie der aus *Les Misérables*.«

»Ach so«, stöhnte ich. »Den musste ich mit Razz bestimmt schon achtzig Mal gucken. Marius ist der Einzige, der nicht stirbt.«

»Nicht spoilern!«, rief Tante Karen und hielt sich die Ohren zu. »Ich hab noch nie bis zum Ende durchgehalten. Bei der Szene, in der diese gruseligen Frauen Anne Hathaway die Zähne ziehen, muss ich immer ausschalten.«

»Was, du hast *Les Misérables* noch nie ganz gesehen?«, fragte ich. »Gilt das in New York nicht als Todsünde?«

Ein verschmitztes Lächeln breitete sich auf ihrem Gesicht aus. »Ach, Schätzchen, da hab ich schon ganz andere begangen.«

Während meine Tante weiter zwischen Wohn- und Schlafzimmer, Bad und Flur hin und her rannte und nach so ziemlich allem suchte, was sie je besessen hatte – ihrer Handtasche, ihrem Lippenstift, ihrer Haarbürste, ihren roten Riemchensandalen mit dem »klotzigen« Absatz –, ließ ich mich auf die Couch plumpsen und von dem fremdartigen Gefühl einhüllen, das mich mehr und mehr befiel. Es war keine Nervosität, kein Unbehagen, im Gegenteil – es war eine angenehme, unerwartet leichte Wärme.

Doch als mein Blick auf die gegenüberliegende Wand fiel, verpuffte das Gefühl schlagartig. Denn dort hingen jede Menge gerahmter Fotos. Von meinen Eltern. Und mir.

Sie waren um die Wohnungstür arrangiert und formten einen Bogen aus Hunderten winziger schwarzer Augen. Erst als ich fast mit der Nase an eine der dünnen Glasscheiben stieß, merkte ich, dass meine Füße mich quer durchs Zimmer getragen hatten. Nicht alle Fotos zeigten meine Eltern oder Ellen und mich; manche waren auch von Tante Karen und ihren Freunden oder meinen Großeltern und ihrem Jack-Russell-Terrier Bobby. Aber die von meinen Eltern sprangen mir entgegen, als leuchteten sie in allen Neonfarben.

Dad und ich, wie wir im National Zoo dem Roten Panda zuwinkten, der auf einem Ast schlief. Dads Bart war damals noch ganz kurz, kaum mehr als ein paar braune Fusseln, in die ich meine stummeligen Finger krallte.

Mom und Karen als junge Mädchen, beide mit rosa Dreiecksohrringen, deren Spitzen fast an ihren Schulterpolstern kratzten.

Mom und Dad bei ihrer Hochzeit, bei der Mom ein Kleid getragen hatte, das Ellen gern als »Nobel-Kartoffelsack« bezeichnete.

Mom, Karen und meine Großeltern am Michigan-See, wo die Familie ein paar Jahre lang jeden Sommer ein Ferienhaus gemietet hatte. Erschöpft und sonnenverbrannt standen die vier am Ufer hinter zwei khakigrünen umgedrehten Kanus.

Mom und Dad nach Ellens Geburt, alle drei knallrot, weinend und glücklich. Mom, weil es vorbei war. Dad, weil er meine Schwester mit nach Hause nehmen durfte. Ellen, weil sie es endlich ans Licht der Welt geschafft hatte.

Dad, der sich zu der sechsjährigen Ellen runterbeugte und ihr eine brüllende, schrumpelige Rosine präsentierte. Mich. Gerade frisch geschlüpft, aber schon einen üppigen schwarzen Haarwust auf dem Kopf. Ellens Pony stand zackig und zahnstochersteif nach vorne ab, weil sie ihn sich selbst mit der Nagelschere geschnitten hatte.

Wir alle vier bei Ellens Highschoolabschluss. Stolz. Schwitzend. Hungrig.

Ellen und ich bei meinem. Allein.

Ich strich mit den Fingern über die Fotos, fühlte aber nur kühles Glas anstatt der Gesichter meiner Eltern. So eingehend hatte ich die beiden nicht mehr betrachtet, seit es passiert war. Bei der Trauerfeier hatte ich das Heftchen, das Ellen gestaltet hatte, kaum ansehen können. Auf dem Titel war das Hochzeitsfoto meiner Eltern gewesen, und bei jedem Blick darauf war mir regelrecht übel geworden, weil ich die beiden wieder im Auto vor mir sah, leblos, starr. Jetzt jedoch, in Tante Karens Wohnzimmer, ging mir etwas anderes durch den Kopf. Zum ersten Mal dachte ich nicht an das Ende meiner Eltern. Sondern nur daran, wie sehr sie mir fehlten.

»Okay, ich glaube zwar nicht, dass ich sonderlich lange weg sein werde, aber wenn ihr zwei trotzdem vor mir wiederkommen

solltet, weiß Sunny ja Bescheid und lässt euch rauf. Hier.« Es klapperte, als Karen uns einen Wohnungsschlüssel auf den Tisch legte. »Die Spaghetti sind im Kühlschrank, falls ihr möchtet.« Dann stemmte sie zufrieden die Hände in die Hüften. »Da guckt ihr, was? Das, meine Lieben, nennt man eine verantwortungsvolle Tante. Damit habt ihr nicht gerechnet, oder?«

»Echt beeindruckend«, witzelte ich zurück und setzte mich zurück auf die Couch. Trotz allem, was gerade abging, war ich regelrecht aufgekratzt. »Ich hätte dich fast nicht wiedererkannt.«

Karen kniff gespielt empört die Augen zusammen. »Frechheit.« Dann hängte sie sich ihre Tasche über die Schulter und verkündete: »Ich hab euch zwei Handtücher ins Bad gehängt, aber für die ganz Maßlosen unter euch sind in den Schubladen unter dem Waschbecken und auf dem weißen Regal noch mehr. Bitte nicht über mein Ordnungssystem lustig machen, hier ist nun mal nur sehr begrenzt Platz. Früher hab ich die Handtücher im Wohnzimmer aufbewahrt, aber wenn man sich die mal nackt nach dem Duschen holen gehen muss, hat man ruckzuck Spanner auf der Feuertreppe.« Sie ließ die Schultern hängen und schob die Unterlippe vor. »Ich hab ein ganz schlechtes Gewissen«, sagte sie. »Da haben wir uns eine Million Jahre nicht gesehen, und ich haue einfach ab und schließe mich der Französischen Revolution an. Soll ich nicht vielleicht doch absagen? Höflich einen Teller Austern ablehnen kann ich auch noch nächstes Wochenende.«

»Nein, bloß nicht«, protestierte ich hastig. »Ich meine, ist schon in Ordnung, ehrlich. Wir wollen doch sowieso zu dem Konzert. Ich kann ja einfach ein andermal wiederkommen.«

Falls Ellen mir vorher nicht den Hals umdrehte. Ellen oder Clark oder Olivia oder Razz.

Karen warf einen Blick auf ihre Uhr mit dem abgetragenen Lederarmband, die sie schon ewig hatte. »Na gut«, seufzte sie. »Wann

wollt ihr euch denn morgen wieder auf den Weg machen? Die Lieblingsbäckerei von deiner Mom ist mittlerweile auf der anderen Seite vom Central Park, aber wenn wir vor zwölf aufstehen, müssten wir eigentlich noch ein paar Blaubeerbagels abstauben.«

Olivia starrte noch immer aus dem Fenster und tippte sich dabei geistesabwesend mit den Fingern auf die Oberschenkel. Mein unbehaglicher Blick fiel ihr gar nicht auf oder dass ich so krampfhaft schlucken musste, dass mir die Rippen wehtaten.

»Ellen braucht den Eiswagen morgen zurück, darum will sie, dass wir schon um sechs losfahren«, antwortete ich. So formuliert war es zumindest nicht gelogen.

»Hm, okay.« Meine Tante nickte und winkte dann ab. »Klar, macht einfach, wie ihr meint. Wenn wir uns noch erwischen, schön, und ansonsten eben demnächst.« Sie beugte sich über mich und zog mich noch mal so fest an sich, dass ich ihr fruchtiges Shampoo riechen konnte. »Du weißt ja, dass du hier immer willkommen bist«, murmelte sie an meiner Schulter. »Auch unangemeldet. Kann zwar sein, dass du dann auf fremde Franzosen triffst, aber du hast ja schon Schlimmeres erlebt.« Dann ließ sie mich wieder los und lachte. »Ha, wem mache ich eigentlich was vor? Weitaus wahrscheinlicher ist, dass ich ganz alleine hier hocke, mich mit KFC vollstopfe und *The Real Housewives of Orange County* gucke, als mit irgendeinem Mann. Und daran würde ich nicht mal was ändern wollen.«

Während sie sich schlüsselklimpernd Richtung Wohnungstür bewegte, ging ich in die Küche, um mir was zu trinken zu holen. Ein Stimmchen in meinem Hinterkopf rief mir das inzwischen leere Weinglas auf dem Tisch in Erinnerung und Karens hektisches Geplapper, das befürchten ließ, sie könnte jeden Moment zusammenbrechen und sich wie ein sterbender Fisch auf dem Boden winden.

Ich öffnete den Schrank unter der Spüle und spähte in den Mülleimer. Keine Flaschen, nur die Plastikverpackung der Spaghetti, ein Tomatensoßenglas, ein paar Blätter Küchenpapier und Brokkoli mit flauschig grauem Schimmelpelz. Erst als ich wieder hochsah, entdeckte ich die Weinflasche, die ganz unschuldig und offensichtlich auf der Arbeitsplatte stand. Sie war noch mehr als halb voll, es fehlten höchstens anderthalb Gläser.

»Ach, könntest du die bitte wieder verkorken?«, bat meine Tante, als sie mich sah. Unschlüssig und mit roten Wangen stand sie an der Tür. »Die hab ich letztes Jahr von einem meiner Autoren zu Weihnachten bekommen. Eine Dreidollarflasche von Trader Joe's, und das nach siebzehn Korrekturdurchgängen. Ist das zu fassen?«

**INCEPTION**
Gepostet unter FILME von <u>Hugh</u>.jpg
am 6. Dezember um 16:09 Uhr

Mann, Christopher Nolan, das kann doch wohl nicht wahr
sein. Jetzt sag schon, ist Leo DiCaprio wach? Hatten die
letzten zweieinhalb Stunden irgendeinen Sinn? Schlafe ich?
Schläfst du? Wo bin ich überhaupt? Ist das hier das echte
Leben? Ich will Antworten, Nolan!!!!!!!!!!!!

Als meine Tante weg war, herrschte schlagartig Stille im Wohnzimmer. Seit wir hier waren, hatte Olivia sich keine Sekunde vom
Fenster abgewandt und saß so reg- und ausdruckslos da, dass
man sie für eine gruselig lebensechte Schaufensterpuppe hätte
halten können.

»Ist schon fast fünf«, sagte ich so beiläufig wie möglich und
wippte dabei nervös auf den Fersen. »Wir könnten uns was zu essen suchen gehen, bevor wir uns auf den Weg nach Brooklyn machen. Oder wir pfeifen uns Tante Karens Spaghetti rein.«

Die Stationen des bevorstehenden Abends reihten sich in meinem Kopf aneinander wie die bunten Felder eines Spielbretts.
Unser weiteres Vorgehen zu planen war wenigstens etwas, was
ich bewerkstelligen konnte, etwas Nützliches, für das es keine
Rolle spielte, wie erbärmlich ich meinen besten Freund im Stich

gelassen hatte – oder das Mädchen, das ich vielleicht-möglicher-weise-definitiv mochte.

»Wenn wir den Eiswagen nehmen wollen, müssen wir zuse-hen, dass wir da drüben einen Parkplatz finden, deswegen sollten wir wohl lieber bald los«, fuhr ich fort. »Keine Ahnung, wie es hier sonntags auf den Straßen aussieht, aber alles unterhalb von ›kom-plett verstopft‹ würde mich ehrlich gesagt überraschen.«

Von jetzt an war es eigentlich ganz einfach. Wir hatten zumin-dest so tun müssen, als wollten wir bei Tante Karen übernachten, damit Ellen nichts mitkriegte, wenn wir uns doch schon heute Nacht wieder auf den Heimweg machten. Nachdem wir uns bei ihr hatten blicken lassen, hieß es als Nächstes: ab nach Brooklyn zum Cabinet, wo Clark seinen Gig hatte, Olivias Kram einsacken und mit einem Schlenker über Ocean City zurück Richtung D.C. Meine Tante würde ich unterwegs von einer Telefonzelle anrufen, um sie zu beruhigen, dass wir noch am Leben waren. Ellen hätte bis dahin zwar sicher schon gemerkt, was Sache war, aber dann wären wir im-merhin schon halb durch New Jersey. Ich würde Olivia zu Hause ab-setzen und direkt weiter zu Razz düsen, bewaffnet mit jeder Menge Süßigkeiten von der Tanke, einem lebensgroßen Pappaufsteller von Johnny Depp als Captain Jack Sparrow – Razz' erstem richtigen Schwarm – und einer Flut an Entschuldigungen. Wenn er denn überhaupt noch da war. Und dann würde ich Ellen ihr Eis bringen.

Aber zuerst musste ich irgendwie über die nord-süd-koreani-sche Grenze zu Olivia Moon durchdringen.

Zumindest deutete nichts darauf hin, dass sie überhaupt hörte, was ich sagte. Es war, als würde ich Selbstgespräche führen, wie einer von diesen Irren, bei denen man reflexartig die Straßenseite wechselt, wenn sie einem entgegenkommen.

»Hallo?« Ich wedelte vor ihrem Gesicht herum. »Erde an Oli-via!«

Sie strich sich eine Haarsträhne hinters Ohr. »Hmmm?«, murmelte sie.

»Willst du vor Brooklyn noch was essen?«

»Weiß nicht.«

»Na ja, wie viel Hunger hast du denn, auf 'ner Skala von eins bis Wolf?«

Wir hatten uns zwar erst vor wenigen Stunden an einem Drive-in-Imbiss kurz hinter Ocean City Corndogs geholt, aber der Großteil von meinem war unter dem Sitz gelandet, nachdem die matschige Teighülle vom Stiel gefallen war.

Olivia zuckte mit den Schultern. »Nein.«

»Das war keine Ja-Nein-Frage«, sagte ich. »Also, willst du mit dem Essen warten, bis wir die Sachen von deiner Mom wiederhaben? Einmal blinzeln heißt Ja, zweimal blinzeln heißt Nein.«

Wieder Schulterzucken.

»Olivia.« Ich legte ihr die Hand auf den Arm.

Sie zuckte nicht mal zusammen. Ihre Augen waren auf irgendeinen Punkt in der Ferne gerichtet, und sie wirkte plötzlich so klein und zusammengeschrumpft, als würde sie sich mit jedem lethargischen Atemzug ein bisschen weiter in Luft auflösen.

Meine Knie knackten, als ich mich neben sie hockte. Aus diesem Winkel konnte ich ihr besser ins bleiche Gesicht sehen, aber ihr Blick blieb starr, und sie schien mich noch immer nicht zu registrieren.

»Hör mal, das mit Becky tut mir leid. Ich hätte nicht einfach so abhauen dürfen. Keine Ahnung, was ich mir dabei gedacht hab.« Ich schüttelte den Kopf. »Und du hattest total recht. Ich dachte, ich würde sie besser kennen als alle anderen. Razz hat auch schon versucht, mich darauf zu stoßen, aber da hab ich sie sogar noch vor ihm verteidigt. Ich bin der mieseste Freund und Bruder und überhaupt Mensch der Welt.«

»Hm?«, machte Olivia. Ihre Augen wirkten stumpf wie Glasbausteine.

Erst jetzt kapierte ich, dass sie gar nichts Bestimmtes ansah. Da war kein Punkt, weder in der Ferne noch sonst wo. Sie starrte einfach bloß vor sich hin.

Ein Fünkchen Panik flackerte in mir auf.

»Olivia, wir müssen los«, drängte ich sanft. »Ich weiß, du bist sauer auf mich, und das versteh ich ja, aber wir müssen die Sachen von deiner Mom holen, bevor Clark sich nach Kanada verpisst.«

In der Zwölften hatten wir mal in Englisch *Einer flog über das Kuckucksnest* geguckt, und es war gruselig, wie sehr Olivia mich gerade an Jack Nicholson nach seiner Lobotomie erinnerte. Als hätte jemand ihr das Hirn mit einer Zange zum Ohr rausgezogen, sodass nur noch eine oliviaförmige Hülle übrig war.

Von der Straße drang ein Songfetzen zu uns rauf, den ich nicht erkannte, aggressiver Rap untermalt von einem Geschepper, als wäre ein Auto in ein Drumset gekracht. Die Sonne spiegelte sich in den Fenstern der umliegenden Gebäude und zeichnete kleine Regenbogenfetzen an die Mauern.

Der plötzliche Angriff der Musik auf meine Sinne rief mir etwas in Erinnerung. Ellens und meinen Trick, um jemanden aus seinen düsteren Gedanken zu reißen, und mit Ausnahme von gestern hatte er immer funktioniert. Angesichts dessen, wie oft er bei uns schon zum Einsatz gekommen war, standen die Erfolgschancen also immer noch ziemlich gut. Und eine Alternative fiel mir sowieso nicht ein. Darum war mir jedes Mittel recht.

Stevie Nicks' Stimme war verklungen, gleich nachdem meine Tante die Tür hinter sich zugemacht hatte, also blätterte ich mich jetzt durch ihre Plattensammlung, bis ich fand, was ich suchte. Keine Ahnung, warum ich mir so sicher gewesen war, dass ich fündig werden würde – aber ich hatte recht.

Mit dem Rücken zu Olivia tauschte ich Fleetwood Mac gegen die neue Platte aus und sah zu, wie sie sich auf dem Teller zu drehen begann. Gut möglich, dass das hier meine letzte Chance war, die Sache wieder ins Lot zu bringen.

Wollte ich es wirklich drauf ankommen lassen? Es blieb aber nun mal die einzige Idee, die mir durchs Hirn geisterte. Als die ersten tiefen Klaviertöne erklangen, ruckte Olivias Kopf ganz leicht in Richtung der neuen Geräuschinvasion, obwohl sie weiter reglos zum Fenster gewandt sitzen blieb.

Ich kniff fest die Augen zu und versuchte, meinen Schultern ein bisschen Bewegung zu entlocken, hob und senkte sie in einer Mischung aus Dehn- und Mutmachübung. Den Song einfach nur zu singen würde in diesem Fall nicht ausreichen. Erstens wusste ich nicht, ob Olivia den Text überhaupt kannte. Und zweitens hatte ich das Gefühl, hier größere Geschütze auffahren zu müssen.

Ich hatte es an nur einem Wochenende geschafft, die paar Menschen gegen mich aufzubringen, denen ich mich in den letzten zwei Jahren verbunden gefühlt hatte. Von langweilig und berechenbar zu Columbia Heights' Staatsfeind Nummer eins. Und da zählte Olivia noch nicht mal mit dazu. Bis gestern hatten wir einander kaum gekannt, und trotzdem war sie jetzt schon enttäuscht von mir. Was ich ihr kaum verübeln konnte.

Aber ich würde sie nicht im Stich lassen, nach allem, was sie durchgemacht hatte, mit ihrer Mom und ihrem Dad und mit Clark. Es schien, als versuchten sämtliche Menschen in Olivias Umfeld sie entweder auszunutzen oder brachten nicht mal dafür genug Interesse an ihr auf. Eine Medaille, die nur Kehrseiten aufwies, egal, wie rum man sie drehte. Und ich war fest entschlossen, mich auf keiner davon wiederzufinden.

Während sich die Stimme von Levi Stubb zu einem hohen,

schmachtenden »Ooooh« aufschwang, drehte ich den Sessel mitsamt Olivia zu mir rum. Sie riss überrascht die Augen auf. Dann fing ich an, synchron zum Text die Lippen zu bewegen.

>»Sugar pie, honey bunch,
>You know that I love you ...«

Ich wackelte mit Hüften und Schultern, was das Zeug hielt, und konnte nur hoffen, dass das Ganze überzeugend rüberkam. Nach den ersten beiden Zeilen wich die Apathie in Olivias Blick blankem Grauen. Sie drückte sich in den Sessel und schien darauf zu setzen, dass ich schon irgendwann aufhören würde, wenn sie mich einfach ignorierte. Oder dass, was auch immer mich plötzlich befallen haben mochte, zumindest nicht ansteckend war. Ihre Kinnlade klappte runter, als ich hin und her hüpfte und jedes Mal, wenn Levi Stubbs »you« sang, auf sie zeigte, nur für den Fall, dass ihr noch nicht klar war, wen ich hier kopfüber in meine Peinlichkeitsspirale zu ziehen versuchte.

>»I can't help myself,
>I love you and nobody else.«

Meine Hüften bewegten sich im Takt des Tambourins, und als ich schließlich die Hand nach Olivia ausstreckte, kauerte sie sich noch kleiner zusammen, als wünschte sie, der Sessel wäre ein Portal in eine andere Dimension. Aber, zack, hatte ich mir auch schon ihre Hand geschnappt und sie auf die Füße gezogen, was ihr ein überraschtes Kreischen entlockte.

>»In and out my life,
>You come and you go.

Leaving just your picture behind,
And I kissed it a thousand times.«

Ich zog sie an mich und wiegte sie zur Musik hin und her. Der Song passte zwar erschreckend gut zu unserer Situation – wenn man mal von dem Fotogeknutsche absah –, dabei hatte ich ihn gar nicht deswegen ausgewählt. Sondern weil »I Can't Help Myself (Sugar Pie, Honey Bunch)« von den Four Tops Ellens und mein absoluter Oldie-Ablenkungsmanöver-Trumpf war. Wir setzten ihn nur dann ein, wenn die Lage komplett aussichtslos und das Licht am Ende unseres Streittunnels so weit entfernt schien, dass es sich genauso gut auf dem Pluto hätte befinden können.

Während Olivia sich in meinem klammen Griff wand, betete ich, dass es auch bei ihr funktionieren würde.

»When you snap your fingers, or wink your eye,
I come running to you ...«

Ich wirbelte Olivia herum, dass ihre Haare nur so flogen. Es kam mir vor, als wären sämtliche Blicke im Universum auf uns gerichtet, und auch wenn ich mir einen etwas weniger heiklen Moment ausgesucht hätte, um derart im Mittelpunkt zu stehen, wurde es mir mit jeder Sekunde egaler. Selbst Olivia bekam immer rosigere Wangen und musste das Lächeln unterdrücken.

»I'm tied to your apron strings,
And there's nothing that I can do.«

Olivia lachte los. Eigentlich war es mehr ein Blaffen, das unkontrolliert aus ihr hervorbrach, und sie hielt sich den Mund zu, um den Laut zu ersticken. Ich zog sie zurück in meine Arme und

schwenkte sie ausgelassen herum, genau wie mein Dad es immer mit meiner Mom gemacht hatte, wenn das Saxofonsolo kam. Und Olivia sah mich die ganze Zeit an. Ihr Atem ging schwer.

Beim nächsten Refrain sang ich richtig mit, und zwar vermutlich viel lauter als beabsichtigt.

> »Can't help myself,
> No, I can't help myself.
> 'Cause, sugar pie honey bunch,
> I'm weaker than a man should be.
> I can't help myself,
> I'm a fool in love you see ...«

Bei dieser Zeile erstarrte Olivia urplötzlich, und ihre Hand in meiner wurde schlaff wie eine verkochte Nudel. Wir standen da, ihr Gesicht nur Zentimeter vor meinem, ihr Herz hämmernd an meiner Brust. Mein Atem stockte, blieb mir hinter den Zähnen hängen. Ich wusste, was wir durchgestanden hatten, um an diesen Punkt zu gelangen. Ich wusste, wie viel ich falsch gemacht hatte, bei Becky und Razz und allen anderen. Aber jetzt, als ich Olivia ansah, sie in meinen Armen spürte ... kam mir ausnahmsweise mal etwas richtig vor.

»Darf ich ...«, begann ich zögernd, den Blick auf ihren Mund gerichtet.

Olivia nickte.

Und dann beugte ich mich vor und küsste sie, während der Song um uns weiterlief. Mir schwirrte der Kopf, als Olivias Lippen sich an meinen bewegten, und ein elektrisches Summen schoss durch meine Adern. Olivia, die auf den Zehenspitzen gestanden hatte, ließ sich zurück auf die Fersen sinken, und ich neigte den Kopf und zog sie dichter an mich.

Nach ein paar Sekunden lösten wir uns wieder voneinander, die Gesichter gerötet, und schnappten nach Luft.

Olivia schluckte. »Was war das denn gerade?«

Was sollte ich darauf antworten? »Äh, ein Kuss, würde ich sagen? War das in Ordnung? Also jetzt nicht im Sinne von ›Kannst du mir bitte eine gute Bewertung bei Yelp geben?‹, sondern –«

»Das meinte ich nicht.« Olivia lachte. »Sondern das mit dem Tanzen. Wie bist du denn darauf gekommen?«

»Ach so«, stieß ich erleichtert hervor. An die Minuten vor dem Kuss erinnerte ich mich nur noch ganz verschwommen. »Das nennen meine Schwester und ich unser Oldie-Ablenkungsmanöver«, stammelte ich vor mich hin, und mein Hirn stolperte über jedes Wort. Wie uncool konnte man eigentlich sein? »Normalerweise singen wir dabei nur, ohne Tanzeinlage, aber ich wusste nicht, ob du den Text kennst.«

Olivia griff nach meiner Hand und fuhr mit dem Daumen darüber. Ich biss mir auf die Unterlippe und musterte sie.

»Hat es funktioniert?«, flüsterte ich.

Olivia sah mich an, ein mikroskopisch kleines Lächeln im Gesicht. Dann hob sie den Kopf und küsste mich noch mal.

»Mhm«, murmelte sie an meinen Lippen. »Glaube schon.«

**AVENGERS: INFINITY WAR**
Gepostet unter FILME von <u>Hugh.jpg</u>
am 23. September um 21:09 Uhr

Sehr geehrte Menschen von Marvel,
soll ich euch tatsächlich abkaufen, dass ihr gerade die Hälfte
eurer Figuren umgebracht habt? Eure besten Leute, die euch
mit den nächsten Filmen so Pi mal Daumen 4,6 Fantastillio-
nen Dollar einbringen würden? Schon klar, dass ihr mir damit irgendeine emotionale Reaktion entlocken wolltet, und
glaubt mir, das habt ihr geschafft. Ich bin so richtig, richtig
stinksauer.
Mit unfreundlichen Grüßen
Ich und der ganze Rest der Welt

Das Cabinet wirkte von außen eher wie ein Jugendclub für leiden-
de Künstlertypen und nicht, als würden dort tatsächlich Konzerte
stattfinden. Olivia und ich saßen ein Stück die Straße runter im
Auto, die Tupperdose mit den Spaghetti von Tante Karen zwischen uns auf dem Armaturenbrett.

Rings um uns pulsierte die Stadt. Sie war wie ein lebendiges
Wesen, das atmete, lachte, schrie. Ich hatte ganz vergessen, wie
riesig New York City war und wie eingeengt D. C. dagegen wirkte.
Obwohl die Straßen hier viel schmaler waren, fühlte man sich

seltsam frei. Menschen hasteten vorüber, sprangen in Taxis oder quollen aus U-Bahn-Aufgängen; auf den Gehwegen reihte sich ein Imbissstand an den nächsten. Auf der Fahrt durch Brooklyn waren mir die vielen Schilder längst verschwundener Geschäfte an den Gebäuden aufgefallen. Bagelbäckereien, Zoohandlungen, Plattenläden, Take-away-Restaurants. Diese Stadt bestand aus unzähligen Schichten, und ihre Vergangenheit hatte genauso viel Gewicht wie ihre Gegenwart.

Zwischen Olivia und mir war alles wieder gut, als hätte es den Morgen nie gegeben. Wenn wir an einer Ampel hielten, legten wir den Leuten, die vor uns die Straße überquerten, irgendwelche Nonsensgespräche in den Mund oder sangen aus voller Kehle zu »Ain't No Mountain High Enough« mit, wobei ich Tammi Terrells Part übernahm und Olivia den von Marvin Gaye. Mehr als einmal warfen wir einander nervöse Blicke zu, lächelten und guckten schnell wieder weg, alles unbeholfen und peinlich und absolut perfekt.

Doch sosehr ich mich auch bemühte, nicht über die Vergangenheit nachzugrübeln, fragte ich mich dennoch, wie die letzten Jahre wohl gelaufen wären, wenn ich nie den Kontakt zu Olivia verloren hätte. Wenn ich ihr nach dieser Nacht vor zwei Jahren einfach weiterhin geschrieben hätte, sie in der Schule angesprochen hätte oder sonst irgendwas. *Egal*, was. Wäre dann alles genauso gekommen? Wäre die Sache mit Becky trotzdem passiert? Wäre ich dann heute auch nur halb so besessen von Enden? Mir explodierte schier der Kopf vor lauter Möglichkeiten. Da hatte ich Olivia im Grunde die ganze Zeit vor der Nase gehabt und kapierte trotzdem erst jetzt, was mir entgangen war.

»Okay«, sagte Olivia und wischte sich mit dem Handrücken Spaghettisoße vom Mund. Dann drehte sie sich zu mir, und ihr Gesicht lag im bläulichen Schatten der hinter den Gebäuden versunkenen Sonne. »Die Kiste ist wahrscheinlich im Bandbus. Ich

gehe jetzt mal in den Club, schleiche mich backstage oder wo auch immer Clark seinen Kram abgeladen hat, und schnappe mir seinen Schlüssel. Dann sage ich dir Bescheid, du parkst den Eiswagen direkt neben dem Bus, wir holen uns die Kiste, schmeißen den Schlüssel in den nächsten Gully und machen, dass wir wegkommen. Gut?«

Das Cabinet schien drei Stockwerke zu umfassen und war von außen mintgrün gestrichen. Die Fassade zierte ein Wandbild von zwei Frauen mit voluminösen Lippen und wehendem roten Haar, über deren Körper sich im Zickzack die schwarzen Streben einer Feuerleiter zogen, die an der linken Hausseite neben einem offenen Eisentor endete. Grüppchen von Leuten kamen angeschlendert, von denen die meisten in Olivias Stil angezogen waren – weite Cargohosen, schlabbrige schwarze T-Shirts – und rauchten. Beinahe synchron zogen sie an ihren Zigaretten und stießen regelmäßig säuerliche Rauchwolken in die Abendluft wie ein vielköpfiger, monochromer Drache.

Olivias Plan erschien mir ganz vernünftig, bis auf ein Detail.

»Du solltest da nicht alleine rein«, wandte ich ein. »Zu zweit geht's viel schneller.«

»Du weißt doch nicht mal, wonach du suchen musst«, entgegnete sie.

»Hm, ich tippe mal auf einen Metallring mit vier Schlüsseln dran, einem Disneyland-Anhänger und dann noch so einem Umhängeband mit dem Aufdruck ›Ich bin ein Drecksack‹ ringsrum.«

Olivia drückte die Schultern in den Beifahrersitz und bemühte sich, nicht zu lachen.

Ich drehte mir noch eine Gabelvoll Spaghetti auf und schaufelte sie mir in den Mund. Die Nudeln waren eiskalt, und es fehlte Käse, aber alles war besser als der zermatschte Corndog, der schon den ganzen Tag unter meinem Sitz rumrollte.

»Bitte lass mich mitkommen«, flehte ich. »Was soll ich denn machen, wenn diese Hipster Eis bei mir kaufen wollen?«

»Dann schenkst du ihnen genauso wenig Beachtung, wie sie das immer ihren Eltern unterstellen«, erwiderte sie, während sie sich bereits abschnallte und die Tür aufmachte. »Wenn Clark mich mit dir sieht, wird alles bloß achtzigmal komplizierter. Glaub mir.«

Olivia stieg aus und blieb noch einen Moment an der offenen Tür stehen. Trotz ihrer albernen Strandklamotten schien sie nahtlos zu verschmelzen mit den Leuten mit ihren schwarzen Lederrucksäcken, rosa, blauen oder grünen Haaren, Nasenringen und aufgepumpten Kopfhörern, die doppelt so groß waren wie ihre Ohren.

Wahrscheinlich hatte sie sogar recht. Ich würde in dem Laden bloß auffallen in meinem uralten, nach Schweiß müffelnden T-Shirt, der dunkelblauen Jeans und den viel zu weißen Vans.

»Wenn du wiederkommst, können wir dann noch zum Times Square und uns Hotdogs holen?«, fragte ich. »Irgendwas hat die verpestete Luft da an sich, dass die Dinger noch authentischer schmecken.«

Olivia verdrehte die Augen. »Ich dachte, du hättest es megaeilig, nach Hause zu kommen.«

»Stimmt auch. Aber wenn du die Kiste zurückhast, müssen wir das doch wohl erst mal gebührend feiern. Das wäre ja sonst, äh, Triumphverschwendung.«

»Okay. Gut.« Olivias Lächeln reichte nicht ganz bis zu ihren Augen. »Mal sehen.«

Bevor sie die Tür schloss, kletterte sie noch mal halb über den Beifahrersitz, nahm meinen Kopf zwischen die Hände und küsste mich. Sie schmiegte sich ganz dicht an mich und löschte damit auf einen Schlag alle meine Gedanken aus. Der Straßenlärm ver-

schwand, bis kein Auto, kein Mensch mehr zu hören war. In ganz New York City gab es nur noch Olivia und mich.

»Danke«, sagte sie, das Gesicht dicht an meinem. »Für alles.«

Ich blinzelte benommen. »Klar doch«, entgegnete ich. »Was hätte ich dieses Wochenende denn sonst machen sollen?«

Olivia zog die Augenbrauen hoch. »Eis essen, mich stalken, dich in den Schlaf weinen ...«

»Ja, okay, abgesehen davon.«

In dem Moment drangen Schreie aus dem Tor, und Brooklyn rematerialisierte sich. Als Olivia und ich uns umdrehten, sahen wir einen Typen im roten Paillettenjumpsuit mit einem Gitarrenkoffer in der Hand zu einem olivgrünen Bus vor dem Gebäude marschieren, gefolgt von einem Mann mit lila Mohawk. Unter jeder Menge Geglitzer riss der Jumpsuittyp die hinteren Türen des Busses auf und schleuderte den Koffer hinein.

»Wir haben gerade mal vier Tickets verkauft!«, schrie der Mohawkmann. »Vier Stück! Verrat mir doch mal, wie ich den Laden hier am Laufen halten soll, du Genie, wenn die Bands, die ich buche, plötzlich über Nacht« – er hob die Finger zu sarkastischen Anführungszeichen – »'ne neue kreative Richtung einschlagen‹. Wer will denn bitte Disco-Coverversionen von Billy Joel hören? Kann ich dir sagen: vier Leute!«

Irgendwie kam mir der Jumpsuittyp bekannt vor. Die blonden Haare, die sein längliches Gesicht umloderten wie ein Feuerwerk, sein schwerfälliger Gang, als wäre er in Wahrheit ein Gorilla im Menschenkostüm. Er setzte sich mit solcher Wucht auf die hintere Stoßstange, dass der ganze Bus ins Wanken geriet, und vergrub das Gesicht in den Händen.

»O Gott«, flüsterte Olivia genau in dem Moment, als bei mir der Groschen fiel.

»Ist das Clark?«

Olivia nickte stumm.

»Im Paillettenanzug?«

Sie nickte wieder.

Hinter dem Mohawkmann tauchten jetzt zwei weitere Typen und ein Mädchen auf, die ich nicht kannte. Auch sie trugen Glitzerjumpsuits und drückten sich, ihre Instrumentenkoffer an sich gepresst, am Tor herum.

»Und wer bringt denn bitte seinen eigenen Stutzflügel mit auf Tour?«, brüllte der Mohawkmann. »Habt ihr eigentlich 'ne Vorstellung, was mich das kostet, dieses Teil hier rein- und rausheben zu lassen?«

Sein Arm wies anklagend Richtung Himmel, wo in zehn Metern Höhe tatsächlich ein schwarzer Flügel schwebte. Der glänzende, von mehreren Seilen umschlungene Korpus hing an einem Kran, der mir noch gar nicht aufgefallen war.

Olivia trommelte mir aufgeregt auf die Schulter. »Da sind die Sachen von meiner Mom!«, zischte sie und tippte gegen die Windschutzscheibe.

»Was, wo?« Ich kniff die Augen zusammen.

»Da, im Bus. Die Kiste.«

Ich beugte mich noch weiter vor, bis ich über Clarks Schulter hinweg einen Streifen verwittertes Holz erspähte.

»Komm, die holen wir uns!«, rief ich, die Hand schon an der Tür.

»Nein.« Olivias Griff um meine Schulter wurde fester. »Ich sag doch, wenn er dich sieht, wird alles nur noch komplizierter. Das muss ich allein erledigen.« Sie presste die Lippen zusammen. »Aber was soll ich denn sagen?«

Tja. Ich persönlich hätte Clark so einiges zu sagen gehabt, aber das meiste davon war nicht für die Öffentlichkeit bestimmt. Trotzdem hatte Olivia recht: Sie musste das allein erledigen.

»Wie wär's mit: ›Gib mir sofort den Scheiß von meiner Mom zurück, du sadistisches Sackgesicht, sonst reiß ich dir die Nippel ab.‹ Und wenn du ihm dabei noch auf die Nase hauen würdest, nur so ein kleines bisschen, schadet das sicher auch nicht.«

Olivia prustete los vor Lachen. »Das ist perfekt.«

Ich zuckte mit den Schultern.

»Gut.« Sie nickte und holte tief Luft. »Ich zieh das jetzt durch.«

»Du schaffst das«, ermutigte ich sie.

»Ich schaffe das«, wiederholte sie. Bevor sie ausstieg, lehnte sie sich ein letztes Mal zu mir rüber und gab mir einen flüchtigen Kuss. »Bin gleich wieder da.« Dann ließ sie sich vom Sitz auf den Gehweg rutschen und machte die Tür hinter sich zu.

Ein schweres Gewicht senkte sich auf meine Brust, als ich Olivia auf den Bandbus zuschleichen und nach ein paar Metern stehen bleiben sah. Der Kran vor dem Cabinet hatte zu piepen angefangen, und das Klavier schwebte, sachte hin und her pendelnd, Richtung Gehweg. Ich ballte die Fäuste auf meinem Schoß, als Olivia sich noch einmal zu mir umsah. Dann räusperte sie sich und rief: »Clark!«

Der Mohawkmann hielt mitten im Schreien inne, und auch Clark sah verwirrt hoch. »Olivia?«, fragte er. »Was machst du denn hier?«

Wieder sah sie sich unsicher zu mir um. »I-ich«, stotterte sie, »ich bin wegen – ich will – gib mir meinen – Scheiße. *Scheiß.* Also – den von meiner Mom. Nippel. Ach, fuck!« Mit erhobener Faust stapfte sie auf den Bus zu. »Ich will den Scheiß von meiner Mom zurückhaben«, forderte sie, bereit zuzuschlagen. *»Los.«*

Clarks Miene verhärtete sich, als er Olivia musterte, ihren drahtigen, angriffslustig gespannten Körper, und stand langsam auf. Er war fast einen ganzen Kopf größer als sie. Olivia ließ die Faust sinken, als Clark auf sie zutrat, den Mund zu einem Furcht

einflößenden Lächeln verzogen. Sogar der Mohawkmann sah sich beklommen nach dem Rest von Clarks Band um und wich einen Schritt zurück.

»Okay, pass auf«, sagte Olivia jetzt ganz ruhig. »Ich weiß, ich hätte dein Auto nicht demolieren dürfen. Tut mir echt leid. Aber diese Kiste enthält nun mal alles, was ich von meiner Mom noch habe, das weißt du ganz genau. Kannst du nicht vielleicht deinen letzten, winzigen Fitzel Menschlichkeit aus den Tiefen deiner Existenz vorkramen und mir die Sachen zurückgeben?«

Selbst von Weitem sah ich, wie Clark sich über die gebleckten Zähne leckte. Er erinnerte mich an einen Tiger, dem beim Anblick einer hinkenden Gazelle das Wasser im Mund zusammenlief. Immer weiter bewegte er sich auf Olivia zu und ließ den Blick von ihrem Gesicht bis runter zu den Füßen wandern.

Dann seufzte er und sagte: »Okay.«

Durch Olivia ging ein Ruck. »Wie jetzt?«, fragte sie. »Einfach so?«

Clark zuckte mit den Schultern. »Ja. Ehrlich gesagt nervt es ziemlich, das Ding mit mir rumzuschleppen. War blöd, es dir überhaupt wegzunehmen, aber mir ging's halt echt mies nach unserer Trennung und allem. Du weißt ja, wie schlecht ich mit Veränderungen klarkomme.« Er hob die Kiste aus dem Bus und hielt sie Olivia mit einem schuldbewussten Lächeln hin. »Das mit Casey tut mir leid. Ich war – na ja, meine Angstattacken waren in letzter Zeit ziemlich heftig wegen dem Schulabschluss und dem Semesterstart in Yale und so. Außerdem haben wir mit der Band gerade 'ne neue kreative Richtung eingeschlagen, das hat mich auch mega gestresst. Und wenn das Gedankenkarussell bei mir einmal im Gange ist, bin ich irgendwann einfach gefühlsmäßig komplett am Ende.« Er deutete auf das Mädchen im Jumpsuit ein paar Meter weiter. »Casey kann das bestätigen, die hat alles hautnah miterlebt.«

Olivia seufzte ebenfalls. »Ja«, sagte sie. »Kann ich verstehen.«

»Tut mir leid, dass du deswegen jetzt extra den ganzen Weg hierherfahren musstest. Du weißt hoffentlich, dass ich niemals irgendwelchen Scheiß mit den Sachen angestellt hätte. Wäre natürlich besser gewesen, wenn ich sie dir selbst zurückgebracht hätte, aber ich war – ich konnte einfach nicht klar denken.« Er runzelte die Stirn. »Wie bist du denn überhaupt hergekommen?«

Olivia deutete mit dem Daumen über ihre Schulter auf mich. Clark folgte der Geste und winkte.

»Hey, Hugh«, rief er.

Ich öffnete die Tür und stieg aus. Inzwischen war es wesentlich kühler, und von einem nahen Churrostand wehte der Duft nach Zimt und Zucker zu uns rüber.

»Hey.«

»Na gut, ich muss dann mal wieder«, sagte Olivia. »Danke hierfür. Ich hoffe, Casey und du seid glücklich miteinander. Das klingt jetzt vielleicht sarkastisch, aber ich mein's ernst.«

Clark lächelte. »Danke. Wir sehen uns, ja?«

»Klar.«

Olivia schleppte die Kiste mühsam zum Eiswagen. Ich lief ihr entgegen und nahm sie ihr ab.

»Hast du das mitgekriegt?«, zischte sie aufgeregt. »Er hat sie mir einfach zurückgegeben. Ich musste ihm keinen einzigen Nippel abreißen.«

»Ich dachte, ich krieg 'nen Schlaganfall, als er plötzlich von seinen Gefühlen angefangen hat«, flüsterte ich zurück. Ich verfrachtete die Kiste in den Eiswagen, knallte die Tür zu und klopfte mir ein bisschen imaginären Staub von den Händen. »Das war irgendwie viel zu einfach. Wo soll ich denn jetzt mit der ganzen Energie hin, die ich in mir aufgestaut hab, um jemandem die

Fresse zu polieren?« Ich lockerte meine Handgelenke und hüpfte von einem Fuß auf den anderen.

Olivias Mundwinkel hoben sich. Dann schob sie mich gegen den Eiswagen und küsste mich leidenschaftlich.

»Wollen wir vielleicht noch mal kurz ins Apartment von deiner Tante, bevor wir uns auf den Weg nach D. C. machen?«, murmelte sie.

Mir kroch eine Gänsehaut über die Arme. »Äh, okay – klar, warum nicht«, stammelte ich wie der allerletzte Volltrottel. In meinen Kopf herrschte ein viel zu großes Durcheinander, als dass sich ein zusammenhängender Satz daraus hätte bilden lassen. »Ja. Sicher.«

Olivia stemmte sich lachend von mir weg und stand nun mitten auf dem Gehweg. Sie strahlte übers ganze Gesicht, als hätte die zurückgewonnene Kiste plötzlich ihre Lebensgeister geweckt. Mit funkelnden Augen sah sie mich an, ihre Haare flatterten im churroduftenden Wind, und ich war überzeugt, noch nie im Leben etwas Schöneres gesehen zu haben.

In dem Moment ertönte ein lauter Knall, gefolgt von einem tiefen Rumpeln und Ächzen. Jemand schrie; es war ein Laut voll nackter Urangst, und als ich den Kopf hob, sah ich das Klavier auf uns zu sacken, ruckartig, mit jedem Seil, das in zwei ausgefranste Hälften zerriss, ein Stück weiter. Bevor ich auch nur »Achtung!« rufen konnte, erwischte es das letzte Seil, und das Klavier krachte im freien Fall auf den Gehweg. Genau auf Olivia.

Die Zeit dehnte sich ins Unendliche, Sekunde um Sekunde, und blieb schließlich ganz stehen. Mein Atem setzte aus, und ich konnte mich nicht mehr rühren, bloß schockiert vor mich hin starren.

Und dann, einfach so, nahm die Zeit wieder ihre normale Geschwindigkeit auf, und Clark neben mir schrie. Alles um mich

schrie. Auf mich jedoch, der immer noch wie angewurzelt dastand und auf das Klavier glotzte, auf das zertrümmerte Holz und die Tasten vor mir auf dem Pflaster, wirkte das alles gedämpft, so als murmelten die anderen in leere Klopapierrollen. Eine gefühlte Ewigkeit lang konnte ich nichts tun außer blinzeln.

»O Gott!« Clark fiel auf die Knie, und seine Stimme zitterte. »Jemand muss einen Krankenwagen rufen!«

»Ist nicht schlimm«, flüsterte ich endlich. »Ist alles halb so schlimm. Sie macht das wieder heil.«

Clark drehte sich fassungslos zu mir um. »Was?«

»Ihre – ihre Handgelenke«, sagte ich. »Sie darf sich nur nicht an den Handgelenken verletzen.«

»Alter.« Clark schüttelte den Kopf. »Da ist gerade ein Klavier auf sie draufgefallen. Ich bin mir ziemlich sicher, ihre Handgelenke hat es auch erwischt.«

Ich stolperte rückwärts, bis ich an die kalte Metallflanke des Eiswagens stieß. Genau an der Stelle, wo Olivia mich noch vor wenigen Sekunden geküsst hatte. Wo mir alles so absolut und restlos und hundertprozentig perfekt erschienen war. Und jetzt – jetzt war es vorbei. Olivia war tot.


ENDE

... Olivia zog die Augenbrauen hoch. »Eis essen, mich stalken, dich in den Schlaf weinen ...«

Sie rutschte über den Beifahrersitz, stieg aus und beugte sich noch mal zurück in den Wagen, um sich eine letzte Gabelvoll Spaghetti zu nehmen. Ich hielt geduckt Ausschau nach dem hängenden Klavier und seufzte auf, als ich sah, dass es verschwunden war. Beziehungsweise gar nicht erst da gewesen war. Olivia, die von meiner Erleichterung nichts mitkriegte, ließ die Nudeln kurz über ihrem Mund baumeln und dann hineinfallen.

»Wenn ich in einer Stunde nicht wieder da bin, dann warte noch eine«, instruierte sie.

Ich wollte sie warnen, sich vor abstürzenden Tasteninstrumenten in Acht zu nehmen, doch bevor ich dazu kam, hatte sie schon die Tür zugeknallt. Also lehnte ich mich zurück und kniff fest die Augen zu, um das Bild der vom Klavier zerquetschten Olivia aus dem Kopf zu bekommen. Ich durfte mir so was doch nicht mehr ausdenken. Keine Enden mehr, keine unbegründete Angst.

Nach etwa einer halben Stunde gingen die Straßenlaternen an und warfen orange verwaschene Lichtkegel auf den Asphalt, während die Sonne immer weiter hinter den Gebäuden verschwand. Irgendwann hatte ich meine Beine auf jede nur erdenkliche Art arrangiert – Schneidersitz, aufs Armaturenbrett gelegt, rechts übergeschlagen, links übergeschlagen, beide gegen den Beifahrersitz gestemmt –, aber Olivia ließ auf sich warten.

Bald war die erste Stunde um und mit ihr das Mixtape mit dem Titel »Was würde Michael Jackson jetzt tun? Kleiner Tipp: Was Seltsames (plus Freunde)«, das Razz mir aufgenommen hatte, also wechselte ich zu Marvin Gayes *What's Going On*. Stimmengewirr erfüllte den Eiswagen, gefolgt von den schmeichelnden Saxofonklängen des Titelsongs. Diese Art zu singen mochte ich bei Marvin Gaye am liebsten: unaufdringlich und trotzdem triefend

vor Soul. Natürlich liebte ich auch den rauen Marvin, der mit solcher Inbrunst die hohen Töne anging, dass seine Stimme dabei brach, aber in diesem Song war er nun mal einfach unvergleichlich. Sein Gesang wurde langsam lauter, während im Hintergrund die Geigen anschwollen, eine Klage für all die Mütter, die ihre Söhne an sinnlose Kriege verloren hatten, und gleichzeitig eine flehentliche Bitte an die Menschheit, doch bitte endlich zu begreifen, was sie da mit sich anrichtete. Bei diesem Song wollte ich mich immer am liebsten mit geschlossenen Augen zurücklehnen und mich von ihm forttragen lassen.

Doch während ich so dasaß und die vertraute Wärme genoss, die das Album in mir auslöste, hatte ich plötzlich Olivias Stimme im Ohr, die mich auf die lückenhafte Logik hinwies, auf die ich mich in den letzten zwei Jahren gestützt hatte. *Wie kannst du Marvin Gayes Musik eigentlich so sehr lieben, wo er doch ein derart beschissenes Ende hatte?* Das wusste ich auch nicht, aber so war es nun mal. Sein Ende war tatsächlich das zweitschlimmste aller Zeiten (nach dem meiner Eltern), und trotzdem gehörte seine Musik zu den wenigen Dingen, die mir nach Moms und Dads Tod Trost gespendet hatten. Im Grunde grübelte ich darüber schon nach, seit ich in New Jersey mit Olivia am Pool gesessen hatte, aber erst jetzt nahm die Logiklücke in meinem Kopf richtig Gestalt an, und ich begann langsam, Ton für Ton, zu begreifen, während »What's Going On« in den nächsten Song überging. Marvins Stimme schraubte sich höher und höher, und ich setzte mich kerzengerade auf, als mich plötzlich eine Erkenntnis durchzuckte wie ein Stromstoß. Olivia hatte recht, es waren gar nicht die Enden, die ich so hasste. In Wahrheit fußte meine Angst auf etwas ganz anderem, und zwar dem, wofür diese Enden standen. Ich fürchtete mich davor, die Menschen zu verlieren, die mir wichtig waren. Menschen wie Olivia.

Mit einem Ruck riss ich den Schlüssel aus dem Zündschloss und schnitt Marvin Gaye mitten im Lied das Wort ab.

»Sorry, Kumpel«, entschuldigte ich mich gen Himmel und kletterte hastig aus dem Eiswagen. Jetzt, wo endlich alles einen Sinn ergab, konnte ich nicht mehr warten.

Das Tor des Cabinet war immer noch offen. Es erinnerte mich an das hohe Tor, das Dorothy und ihren Freunden den Eintritt nach Oz verwehrt hatte, bloß dass dieses hier voller Bandaufkleber war und auf einen Innenhof mit Kieselpflaster und Betonziegelwänden führte. In der Mitte stand ein vergessener Lkw-Anhänger, um den Leute an Picknicktischen saßen, sich unterhielten und Rauchwölkchen in die Luft bliesen. Sie schienen sich nicht sonderlich für die laute, dissonante Musik zu interessieren, die hinter ihnen aus dem Gebäude drang.

Am anderen Ende des Hofs entdeckte ich einen mit dunklem Holz vertäfelten Durchgang und zog beim Reingehen den Kopf ein, obwohl über mir noch gut und gerne dreißig Zentimeter Platz waren. Drinnen stieß ich auf einen Mann in einem Friseurstuhl und eine Frau mit einem Elektrorasierer, die hinter ihm stand und ihm bereits den halben Kopf kahl geschoren hatte. Der wütende Mohawkmann war nirgends zu sehen, vielleicht weil es ihn in Wirklichkeit gar nicht gab.

»Wo spielt denn hier die Musik?«, fragte ich albernerweise.

Die Frau, die selbst nur kurzen blonden Flaum auf dem Kopf hatte, deutete mit dem Kinn in Richtung eines weiß gestrichenen, von schummrig violetten Lampen erleuchteten Tunnels.

Die Wände des Tunnels waren voller Zeichnungen und Malereien, und auf dem Boden lagen Luftballons, sodass ich mir vorkam, als wäre ich in einen Traum eingetaucht. Natürlich war ich auch in D. C. schon mal auf Konzerten gewesen, im Black Cat oder mit Razz im 9:30 Club, aber das hier war etwas völlig

anderes. Hin und wieder hatte Razz mich sogar bis nach Maryland mitgeschleift, zu Bands, von denen ich noch nie gehört hatte und deren Gigs oft bei irgendwelchen Leuten zu Hause stattfanden. Einmal hatten wir uns in der Küche einer älteren Dame wiedergefunden, die das ganze Konzert über kettenrauchend in der Ecke gestanden und jeden angeblafft hatte, der es wagte, seine Schuhe anzulassen. Trotzdem war das Cabinet an Absurdität kaum zu überbieten. In meinem Hirn stapelten sich die Ideen, wo Olivia gerade sein mochte. Vielleicht hatte Clark sie ja dabei erwischt, wie sie seine Sachen durchwühlte, und hielt sie backstage in einem Lager voller alter Jahrmarktsbuden gefangen. Oder sie war gar nicht erst über den weißen Tunnel hinausgekommen und hockte jetzt in irgendeiner Abzweigung auf dem Boden, ohne sich auch nur an ihren Namen erinnern zu können.

Ich ging schneller, bis der Tunnel schließlich in einen großen Raum mündete, dessen nackte Betonwände bunt bemalt und mit Postern und Fotos zugepflastert waren. Die Band, die gerade dran war – drei Mädchen, alle mit langen Kleidern und schwarzem Lippenstift –, spielte am hinteren Ende auf einer kleinen, kaum einen halben Meter hohen Bühne, und etwa vierzig Leute bildeten das Publikum. Links von mir war die Bar, vor der eine Frau mit Zöpfen und einem Piercing durch beide Nasenlöcher an einem Plastiktisch saß.

»Eintritt sieben Dollar«, informierte sie mich.

Vor ihr auf dem Tisch standen eine Dose Cola light und eine Geldkassette, die die Frau schon mal erwartungsvoll aufklappte.

»Eigentlich will ich gar nicht aufs Konzert«, erklärte ich und sah mich mit gerecktem Hals um. Die Menge war groß genug, dass es einiges an Konzentration erforderte, alle Leute einzeln zu mustern. »Ich suche bloß jemanden. Hast du zufällig ein ganz

hellblondes Mädchen gesehen, in einem Gorilla-Bikini-T-Shirt und Männerbadehose?«

»Gorilla-Bikini?« Die Frau runzelte die Stirn. »Meinst du Bikini Kill, oder was?«

»Was? Nee, auf ihrem T-Shirt ist ein – ach, egal. Kann ich vielleicht nur mal eben gucken, ob sie hier ist? Ich versuch nicht, mich einfach nur reinzuschleichen, ehrlich.«

Die Frau verdrehte die Augen, winkte mich dann aber durch und wandte sich den beiden Mädchen zu, die nach mir gekommen waren.

Clark war weder draußen gewesen, noch stand er gerade auf der Bühne, was bedeutete, dass er im Publikum sein musste oder vielleicht noch gar nicht hier war. Als der aktuelle Song zu Ende war – der hauptsächlich aus Geheul und den Worten »die« und »drown« und der Kombi »you will die and drown« bestanden hatte –, klatschten und nickten die Leute so anerkennend, als hätten die Mädels auf der Bühne soeben eine Rede über die Bedeutsamkeit von Atemluft gehalten. Die Menge kam in Bewegung und Lücken taten sich auf, während alles auf das nächste Lied wartete, und in dem Moment sah ich sie. Auf einem Klappstuhl, als hätte sie dort auf mich gewartet.

Die Kiste.

Harfenklänge ertönten.

Himmelchöre sangen.

Der Klappstuhl war wie in ein göttliches Leuchten gehüllt.

Ehe mir jemand zuvorkommen konnte, stürzte ich auf die Kiste zu und schob die Finger zwischen die Holzlatten. Sie war schwerer als gedacht und enthielt einen Stapel Platten, ein paar Bücher, einen rosaroten Schal und eine Blechkeksdose, die scheppernd hin und her rutschte.

Von Olivia war noch immer keine Spur. Wieder blieb ich un-

schlüssig am Eingang stehen, während meine Arme mit der Kiste immer länger wurden, und scannte die Menge ab. Mir kam der Gedanke, dass Olivia vielleicht draußen auf mich wartete. Vielleicht hatte sie die Kiste auch entdeckt, aber dann hatte Clark *sie* entdeckt und aus dem Cabinet gescheucht. Ja, ganz bestimmt stand sie längst mit tränennassen Wangen neben dem Eiswagen. *Ich war so nah dran*, würde sie schluchzen. Und dann, als sie die Hoffnung schon aufgeben wollte, tauchte ich auf, verschwitzt und außer Puste, aber ich hatte die Kiste.

Entschlossen umklammerte ich meine gefühlt tonnenschwere Fracht und rannte damit los. Der weiße Tunnel war jetzt grün erleuchtet. Anscheinend wechselten die Lampen regelmäßig die Farbe, damit die Verwirrung komplett war. Schlitternd kam ich zum Stehen – war ich wirklich von hier gekommen? Als ich mich hektisch umguckte, fiel mein Blick auf zwei Gestalten, die dicht aneinandergeschmiegt an der Wand neben dem Eingang lehnten. Ich erstarrte.

Olivia.

Und Clark.

Sie hatte den Kopf in den Nacken gelegt und sah zu ihm hoch, während er eine Hand um ihre Taille geschlungen hatte und sie an sich drückte. Clarks blonde Haare standen ihm zerzaust vom Kopf ab, der eher an einen hirnlosen Fleischklops am Stiel erinnerte als an einen normalen Körperteil. Er trug ein rotes T-Shirt und eine schwarze Lederweste mit Cowboyfransen, die Olivia sich gerade um den Finger wickelte.

»Olivia?«

Die beiden wandten sich mir genau gleichzeitig zu. Zuerst wirkten sie verwirrt, Clark vielleicht auch ein bisschen genervt, aber als Olivia mich erkannte, machte sie hastig einen Schritt von ihm weg.

»Hugh –«, sagte sie.

»Wolltest du deshalb allein reingehen?«, schnitt ich ihr das Wort ab.

Olivia schluckte. Die beiden hielten sich an den Händen, die Daumen locker verflochten. Als wären sie so lange voneinander getrennt gewesen, dass sie tot umfallen würden, sobald sie losließen.

Ich kniff die Augen zu, in der Hoffnung, dass die Vision sich verflüchtigen würde und ich mir bloß wieder ein bescheuertes Ende ausgedacht hatte. Aber diesmal war alles real.

»Was macht der Trottel denn hier?«, wollte Clark wissen.

Olivia schien ihm tatsächlich eine Erklärung liefern zu wollen, als stünde ihm eine zu. *Ach so, der Trottel ist bloß hier, weil ...* hörte ich sie schon beinahe sagen. Na klar, weil Clark zu beschwichtigen jetzt nämlich das Wichtigste war, nach allem, was wir zusammen durchgemacht haben.

Ich beobachtete, wie Olivia Clark beide Hände auf die Brust legte und leise auf ihn einredete, wie auf ein weinendes Baby. Mein Magen verknotete sich; meine Kehle brannte.

»Ich geh dann mal«, sagte ich.

Es schien keinen von beiden zu interessieren. Ich rannte los.

**GREASE**
Gepostet unter FILME von <u>Hugh</u>.jpg
am 4. April um 20:58 Uhr

Ungefähr so stelle ich mir die Diskussion im Filmstudio über die Schlussszene von Grease vor: »Passt auf, Leute. Danny und Sandy singen ihren Song, dann steigen sie ins Auto, und DAS AUTO FLIEGT MIT IHNEN WEG. Nee, nicht als Metapher, ich meine das wortwörtlich. Das Publikum flippt aus, ich schwör's euch.« Da kann ich nur sagen, rama lama lama ka dinga da dinga dong NEIN. Einfach nein.

Als ich den Eiswagen erreichte, schnaufte ich wie ein alter Mann, und mir fielen fast die Arme ab vor Schmerz. Ich hievte die Kiste auf den Beifahrersitz, kletterte hinterher und knallte genau in dem Moment die Tür zu, als Olivia auftauchte. Sie zerrte am Griff, aber zu spät. Ich hatte schon den Knopf runtergedrückt.

»Mach auf, Hugh«, sagte sie, überraschend ruhig. Aber ich erkannte ihre Angst daran, wie sie weiter an der Tür rüttelte. »Lass mich bitte kurz erklären, was passiert ist.«

»Was passiert ist?«, wiederholte ich. »Ich glaube, ich weiß, was passiert ist.«

Da warte ich wie der letzte Blödmann im Eiswagen, ohne einen Schimmer, was im Cabinet läuft, gehe rein und finde Olivia mit

Clark im Tunnel. Sie rennt mir nach draußen hinterher. Wie im Film. Einem Film mit total klischeehaftem Drehbuch und einem schrecklichen Ende, das ich von Anfang an hätte kommen sehen müssen.

»Ich bin so ein Idiot«, zischte ich.

Ich lehnte den Kopf nach hinten, presste mir die Handballen auf die Augen und stöhnte frustriert auf.

»Du bist überhaupt kein Idiot«, erwiderte Olivia. »Na schön, im Moment benimmst du dich tatsächlich wie einer, aber dann lass mich halt einfach rein und fertig.«

Mit einem Mal packte mich die Wut. »*Ich* benehme mich wie ein Idiot?« Ich klatschte mir mit beiden Händen auf die Oberschenkel. »Wer hat sich denn Clark Thomas an den Hals geworfen, obwohl wir uns doch einig waren, dass der Typ das Allerletzte ist?«

Olivia guckte zu Boden. »So einfach ist das nicht.«

»Was jetzt genau? Nicht mit jemandem rumzuknutschen, der einem aus purer Bosheit das geklaut hat, was einem auf der Welt am wichtigsten ist? Ich würde sagen, das ist das Einfachste überhaupt. Einfacher geht nicht.«

Ich brabbelte bloß noch vor mich hin, unfähig, die wütende Wortflut zu stoppen, die aus meinem Mund quoll. Wenn ich ihr wenigstens ansatzweise den Schock und die Scham begreiflich machen könnte, die sich gerade in mir zur Mauer auftürmten, dann käme ich mir vielleicht nicht mehr ganz so dusselig vor. Vielleicht könnte dann ausnahmsweise mal sie mit dem Schmerz rumlaufen wie mit einem scheiß Zylinder, und ich war mit Unangreifbarsein an der Reihe.

»Wir haben nicht geknutscht«, protestierte Olivia.

»Vielleicht nicht in dem Moment.«

»Nein, gar nicht.«

Sie legte die Hände an ihre Schläfen und drückte die Nase an die Scheibe, obwohl ich mir ziemlich sicher war, dass sie mich gut genug sehen konnte.

»Jetzt mach endlich auf, dann können wir darüber reden.«

Meine Augen schienen sich in ihren Höhlen auszudehnen. »Was gibt's denn da noch zu bereden?«, entgegnete ich. »Du hast mich als Mitfahrgelegenheit ausgenutzt. Hast es wirken lassen, als würde ich dir einen Riesengefallen tun, und dann hast du, dann haben *wir*, du und ich, vor gerade mal einer Stunde ... Ich dachte, du magst mich, aber anscheinend wolltest du bloß ein bisschen angehimmelt werden.« Endlich kapierte ich, und es war, als öffnete sich ein Vorhang vor meinen Augen. »Das ist alles, worum es dir geht, immer. Du tust so, als wären andere dir egal, aber in Wirklichkeit erträgst du es nicht, wenn du mal nicht im Mittelpunkt stehst. Du hast dich schön in meiner Aufmerksamkeit gesonnt, und jetzt, am Ende der Reise, rennst du zurück zu Clark.«

Olivia warf die Hände in die Luft. »War ja klar!«, rief sie, und ihre ruhige Fassade bekam immer mehr Risse. »Du mit deinen verdammten Enden! Immer und immer und immer dasselbe. Du hast dich kein bisschen geändert. Mir war von Anfang an klar, dass du die Sache nicht durchziehen würdest.«

»Doch, mit dir schon«, rief ich. »Ich bin nur deinetwegen hier. Ich hab das alles nur für dich gemacht, weil du mir nämlich wichtig bist.«

Olivia wurde knallrot und presste jetzt die flachen Hände an die Scheibe. »Na klar, darum bist du in New Jersey auch losgestiefelt und hast diese Kackbratze gevögelt, stimmt's? Oder glaubst du etwa, mir wäre der ganze Sand auf dem Badezimmerboden nicht aufgefallen? Ich bin ja nicht komplett beschränkt.«

Ich schloss die Augen und ließ die Stirn aufs Lenkrad sinken.

»Ich hab nicht – okay, das mit Becky war echt daneben, entschuldige. Ich dachte irgendwie, du wolltest mich loswerden und –«

»Wieso sollte ich das wollen?«

»War Quatsch, ich weiß.« Ich rieb mir übers Gesicht. »Tut mir leid. Aber zumindest war das alles noch vor ... der Sache mit uns beiden. Während du keine vier Sekunden nach unserem Kuss wieder was mit Clark angefangen hast. Kannst du dir eigentlich vorstellen, wie bescheuert ich mir gerade vorkomme?« Meine Fäuste waren so fest geballt, dass sie zitterten. »Fuck, was ich meiner Schwester für 'nen Stress gemacht hab. Und Razz hab ich auch hängen lassen. Ich hab alles versaut, und wofür? Für den Scheiß hier?«

»Aha, das Ganze wäre es also nur dann wert, wenn am Ende was zwischen uns läuft?«, fragte Olivia.

Ich schüttelte den Kopf und stieß ein bitteres Lachen aus. »Du weißt genau, dass ich das so nicht meinte.«

Ich startete den Motor und schnallte mich an. Die Straßen von Brooklyn waren heillos verstopft, und die Rücklichter der Autos und Taxis bildeten eine einzige lange rote Kette. Dabei musste ich weg von hier, weg vom Cabinet. Von Olivia.

»Hugh, warte.« Die Ruhe in Olivias Stimme war nun endgültig verflogen. »Bitte. Bitte fahr jetzt nicht. Rede mit mir.« Sie strich mit den Händen über die Scheibe. »Du musst dir nicht bescheuert vorkommen. Bitte.«

Als ich ihren flehenden Tonfall hörte, begann meine Wut sich in klebrig süßen Brei aufzulösen. Vielleicht hatte ich es nach der Sache mit Becky einfach nicht besser verdient. Oder das Ganze war ein Missverständnis. Aber dann kam das Bild von Olivia, die sich im Tunnel an Clark schmiegte, mit solcher Wucht zurück, dass es mir die Luft aus den Lungen trieb. Auch Olivia sah, wie meine Miene sich wieder verhärtete.

»Dann gib mir wenigstens die Sachen von meiner Mom«, rief sie.

Sie hämmerte mit den Fingerknöcheln ans Fenster, als hätte ich vergessen, dass sie da war. Das Klopfen wurde lauter und lauter, während ich bloß stur geradeaus guckte und fieberhaft überlegte, was ich tun sollte. Als ich mich schließlich zur Seite drehte, sah ich gerade noch, wie Olivia ausholte und mit so viel Schwung die Faust gegen die Scheibe rammte, dass sie ein Loch bekam und ringsum spinnwebartig einriss.

Olivia ließ den Arm sinken und starrte mit offenem Mund auf ihre Knöchel und den Handrücken, die blutig und von dreieckigen Glasscherben überzogen waren wie von einer scharfkantigen Schuppenschicht. Sie spreizte die Finger, und das Glas rieselte zu Boden. Beinahe im selben Moment begann ihre Haut, sich wieder zusammenzufügen, und schloss sich über den Wunden wie ein dünner Eisfilm. Kurz darauf waren die Spuren verschwunden, und nichts erinnerte mehr an den Vorfall außer dem zertrümmerten Fenster mit dem braunrot verschmierten Loch in der Mitte und Olivias Miene, die entschlossener und unerschrockener wirkte denn je.

Doch bevor sie in die zweite Runde gehen konnte, legte ich den Gang ein und trat aufs Gas. Olivia prallte zurück, als hätte sie sich verbrannt. Mit dem Motor war auch Marvin Gaye wieder zum Leben erwacht und bestärkte mich in meinem Vorsatz, den ich vor ein paar Minuten im Rennen gefasst hatte.

»Lässt du mich jetzt echt hier stehen?«, schrie Olivia über den Motorenlärm. »Und wie soll ich zurück nach D. C. kommen?«

Ich zuckte mit den Schultern, aber mir war klar, dass die Geste genauso zittrig rüberkam, wie sie sich anfühlte. Trotzdem, es war mir egal, wie sie nach Hause kam. Völlig egal. *Alles* war egal, weil schließlich nichts real gewesen war.

Es war mir so egal, dass ich sie mit einem möglichst lässigen »Such dir 'nen anderen Chauffeur« abspeiste und losraste.

Danach fuhr ich eine Weile planlos durch New York City, immer im Kreis. Benommen kurvte ich durch Manhattan, legte an roten Ampeln seufzend die Stirn aufs Lenkrad und sah aus dem Augenwinkel immer wieder das netzförmig gesplitterte Beifahrerfenster. Ein weiterer Punkt auf der langen Liste der Dinge, für die ich mich bei Ellen entschuldigen musste.

Ein Teil von mir wollte Razz anrufen und sofort zurück nach D. C. fahren. Ein anderer Teil jedoch, dessen Existenz ich mir in der stillen, dunklen, erdnussbutterdicken Luft des Eiswagens am liebsten nicht eingestanden hätte, wollte zurück nach Brooklyn, Olivia einsammeln und *dann* nach Hause fahren. Mit ihr gemeinsam. Doch sobald dieser Teil von mir auch nur für eine Sekunde die Oberhand erlangte, entfachte er ein heftiges Gefühl von Scham in mir, das mir heiß wie Lava durch die Adern rann.

Ich war so was von dumm. So unfassbar, unfassbar dumm.

Dabei war das Schlimmste nicht mal die Zurückweisung, nachdem Olivia und ich zum Hochzeitssong meiner Eltern miteinander getanzt und uns geküsst hatten, bis ich mir für eine Sekunde eingebildet hatte, sie würde mich genauso sehr mögen wie ich sie. Nein, das Schlimmste war, dass sie mir nach alldem anscheinend immer noch Clark vorzog.

War ich ihr denn wirklich so gleichgültig? Oder hasste sie sich selbst so sehr?

Und dann war da natürlich noch die Kiste.

Die mich stumm und missbilligend vom Beifahrersitz anstarrte und bedrohlich ins Schwanken geriet, wann immer ich zu schnell in die Kurve ging. Bei jedem Halt überkam mich der Drang, die Sachen darin zu durchwühlen, aber irgendwas hielt mich davon

ab, wie ein unsichtbares Kraftfeld, das meine Hand nicht durchließ. Es war kein Anstand. Sondern purer Selbsthass.

»Ich weiß, ich hätte dich nicht klauen dürfen«, sagte ich zu der Kiste.

Ich war kein Stück besser als Clark. Schließlich hatte ich Olivia, genau wie er, die eine Sache weggenommen, die ihr am allerwichtigsten war. Bei der ersten Gelegenheit, ihr wehzutun, hatte ich keine Sekunde gezögert.

»Scheiße, ich bin ein Clark«, stöhnte ich.

Kein Wunder, dass sie sich für ihn entschieden hatte. Ich war eben einfach nur irgendein doofer, langweiliger Typ, der Lügenmärchen über seine Eltern erfand und eine Vorliebe für Mädchen hatte, die anderer Leute Leben ruinierten. Ein Typ, der keine Zukunft hatte, keinen Studienplatz und auch sonst nichts zu bieten hatte, außer einem so umfangreichen wie unnützen Wissen über schlechte Enden. Nicht mal eine scheißverdammte Lederweste besaß ich.

**SHUTTER ISLAND**
Gepostet unter FILME von <u>Hugh</u>.jpg
am 27. September um 22:24 Uhr

Ehrlich, im Prinzip hab ich gar nichts gegen solche Enden.
Aber wenn ich mir gerade zwei Stunden lang angucken
musste, wie Leonardo DiCaprio auf einer Insel rumrennt
und Detektiv spielt, dann sollte das besser nicht alles nur
ein Traum gewesen sein.

Irgendwann fuhr ich zurück zur Wohnung meiner Tante. Da ich
hoffte, dass Razz vielleicht noch nicht auf dem Weg nach Kalifornien war, konnte ich nicht lange bleiben. Kurz unter die Dusche
hüpfen und vielleicht ein Zwanzig-Minuten-Nickerchen, aber
dann hieß es: Auf nach D. C.

Zu erschöpft, um groß auf die fröhliche Begrüßung von Sunny,
dem Portier, einzugehen, schlurfte ich zum Aufzug. Während ich
in den fünfzehnten Stock fuhr, überlegte ich, wo Olivia wohl heute schlafen würde. Bei Clark im Bus? Oder waren die beiden längst
unterwegs nach Kanada, nachdem ihnen die Vorstellung, mich
abgeschüttelt zu haben, genug Energie verliehen hatte, um die
Nacht durchzufahren?

Endlich vor der Wohnungstür angekommen, holte ich tief Luft,
um mich für die Begegnung mit Tante Karen zu wappnen, die sich

sicher nach meinem Abend erkundigen würde. Ich kramte in meinen Taschen nach dem Schlüssel, ertastete aber nur Stoff. Hatte ich ihn etwa auf meiner Flucht aus dem Cabinet verloren? Als ich jedoch testweise den Knauf drehte, ging die Tür einfach auf.

Im Wohnzimmer war die Deckenlampe eingeschaltet, aber niemand war zu sehen.

»Karen?«, rief ich, während ich Olivias Kiste auf den Esstisch hievte.

Auch im Flur brannte Licht, während das Schlafzimmer meiner Tante im Dunkeln lag. Dafür war die Badtür geschlossen, darunter ein heller Streifen Licht, der hin und wieder unterbrochen wurde, wenn meine Tante sich drinnen bewegte. Dass sie zu Hause war, bedeutete, ich würde entweder irgendeine Geschichte erfinden müssen, warum ich noch mal wegging, oder warten, bis sie im Bett war, bevor ich die Fahrt nach D. C. antrat. Aber um mir darüber jetzt den Kopf zu zerbrechen, fehlte mir schlicht die Energie.

Ich rieb mir mit den Handballen die Augen und beschwor meine Beine, mich wenigstens noch bis in die Küche zu tragen, damit ich mir einen Kaffee machen konnte. Auf der Arbeitsplatte lagen eine halb leere Schachtel Schokocookies und ein Block Cheddar mit ein paar ziemlich altbacken aussehenden Crackern.

»Dann war das Date wohl ein Reinfall«, murmelte ich, während ich die Küchenschränke durchforstete. Hinter acht quadratischen Päckchen Ramen mit Hühnchengeschmack und einer Tüte Geleebohnen, die so alt waren, dass sie zu einem riesigen regenbogenbunten Klumpen zusammengeschmolzen waren, fand ich eine Dose mit Kaffeepulver, das aussah, als läge es schon seit den Neunzigern dort. »Mein Gott, Tante Karen ist ja schlimmer als ich«, sagte ich und griff notgedrungen danach.

»Karen, willst du auch Kaffee?«, rief ich. »Ich mache gerade welchen.« Ich kippte den kläglichen Rest des gräulich braunen

Staubs in die kleine Kaffeemaschine neben dem Toaster und fügte gedämpft hinzu: »Hoffen wir mal, dass das Zeug nicht radioaktiv ist.« Der Wasserhahn gurgelte, als ich die Kanne füllte und den Inhalt in die Maschine umschüttete. Ich schaltete sie ein und rief noch mal: »Karen?« Doch da war nur das leise Gluckern in der Kaffeekanne.

Unter der Badezimmertür drang dasselbe gelbe Licht hindurch wie zuvor, und ich klopfte leise. »Tante Karen, willst du Kaffee?«, fragte ich noch mal. »Dann bleibst du zwar wahrscheinlich bis vier Uhr morgens wach, aber hey, YOLO, stimmt's?«

Wieder bewegte sich ein Schatten im Bad, aber noch immer kam keine Antwort.

Ich runzelte die Stirn. »Karen?«

Ein unheilvolles Kribbeln kroch mir den Nacken hoch, als ich den Blick den Flur runter und zum Schlafzimmer meiner Tante wandern ließ, zu ihrem ungemachten Bett, das gerade eben im Dunkeln zu erkennen war. Wenn sie schon von ihrem Date zurück wäre, müsste dann nicht irgendwo ihre Handtasche liegen? Und was war mit ihren Schuhen? Und mit ihrem Handy? Ich ließ den Blick über den leeren Esstisch und den Wohnzimmerboden schweifen.

Aber wenn das im Bad nicht Tante Karen war, wer war es dann?

Solange Sunny unten in der Portiersloge saß, erschien es mir eher unwahrscheinlich, dass irgendein Einbrecher es hier raufgeschafft haben sollte. Und welcher Einbrecher ging sich denn bitte erst mal in aller Ruhe frischmachen? Nein, das da drin war niemand Fremdes. Und wenn Karen nicht hier war, dann wohl auch nicht ihr Franzose. Womit nur eine einzige Person übrig blieb.

»Olivia?«, flüsterte ich.

Auf der anderen Seite der Tür ertönte ein Plumpsen, gedämpft und satt, als wäre jemand zu Boden gefallen. Innerhalb eines

Sekundenbruchteils zog der Rest der Nacht vor meinem inneren Auge vorbei:

Olivia, die in einer Blutlache bäuchlings auf den Fliesen lag.

Und ich. Zu spät.

Das flackernde Blaulicht des Krankenwagens vor dem Gebäude.

Die Gesichter der Leute, die mich anstarrten, kopfschüttelnd und angewidert von meiner Ahnungslosigkeit, meiner Unfähigkeit, auch nur einmal das Richtige zu tun und dafür zu sorgen, dass ausnahmsweise mal nicht alle rings um mich starben oder komplett vereinsamten, weil ich mich mal wieder nur für mich selbst interessierte.

Aber Olivia war direkt hinter dieser Tür. Noch war vielleicht Zeit, sie zu retten.

»Olivia!«, rief ich und rüttelte an der Tür. Irgendwas war auf der anderen Seite im Weg. Ich stemmte mich dagegen und drückte mit aller Kraft, bis mir die Schulter und der ganze Rücken wehtaten, aber die Tür gab nicht nach. »Olivia, halt durch! Bitte halt durch.«

Mit einem Mal schwang die Tür auf, so unverhofft, dass ich über die Schwelle stolperte und fast über das Hindernis auf dem Boden gefallen wäre. Es dauerte einen Moment, bis ich kapierte, dass das auf dem Boden gar nicht Olivia war. Sondern ein Haufen Handtücher.

»Was soll denn der Scheiß?«, erklang eine ungläubige Stimme.

Ich hob den Kopf. »Olivia?«, krächzte ich.

Olivia musterte mich durch den Dampf, der das winzige Badezimmer vernebelte. Wasser tropfte ihr aus den nassen Haaren auf die nackten Schultern, und sie hatte sich ein flauschiges grünes Handtuch umgewickelt. Auf dem Waschbeckenrand lagen ihre Armbänder, wie eine abgeworfene Schlangenhaut. Aber das alles

trat plötzlich in den Hintergrund, als mein Blick auf die Schere in Olivias rechter Hand fiel.

Sofort musste ich an Beckys Geschichte über Olivias Mom denken. An ihre einzige Schwäche, *Olivias* einzige Schwäche. Wie hypnotisiert starrte ich auf die spitze, im Badezimmerlicht schimmernde Goldschere. Irgendwie musste ich Olivia ablenken, um sie ihr zu entreißen.

Ich schluckte. »Wie bist du denn hier reingekommen?«

Olivia deutete mit dem Kinn Richtung Flur. »Ich hab dir den Schlüssel geklaut. Gleich nachdem deine Tante ihn dir gegeben hatte.«

»Oh.«

Ein paar Sekunden lang herrschte Schweigen. Olivia trat vor den kleinen beschlagenen Spiegel über dem Waschbecken und wischte ein Guckloch frei. »Was machst du überhaupt hier?«, fragte sie leise, als unsere Blicke sich im Spiegel trafen. »Müsstest du nicht längst auf dem Weg zurück nach D. C. sein?« Wut ließ ihre Stimme gefrieren, und sie umklammerte die Schere fester.

»Ich hätte dich nicht in Brooklyn stehen lassen sollen«, gestand ich, während mir Schamesröte den Hals hinaufkroch. »Ich hab nur – als ich dich mit Clark gesehen hab, da ist mir, na ja, irgendwie 'ne Sicherung durchgeknallt.«

Olivia presste die Lippen zusammen und sah runter in das leere weiße Porzellanbecken. In ihren Augen glitzerten Tränen. »Ja«, sagte sie mit belegter Stimme und wirkte mit einem Mal ganz klein. So hatte ich sie noch nie erlebt, bloß noch ein schwacher Abklatsch der unverwüstlichen Olivia Moon von der Herfahrt. Sie lachte rau. »Darin bin ich echt gut – Leute dazu zu bringen, mich zu hassen. Ist eine meiner zahlreichen Superkräfte.«

Zu meinen Füßen lagen immer noch die Handtücher. Wahrscheinlich waren sie aus dem weißen Regal an der Wand gefallen.

»Ich hasse dich doch nicht.« Vorsichtig und ohne dabei die Schere aus dem Blick zu lassen, machte ich einen Schritt über den Frotteehaufen. Noch ein kleines Stückchen näher, dann konnte ich sie Olivia vielleicht abnehmen.

Olivia hob den Kopf, und eine Träne lief ihr über die Wange. »Das kommt noch, versprochen«, erwiderte sie. »Passt doch genau in dein Schema.«

»Was soll das denn jetzt heißen?«

»Deine Eltern hasst du doch auch. Sie haben einen einzigen schlimmen Fehler gemacht – auch wenn man wohl nicht vergessen sollte, dass sie dabei einen ganzen Schulbus voller Kinder gerettet haben. Aber jedenfalls zählt für dich seitdem nichts mehr von all dem Guten, das sie in ihrem Leben gemacht haben. Und da du ja denkst, ich hätte dich nur ausgenutzt, warum sollte es bei mir anders laufen?«

Ich biss die Zähne zusammen und starrte wieder runter auf die Handtücher. Sie hatte recht. Dieser Logik zufolge müsste ich sie hassen. Aber im Leben war nun mal nicht alles logisch.

Jetzt war ich es, dem die Tränen in die Augen traten. »Da war kein Bus. Und auch keine Brücke«, sagte ich leise. »Meine Eltern waren –« Ich räusperte mich. Es half nichts, Olivia musste die Wahrheit erfahren. Die ganze Wahrheit. »Sie waren einfach nur betrunken. Sie sind in Virginia in einem Restaurant gewesen, haben jeder eine Flasche Sekt gekippt, und auf dem Rückweg hat mein Dad den Wagen gegen einen verdammten Baum gesetzt. Sie waren sofort tot. Ende.«

Mit offenem Mund wandte Olivia sich mir zu. Die Wahrheit schwebte zwischen uns wie ein leuchtend roter Ballon, von dem wir beide nicht den Blick wenden konnten.

Nach ein paar Sekunden seufzte Olivia. »Na endlich.«

Ich sah, wie sich ihr Griff um die Schere lockerte. Ohne darü-

ber nachzudenken, holte ich tief Luft und stürzte nach vorn. Olivia schrie erschrocken auf, als ich die Finger um die runden Griffe schloss, doch bevor ich sie ihr entwinden konnte, blieb ich mit dem Fuß in einem der Handtücher hängen. Wild rudernd versuchte ich, das Gleichgewicht zu halten und zog dabei die Schere quer über Olivias Handfläche.

»Aua, du Arsch«, schrie sie und presste sich die Faust an die Brust.

Im Fallen stieß ich mit der Stirn gegen die Waschbeckenkante und krachte dann auf die Fliesen. Taubheit breitete sich in mir aus.

Und dann wurde alles schwarz.


Als ich wieder aufwachte, hatte ich brüllendes Kopfweh. Ich öffnete die Augen und sah Olivias Gesicht über mir, teilweise verdeckt von grellweißen Pünktchen.

»Was ist passiert?«, fragte ich.

Über meiner linken Augenbraue hatte sich ein rhythmisches Pochen erhoben. Ich betastete meine Stirn, und schon beim leisesten Druck strahlte der Schmerz aus bis in meine Fingerspitzen.

»Nicht anfassen.« Olivia nahm meine Hand und legte sie mir sachte auf die Brust. »Mann, ich dachte, du wärst tot.«

»Ich dachte, *du* wärst tot«, murmelte ich. Das Bild der Schere kam zurück wie ein Bumerang, und ich versuchte mich aufzusetzen, aber mir wurde sofort schwindelig. »O Gott«, stöhnte ich.

»Komm, leg dich mal auf die Couch«, sagte Olivia.

Sie schob die Hände unter meine Achseln und zog mich erstaunlich mühelos auf die Füße. Dann bugsierte sie mich zur Couch und stopfte mir drei Kissen unter den Kopf. Meine Beine hingen in einem seltsamen Winkel über die Armlehne. Ich schloss die Augen und hörte Olivia irgendwo nebenan rumoren. Als sie zurückkam, hatte sie wieder ihr Gorilla-T-Shirt und ihre Männer-

badehose an und eine weiße Plastikbox mit einem roten Kreuz dabei, die sie auf der Couchecke abstellte und aufklappte. Ein Erste-Hilfe-Koffer.

»Ganz schön krasser Stunt, den du da hingelegt hast.« Sie tränkte ein Wattestäbchen mit einer klaren Flüssigkeit, die nach Arztpraxis roch. »Das muss selbst ich zugeben, und ich hab mich früher oft nur zum Spaß die Treppe runtergeworfen.«

Vorsichtig tupfte sie mit dem Wattestäbchen über meine Augenbraue, und ein sengender Schmerz zuckte mir direkt ins Hirn und vernebelte mir erneut den Blick.

»Sorry, sorry, sorry«, murmelte Olivia, als ich ein vernehmliches Zischen von mir gab.

»Wie lange war ich denn weg?«, wollte ich wissen.

»Ungefähr eine Minute«, antwortete sie. »Wir sollten wohl besser ins Krankenhaus mit dir. Ich glaube, das muss genäht werden.«

Sie nahm ein Tütchen mit Wattebäuschen aus dem Koffer und klebte mir einen davon mit einem Streifen Heftpflaster an die Stirn. Dabei fiel mir das rot getränkte Knäuel Klopapier auf, das sie in der anderen Faust hielt.

»Was –« Ohne mich um meinen Brummschädel zu kümmern, richtete ich mich auf und bog ihre Finger auseinander. Über ihre Handfläche zog sich ein tiefer Schnitt, aus dem leuchtend rote Blutstropfen quollen. Aber wieso? Das konnte doch gar nicht sein. Das einzig Verletzliche an ihr waren doch ihre Handgelenke. »Warum schließt sich das nicht?«, stieß ich atemlos hervor.

Olivia starrte ebenfalls runter auf ihre Hand. »Ich ... Ich hab keine Ahnung.«

»Ich dachte, kritisch sind nur deine Handgelenke.«

Verwirrt kniff sie die Augen zusammen, verdrehte sie jedoch gleich darauf, als ihr dämmerte, von wem ich diese Information

haben musste. »Dachte ich auch«, erwiderte sie schließlich. »Aber ich glaube, da hab ich die ganze Zeit falschgelegen. Vielleicht ist es gar kein bestimmter Körperteil, der mich angreifbar macht. Sondern ein Gefühl.«

Ich runzelte die Stirn. »Wie meinst du das?«

»Meine Mom.« Olivia schluckte und kauerte sich neben der Couch auf den Boden, sodass ihr Gesicht direkt vor meinem war. »Sie hatte mein Leben lang ziemliche Stimmungsschwankungen. Aber alles in ganz normalem Rahmen, das heißt, wenn sie schlecht drauf war, haben wir es uns einfach auf der Couch gemütlich gemacht und unsere Lieblingsfilme geguckt, und irgendwann ging es ihr dann wieder besser. Aber kurz vor ihrem Tod hat sich ihre Traurigkeit verändert. Sie ging einfach nicht mehr weg, und niemand konnte sie aus ihrem Tief rausholen. Ich hab ihr Pfannkuchen mit Erdbeeren gemacht und im Bett Bücher vorgelesen, aber das hat alles nicht geholfen, und da bin ich sauer geworden. So richtig. Ich hab geheult und sie angeschrien. Schließlich konnte sie ihren Körper problemlos heilen, warum also nicht auch so was? Sie wollte mir nicht erklären, was mit ihr los war – ich glaube ja, sie wusste es selbst nicht. Darum bin ich davon ausgegangen, dass es an mir lag.«

Olivia sah runter auf ihre blutige Handfläche, aber ihr Blick war starr, als wäre sie mit den Gedanken weit weg.

»In der Woche vor ihrem Tod ist sie kein einziges Mal mehr aus dem Bett aufgestanden. Das ganze Schlafzimmer stank nach Schweiß und ranzigem Essen von den vielen dreckigen Tellern, die sie einfach unters Bett geschoben hatte. Sie war wie eine leere Hülle, so als hätte das Universum alles aus ihr rausgeschnitten, was sie ausmachte. Und als ich dann eines Tages nach Hause kam, war sie wirklich nicht mehr da.«

Tränen lösten sich aus Olivias Augen und hinterließen nasse Spuren auf ihren Wangen. Ohne darüber nachzudenken, wischte

ich sie weg. Als Olivia meine Finger auf ihrer Haut spürte, sah sie hoch.

»Ich hab mir immer vorgestellt, dass sie den ganzen Tag ausprobiert haben musste, wie sie sich umbringen kann. Aber jetzt ...« Sie fuhr mit dem Zeigefinger ihre Schnittwunde nach. »Jetzt glaube ich, dass es gleich beim ersten Versuch funktioniert hat. Weil die Verletzlichkeit nicht von ihren Handgelenken ausging. Sondern von ihrem Geist.«

Meine Gedanken kehrten zurück zu dem Moment, bevor ich Olivia aus Versehen die Schere über die Handfläche gezogen hatte. Sie hatte so niedergeschlagen gewirkt. Kein bisschen wie die furchtlose Olivia, als die ich sie in den letzten Tagen kennengelernt hatte und die einem allein dadurch Kraft verlieh, dass man neben ihr stand.

»Darum ist deine Hand also nicht verheilt. Weil du sterben *wolltest*.«

Olivias Kopf ruckte hoch. »Sterben?«, wiederholte sie. »Wer behauptet denn bitte, dass ich sterben wollte? Ich hab mich einfach nur mies gefühlt, nachdem ich die Sache mit dir in den Sand gesetzt hatte.«

»Aber du hattest doch deine Armbänder abgenommen.«

»Ja, weil ich duschen war. Leder verträgt sich nicht sonderlich gut mit Wasser.«

»Und was hattest du mit der Schere vor?«

»Jedenfalls nicht, mich umzubringen. Ich wollte mir die Haare schneiden«, erklärte sie. »Kennst du das nicht aus dem Kino? Wenn eine Frau im Film einen Nervenzusammenbruch hat, säbelt sie sich erst mal die Haare ab.« Olivia schüttelte lachend den Kopf. »Mann, du schaltest aber echt immer von null auf Apokalypse. Bist du deswegen ins Bad geplatzt wie ein Ein-Mann-Spezialeinsatzkommando?«

»Ich, äh«, begann ich, aber dann musste ich einfach mitlachen. »Ja«, gab ich zu.

Mit einem Mal erkannte ich, wie absurd und gleichzeitig witzig das Ganze gewesen war. Ich hatte das Bad gestürmt, als wäre ich The Rock, hatte Olivia die Schere aus der Hand gerissen und mich dann selbst am Waschbecken ausgeknockt. Der Einzige, der gedacht hatte, heute Nacht würde die Welt untergehen, war ich gewesen.

Olivia legte den Kopf auf meine Brust, und ihre Schultern bebten, während ich selbst vor Lachen kaum noch Luft bekam. Als sie hochguckte, waren ihre Wangen schon wieder nass, aber diesmal waren es Lachtränen.

»O Mann, das ist das mieseste Ende aller Zeiten«, japste ich schließlich.

Olivia strich mir die Haare aus der Stirn und lächelte wehmütig. »Ist dir schon mal in den Sinn gekommen, dass es gar kein Ende sein muss?«

In dem Moment fiel mir unser Gespräch von vor meinem Sturz wieder ein. Was ich zu Olivia gesagt hatte. Und was sie darauf erwidert hatte.

»Als ich dir das von meinen Eltern erzählt habe«, ich zögerte kurz, »da hast du ›Na endlich‹ gesagt. Heißt das, du wusstest die ganze Zeit, dass ich lüge?«

Olivia schüttelte den Kopf und ließ den Blick durch den Raum wandern. Ich konnte förmlich die Gedanken sehen, die ihr durch den Kopf huschten.

»Anfangs nicht«, erklärte sie. »Also, das mit dem Schulbus klang natürlich schon ziemlich irre, aber da dachte ich noch, ›komm, das glaubst du ihm jetzt einfach‹. Aber als du dann meintest, sie wären von der Woodrow Wilson Bridge gestürzt, war mir klar, dass zumindest das erfunden sein musste. Ich kenne die

Brücke nämlich, und da braucht man schon 'ne Rampe, um über die Leitplanken zu kommen.«

Sie hatte recht. Die Leitplanken waren hüfthoch und aus massivem Beton.

»Warum hast du denn nichts gesagt?«, beschwerte ich mich. »Du hast mich dastehen lassen wie den letzten Idioten.«

Wut stieg in mir auf, aber ich wusste, dass sie nicht Olivia galt. Sondern mir selbst, weil ich mir so einen Blödsinn ausgedacht hatte und mich dabei hatte erwischen lassen.

»Ich konnte mir ja denken, was dahintersteckte. Hast du schließlich selbst gesagt: Du wolltest deinen Eltern ein besseres Ende verpassen, und das wollte ich dir nicht wegnehmen. Ich hab mich darauf verlassen, dass du mir irgendwann schon die Wahrheit sagen würdest, und wenn nicht, dann hätte es bestimmt seinen Grund. Zum Beispiel, dass ich dich für Clark sitzen gelassen habe.« Sie sah mich an, und wieder traten ihr Tränen in die Augen. »Zwischen uns ist nichts passiert«, sagte sie leise und senkte den Kopf. »Versprochen. Aber vielleicht *wäre* was passiert, wenn du nicht aufgetaucht wärst. Und im Grunde ist das genauso schlimm.«

»Das ist doch jetzt egal«, sagte ich.

Ich spürte noch immer den Stich, den es mir versetzt hatte, Olivia mit Clark zu sehen, aber ich wusste, dass es keine Rolle mehr spielte. Außerdem hatte ich an diesem Wochenende mindestens genauso viel Mist gebaut. Ich strich ihr eine Haarsträhne hinters Ohr.

»Ich –«, fing ich an. »Ich glaube, auf irgendeiner Ebene hab ich immer gewusst, dass meine Eltern keine gemeinen Monsterfieslinge waren, aber als wir damals rausgefunden haben, dass sie bei ihrem Tod betrunken waren, da kam mir das alles fast vor wie böse Absicht. Ich meine, wie blöd kann man denn sein? Als Eltern

muss man ja wohl erst recht gut auf sich aufpassen, weil man sich schließlich um seine Kinder kümmern muss. Und nachdem die beiden anscheinend kein Problem damit hatten, mit je einer Flasche Sekt intus noch ins Auto zu steigen, hab ich mich natürlich gefragt, ob ich ihnen überhaupt je was bedeutet hab.«

Nach dem Tod meiner Eltern hatte ich jede Erinnerung an sie genau unter die Lupe genommen, jedes noch so kleine »Ich hab dich lieb« von allen Seiten durchleuchtet. Was, wenn ich mich komplett in ihnen getäuscht hatte? Wenn ich die beiden bloß für zwei leicht durchgeknallte Hippies mit hervorragendem Musikgeschmack *gehalten* hatte, für zwei nette, stets hilfsbereite Menschen, die meine Schwester und mich sogar noch mehr geliebt hatten als Marvin Gaye und The Temptations zusammengenommen? Waren sie in Wirklichkeit ganz anders gewesen? War unser chaotisches Haus bloß eine exzentrische Verkleidung gewesen, unter der sich ein gruselig entstellter Körper verbarg? Hatte mein Dad die Sache mit den Stoppelköpfen beim Baseball bloß genutzt, um sich wie ein Macho aufzuführen und die jungen Frauen zu beeindrucken, anstatt einfach nur ein anständiger Mensch und mir ein gutes Beispiel zu sein?

Der Platz, den meine Eltern einmal in meinem Kopf eingenommen hatten, wurde zum Hohlraum, einer Leerstelle. Und manchmal, in meinen düstersten Momenten, wenn ich mal wieder bis Sonnenaufgang wach lag und nichts spürte als diese kalte, namenlose Angst, fiel es mir nur zu leicht, diese Leerstelle selbst zu füllen.

»Ihr Ende war einfach so sinnlos«, fuhr ich fort. »Wenn sie wenigstens diese Kinder gerettet oder entschieden hätten, gemeinsam zu sterben, weißt du? Wie in dieser Szene in *Toy Story 3*, als –«

Olivia nickte. »Kenn ich.«

»Irgendwie so. Wenn das ihr Ende gewesen wäre, dann hätte

es mich nicht ganz so fertiggemacht, oder zumindest dachte ich das immer. Dann wäre es viel weniger schlimm gewesen. Aber sich einfach aus purer Gedankenlosigkeit um einen Baum wickeln?« Ich verzog das Gesicht bei der Vorstellung. »Meine Eltern waren keine schlechten Menschen, sie waren nicht dumm oder fahrlässig. Und auch nicht dauerbetrunken. Glaube ich jedenfalls.«

Noch so ein Punkt, auf den hin ich die Erinnerungen an meine Eltern sezierte. Wie besessen versuchte ich mir ihre Trinkgewohnheiten vor Augen zu rufen, bis ins kleinste Detail. Hin und wieder hatten sie zum Essen ein Glas Wein getrunken, und zu besonderen Anlässen wie der Hochzeit meines Cousins oder Ellens Schulabschluss hatten sie auch gern mal ordentlich die Korken knallen lassen, aber was, wenn doch mehr dahintergesteckt hatte? Etwas Grundlegenderes? Was, wenn die beiden insgeheim doch alkoholabhängig gewesen waren und ich zu sehr mit meinen blöden Freunden und der Schule und allem anderen beschäftigt gewesen war, um es mitzukriegen? Was, wenn sich das alles direkt vor meiner Nase abgespielt hatte? Und was bedeutete das für meinen eigenen Umgang mit Alkohol? Was, wenn es mir einfach im Blut lag, eine Flasche Sekt zu exen und gegen den nächsten Baum zu rasen?

»Aber nachdem sie gestorben sind – so *wie* sie eben gestorben sind –, da hat mich das nicht mehr losgelassen. Ich konnte an gar nichts anderes mehr denken und fing an zu überlegen: Okay, vielleicht waren sie ja in Wirklichkeit doch einfach nur schrecklich, mehr Würmer als Menschen, und ich war einfach nur zu dämlich, um es zu merken. Wer macht denn schließlich so was? Doch nur Leute, die total kaputt sind, denen alles scheißegal ist.« Ich ballte die Fäuste. »Vielleicht hatte ich ja die ganze Zeit falschgelegen und bin erst dahintergekommen, als es schon zu spät war.«

»Aber selbst wenn, was würde das ändern, Hugh?«, erwiderte Olivia. »Welche Rolle spielt das jetzt noch? Was wichtig ist, sind deine Erinnerungen an sie, nicht, wie die beiden gestorben sind.«

»Würde es dich denn nicht jucken, wenn du das Gefühl hättest, dein Leben lang belogen worden zu sein?«

»Du bist aber nicht dein Leben lang belogen worden«, beharrte sie. »Wann kapierst du endlich, dass du dir diese Gedanken selbst in den Kopf gepflanzt hast, dass *du* derjenige bist, der so hart über deine Eltern urteilt und jede schöne Erinnerung an sie ruiniert? Ich meine, klar gibt es da draußen irgendwelche Arschlöcher, die eine eindeutige Meinung dazu hätten, aber doch niemand, der deine Mom und deinen Dad tatsächlich kannte.«

»Sie hätten einfach nicht auf die Art gehen dürfen«, wandte ich ein. »Sie hätten gar nicht gehen dürfen.« Ich presste die Lippen zusammen, und mein Blick verschwamm vor Tränen. »Sie sind gestorben, bevor mir überhaupt richtig klar war, dass sie das eines Tages tun würden. Bevor mir klar war, dass es jederzeit jeden treffen kann. Auch mich. Auf einmal war alles nur noch Chaos. Nichts war mehr sicher. Man kann das tollste Leben führen, voller Liebe, Erfolg und Glück, und dann macht man eine falsche Bewegung, und zack, das war's. Für immer. Was, wenn mir das auch passiert?« Olivia war so still, dass ich kurz fürchtete, sie mit meinem Gerede in den Schlaf gelullt zu haben, aber ich konnte trotzdem nicht aufhören. Nicht jetzt, wo ich endlich bei der Wahrheit angelangt war. »Dieser ganze Mist mit den Enden – darüber hab ich nachgedacht, während du im Cabinet warst. Du hattest recht. Ich hasse nicht nur schlechte Enden, sondern einfach Enden an sich. Selbst meinen Eltern diesen Schulbus voller Kinder anzudichten, den sie heldenhaft gerettet hätten, hat kein bisschen geholfen, weil sie eben immer noch tot waren. Dadurch hab ich erst so richtig kapiert, dass ich eines Tages auch sterben muss, und,

keine Ahnung, das hat mir halt Angst gemacht. Macht es immer noch.«

Olivia lächelte sanft. »Na klar«, sagte sie. »Du bist ja auch ein Mensch. Wir fürchten uns alle vor den großen, wichtigen Dingen, die wir nicht verstehen. Was glaubst du denn, warum so viele Leute Social Media hassen?«

Ich schnaubte belustigt. »Ja, aber anstatt mich meiner Angst zu stellen, hab ich sie an *Interstellar* und *Buffy* ausgelassen. Und mich zu einem Freak entwickelt, der das Ganze als Ausrede benutzt, um nie mehr das Haus verlassen zu müssen. Ich dachte mir, wenn ich alles nach seinem Ende beurteile, würden sich die Leute vielleicht auch so an mich erinnern. Ich will einfach nicht der Typ sein, der bei irgendeiner bescheuerten TikTok-Challenge draufgegangen ist.« Ich stöhnte auf. »O Gott, klingt das alles armselig, wenn man es mal laut ausspricht.«

»Klingt überhaupt nicht armselig«, widersprach Olivia. »Und ich weiß schließlich selbst, wie verlockend es ist, sich von seinen eigentlichen Problemen abzulenken. Früher dachte ich, wenn ich alle paar Monate meinen kompletten Kleidungsstil wechsle, würde schon niemand merken, wie verloren ich mich fühle. Aber dadurch hab ich mich bloß zu 'ner Comicfigur gemacht.«

Ich nahm Olivias Hand, die auf meiner Brust lag. Wir pressten die Handflächen aneinander und spreizten die Finger.

»Das mit Clark tut mir leid«, sagte sie schließlich. »Ich – ich hatte einfach solche Angst, dass du mich sitzen lässt, sobald wir wieder zu Hause wären. Und da dachte ich mir, wenn ich wieder was mit Clark anfange, könnte ich vorher *dich* sitzen lassen, dann würde es nicht so wehtun. Keine Ahnung, war echt bescheuert.«

»Mir tut's leid, dass ich dich angelogen hab. Gleich zweimal.« Ich verschränkte meine Finger mit ihren und bettete sie zurück auf meine Brust, um ihr in die Augen sehen zu können. »Das war

kein groß angelegtes Täuschungsmanöver oder so. Aber als ich erfahren hab, dass du gar nicht wusstest, wie meine Eltern ums Leben gekommen sind, da kam mir das, na ja, einfach wie eine gute Gelegenheit vor, die Vergangenheit ein bisschen umzuschreiben. Damit nicht jeder in meinem Umfeld die beiden für die letzten Saufnasen hält.«

»Tu ich so oder so nicht«, sagte Olivia. »Und auch niemand sonst, da bin ich mir ziemlich sicher.«

Ich nickte. »Ich kann das mit Clark übrigens nachvollziehen. Auch wenn ich immer noch finde, dass er ein Riesenbaby aus der Hölle ist.« Olivia grinste. »Erinnert mich ein bisschen an die Sache mit meinen Eltern. Ich weiß auch, dass es wesentlich komplizierter ist, als ich es dargestellt habe, aber manchmal ist es eben leichter, alles in Schwarz-Weiß zu betrachten. Kurz nach ihrem Tod wusste ich überhaupt nicht mehr, was real ist und was nicht.« Tränen drängten sich hinter meinen Augen, und ich bekam nur noch ein heiseres Flüstern heraus. »Auch wenn sie ein beschissenes Ende hatten, waren sie tolle Menschen. Sie haben sich gut um meine Schwester und mich gekümmert.«

Olivia nickte. »Das eine schließt das andere nicht aus«, bestätigte sie leise.

»Ja.« Ich räusperte mich. »Und ich glaube, auf gewisse Art hab ich das auch immer gewusst. Aber ich kann es mir erst jetzt wirklich eingestehen.«

Olivia ließ meine Hand los und streckte mir stattdessen ihren kleinen Finger hin. »Keine Ablenkungsmanöver und keine Lügen mehr, okay?« Ich hakte meinen kleinen Finger um ihren. »Ab sofort sind wir ehrlich zueinander und zu uns selbst.«

»Abgemacht.«

Sie hob meine Hand an den Mund und drückte lächelnd einen Kuss darauf. Am liebsten hätte ich mich aufgesetzt und sie richtig

geküsst, wäre ich mir nicht zu neunundneunzig Prozent sicher gewesen, dass ich uns dann beide mit Spaghetti vollgekotzt hätte. Alles, was ich wollte, war ihr nahe zu sein und glücklich, nicht trotz all dem Scheiß, den wir dieses Wochenende zusammen durchgemacht hatten, sondern gerade deswegen.

Gerade als ich versuchte, mich in eine Position zu manövrieren, in der das alles einigermaßen möglich wäre, ohne in der Kotznummer zu enden, ging die Wohnungstür auf.

»Kinder, esst bei einem ersten Date niemals Austern«, stöhnte Karen und kramte in ihrer Handtasche. »Niemand sieht sexy aus, wenn er die Dinger schlürft, das kann ich euch –« Sie erstarrte, als ihr Blick erst auf mich fiel, der sich mühsam hochzustemmen versuchte, und dann auf das blutgetränkte Toilettenpapier um Olivias Hand. »O Gott, was ist denn hier passiert?«

Eine neue Welle von Schmerz schwappte durch meinen Schädel. »Kleines Missgeschick.« Ich zog eine Grimasse. »Könntest du uns vielleicht ins Krankenhaus fahren?«

Olivia nickte. »Entschuldigung für das ganze Blut.«

**DAS DARF MAN NUR ALS ERWACHSENER**
Gepostet unter FILME von <u>Hugh</u>.jpg
am 8. November um 20:19 Uhr

Freut mich ja echt, dass Molly Ringwald am Ende ihren
Traumtypen kriegt, aber können wir vielleicht mal
kurz darüber reden, dass besagter Traumtyp noch ein
paar Stunden vorher seine betrunkene Exfreundin
gegen eine Unterhose eingetauscht hat?

Mit frisch vernähter Stirn (ich) und frisch geklebter Hand (Olivia) verließen wir eine Weile später die Notaufnahme des
Columbia University Hospital und setzten uns auf eine Bank,
während meine Tante sich drinnen um den Versicherungskram
kümmerte.

»Wenn wir jetzt wirklich einen Neustart ohne Lügen hinlegen,
muss ich dir aber noch was erzählen«, verkündete Olivia unvermittelt.

Ich sah sie an, aber sie guckte stur geradeaus auf die Straße, wo
trotz vorgerückter Stunde noch immer ziemlich viel los war.

»Kommt jetzt der Moment, in dem du –«, fing ich an, aber sie
ließ mich nicht ausreden.

»Ich hab den Generator kaputt gemacht«, gestand sie.

Ein Krankenwagen fuhr mit heulender Sirene an uns vorbei

und verschwand in einer Tiefgarage, wo der Lärm erstarb. Olivia aber hatte ungerührt weiter auf die Bäume gestarrt, während das Blaulicht über ihr Gesicht zuckte.

»Du hast ... was?«

»Ich hab die Kabel rausgerissen, während du an der Tankstelle in der Telefonzelle warst. Schon klar, dass das daneben war und ich das nicht hätte machen dürfen, aber ich hatte halt Schiss. Ich wusste, dass alles vorbei sein würde, sobald wir die Sachen von meiner Mom zurückhätten. Darum hab ich versucht, das Ganze so lange wie möglich rauszuzögern.«

»Aber du hast doch so ein Theater deswegen veranstaltet.« Ich musste an unseren Streit im Motelzimmer denken.

Sie hob die Schultern. »Ich musste es schließlich glaubhaft wirken lassen.«

»Das wäre echt nicht nötig gewesen«, erwiderte ich. »Ich hätte dich schon nicht hängen lassen.«

»Ja, das weiß ich jetzt auch. Aber ich hab mir trotzdem Sorgen gemacht, dass du wie alle anderen bist.« Als sie mich endlich ansah, glänzten ihre Augen feucht. »Tut mir leid, dass ich dir nicht vertraut habe«, sagte sie. »Und dass extra der Idiot kommen und den Kram reparieren musste. Ich bezahl auch die Ersatzteile.«

Ich schüttelte den Kopf. »Eigentlich war's sogar ganz gut, dass Dan da war. Wurde sowieso Zeit, dass wir zwei einander mal die Meinung geigen. Dan ist ›der Idiot‹«, setzte ich erklärend hinzu.

Olivia lachte leise. »Ach nee.«

Mittlerweile war es fast zwei Uhr morgens. Im Wartezimmer der Notaufnahme hatten hauptsächlich Betrunkene und Teenager gesessen, und das Ganze war nicht halb so interessant gewesen, wie *Law & Order: Special Victims Unit* einen glauben machen wollte. Alles hatte ruhig und friedlich gewirkt, abgesehen vielleicht von der seltsamen Gameshow, die in einem Fernseher in

der Ecke lief und in der die Teilnehmer einander in zahnpasta-blauem Wasser mit Poolnudeln bekämpften.

»Tja.« Meine Stimme hallte von den Betonflächen um uns wi-der. »Und wie geht's jetzt weiter?«

Ich hatte damit bloß heute Nacht gemeint, darum war ich über-rascht, als Olivia antwortete: »Ich glaube, ich bleibe in New York.«

Ich runzelte die Stirn. »Wie jetzt? Du kannst doch nicht ein-fach hierbleiben.«

Olivia schüttelte den Kopf. »Aber zurück in dieses leere Haus in D. C. will ich auch nicht.«

»Musst du doch auch gar nicht. Du könntest bei meiner Schwester und mir einziehen. Bei uns sieht's zwar aus wie in ei-nem riesigen Trödelladen, aber für dich würde ich sogar ein La-ken über die Porzellanclownsammlung meiner Eltern hängen – dann fühlst du dich nicht so gruselig angestarrt.«

Sie musste grinsen. »Erst mal hast du eine ganze Menge mit deiner Schwester zu bereden«, merkte sie an. »Keine Ablenkungs-manöver mehr, schon vergessen?«

»Aber wo willst du denn hier wohnen?«

Sie stieß langsam die Luft aus. »Bei meinen Großeltern in der Bronx«, antwortete sie. »Also, der Mutter meines Dads und sei-nem Stiefvater. Die zwei haben sich immer echt gut um mich ge-kümmert. Ist lange her, dass ich mal bei meiner Familie war und ... keine Ahnung, irgendwie scheint mir das gerade keine schlechte Idee. Ich hab sie vorhin schon angerufen, während du im Behand-lungszimmer warst, und meine Grandma hat sich fast eingepin-kelt vor Freude. In ungefähr einer Stunde müsste sie hier sein.«

Vor meinem geistigen Auge stieg das Bild eines Chihuahuas mit goldenem Partyhütchen auf. »Grandma Reggie?«, fragte ich.

»Wie sie leibt und lebt.« Olivia stieß mir den Ellbogen in die Rippen. »Du Stalker.«

Sie lehnte den Kopf an meine Schulter und machte es sich gemütlich. Gemeinsam sahen wir einem Taxi nach, das die Straße runterfuhr. So ungern ich es zugab, das wunderschöne Gefühl, Olivia so nah bei mir zu haben, wurde ein bisschen von Angst getrübt. Da hatten wir gerade alles zwischen uns geklärt, und jetzt sollte ich sie schon wieder verlieren? Trotzdem konnte ich nicht leugnen, dass es für sie wahrscheinlich die beste Lösung war. Wir wussten schließlich beide, was das bedeutete: Sie würde endlich wieder eine Familie haben.

Als hätte sie meine Gedanken gelesen, verschränkte Olivia ihre unversehrte Hand mit meiner.

»Keine Sorge, Endman«, sagte sie sanft. »So schnell wirst du mich nicht wieder los. Nächstes Semester wirst du sowieso an irgendeiner coolen Filmakademie in New York angenommen, und dann gehen wir jedes Wochenende in ein anderes abgefahrenes Restaurant in Brooklyn und essen Salat aus der Dose oder so 'nen Quatsch.«

Ich bettete das Kinn auf ihren Kopf und lächelte in ihre Haare. »Kann ich nicht einfach in einem Pappkarton vor dem Haus deiner Großeltern wohnen?«

Sie lachte leise. »Dir ist klar, dass man heutzutage an jedem Punkt seines Lebens ein Studium anfangen kann, oder? Ist nicht wie im neunzehnten Jahrhundert, wo man sich mit sechzehn automatisch in eine alte Jungfer mit einer Horde Katzen verwandelt.«

Ich zuckte mit den Schultern. »Mal sehen. Kommt Pappkarton, kommt Rat.«

Sie hob das Gesicht und küsste mich. Die Mischung aus Schmerzmitteln und Olivias Hand an meiner Wange sorgte dafür, dass mir ganz leicht und warm zumute wurde. Und insgeheim wusste ich, dass es in Wirklichkeit umgekehrt war: Wenn irgendwer irgendwen hier nicht mehr loswurde, dann sie mich.

Razz saß auf der Veranda und ließ den Schlüssel zum Kombi seiner Mom um den Mittelfinger kreisen. Er stand nicht auf, als meine Tante vor seinem Haus hielt, sondern guckte mit regloser Miene zu, wie ich mich von Karen verabschiedete, das Vorgartentor öffnete und langsam, beide Hände in den Taschen vergraben, die Stufen hochstieg.

»Du siehst aus wie ein Mafiaboss«, merkte ich an.

Er nahm die Füße vom Verandageländer, um mich durchzulassen, als wäre er eine Zugbrücke und ich das Schiff.

»Setz dich, mein Junge«, gab er eine heisere Marlon-Brando-Imitation zum Besten, mit einem Akzent, der wohl italienisch klingen sollte, und deutete mit zur gichtigen Klaue gekrümmter Hand auf den Platz neben sich. »Mach's dir bequem. Übrigens ist die Mafia ein Mythos.«

Nachdem Olivia von ihrer Grandma abgeholt worden war, hatte ich endlich Ellen angerufen und ihr das ganze Debakel gebeichtet. Sie hatte versprochen, Razz anzurufen, der ihr wiederum zugesichert hatte, auf mich zu warten. Trotzdem war ich die ganze Rückfahrt über extrem nervös gewesen, als könnte ich das Haus am Ende doch noch leer vorfinden, mit einem quer über die Tür gesprayten »FICK DICH, HUGH« als Abschiedsgruß.

Ächzend ließ ich mich auf den Stuhl fallen. Zwar hatte ich schon die letzten fünf Stunden nur gesessen, aber meine Anspannung wegen des Treffens mit Razz war offenbar so groß gewesen, dass ich regelrecht zu spüren meinte, wie meine Knochen einander High Five gaben, als der Druck endlich nachließ. Als Karen den Eiswagen und mich zurück nach D. C. gefahren hatte und langsam, untermalt von Marvin Gaye, die Ausfahrt Georgia Avenue in Sicht gekommen war, hatten sich ringsum plötzlich die Straßen aufgetan, die ich schon mein Leben lang kannte. Aber irgendwie waren sie mir heller erschienen als sonst, umrahmt vom

goldenen Glühen der Heimkehr. Ich war nur zwei Tage weg gewesen, und doch wirkte alles anders. Vertraut und fremd zugleich. D. C. gehörte mir, aber allen anderen genauso. Ich liebte diese Stadt, hatte mein Leben lang hier gewohnt, aber mit einem Mal war sie nicht mehr alles für mich, sondern einfach nur noch mein Zuhause. Ein Ausgangspunkt für mehr, auch wenn ich noch nicht ganz sagen konnte, was das bedeutete.

Eine Weile saßen Razz und ich einfach da und sahen den Autos auf der Straße nach. Sein Viertel war kaum von meinem zu unterscheiden, nur mit anderen Gesichtern auf den Veranden.

»Diesen Ausblick hast du heute zum letzten Mal bis Weihnachten«, sagte ich leise.

Diesen Ausblick, den er an fast jedem Tag seines Lebens gehabt hatte. Ein seltsamer Gedanke, aber er setzte mir weniger zu als erwartet. Razz nickte nur.

»Muss ich überhaupt noch sagen, wie leid mir das alles tut, oder spürst du das sowieso schon in meiner Aura?«, fragte ich nach ein paar weiteren Sekunden überraschend entspannten Schweigens.

Razz wiegte nachdenklich den Kopf hin und her. »Wäre trotzdem ganz schön zu hören«, erwiderte er schließlich.

Ich drehte meinen Stuhl zu Razz um. »Alter, es tut mir so sauleid«, sagte ich. Auf seinem schwarzen T-Shirt war eine Schlange abgebildet, die eine blutverschmierte Krone trug. Ihre gespaltene Zunge war von Rauchwolken umgeben und schien mich regelrecht dazu herauszufordern, das Falsche zu sagen. »Ich hab's so was von verkackt, dass Vergeben und Vergessen wahrscheinlich gerade nur winzige Punkte ganz weit draußen auf deinem Radar sind. Wenn überhaupt.«

Razz rutschte ein Stück tiefer und schob eine Haarsträhne unter seine lila Mütze. »Ist schon okay«, brummte er.

»Nein, ist es nicht«, widersprach ich. »Du bist mein bester Freund, und ich hab dich versetzt, und das, einen Abend bevor du ans andere Ende des Landes ziehst. Das ist das Gegenteil von okay.«

»Hugh, lass gut sein.« Razz umfasste die Plastikarmlehnen seines Stuhls, dann wandte er den Kopf und sah mir fest in die Augen. »Ich mein's ernst. Das mit Olivia – klar hat mich das geärgert, aber ich verstehe, warum du das gemacht hast. Darum bin ich ja überhaupt mit dir befreundet.«

»Und warum? Weil ich der größte Volltrottel der Welt bin?«

Razz schnaubte. »Genau. Du bist der größte Volltrottel der Welt.«

»Ich weiß, das klingt bescheuert, aber – o Mann, ich fass es nicht, dass ich das jetzt tatsächlich laut ausspreche.« Ich schluckte. »Ich glaube, du hattest recht. In dem Moment war Olivia mir wirklich wichtiger als du, aber nicht, weil ich sie toller finde als dich oder so. Ich hatte bloß irgendwie, na ja, Angst, dass wir bald keine Freunde mehr sind, wenn du nach Kalifornien ziehst. Und ich dachte, Olivia könnte mich vielleicht ein bisschen darüber wegtrösten, dass du weg bist.«

Plötzlich fühlte ich mich so klein und verletzlich, als könnte Razz mich mühelos zwischen den Fingern zerquetschen, wenn er wollte.

»Hä?« Jetzt drehte Razz sich vollständig zu mir um. »Das ist doch wohl nicht dein Ernst. Du bist mein einziger Freund.«

»Kann schon sein, aber nur, bis die in Kalifornien merken, wie toll du bist.«

»Hugh. Du warst jahrelang der Einzige an unserer ganzen Schule, der mit mir geredet hat. Der Einzige. Du warst immer für mich da – oder, na ja«, er wedelte mit der Hand, »bis auf dieses Wochenende vielleicht, aber Schwamm drüber. Denkst du echt,

das vergesse ich sofort, nur weil ich in Kalifornien vielleicht ein paar supercoole Klimaaktivisten kennenlerne?«

»Soll ich mich dadurch jetzt besser fühlen?«

»War doch nur ein Scherz.« Razz versetzte mir einen leichten Boxhieb auf den Arm. »Du bist mein bester Freund, Alter. Daran ändern auch viereinhalbtausend Kilometer nichts.«

Er lächelte mich an. Es gab nicht viel, was Razz und ich nicht übereinander wussten. All die Tage, an denen wir gemeinsam nach Hause gelaufen waren, ich mit meinem Skateboard über der Schulter, weil Razz null Gleichgewichtssinn hatte und keine zwei Sekunden auf seinem durchhielt, ohne sich auf die Schnauze zu legen. Abendessen bei ihm zu Hause, Konzerte an der U Street. Nicht mal die Leute, die von der Grundschule bis zum Tod meiner Eltern meine »Freunde« gewesen waren, hatten mir auch nur annähernd so nahegestanden wie Razz.

»Olivia hat mir von Becky Caymans Aktion in der Zehnten erzählt«, stieß ich unvermittelt hervor. Meine Schuldgefühle schnürten mir derart die Kehle zu, dass ich mir nicht sicher gewesen war, ob ich den Satz überhaupt herauskriegen würde. Danach konnte ich nur noch flüstern. »Und ich hab sie auch noch vor dir verteidigt. Hab dich damit vollgelabert, was für ein toller Mensch sie doch wäre. Es tut mir so unglaublich leid.« Ich bekam kaum noch Luft. »Wie kannst du da weiter mit mir befreundet sein wollen?«

Razz schob das Kinn vor und ließ den Blick über die Veranda schweifen. Dass ihn das Thema mitnahm, war deutlich daran zu sehen, wie er die Arme anspannte und anfing, an seinen Fingernägeln zu knibbeln.

»Und das ist ja noch nicht mal alles«, redete ich weiter. »Du hast so oft anklingen lassen, dass du sie nicht magst, und ich hab dir einfach nicht richtig zugehört. Ich hätte wenigstens mal nachfragen müssen.«

»Du hast halt Vertrauen in die Menschen, Hugh. Was ja im Grunde nichts Schlechtes ist.« Razz atmete geräuschvoll aus. »In den meisten Fällen zumindest.«

»Aber dir vertraue ich mehr als jedem anderen. Deswegen war das alles ja auch so beschissen von mir.« Ich schluckte. »Ich schwöre, ich wusste nicht, was da damals gelaufen ist. Ehrlich nicht.«

Wieder fiel ihm eine Haarsträhne über die Nase. Er pustete sie weg, aber sie landete wieder an genau derselben Stelle.

»Was denkst du denn, warum ich an der Mount Luther ständig zum Beratungslehrer gerannt bin?« Er strich sich die Haarsträhne hinters Ohr. »Bestimmt nicht, weil ich Mr West so toll fand. Der Typ hat nach Schimmelkäse gerochen.«

Diese Eröffnung war wie ein Schlag vor die Brust, die mir auch noch das letzte bisschen Atem aus den Lungen trieb. »Ich dachte, das wäre wegen deiner Transition gewesen«, sagte ich leise. »Wieso hast du mir denn nie erzählt, dass es wegen Becky war?«

»Weil du nicht gefragt hast.«

Ein Flugzeug vom Reagan Airport stieg hinter den Bäumen auf und dröhnte über uns hinweg. Ich blinzelte in die Sonne und folgte seinem Kurs über den wolkenlos blauen Himmel. Razz umklammerte seine Knie und seufzte.

»Mir war klar, dass du das mit Becky nicht wusstest«, sagte er. »Und weißt du auch, warum? Weil du kein Arschloch bist.«

Ich starrte in meinen Schoß. »Da könnte man nach diesem Wochenende aber zu ganz anderen Schlüssen kommen.«

»Okay, du hast mich also an meinem letzten Abend hier für dein Traummädchen versetzt. Das war scheiße, da bin ich ehrlich. Ich musste alle *Hobbit*-Filme alleine gucken, dabei hätte ich diese geheiligte Tradition gern mit dir geteilt. Egal, Haken dran.« Er klatschte in die Hände. »Aber glaubst du echt, ich denke deswe-

gen gleich, du hättest gewusst, dass Becky Cayman mein Leben ruinieren wollte, und wärst mir trotzdem ständig damit gekommen, wie toll sie doch ist?« Er ließ die Fingerknöchel knacken. »So ein Blödsinn.«

»Warum hast du mir denn nicht einfach gesagt, dass ich mich gerade wie der letzte Vollidiot benehme?«

Er lachte, ein kurzes Blaffen. »Weil mir das alles extrem peinlich war. Meinst du etwa, ich schwelge gern in Erinnerungen an den Tag, ab dem mich plötzlich alle behandelt haben, als hätte ich Filzläuse?«

Guter Punkt.

»Pass auf, ich weiß, dass du ein anständiger Mensch bist«, fuhr er fort. »Aber auch als mein bester Freund und Ally weißt du eben nicht automatisch alles über mich. Manchmal hatte ich das Gefühl, du denkst, wir zwei sind so dicke miteinander, da könntest du gar nichts falsch machen.«

»Stimmt«, sagte ich. »Ich hätte einfach mal fragen sollen, und es tut mir total leid, dass ich das nicht gemacht hab. Aber falls es das irgendwie besser macht: Ich glaube nicht, dass Becky und ich in Zukunft noch viel miteinander zu tun haben werden.«

»Ja, hab ich schon gehört.«

»Was?«

Razz tat so, als müsste er ganz dringend sein T-Shirt glatt streichen, aber nach ein paar Sekunden verharrten seine Finger reglos auf dem Stoff.

»Becky hat gestern Abend angerufen und sich für alles entschuldigt. Klang sogar ziemlich ernst gemeint für so 'ne hirnamputierte Kuh.«

Razz' Lachen nach zu urteilen, stand mein Mund wohl weiter offen als gedacht.

»Ehrlich«, beteuerte er, »das Thema ist erledigt. Beziehungs-

weise, ganz erledigt wird es für mich wohl nie sein, aber die Geschichte ist jetzt ewig her, und ich würde den ganzen Mist einfach gern so weit wie möglich hinter mir lassen. Meinetwegen kannst du auch weiter mit ihr ins Bett gehen, ist mir echt –«

»Was?« Ich spürte, wie ich rot anlief. Oder wahrscheinlich eher lila. »Davon wusstest du?«

Razz bedachte mich mit einem gelangweilten Blick. »Alter, so sehr wie du konnte einfach niemand Becky Cayman mögen, ohne 'nen richtig guten Grund dafür zu haben. Und dein Grund war eben, dass zwischen euch was lief. Du bist der durchschaubarste Mensch der Welt.«

Völlig baff lehnte ich mich zurück. »Ich fass es nicht, dass du Bescheid wusstest und trotzdem nie was gesagt hast.«

»Was hätte ich denn sagen sollen? Bitte hör auf, das heißeste Mädchen der ganzen Schule zu vögeln, weil sie mich vor zwei Jahren mal bloßgestellt hat?«

»Ja!«, rief ich. »Genau das.«

»Tja, so was mache ich aber nun mal nicht, okay?« Razz straffte die Schultern. »Du kannst doch rumhängen, mit wem du willst. Mich stört das nicht. Und dir hat sie schließlich nichts Böses getan, abgesehen vielleicht von den schrägen Voodoo-Ritualen mit den Puppen, die sie in ihrem Hugh-Schrein aufbewahrt.«

Ich riss die Augen auf, und Razz zuckte mit den Schultern. »Zumindest geh ich mal davon aus, dass so was zu ihren Wochenendbeschäftigungen gehört«, fügte er hinzu.

»Selbst wenn ich mich noch weiter mit ihr treffen wollte, wäre es jetzt eh nicht mehr dasselbe«, seufzte ich. Ein Teil von mir glaubte immer noch, die wahre Becky zu kennen, aber die Tatsache, dass ich mich in einem so wichtigen Punkt dermaßen in ihr getäuscht hatte, ließ mich daran zweifeln. »Keine Ahnung, vielleicht können wir ja irgendwann wieder befreundet sein. Mal sehen.«

Razz griff nach der offenen Dose Barbecue-Pringles, die auf dem Boden stand, und hielt sie mir hin.

»Damit kann ich leben«, sagte er. »Aber jetzt mal zu deiner Grand-Theft-Auto-Aktion. Wie sauer ist Ellen wohl auf dich, auf einer Skala zwischen eins und dem Einsatz thermonuklearer Waffen? Als du mir von eurem Roadtrip nach New York erzählt hast, hast du ausgelassen, dass du dafür den wertvollsten Besitz deiner Schwester geklaut hast.«

Ich nahm mir einen Chip vom Stapel und schob ihn mir auf die Zunge.

»Keine Ahnung«, sagte ich und kaute. Ich hatte noch immer den säuerlichen Geschmack der neonorangefarbenen Käsecracker im Mund, die Karen und ich an einer Tankstelle kurz hinter Manhattan gekauft und während der Fahrt in uns reingestopft hatten. »Zuerst hätte sie mich, glaub ich, am liebsten geköpft, aber jetzt bin ich mir nicht mehr so sicher. Eigentlich hätte sie später ein megawichtiges Meeting mit irgendwelchen Managern vom Giant-Supermarkt gehabt, weil die ihr Eis vielleicht in ihre Produktpalette aufnehmen wollen, aber nachdem ich mit dem Produkt abgehauen bin, wird daraus wohl nichts.«

Razz stieß einen Pfiff aus. »Wie diabolisch.«

Als ich Ellen aus dem Krankenhaus angerufen hatte, war das Meeting kein einziges Mal zur Sprache gekommen. Sie war einfach bloß froh gewesen, dass ich noch lebte, und hatte wissen wollen, ob mein bescheuerter Sturz wohl bleibende Schäden hinterlassen würde. Über den Rest würden wir reden, sobald ich zu Hause sei.

Ich beugte mich vor und legte die Stirn auf die Knie. Über mir zwitscherten und schnatterten die Vögel, und mit einem Mal wurde mir bewusst, wie schön es heute war. Kein bisschen schwül, sondern einfach nur sonnig und windstill. So windstill, dass sich

die Luft beinahe wie Wasser anfühlte, und eine gewisse Kühle deutete darauf hin, dass der Herbst nicht mehr weit war.

»Und?«, fragte Razz leise. »Was ist jetzt mit Olivia?«

Ich dachte nach. Olivias und mein Abschied war so traurig und hoffnungsvoll gewesen, dass ich die ganze Fahrt lang über nichts anderes nachgrübeln konnte.

»Ihr geht's gut«, antwortete ich schließlich und drehte mich leicht zur Seite. »Sie wohnt jetzt erst mal bei ihren Großeltern in New York.«

Razz nickte; dann musterte er mich neugierig aus dem Augenwinkel. »Habt ihr zwei ...«

»Haben wir zwei was?«

»Jetzt lass dir doch nicht die Würmer aus der Nase ziehen!«

Ich warf ihm einen indignierten Blick zu.

»Okay«, sagte er. »Also, geht ihr jetzt miteinander?«

»Alter.« Ich hob den Kopf. »Ob wir miteinander *gehen*? Wie alt bist du eigentlich, vier?« Razz beobachtete mich weiter schweigend und wartete auf eine Antwort. »Na schön, ja, wir haben uns geküsst«, stieß ich in einem Schwall hervor.

Razz quietschte auf. »Ich wusste es. Du bist so was von berechenbar.«

»Kannst du jetzt bitte nicht wieder von meinem angeblichen It-Girl-Fetisch anfangen?«

»Nee, keine Sorge. Das war echt arschig von mir.« Razz biss in einen Chip. »Tut mir leid, dass ich dich wie den letzten notgeilen Schleimer hingestellt hab. Ich war einfach sauer. Aber jetzt mal im Ernst, ich find's super. Olivia war nie einer von Beckys rückgratlosen Lemmingen, sondern eigentlich ziemlich cool auf ihre verdrehte Art. Und von ihrem breitgefächerten Modegeschmack kannst du dir vielleicht noch was abgucken.«

Schmunzelnd versetzte ich ihm einen Schubs. »Blödmann.«

Im Haus packte Razz' Mom gerade Snacks für die Fahrt zusammen. Durchs offene Fenster hörte ich, wie sie unermüdlich zwischen Küche und Esszimmer hin und her lief und Razz' Dad Instruktionen zurief.

»Fandest du mich in der Zehnten wirklich mal gut?«, fragte ich unvermittelt.

Razz antwortete mit einem Geräusch irgendwo zwischen Stöhnen und Lachen. »Natürlich fand ich dich *gut*«, schnaubte er. »Die ganze Schule war doch praktisch ein Hugh-Copper-Fanclub, mit Becky als Anführerin.«

Ich hob die Augenbrauen. »Und ... wie findest du mich heute?«

Jetzt schnaubte er noch lauter. »Träum weiter. Solange du dich nicht in Chris Hemsworth in voller Thor-Montur verwandelst, hab ich kein Interesse.« Er kippte die Pringles-Dose über seinem Schoß aus und klaubte die letzten Bruchstücke auf. »Wenn du's genau wissen willst«, fuhr er dann so gedehnt fort, als müsste er ausgiebig auf jedem Wort rumkauen, »stehe ich seit einer Weile mit so 'nem Typen aus Berkeley in Kontakt. Der fängt auch jetzt mit dem Studium an, und wir haben uns online in einer von diesen Ersti-Gruppen kennengelernt. Er lebt in Florida und heißt Juan. Gebürtiger Kubaner.«

Sonnensprenkel huschten über Razz' Wangen, als er das Gesicht ins Licht drehte, um zu verbergen, dass er rot wurde.

»*Muy caliente*«, bemühte ich mein spärliches Schulspanisch. Razz und ich hatten uns noch nie über Jungs unterhalten, zumindest nicht unter romantischen Gesichtspunkten. Ein zaghafter Trippelschritt auf neuem Terrain. »Und wie hab ich mir euren *Kontakt* vorzustellen? Spielt ihr zusammen Online-Scrabble oder snapchattet ihr, oder was?«

Razz verdrehte die Augen. »Wir schreiben uns, mehr nicht. Er will mit mir kubanisch essen gehen, wenn ich endlich in Kalifor-

nien ankomme, was ja jetzt einen Tag später der Fall sein wird als geplant. Herzlichen Dank noch mal.«

»Ich bin untröstlich«, sagte ich mit breitem Grinsen. »Aber hey, ist ja der Hammer. Meinst du, ich lerne ihn irgendwann mal kennen?«

»Was denkst du denn?« Razz wischte sich die Pringles-Krümel vom Schoß und erschuf damit eine rabenschwarze Tabula rasa. »Wenn du deine Teenie-Life-Crisis überwunden hast, kannst du gern vorbeikommen und mit den großen Jungs Tamales futtern.«

EPILOG

**MARVIN GAYE**
**Gepostet unter LEBENSWEGE von <u>Hugh</u>.jpg**
**am 29. August um 08:47 Uhr**

Marvin Gaye hatte zweifellos ein ziemlich krasses Leben. Ich bin mir bis heute nicht ganz sicher, ob es in seinen Songs um Menschen geht oder um Drogen. Aber Tatsache ist, dass er die Verkörperung des Soul war. Einer der wenigen Sänger, die einen mit jedem Ton mitten ins Herz treffen. Okay, am Ende – und auch ein paarmal zwischendurch – ist er vielleicht ein bisschen vom Weg abgekommen, aber er hat bis zum letzten Atemzug versucht, sein Bestes zu geben, und seine Musik wird stets mehr bedeuten als jede Pistolenkugel.

Ich hatte das Grab meiner Eltern seit ihrer Beerdigung nicht mehr besucht. Und selbst damals war ich eigentlich ganz woanders gewesen. In Gedanken hatte ich im Lincoln Theatre gesessen und Marvin Gaye gelauscht, in der Hoffnung, dass mir das ein Mikrogramm Trost bringen würde.

Aber als Ellen mich am Morgen nach meiner Rückkehr aus New York fragte, ob ich mit ihr zum Friedhof kommen wollte, sagte ich sofort Ja. Nach den Erlebnissen der letzten Tage erschien mir das zuvor Unmögliche plötzlich wie der einzig logische nächste Schritt.

Auf dem Prospect Hill Cemetery, der aus dem neunzehnten Jahrhundert stammte, lagen hauptsächlich deutsche Einwanderer begraben. Darum hatte ich, als Ellen mir damals eröffnet hatte, Mom und Dad würden dort beerdigt, zuerst gedacht, das wäre ein Witz. Unsere Familie stammte schließlich aus Schweden. Aber andere freie Grabstellen hatte Ellen in D.C. nicht gefunden, und wahrscheinlich hätten Mom und Dad sogar darüber gelacht. Also hatte ich am Ende zugestimmt, zumal ich mich sonst aktiv an der Suche nach einem Begräbnisort für meine Eltern hätte beteiligen müssen, und dazu war ich damals nicht in der Lage gewesen.

Der Rasen auf dem Friedhof war noch sommerlich grün, aber das Laub der schattenspendenden Bäume verfärbte sich bereits gelb. Die ersten Blätter hatten schon komplett kapituliert und lagen braun am Boden, wo ich sie konzentriert unter meinem Schuh zerdrückte, um ja nicht hochsehen zu müssen. Außer uns sah ich nur einen alten Mann mit einem Korb voller verwelkter Blumen und eine Frau, die in einem Golfcart über die Pfade düste.

Schweigend marschierten Ellen, Dan und ich zum Nordende des Friedhofs. Unsere große Aussprache hatten wir schon am Abend zuvor hinter uns gebracht. Die Zusammenfassung:

Ja, sie war sehr wütend gewesen.

Ja, sie hatte sich mittlerweile wieder beruhigt.

Ja, sie hatte ihr Meeting verlegen können.

Ja, es würde alles wieder in Ordnung kommen.

Ja, ich durfte bei ihr wohnen bleiben.

Und ja, sie hatte mich immer noch lieb.

Sie hatte weder nach Olivia gefragt noch nach dem Sinn der ganzen Aktion, und dafür war ich dankbar. Manchmal war ich allerdings drauf und dran gewesen, es ihr von allein zu erzählen. Ellen hatte mich erwartungsvoll angeguckt, die Augenbrauen hochgezogen, und auf den Rest des Satzes gewartet, aber ich war jedes

Mal wieder verstummt. Noch wollte ich mich einfach nicht näher mit dem Wochenende und meinen Lügen befassen, die mich schließlich eingeholt hatten. Nicht, weil ich es nicht ertrug, darüber zu reden. Ich hatte mich verändert und war über all mein trotziges Schweigen und die sinnlosen Vermeidungsstrategien hinausgewachsen. Nein, es lag eher daran, dass meine Gedanken um einen Neuanfang kreisten, der darin bestand, mich klar zu meinen Eltern zu bekennen und mich an das Gute genauso wie das Schlechte zu erinnern. Einen Neuanfang, bei dem Olivia eine Familie hatte. Und ich Olivia.

»Da sind wir.« Ellen blieb vor zwei niedrigen Grabsteinen stehen und atmete vernehmlich aus.

Ich war aus Versehen daran vorbeigelaufen, weil ich so beschäftigt damit gewesen war, meine Füße im exakt richtigen Winkel auf so viele knisternde Blätter wie möglich zu setzen. Also machte ich kehrt. Seite an Seite standen meine Schwester und ich da und starrten auf die Inschriften.

*Janet Copper, geliebte Mutter und Ehefrau*

*Harold Copper, geliebter Vater und Ehemann*

Ich zerdrückte mit der Schuhspitze einen Zweig, der gegabelt war wie eine Steinschleuder, und stieß einen pfeifenden Seufzer aus.

»Hey«, sagte ich ins Nichts.

Zu meinen Eltern.

Die Grabsteine waren viel kleiner als in meiner Erinnerung, rechteckig und aus schmutziggrauem Marmor mit eingemeißelten Tauben neben den Namen meiner Eltern. Davor lagen zwei Blumensträuße, vertrocknet und spröde. Ellen klaubte die Überreste auf und packte sie in eine Plastiktüte, die Dan aus der Tasche gezogen hatte.

»Lagen die noch von der Beerdigung da?«, fragte ich.

Ellen schüttelte den Kopf. »Ich hab sie letzte Woche gekauft. Ein bisschen länger hätten sie sich schon halten dürfen für zehn Dollar das Stück.«

»Du warst letzte Woche hier?«

Ich konnte meine Überraschung kaum verbergen. Nach dem Tod unserer Eltern hatte Ellen mich immer mal wieder gefragt, ob ich mit ihr zum Friedhof wollte, aber nachdem mein monotones Nein einfach nur Schweigen gewichen war, hatte sie es irgendwann bleiben lassen.

»Ich komme jede Woche«, erklärte Ellen. Sie ließ den Blick über den leeren Friedhof wandern. »Es gibt hier nur zwei Gärtner, die können sich unmöglich um alle Gräber kümmern. Darum lege ich Blumen ab und versuche, alles in Ordnung zu halten.« Sie strich Dan über den Arm. »Und Dan bringt manchmal seinen Rasenmäher mit.«

Dan zuckte mit den Schultern und schwieg. Seit meiner Rückkehr waren wir einander aus dem Weg gegangen, aber nicht, weil wir noch sauer waren. Es fühlte sich eher an wie ein Waffenstillstand, so als hätten wir erst mal in den Leerlauf geschaltet, bis wir es irgendwann schafften, uns im selben Raum aufzuhalten und normal zu benehmen. Zumindest hatte ich mich bis jetzt noch nicht wieder über ihn lustig gemacht, und er war nicht eingeschnappt gewesen; nicht mal, als Ellen ihm heute Morgen die letzten Choco Krispies weggegessen hatte. Immerhin ein Anfang.

»Oh.« Ich wagte einen kurzen Blick zu Dan. »Danke.«

Er zog den Mundwinkel zu einem winzigen Lächeln hoch.

»Tut mir leid, dass ich so lange nicht mit hier war«, wandte ich mich dann an meine Schwester.

Ellen stieß mich mit der Hüfte an. »Ich wusste, dass du schon irgendwann dazu bereit sein würdest. Bei so was muss man eben einfach langfristig denken.«

Über uns rauschten die Bäume im Wind. Ich biss mir auf die Wange und starrte vor mich hin. Meine Schwester schien noch etwas sagen zu wollen, aber Dan legte den Arm um sie und manövrierte sie sanft zurück Richtung Parkplatz.

»Ich brauch erst mal dringend einen Kaffee«, verkündete er, die Lippen an ihrer Schläfe. »Gegenüber vom Ausgang ist ein –«

»Wenn du jetzt Starbucks sagst, kotze ich«, unterbrach Ellen ihn.

»Du weißt genau, dass ich Starbucks sagen wollte.«

»Es gibt ungefähr achtzig Millionen bessere Cafés in D. C.«, stöhnte Ellen, »und die liegen alle in einem Umkreis von ungefähr anderthalb Metern um diesen Friedhof.« Sie sah sich nach mir um, während Dan sie an der nächsten Grabsteinreihe vorbeiführte. »Sollen wir nicht –«, fing sie an.

Dans Griff um ihre Schultern war sanft, aber bestimmt. »Hugh kommt schon nach, wenn er hier fertig ist.«

Wieder wechselten wir einen Blick, und diesmal war ich es, der ihm ein schiefes Lächeln schenkte.

Dann ließen die beiden mich allein, und ich machte es mir bei meinen Eltern bequem, lehnte den Rücken an den Grabstein meines Dads und streckte die Beine aus, sodass sie genau im Schatten eines knorrigen Asts lagen. Eine leichte Brise brachte das Laub um mich zum Rascheln und sorgte dafür, dass die Haarsträhnen, die unter meiner Kappe hervorlugten, meine Wangen kitzelten.

»Tja«, sagte ich ins Nichts. Zu meinen Eltern. »Da haben wir wohl eine Menge nachzuholen.«

Den Kopf an Dads Grabstein, erzählte ich den beiden von meinen letzten zwei Jahren. Von Spoiler Alert, von Becky Cayman, von der ich in den letzten Tagen ein völlig neues Gesicht kennengelernt hatte, und Razz, dem besten Freund, den ich mir wünschen konnte. Ich erzählte ihnen vom Eiswagen und von Ellens

Meeting mit Giant, das auf nächste Woche verschoben worden war und aus dem sie schon allein deshalb erfolgreich hervorgehen würde, weil sie nun mal Ellen war – und das war auch gut so.

»O Mann, hab ich mich wegen dieses Meetings vielleicht angestellt«, gestand ich meinen Eltern. »Ihr wärt mir deswegen bestimmt ordentlich aufs Dach gestiegen. Wisst ihr noch, wie Ellen sich damals den Arm gebrochen hat und ich so sauer war, weil ihr mich bei den Nachbarn geparkt hattet, um sie ins Krankenhaus zu fahren, dass ich Ellens ganzen Legofiguren die Beine abgebrochen hab? Ungefähr so war es jetzt auch, nur acht Millionen Mal schlimmer.«

Immerhin arbeitete ich schon fleißig an der Wiedergutmachung. Nachdem ich mich zum fünfhundertsten Mal bei Ellen dafür entschuldigt hatte, dass ich den Eiswagen entführt, ihren Träumen im Weg gestanden und ihren gesamten Produktvorrat am Ende in einem schäbigen Motel in New Jersey vergessen hatte, hatte ich versprochen, ihr diese Woche jeden Abend dabei zu helfen, Nachschub herzustellen. Und obendrein hatte ich sogar angeboten, Dan und sie nächstes Wochenende auf einen Burger zu Shake Shack auszuführen.

Ich erzählte meinen Eltern von Olivia, gefühlt stundenlang, beschrieb jedes Detail unseres Ausflugs nach New York, jede Blondschattierung ihres Haars in der Sonne. Farben, von deren Existenz ich bis dahin nicht mal etwas geahnt hatte. Und ich erzählte ihnen, wie das alles mich zu der wichtigsten Entscheidung seit Jahren geführt hatte.

Ich würde nach New York ziehen.

»Tante Karen hat gesagt, ich kann in ihrem Gästezimmer wohnen, solange ich den Mund halte, wenn sie um Mitternacht heimkommt und nach Knoblauchbutter riecht.« Mein Hals war mittlerweile ganz trocken und kratzig vom Reden und die Herbstluft

schien Risse in meinen Stimmbändern zu hinterlassen wie in brüchigem Beton. »So richtig weiß ich noch nicht, was ich da machen will, aber für den Anfang kann ich ja einfach in einem Kino jobben oder so.«

Alles war besser, als mich weiter in meinem Zimmer zu verschanzen. Ich war endlich bereit für etwas Neues, für einen großen Schritt nach vorn anstelle von einer Million winziger Schritte zur Seite, bis ich wieder an meinem Ausgangspunkt ankam. Mit Spoiler Alert würde ich weitermachen, aber auch da würde ich eine etwas andere Richtung einschlagen. Heute Morgen erst hatte ich eine neue Kategorie angelegt, in der es ausnahmsweise mal nicht um Enden gehen sollte, sondern um alles, was davor kam.

»Okay, das klingt jetzt vielleicht ein bisschen seltsam, aber ich hab auch was über euch geschrieben.« Ich zog einen zerknitterten Ausdruck aus der Tasche und strich ihn auf meinem Oberschenkel glatt. »Keine Sorge, ich hab den Beitrag nicht gepostet.« Ich räusperte mich. »Der ist nur für mich. Und für euch.«

**JANET UND HAROLD COPPER**
**Entwurf unter LEBENSWEGE von <u>Hugh</u>.jpg**
**am 29. August um 07:19 Uhr**

Meine Eltern haben aus unzähligen Puzzleteilchen in Form von Kuckucksuhren, verstaubten Büchern, meiner Schwester, mir und, ja, auch Sektflaschen bestanden. Aber sie lassen sich durch keins dieser Einzelteile definieren. Meine Mom hat Garagentrödelmärkte, David Bowie und ihre Familie geliebt. Mein Dad Baseball, Gewitter, mit einem Buch im Garten zu sitzen, meine Mom und uns. Die beiden sind viel mehr als die Umstände, die zu ihrem Tod geführt haben. Und bloß weil ich mir wünsche, diese Umstände wären

anders gewesen, heißt das nicht, dass ich mir auch den ganzen Rest anders gewünscht hätte. Für meine Eltern gilt dasselbe wie für das Allermeiste im Leben: Das Ende ist gar nicht so wichtig. Sondern das, was davor war.

Danach heulte ich wie der letzte Vollidiot.

»Es tut mir leid, dass ich euch ein anderes Ende andichten wollte«, sagte ich zu meinen Eltern, während ich mir mit dem Handrücken über die Augen wischte. »Für den Fall, dass ihr mitgekriegt habt, was am Wochenende los war. Und ansonsten wisst ihr spätestens jetzt Bescheid. Ich hab lange gedacht, euer Tod würde euch definieren, aber inzwischen ist mir klar, dass ich bloß nicht damit klargekommen bin, dass ihr überhaupt gestorben seid.«

Ich musste an etwas denken, was Olivia gesagt hatte, als sie mich am Abend zuvor von ihren Großeltern aus angerufen hatte. Die Kategorie LEBENSWEGE für Spoiler Alert war ihre Idee gewesen, und wir hatten gemeinsam eine Liste mit Menschen zusammengestellt, über die ich irgendwann schreiben wollte. Klar, hatte Olivia gesagt, jedem sei ein Ende vorbestimmt, aber das Wichtige sei doch, was sich in der Mitte abspiele.

»Das soll natürlich nicht heißen, dass ein Ende nicht auch schlecht sein kann«, erklärte ich meinen Eltern. »Denn das gibt's nun mal. Mir kann niemand einreden, es hätte kein besseres Ende für *Matrix* gegeben, als Keanu *wegfliegen* zu lassen.« Ich stieß einen langen Seufzer aus. »Und übrigens möchte ich betonen, dass ich nicht nur wegen Olivia nach New York ziehe«, redete ich weiter. »Ob ich mich freue, dass sie da sein wird? Na klar. Ob ich das auch ohne sie machen würde? Keine Ahnung, vielleicht. Wahrscheinlich.« Ich ließ ein paarmal den Nacken kreisen, wobei mir meine Haare in die Augen fielen. »Okay. Das war wohl nicht gerade die stichhaltigste Argumentation.«

Ich hob eine Handvoll Blätter auf, drückte sie zusammen und ließ die Brösel zwischen meinen Fingern durchrieseln. Als ich schließlich wieder aufstand, war die Sonne hinter den Bäumen hervorgewandert und tauchte den Pfad in gesprenkeltes Licht. Ich fuhr ein letztes Mal mit dem Finger über die Namen meiner Eltern.

»Ihr fehlt mir«, sagte ich leise. »Bis nächste Woche.«

Ellen wartete im Eiswagen, den wir am Fuß des Hügels geparkt hatten. »Dan ist immer noch Kaffee holen«, rief sie mir zu, als ich über den Rasen auf sie zuschlenderte. »Ich hab ihm klargemacht, dass ich keinen Fuß in dieses unsägliche Höllenloch setze, schon gar nicht zur Pumpkin-Spice-Latte-Saison.«

Ich stand noch ganz am Anfang, und doch fühlte ich mich jetzt schon viel leichter, so als hätte sich durch das Gespräch mit meinen Eltern ein Gewicht von meinen Schultern gehoben, das ich unwissentlich mit mir rumgeschleppt hatte. Es war kein umwerfendes Gefühl von Triumph, nicht die große Euphorie, die mich packte, nachdem ich endlich einen Schlussstrich gezogen hatte, aber das hatte ich auch gar nicht erwartet. Manche Enden blieben eben offen, und man musste einfach daran glauben, dass die Dinge sich genauso entwickeln würden, wie man es sich wünschte. Wie es jetzt weiterging, lag ganz allein in meiner Hand.

Als ich vor Ellen stehen blieb, lächelte sie und legte ihr Handy weg.

»Alles in Ordnung?«, fragte sie.

Ich nickte. Ich hatte sowieso nie an Happy Ends geglaubt. Dieses Ende war vielleicht nicht perfekt, aber ausnahmsweise machte mir das nichts aus.

# DANKSAGUNG

Olivia Moon ist mir schon eine ganze Weile durch den Kopf gespukt, bevor sie ihren Weg in dieses Buch gefunden hat, und ich bin sehr vielen Menschen sehr viel Dankbarkeit dafür schuldig, dass sie mir geholfen haben, ihr diesen Übergang zu ermöglichen.

Zuallererst muss ich ein Riesendankeschön an meine Eltern loswerden – nicht nur, weil die beiden mich jahrelang mit Liebe, Unterstützung und bergeweise Lesestoff überschüttet haben, sondern auch, weil sie kein einziges Mal mein Literaturstudium infrage gestellt haben, was ich ihnen bis in alle Ewigkeit hoch anrechnen werde.

Ohne meine Agentin Chloe Seager hätte wohl nicht mal ein Bruchteil von mir die Entstehung dieses Buchs überlebt. Danke für deine stets geduldigen Antworten auf meine E-Mail-Romane und dafür, dass du genauso sehr wie ich an diese Geschichte geglaubt hast.

Kaum etwas an dem ganzen Prozess hat mich mehr überrascht als die schiere Begeisterungsfähigkeit des Teams von Chicken House. Danke an meine Lektorin Kesia Lupo und an Barry Cunningham, die beide das Potenzial von *This Is Not the End* erkannt haben und dann etwas tausendmal Cooleres daraus gezaubert haben. Ein besonders nachdrückliches Dankeschön geht an Marti Martinez und Jack Athans für ihre Rettung in der Not. Ihr habt Hugh erst zum Leben erweckt.

Ich hatte das große Glück, während der Arbeit eine ganze Reihe unfassbar begabter Autor:innenkumpels an meiner Seite zu haben. Michael Garvey, Anna Pook und Bikram Sharma, danke für eure Adleraugen, eure Weisheit und eure Freundschaft. Meiner Workshop-Crew Abby Erwin, Dani Redd und Rowan Whiteside: Euer Feedback, euer Talent und euer Humor sind die pure Inspiration. Ich freue mich schon darauf, meinen Namen in euren Danksagungen zu lesen.

Meinen Freunden und meiner Familie, die mich in den letzten Jahren oft gefragt haben, wie es mit dem Schreiben läuft: Danke, dass ihr mich auf dieser verrückten Reise begleitet habt. Anna Lavezza, Caroline Parry, Becky Nissel, Mary Sollosi und meine Tante Nancy Chambers – ihr seid alle großartig. Elfijn Goddard, dein Feedback für einen frühen Entwurf werde ich ewig zu schätzen wissen, auch wenn du Jugendbücher »hasst«.

Ein dickes Dankeschön geht an Rachel Chiarotti, Ali Wigg und Mercy Yates

für ihre Unterstützung und die vielen Bibliothekstreffen mit unseren Kleinen in den letzten Jahren. Ihr seid tolle Freundinnen und wunderbare Mütter.

Meine Schwester und ich haben einen sehr ähnlichen Humor, und ich werde das Gefühl nicht los, dass Ellen und Hugh ein bisschen auf uns basieren. Emily Morris, danke, dass du schon immer einer meiner größten Fans gewesen bist. Tut mir echt leid, dass ich deinen Rucksack den Berg runtergeworfen habe.

Adam Jackson, meinem Ehemann und besten Freund, danke für die vielen Male, die du unsere Tochter ins Bett gebracht hast, damit ich in Ruhe weiterschreiben konnte, auch wenn eigentlich ich an der Reihe war, dafür, dass du immer mein erster Leser bist, und für die Post-its, mit denen du einmal unsere ganze Wohnung zugepflastert hast, um mir in Erinnerung zu rufen, dass ich eine gute Autorin bin. Danke. Ohne dich gäbe es dieses Buch nicht, ehrlich.

Und zu guter Letzt danke ich meiner Tochter Margot. Deine liebenswürdige Art, deine Neugier und deine Zuneigung spenden mir immer wieder Trost. Du bringst mich dazu, ein besserer Mensch sein zu wollen.